媒介传播中的
简·奥斯丁
意义再生产

张素玫 著

广西师范大学出版社
·桂林·

目　录

导　论

　　简·奥斯丁(Jane Austen，1775-1817)，英国十九世纪女作家，虽然一生只有六部完整小说传世，其文化影响力却持久而长远。从十九世纪中后期开始，她的名字就与英国大文豪威廉·莎士比亚相提并论，被刘易斯(G. H. Lewes)称为"散文中的莎士比亚"(Prose Shakspeare)。英国当代文学批评家埃德蒙·威尔逊(Edmund Wilson)评论道，英国文学一百多年的历史里，"曾发生过几次趣味的革命，文学口味的翻新，影响了几乎所有作家的声望。唯独莎士比亚和简·奥斯丁经久不衰"。① 在英国文学中，奥斯丁作品有着罕见的跨界魅力，"既大众流行又权威经典，既通俗易懂又复杂深奥，既稳固确定又奇妙地服从于情感与文化想象的变换"。② 奥斯丁的小说创作得到学院派学者和专业批评界的盛赞，拥有文学经典的崇高地位，同时她又是大众票选的英国最受欢迎作家，由她的小说衍生出的作品超过了英国

---

　　① 埃德蒙·威尔逊：《漫谈简·奥斯丁》，赵一凡译，朱虹编选：《奥斯丁研究》，北京：中国文联出版公司，1985 年，页 136。

　　② Kathryn Sutherland, *Jane Austen's Textual Lives: From Aeschylus to Bollywood*, Oxford: Oxford UP, 2005, 'preface', p. v.

文学史上任何一部创作,她的作品的狂热崇拜者更是再生出横扫全球的"简迷"(Janeite)大众文化,且进一步膨胀为利润惊人的文化产业,缔造出一个英国文学中的"奥斯丁神话"(Austen myth)。她比任何其他英国作家更明显地同时存在于几个相互排斥的领域,是一位真正意义上的伟大作家。简·奥斯丁的小说经历了从个人家庭写作到媒介传播中的印刷出版、影视剧改编和当下的互联网传播,在两百多年前的传播中历久弥新,每一次传播媒介变迁都赋予奥斯丁新的文化活力,再生成新的意义。如今,"简·奥斯丁"这一名字已具有相当丰富的文化含义,不仅仅是一位经典小说作家,也是一种流行文化符号,而其文本意义还在持续扩张,这一被当下研究者惊呼的"奥斯丁神话",早已超越其小说创作的文本内涵,成为重要的文化传播现象。

一、历史中的简·奥斯丁

在英国文学中地位如此独特、作品影响如此持久的女作家简·奥斯丁,她四十二岁的生命并没有留下多少关于个人的确定不疑的信息,她的真实性格、人品、生活状况,甚至相貌,都被人们争议不休。我们对简·奥斯丁的生平经历及其写作过程的所有了解,均来自她的家族成员所写的传记以及她留下的一些书信。这些原初材料某种程度上还原了一个历史中的奥斯丁,也成为后世人们在各种媒介传播中再创造奥斯丁重要的原始素材。

(一)奥斯丁肖像、传记和书信

简·奥斯丁留给世人的几乎唯一的原初形象,是姐姐卡桑德拉

（Cassandra Austen）在 1810 年为她画的一幅肖像，一个只相当于粗糙的轮廓式勾勒的半身铅笔素描：头戴软帽、身穿高腰连衣裙、交叉环抱双臂坐着，眼睛漆黑锐利，眼神斜望向右前方，薄唇紧闭，表情严厉，整个姿态透露着对抗和睥睨的神情。这幅肖像画整体来看并不讨人喜欢，"画中人物脸庞圆润，唇型小而平直，传达出一丝心不在焉、满腹牢骚、过于理智而落落寡合的神情。画中的她，目光斜视，望着平淡无奇的远方"。① 第一部奥斯丁传记作者、简·奥斯丁的侄子 J. E. 奥斯丁-李（James Edward Austen-Leigh）在 1870 年出版《简·奥斯丁回忆录》（A Memoir of Jane Austen）时，准备为这部传记配备奥斯丁肖像，他和他的合作者觉得卡桑德拉的这幅画像不太令人满意，便委托插画家詹姆斯·安德鲁斯（James Andrews）创作了一幅新的奥斯丁画像——卡桑德拉画像的提升版，"这是为了让简姑妈在维多利亚时代的公众面前显得得体。安德鲁斯的水彩画软化了特征，改变了态度。胳膊不再挑衅地交叉着；眼睛也失去了严厉的凝视"。② 在安德鲁斯画像基础上的利札尔斯（Lizars）钢版雕刻画，创造了一个优雅端庄的、维多利亚时期风格的奥斯丁：她的眼睛看起来更大更柔和，嘴巴变得丰满，面颊更饱满，表情更温和，一张也许非常讨人喜欢的可爱的脸庞。简·奥斯丁肖像有了"迷人"的特征，这是《回忆录》最合适的卷首画像，之后这幅画像被奥斯丁出版小说长期采用，成为公众熟知并认可的奥斯丁形象。

　　奥斯丁个人形象的这一润饰变化，体现出印刷媒介为适应公众接受而对奥斯丁的意义再生产——赋予奥斯丁肖像以维多利亚时代的精神气质，创造出一个符合当时公众欣赏口味的奥斯丁形象。

---

　　① 卡罗尔·希尔兹：《简·奥斯丁》，袁蔚译，北京：生活·读书·新知三联书店，2014 年，页 3。

　　② Janet Todd ed., *Jane Austen in Context*, Cambridge：Cambridge UP, 2005, p. 76.

而在之后的传播中,奥斯丁的形象面貌依然在为适应新时代新受众的欣赏兴趣不断更新变化,正如我们看到的,自奥斯丁传记电影《成为简·奥斯丁》(*Becoming Jane*, 2007)大热后,再出版的各种奥斯丁作品读物里的作者肖像,就更多地被影片中饰演这位女作家的好莱坞明星安妮·海瑟薇(Anne Hathaway)的剧照所取代。因此,即便是奥斯丁的个人形象,也是一个媒介传播中不断再生成的产物。

　　较早出版的由奥斯丁家庭成员所写的传记,是我们了解简·奥斯丁现实生活与生平事件的最初信息来源。首先为简·奥斯丁作传的是她的兄长亨利·奥斯丁(Henry Austen),他是奥斯丁小说出版事业的非正式经纪人,在奥斯丁离世五个月后出版的小说《诺桑觉寺+劝导》(*Northanger Abbey+Persuasion*)中,由亨利撰写了一篇前言《作者传略》(Biographical Notice of the Author, 1817),以作者简介的方式简短描述了奥斯丁生活的基本情况、她的样貌性格、她的小说写作,以及家人对她出版作品的鼓励,向读者阐明奥斯丁写作"完全是出于兴趣和爱好,她最初的本意,既不是图名,也不是谋利"[1],她的小说写作是为她自己和家庭成员的自娱自乐,她创造人物的喜剧天赋,等等。J. E. 奥斯丁-李的《简·奥斯丁回忆录》是第一部完整的奥斯丁传记,首次向世人详述了奥斯丁的家庭生活、兴趣爱好、写作才能等情况,向读者和公众呈现了一个和蔼可亲的几近完美的简姑妈形象,一个虔敬地过着居家生活的中年未婚女性,《简·奥斯丁回忆录》还"提供了奥斯丁时期的礼仪和习俗方面的许多轶闻趣事去充实具体化和支持这个家庭故事"。[2] 这部传记大受欢迎,在第二年又出了

---

① 亨利·奥斯丁:《奥斯丁传略》,文美惠译,朱虹编选:《奥斯丁研究》,页7。
② Janet Todd ed., *Jane Austen in Context*, p. 4.

"扩充版",增补了简·奥斯丁生前无人知晓的一些作品。[①] J. E. 奥斯丁-李《简·奥斯丁回忆录》的出版也引发了全英国范围的第一次"奥斯丁热",这部传记的第二版(1871)成为后来所有奥斯丁传记的基础。

　　这两部来自家庭成员的传记书写,为公众提供了这样的奥斯丁形象:端庄正派,乐于助人,谦逊得体。家庭传记还建立起"一个家庭传奇",即简·奥斯丁是这个知书达理、有文化修养的愉快的大家庭的产物,这在以后的奥斯丁传记里一再被重申。但这些由奥斯丁家族单方提供的信息,其中有多少是奥斯丁的本真面目,不得而知。出于维护家族荣誉的立场,有关奥斯丁的"很多东西都被隐藏了起来,也许是她最私密的一面"。[②] 至少简·奥斯丁书信中透露出的些许她的秉性面貌,与家人传记的抵牾之处不时被发现。

　　由于奥斯丁没有日记或自传等流传下来,她与家人之间的书信是除创作外奥斯丁唯一留存的文字,这些书信就成为书写奥斯丁传记仅有的文献证据。只是这些本应能够让读者窥见奥斯丁袒露的心声、畅所欲言的倾诉,了解一个真实的简·奥斯丁的原始材料,却在奥斯丁去世后被她的姐姐卡桑德拉以及侄女范妮·奈特(Fanny Knight)大量焚毁——为了维护奥斯丁的公众形象。奥斯丁一生中大约写有三千封书信,但只有一百六十封书信传世出版。[③] 仅存于世的这些奥斯丁书信(其中大部分写给与她关系最亲密的姐姐卡桑德

[①]　包括写作于 1794 年奥斯丁少女时期的中篇书信体小说《苏珊夫人》(*Lady Susan*),和其他两部未完成的小说,分别是《沃森一家》(*The Wastons*)的片段和《桑迪顿》(*Sandition*)的梗概,还有《劝导》(*Persuasion*)删去的章节,以及《少年习作》(*Juvenilia*)中的一篇例文《神秘》(*The Mystery*)。

[②]　Janet Todd, *The Cambridge Introduction to Jane Austen*,上海:上海外语教育出版社,2008,p. 2.

[③]　See Janet Todd ed., *Jane Austen in Context*, p. 33.

拉），内容多是家庭琐事和闲言碎语类，我们在小说创作中看到的那个一贯持嘲讽语气的奥斯丁极少出现，书信中她甚至很少表达自己的观点，阅读这些书信后不会感觉对奥斯丁有什么了解，因此很多研究者断定那些被焚毁的书信才是揭示奥斯丁真相的内容。遗憾的是，我们永远失去了倾听她不设防的心声的机会。不过，这种缺憾在另一方面增强了奥斯丁的文化魅力——作为一个信息不全的文化人物，为公众在新媒体空间的个性化想象和补充留下了空间，为奥斯丁文化意义的生成提供了很多"未定点"和"空白"。

简·奥斯丁书信的首次使用，是亨利·奥斯丁在其撰写的那篇《作者传略》里，非常有限地节选了几封奥斯丁书信的内容。第一批完整出现的奥斯丁书信是在 J. E. 奥斯丁-李的《简·奥斯丁回忆录》中，但信件数量也较为有限。1884 年，简·奥斯丁的侄孙布雷博恩男爵（Baron Brabourne，范妮·奈特的长子）首次汇集了奥斯丁留存的八十多封书信，出版了两卷本《简·奥斯丁书信集》（*Letters of Jane Austen*）。之后，在 1913 年，J. E. 奥斯丁-李的后人（分别是儿子和孙子）威廉·奥斯丁-李（William Austen-Leigh）和理查德·阿瑟·奥斯丁-李（Richard Arthur Austen-Leigh）补充了另外一些在 J. E. 奥斯丁-李的《简·奥斯丁回忆录》中没有出现过的简·奥斯丁书信的节选，出版了《简·奥斯丁的生活与书信，一部家庭记录》（*Jane Austen，her Life and Letters，a Family Record*）。1932 年，奥斯丁研究专家查普曼博士（R. W. Chapman）出版了第一部真正意义上的书信合集《简·奥斯丁书信集》（*Jane Austen's Letters*），提供了当时已知的所有信件的完整文本，在 1952 年又出第二版，增添了另外五封新发现的书信。自1952 年以来，又有一些零碎信件出现，迪尔德丽·勒·法耶（Deirdre Le Faye）在 1995 年汇编出版了新版《简·奥斯丁书信集》（*Jane Austen's Letters*），由牛津大学出版社出版。这些展现奥斯丁日常生活的看似平淡琐细的书信内容,也有限地展露了奥斯丁真实的内心自我,成为我们了解研究奥斯丁最重要的原始文献材料。

(二)奥斯丁生平和创作概况

通过奥斯丁家庭成员撰写的简·奥斯丁传记以及奥斯丁与家人往来的书信,我们得以获知关于奥斯丁的家庭背景、生平经历与写作过程的大致情况。这些并不清晰和完整的奥斯丁历史信息,构成了后世在影像与网络自媒体的再创造中想象与生发奥斯丁的基础。

简·奥斯丁 1775 年 12 月 16 日出生于英国南部汉普郡一个偏远乡村斯蒂文顿(Steventon)的牧师家庭,父亲乔治·奥斯丁(George Austen)是教区长,母亲卡桑德拉·李·奥斯丁(Cassandra Leigh Austen)来自当时的准绅士阶层,父母均受过良好教育。奥斯丁家中八个子女,简·奥斯丁是两个女孩中的妹妹,排行第七,姐姐卡桑德拉年长简三岁,姐妹俩均终身未嫁,保持着一生相互陪伴的亲密关系。卡桑德拉经常是简的作品的第一读者,也是她最看重的评论者,在简离世后,她所有的作品及其出版业务也都由姐姐卡桑德拉全权负责。六个男孩中,除了一个残疾男孩子(排行第二)自小被送去相邻社区居住,其他五位皆事业有成。简的长兄詹姆斯(James Austen)牛津大学毕业后,继承父业做了牧师,他是奥斯丁传记作者 J. E. 奥斯丁-李的父亲。三兄爱德华(Edward Knight)在很小的时候被一个富有的亲戚、拥有肯特郡戈莫舍姆庄园(Godmersham Park)和汉普郡乔顿庄园(Chawton Manor)的托马斯·奈特爵士(Mr. Thomas Knight)收养,并成为这些财产的继承人,这为简·奥斯丁提供了接触拥有庞大地产、住在乡村庄园里的富裕乡绅阶层生活的机会。四兄亨利是简最喜欢的兄长,头脑灵活,擅长人际交往,他曾在民兵中待了一段时间,后来成了一名银行家和军队代理人,因战后经济衰退而破产后又入职教会,他曾经一度住在伦敦,在简与出版商的出版交易中发挥着重要作用。最小的两位兄弟弗朗西斯(Francis Austen)和查尔斯(Charles Austen),还不到十二岁就进入皇家海军学院学习,成为十八世纪末到十九世纪初英国海军辉煌时期的海员,在漫长的革命和拿破仑战争中崛起,一直做到海军上将的职位,他们的海军生涯也成为奥斯丁小说中多个海军人物形象的素材来源。

随着简的几个兄弟的家庭成员越来越多地增加进来,奥斯丁家庭圈子也不断扩大。和谐的奥斯丁大家庭与邻里相处融洽,虽然家庭经济不宽裕,但牧师阶层的社会地位、毫不逊色的家庭背景和良好的文化水平,使这个家庭受到邻里的敬重。简·奥斯丁的一生就在家庭生活的狭小圈子里度过,社交也基本限于家人邻里之间的往来,但这丝毫没有影响她观察世间百态和洞察人性,在那里,简·奥斯丁找到了她的快乐、责任和兴趣,她偏居在英格兰乡村一隅,戏谑嘲弄地观察着世人,写出了征服世界的作品。

简·奥斯丁二十五岁之前一直居住在斯蒂文顿宽敞的牧师住宅,其间在1783年至1785年与姐姐卡桑德拉先后被送去牛津和南安普敦接受了两年的寄宿学校教育,1786年回到斯蒂文顿,之后就在家庭中由父母和兄弟们随意教导,更多是自己阅读学习。从奥斯丁书信中得知,二十出头的年纪,她曾在斯蒂文顿经历了一次短暂的浪漫爱情,与她非常喜爱的邻居安妮·勒弗罗伊夫人(Anne Lefroy)的侄子、一位来自爱尔兰的客人汤姆·勒弗罗伊(Tom Lefroy)产生了朦胧暧昧的激情,因为简没有任何陪嫁财产,这段感情被迅速拆散,此后,简·奥斯丁再未有过爱情事件。但奥斯丁一生中这仅有的爱情经历,她平淡无奇的生活里难得一见的浪漫因素,在之后奥斯丁影像传播所追逐的传奇化叙事中,被一再放大渲染,重塑出一个观众期待看到的浪漫而激情的简·奥斯丁。

　　在斯蒂文顿度过的少女时代和青年时代,也是奥斯丁酝酿和尝试写作的时期。简·奥斯丁十一岁或更早的年纪,就以三卷《少年习作》开始了她的文学写作。据亨利·奥斯丁和 J. E. 奥斯丁-李的家庭传记中介绍,奥斯丁最初写作是为了家庭娱乐目的,写完后就会在家人中朗读和传阅,还保留有印刷文化之前的文学作品在沙龙文化空间传播的特色。简十五岁就创作出了最长的一篇少年习作《爱情与友谊》(*Love and Freindship*),1793 年 6 月写完最后一篇后,于 1794 年秋开始写书信体中篇小说《苏珊夫人》,1795 年完成。自这年起,简开始写她三部重要长篇小说的初稿:第一部长篇小说《埃莉诺与玛丽安》(*Elinor and Marianne*),即《理智与情感》(*Sense and Sensibility*)的初稿;1796 年 10 月开始写另一部长篇小说《初次印象》(*First Impressions*),即《傲慢与偏见》(*Pride and Prejudice*)的早期初稿,至 1797 年 8 月完成后,于当年 11 月由其父亲送呈给伦敦书商托马斯·坎德尔(Thomas Cadell)谋求出版,但被拒绝,书稿退回。在这次挫折之前,她已经着手将《埃莉诺与玛丽安》修改转换为《理智与情感》。1798 年,简开始写《苏珊》(*Susan*),即《诺桑觉寺》(*Northanger Abbey*)的早期初稿,于 1799 年完成。可以说,简·奥斯丁三部重要长篇小说都是诞生在斯蒂文顿。

　　1801 年,退休后的乔治·奥斯丁带着妻女们离开斯蒂文顿迁居巴斯(Bath),直到 1805 年 1 月乔治病逝。古城巴斯是温泉疗养胜地,1801 年至 1805 年,简·奥斯丁在巴斯定居了四年时间,从她这一时期的书信中可以看出,简在巴斯的生活并不愉快,她的创作也基本陷于停滞状态。虽然奥斯丁对巴斯没有太多好感而对斯蒂文顿留恋不已,就如《劝导》中女主人公安妮·埃利奥特表达的那样,"惧怕巴斯九月烈日的酷热,对放弃乡下萧瑟却宜人的秋天而感到悲伤"①,然而巴斯在奥斯丁的创作中留下了深刻印迹,她的两部长篇小说《诺桑觉寺》和《劝导》不仅直接以巴斯为故事背景,另外几部小说中对巴斯也多有提及,如《傲慢与偏见》里的韦翰在抛弃了乏味的婚姻生活后逃到巴斯,《爱玛》(Emma)中的埃尔顿牧师从巴斯带回一位浮夸时髦的太太。简在巴斯时期还发生了两件备受关注的事情。在她近二十七岁那年对汉普郡的一次回访时,她接受了一个富有的庄园继承人哈里斯·比格-威瑟(Harris Bigg-Wither)的求婚,这家人与奥斯丁家是至交,但几小时后简又反悔拒绝了。这一颇具戏剧性的事件在奥斯丁一生中也许只是个小插曲,却成为后世人们影视再创造奥斯丁时格外钟情的情节,因为它的戏剧性,特别适合打造一个传奇般的奥斯丁——人们心目中那些精彩绝伦的故事的创作者应该有的形象。另一件事发生在 1803 年春天,简·奥斯丁将手稿《苏珊》以十英镑价格卖给了本杰明·克罗斯比公司(Benjamin Crosby & Co.),这是她第一次成功卖出小说,但该公司并没有印刷出版这部小说,尽管已经做了出版广告。大约在 1804 年,奥斯丁开始着手写一部新的作品《沃森一家》,却只是完成了粗略的提纲草稿,一个四十页的片段,一部计划的长篇小说的开始部分,之后就搁置了这部作品的写作,原因可能是父亲病重面临家庭危机,或者是该小说的主题与她即将面临的命运太相近而悲痛。《沃森一家》是奥斯丁唯一一部诞生于巴斯的作品,也是唯一一部她主动终止、没有完成的作品。

乔治·奥斯丁离世后,奥斯丁一家在 1806 年离开巴斯,前往南安普顿短暂居住,其间四处旅游。简拜访了兄长爱德华在斯蒂文顿

---

① 卡罗尔·希尔兹:《简·奥斯丁》,页 121。

的乔顿宅邸和兄长亨利在伦敦的家,还在爱德华位于肯特郡的戈莫舍姆庄园享受了几周奢华安逸的生活。这段居无定所的日子直到她们在 1809 年 7 月迁居乔顿时结束。从 1805 年父亲离世到 1809 年奥斯丁一家迁居乔顿期间,简·奥斯丁几乎没有创作活动的证据,但在这动荡不安的岁月里,她增长了阅历,"成长为一名严肃的小说家,比在斯蒂文顿她年轻时涉世更广,尽管在出版上遭遇挫折,但她对自己的非凡才华有着坚定的信念"。[①]

乔顿乡舍(Chawton cottage)是爱德华的房产,他在 1809 年为母亲和妹妹们提供了这处免费住所。定居乔顿后的生活给了简·奥斯丁从情感到环境的安稳舒适,在安逸的写作环境中,奥斯丁度过了她的小说创作与出版的最重要时期,并开始成为一名职业作家,"加入了十九世纪早期新兴的创业知识分子阶层(entrepreneurial intellectual classes)"。[②] 这个时期奥斯丁修改旧稿、创作新稿并持续积累写作经验,她所有小说的最终完成(包括修改)都是在成熟的乔顿时期,也即奥斯丁小说的集中出版期(1811-1818)。

简·奥斯丁曾在 1809 年 4 月从南安普顿写信给出版商克罗斯比,询问《苏珊》书稿未出版一事,未果。到达乔顿后,奥斯丁随即开始修改前期创作的《理智与情感》和《傲慢与偏见》两部小说的初稿,并分别于 1811 年和 1813 年出版,接下来又创作出版了《曼斯菲尔德庄园》(Mansfield Park, 1814)、《爱玛》(1816)两部长篇小说,艺术手法也更加成熟。

1815 年 8 月,简·奥斯丁开始创作《劝导》,一年后结束,它是奥斯丁完成的最后一部长篇小说。1816 年春,奥斯丁委托亨利花十英

①　Janet Todd, *The Cambridge Introduction to Jane Austen*, p. 8.
②　*Ibid.*, p. 9.

镑原价买回《苏珊》手稿,修改为《诺桑觉寺》,打算再次提供出版。1817 年 1 月底,她开始动笔写一部新的小说《桑迪顿》,在此期间,她的健康已经每况愈下,到 3 月时,不得不搁笔停止写作。1817 年 5 月,奥斯丁因病离开乔顿去温切斯特(Winchester)疗养,直到 7 月 18 日离世。在奥斯丁离世五个月后,即 1817 年 12 月,她的遗嘱执行人卡桑德拉,将《劝导》与《诺桑觉寺》交由出版商合在一起出版,附了一个亨利撰写的《作者传略》。简·奥斯丁生前出版的四部作品皆为匿名出版,在这部离世后的出版作品中,她的名字首次出现在读者面前。

综上可知,简·奥斯丁在十余岁年纪,即十八世纪八十年代后期,就开始了文学写作,直到她 1817 年在四十二岁的年纪因病离世。奥斯丁一生作品并不多,有六部完整小说出版传世:《理智与情感》(1811)、《傲慢与偏见》(1813)、《曼斯菲尔德庄园》(1814)、《爱玛》(1816)、《诺桑觉寺》(1818)、《劝导》(1818),其中前四部在奥斯丁生前出版,后两部在她去世后合并出版。她的名字没有出现在任何一部出版小说的扉页上,均为匿名,唯有《诺桑觉寺+劝导》所附上的《作者传略》里对她的简单介绍。除《诺桑觉寺+劝导》是四卷本设置外,其他所有小说都以三卷本设置出版(没有得到授权的第三版《傲慢与偏见》是以两卷本出现)。

研究界按照创作时间和地点,将奥斯丁六部出版小说划分为两个阶段——"斯蒂文顿小说"和"乔顿小说"。前者是奥斯丁在斯蒂文顿完成的三部早期创作:《理智与情感》《傲慢与偏见》《诺桑觉寺》,三部"斯蒂文顿小说"都是初稿完成在 1799 年之前,1811 至 1817 年间修改出版。后者是 1811 年至 1817 年间完成于乔顿的三部后期创作:《曼斯菲尔德庄园》《爱玛》《劝导》。两组的创作风格也有较明显差别——前者风格较轻快,而后者有更多复杂的心理描写。

奥斯丁的小说写作保持了作家个人创作、出版商出版的印刷媒介传播,体现出作家处于中心地位的传统创作模式,这和影像媒介时代的团队集体创作有着巨大的不同,和再后来的网络媒介互动呈现也很不一样。近代版权经营模式、大众商业化广告推广是这一时期奥斯丁小说的主要生产和传播方式,其文化意义也深受这种传播方式的影响和塑造。

在奥斯丁时代,书籍出版方式主要有三种:认购(subscription),出售版权(selling copyright),委托出版(on commission)。①《傲慢与偏见》是奥斯丁唯一出售版权(出版商出资)的作品,它的畅销和再版重印让出版商赚了不少钱,但丰厚的出版收益与奥斯丁无缘,成为她获利最少的作品。她之后再未出售过作品版权,其他几部小说都是用委托出版(作者出资)方式发行,也就是说,出版费用(包括广告)由作者承担,出版商负责委托销售印刷本、零售和商业交易,作者保留版权。奥斯丁生前出版的四部小说总共获利不超过七百英镑,绝非一笔巨大财富,至1832年班特利平价版(Bentley edition)的奥斯丁小说发行之前,她的六部小说的出版挣了大约一千六百二十五英镑。②

除这六部完整小说从十九世纪起得到广泛的出版传播外,奥斯丁的其他创作——两部未完成小说《沃森一家》和《桑迪顿》的片段,一部《少年习作》合集(三卷),一部书信体中篇小说《苏珊夫人》,还有若干篇祈祷文和几首诗歌——被认为没什么价值而长期被忽略或边缘化,直到二十世纪二十年代,由学者查普曼引领的对奥斯丁作品的学术出版活动渐次展开,奥斯丁这些"次要作品"开始得到单独印行。《沃森一家》在1923年由伦纳德·帕森斯(Leonard Parsons)出版,著名学者沃克利(A. B. Walkley)撰写导语,文本可能来自1871年J. E. 奥斯丁-

---

① See Claudia L. Johnson and Clara Tuite ed., *A Companion to Jane Austen*, Chichester: Blackwell Publishing Ltd., 2009, p. 42.

② See Janet Todd ed., *Jane Austen in Context*, pp. 16–17.

李的第二版《简·奥斯丁回忆录》。《苏珊夫人》和《桑迪顿》合集为《简·奥斯丁小说片段》(*Fragment of a Novel by Jane Austen*)在1925年出版。三卷《少年习作》的"卷二"1922年出版,"卷一"1933年出版,"卷三"1951年出版。查普曼在1954年又编辑出版了这些奥斯丁边缘写作的合集《次要作品》(*Minor Works*),包括三卷《少年习作》,《苏珊夫人》,两部未完成作品《沃森一家》和《桑迪顿》,"一部小说大纲"(Plan of a Novel),对《曼斯菲尔德庄园》和《爱玛》的一些评论,几篇诗歌等,作为他编辑的《简·奥斯丁作品集》(*The Works of Jane Austen*)的第六卷,扉页上标注"来自手稿的首次收集和编辑"(Now first collected and edited from the manuscripts)①,奥斯丁与家人的来往书信也被整理出版。到新世纪,简妮特·托德(Janet Todd)在其主编的九卷本《剑桥版简·奥斯丁著作集》(*The Cambridge Edition of the Works of JANE AUSTEN*,2005-2008)中,《少年习作》(2006)编为其中一卷,其他那些"次要作品"汇编为《后期手稿》(*Later Manuscripts*,2008)卷,增补了奥斯丁跟友人的几封书信,还有奥斯丁的字谜游戏(charades)等材料。可以说,现代出版机制及时拯救、保存和出版了奥斯丁的第一手历史档案材料,并以印刷出版的方式向社会公众传播,为奥斯丁文化经典的奠定做了扎实可信的资料汇集工作。

奥斯丁研究机构也纷纷成立,如1949年成立的"简·奥斯丁学会"(Jane Austen Society),鼓励研究奥斯丁的生活和时代,在它的年度报告上出版这些研究成果。此外还有"北美奥斯丁学会"(JASNA,1979)、"澳大利亚奥斯丁学会"(JASA,1988)等主要奥斯丁学会。奥斯丁度过生命最后时光的乔顿故居,设立了"简·奥斯丁博物馆"

---

① See R. W. Chapman ed., *The Works of Jane Austen: Minor Works*, London: Oxford University Press, 1954.

（Jane Austen Museum），为人们提供近距离接触奥斯丁"原物"的膜拜感。奥斯丁生活过四年的巴斯，成立了"简·奥斯丁纪念中心"（The Jane Austen Centre），每年秋季都会举办盛大的"简·奥斯丁艺术节"，进行各种奥斯丁元素的纪念活动。这些研究机构通过对奥斯丁的历史场域的仿真式再造，与奥斯丁传记、书信等历史材料，一起构建了历史情境中的简·奥斯丁，并在奥斯丁"经典化"的过程中持续推进她作为英国文化代表的影响力，不仅建立起她在英国大众心目中的经典形象，也将她的文化影响力向世界范围传播。

　　英国皇家邮政署曾经在 1975 年 10 月简·奥斯丁诞辰两百周年之际发行了一套四枚的奥斯丁小说人物纪念邮票①，2013 年 2 月，为纪念奥斯丁最知名小说《傲慢与偏见》出版两百周年，皇家邮政署再次发行了一套六枚简·奥斯丁作品纪念邮票，画面分别是奥斯丁六部长篇小说中的经典场景，皇家邮政署表示，如果在汉普郡的斯蒂文顿和乔顿两地（斯蒂文顿是奥斯丁出生地，乔顿是最后定居地）寄出贴有这套纪念邮票的信，将会盖上纪念邮戳，纪念邮戳上有《傲慢与偏见》中的一句话："干什么都行，没有爱情去结婚可不行。"

　　奥斯丁的文化表达成为英国的国家传统价值表达，通过邮票传播到世界各地。不仅是邮票，还有印着奥斯丁肖像的英镑纸币。2017年，又值简·奥斯丁逝世两百周年，世界多地纷纷举办各种奥斯丁纪念活动，学术界也相继集中刊载出版奥斯丁专题研究，英国本土的英格兰银行在这年 9 月更是前所未有地发行印有奥斯丁肖像的新版十英镑纸币，纸币上面印着来自《傲慢与偏见》的话："我断言，什么娱乐也抵不上读书的乐趣！"（I declare after all there is no enjoyment like reading！）这

---

① See Patricia Meyer Spacks ed., *Pride and Prejudice*, *an Annotated Edition*, illustration, London：The Belknap Press of Harvard University Press, 2010.

是继英国皇家邮政署两次发行奥斯丁作品邮票后,简·奥斯丁又以英镑纸币的形式代表"国家形象"出现,她在英国文化中的经典性被又一次确证。

这一切都表明,这位两百多年前的女作家依然深受人们的关切喜爱,在当今时代还延续着她的魅力和深远影响,而她的影响力早已跨越她的历史场域,向更广泛的文化空间传播蔓延。

二、奥斯丁译介与跨文化传播

文学译介是促成不同民族文化间发生影响的重要传播方式,是跨越地域和时空的跨文化传播。对作家来说,作品的译介是向外输出文本影响力的文化延伸与文化辐射;对译介国来说,则是外来文化与本土文化的融合交流,这一过程中,译介输入的作品会受到本土接受语境的影响,发生不同程度的重塑变形,从而会有新的意义生成。译介亦是一种媒介传播行为——经由文字媒介的文学文化传播,它本身内含在媒介传播的话题中,也是本研究要考察的内容之一。奥斯丁作品的译介使其超越国界民族,产生了世界范围的认知和影响,这也进一步导致随着媒介技术变迁而变化的奥斯丁作品传播成为一个全球性的文化现象,因而对奥斯丁在媒介传播中的文化意义生成的研究考察就不只是关涉英国本土,而是跨越国界的跨文化研究。

奥斯丁作品的译介开始很早,在初版时期,即开启了向外的译介传播,且持续时间久,覆盖范围广,已涉及几十种语言,遍及世界许多国家。译介的跨文化传播,扩大了奥斯丁作品在更广泛的世界文化领域的"可见性",让奥斯丁文化具备了产生全球文化影响力的传播基础,而从文学生产角度看,奥斯丁文本生成跨越了本土领域,在出版工业的跨国延伸中,有更大的文本印刷体量。另一方面,在跨文化的译介活动中,奥斯丁作品的英国性被强调凸显出来,她作为英国特质的代表,成为英国文化符号进行文化输出,又在与异域文化的交流融合中再生成异于本土的新意义,例如影视传播中的文化融合,尤为明显。

欧美是奥斯丁译介的重要阵地,是本研究考察主要涉及的研究领域,中国是奥斯丁译介的独特组成部分,是本研究考察分析的观察视角和思考的立足点,以下对两者译介概况分别作出述评,以之作为奥斯丁媒介传播研究的根基。

(一) 奥斯丁在欧美的译介传播①

奥斯丁小说早在 1813 年,在简·奥斯丁生前,就开始译介到欧洲大陆,以法语版《傲慢与偏见》为开端,随后其他作品的法语版、德语版、丹麦语版及瑞典语版也逐步传播开来。

《傲慢与偏见》是奥斯丁小说的第一部国外译本,也是早期被翻译最多的奥斯丁作品。1813 年 1 月,这部小说首次出版后不到六个月,日内瓦一份月刊《大英图书馆》(*Bibliothèque britannique*)就接连四期以法语译文摘录该小说连载。② 它的全本法语译本 1821 年后期在巴黎出版③,1822 年另一法语版本在日内瓦出现,采用了和早期连载的摘录同样的标题,但使用了另一个不同的文本。

---

① See Anthony Mandal, ' Austen's European Reception ', in Claudia L. Johnson and Clara Tuite ed., *A Companion to Jane Austen*; Valerie Cossy and Diego Saglia, ' Translations ', in Janet Todd ed., *Jane Austen in Context*; David Gilsonsh ed., *A Bibliography of Jane Austen*, New York: Oxford UP, 1982.

② 译文使用的作品标题是"orgueil et prejudge"。

③ 该法译本标题为"orgueil et prevention"。

奥斯丁早期译本以法语为主,到 1824 年,奥斯丁的六部小说全部被译成法语:1815 年 4 月至 7 月,日内瓦月刊《大英图书馆》又分四期发表了《曼斯菲尔德庄园》的首版法语译文,每一篇都有删节,译文内容是原版小说的三分之一;1815 年,《理智与情感》首次被瑞士小说家伊莎贝尔·德·蒙托留(Isabelle de Montolieu)译成法语出版,1821 年又出版了《劝导》的法语译本,《劝导》译本在 1828 年再次发行;《爱玛》和《诺桑觉寺》的首个法语译本分别在 1816 年和 1824 年出版。因为月刊《大英图书馆》的广泛发行以及伊莎贝尔·德·蒙托留的小说家名气,这几部法语译本也是被最广泛阅读的早期译本。

被译成德语的第一部奥斯丁小说是《劝导》①,早在 1822 年就已出现,由著名的历史小说作家和英语翻译家、因翻译司各特作品而声名鹊起的 W. A. 林道(Wlhelm Adolf Lindau)翻译。《傲慢与偏见》的德语译本出现在 1830 年②,由作家兼杂志编辑路易斯·马雷佐尔(Louise Marezoll)翻译,在莱比锡出版。瑞典语的《劝导》在 1836 年出版。丹麦语的《理智与情感》和瑞典语的《爱玛》出现在十九世纪中期,随后在十九世纪末又出现了《劝导》(1882)和《爱玛》(1898)的新版法语译本。

《爱玛》是首部在美国出版的奥斯丁小说,1816 年出版于费城。1832 年,《傲慢与偏见》和《劝导》先后在费城出版。到 1833 年,《诺桑觉寺》和《理智与情感》也出版了美国版。同时,英国出版商班特利(Richard Bentley)发行的奥斯丁小说作品集也在美国流传。

早期奥斯丁小说译本的译者自身多是文学声望很高的流行小说家,例如《傲慢与偏见》(1815)和《劝导》(1821)的法语译者伊莎贝

---

① 　小说标题被改译为"Anna: Ein Familiengemahlde"。

② 　该德译本书名为"Stolz und Vorurtheil: Ein Roman frei nach dem Englischen"。

尔·德·蒙托留,以及《劝导》(1822)的德语译者 W. A. 林道。这些
译者享有的作家声誉提高了他们译本的影响力,但他们的作家身份
反过来影响了对奥斯丁原作的翻译,普遍出现了翻译时的主观介入
和重塑等意译现象。作为那个时代的伤感小说家而闻名的蒙托留夫
人,将《理智与情感》译成了法国的伤感小说,她使用与创作小说时
同样的情感手段,不仅从奥斯丁原著中删去了具有英国色彩的场景,
还插入更"悲伤"的情节,尽管保留了奥斯丁结尾的喜剧结构,但她
明显对这样的喜剧风格不感兴趣,也没有传递奥斯丁的讽刺,其译本
明显削弱了《理智与情感》的价值丰富度。蒙托留夫人的《劝导》译
本也是如此,成为被她加工的再创作。

　　奥斯丁作品的德语翻译与法语译本情况类似,呈现出文化挪用
和重塑的现象。W. A. 林道的德语译本《劝导》,对奥斯丁原作的一
些情节和英国文化特性的描写都进行了简化或删除,小说的标题和
人物形象也都做了德语文化的转换。与林道一样,路易斯·马雷佐
尔的《傲慢与偏见》德语译本简化了奥斯丁精心描绘的社会差异和人
物塑造,还用直接话语取代了奥斯丁娴熟的间接话语风格,并淡化了
一些喜剧特征和奥斯丁惯用的讽刺口吻,将《傲慢与偏见》改写成一
部多愁善感的爱情婚姻小说。

　　从十九世纪早期到中期,奥斯丁在欧洲大陆的译介和接受的总
体特点是时断时续。例如俄国早在 1816 年,就在《欧洲先驱报》
(*Vestnik Evropy / The European Herald*)发表了一篇关于《爱玛》的评
论,但评论作品来自国外译本,而不是源于小说原文。到十九世纪五
十年代,俄国评论家亚历山大·德鲁日宁(Aleksandr Druzhinin)在为
《当代》(*Sovremennik / The Contemporary*)杂志撰写的一篇关于英国女
作家的概述文章中提到了简·奥斯丁。然而,这些对奥斯丁和其作
品的偶尔提及,都没有随之相应的译本。

总体来看,奥斯丁小说在十九世纪的译介虽然开始较早,但相对有限,她的作品只被译成四种语言(法语、德语、丹麦语、瑞典语),共十六个译本。译本的偶尔出现说明"译者选择奥斯丁的小说并不是因为它们本身的文学价值,而是因为欧洲文化背景下对小说的需求"。① 就像奥斯丁作品的法语版和德语版译本都被译者改编成本国流行的小说类型一样,早期的译介并没有对奥斯丁及其作品有任何特殊考虑,只是将其当作英国丰富的小说资源中的一种,用于本国读者的文学消费。所以,在早期的奥斯丁小说译介中,文化挪用和改编现象非常普遍,奥斯丁作品在这样的翻译需求下,失去独特性,被泛化为感伤小说等常见的消费文学。

除译本外,奥斯丁小说还以英语版本在欧洲大陆推介传播。十九世纪末,莱比锡出版商陶赫尼茨(Tauchnitz)出版了英文版的奥斯丁六部小说,作为其面向欧洲大陆读者的英文出版物计划的一部分,英语版本的广泛流传使读者对奥斯丁作品有了更为准确的认知。

从二十世纪二十年代起,奥斯丁的译介开始走向规模化。在两次世界大战期间,奥斯丁作品第一次被较大规模译介,出现了多种语言的译本。"二战"后这个输出活动呈井喷式爆发,达到了奥斯丁作品译介的顶峰。1945 年至 1949 年间,共有四十四个译本出现(仅1945 年就有二十个),其中大多数是西班牙语译本(十四个)和法语译本(十二个)。② "二战"后奥斯丁译介高峰的出现,与当时的文化倾向有关。战后欧洲大陆重建,泛欧洲主义盛行,人们普遍对英国文化感兴趣,战争期间在英国战壕中受到追捧的奥斯丁小说自然引起了人们对奥斯丁的关注。

---

① Janet Todd ed., *Jane Austen in Context*, p. 179.
② See Claudia L. Johnson and Clara Tuite ed., *A Companion to Jane Austen*, p. 427.

　　二十世纪八十年代,奥斯丁译介出现了一些新现象,一是少人问津的奥斯丁"次要作品"(《少年习作》《苏珊夫人》《沃尔森一家》《桑迪顿》)被译成法语,二是荷兰语译本逐步增多,还有俄语全译本的出版。俄国对奥斯丁的译介相对较晚,最早的奥斯丁小说俄文译本到1967年才出现,在八十年代末,叶卡捷琳娜·格尼耶娃(Ekaterina Genieva)的《小说全集》三卷本的问世,标志着奥斯丁小说俄语译介的完成。

　　奥斯丁另一更显著的译介高峰,是在二十世纪九十年代中期,由奥斯丁小说影视改编引发的"奥斯丁热"四处蔓延,对奥斯丁的译介活动也随之激增。与战后的译介热潮相比,二十世纪九十年代的译介热潮是真正对奥斯丁本人及其作品感兴趣的结果。对奥斯丁作品的译介热情尤其集中于《傲慢与偏见》,其次是《理智与情感》和《爱玛》。就《傲慢与偏见》在欧洲的译介而言,据统计,"二战"结束前的1901年至1945年有十八种外语译本,"二战"后的1946年至1990年有六十七种,1991年至2005年是二十六种,至2005年,《傲慢与偏见》共有一百一十五种欧洲语种的外语译本。[1] 在二十世纪里这部小说的名声已遍及全球很多地区。戴维·吉尔森(David Gilson)在他整理的文献目录中还罗列了阿拉伯语、孟加拉语、古吉拉特语、希伯来语、北印度语、日语、坎那达语、韩国语、马拉地语、俄语、泰米尔语、泰卢固语、泰国语和土耳其语等译本。[2] 多语种译介让奥斯丁在此际已经远超个体范畴,成为英国传统文化、英国气质和风范的象征符号,在世界范围内广为树立。

　　相比十九世纪和二十世纪初期的奥斯丁译介,二十世纪后期及

---

　　[1]　See Anthony Mandal, 'Austen's European Reception', in Claudia L. Johnson and Clara Tuite ed., *A Companion to Jane Austen*, p. 424.

　　[2]　See David Gilson ed., *A Bibliography of Jane Austen*.

至二十一世纪以来的译介,除译本数量剧增外,质量也有很大提高,许多译本都由同一位技术娴熟的译者——学者或专业翻译——出于对奥斯丁的学术或个人兴趣而编写,呈现出系统化专业化特征。例如,奥斯丁作品集被纳入著名的"七星文库"(Pléiade,2000 年开始),由法国首屈一指的奥斯丁学者皮埃尔·古贝尔(Pierre Goubert)编辑,"七星文库"作为一套规模宏大的精选集丛书,"已经成为世界上文学编选与文化积累的具有经典示范意义的大型出版事业,标志着法国人文研究的令人仰视的高超水平"(柳鸣九),这一译介行为表明奥斯丁作品在法国已享有"文学经典"地位。希腊出版商在 1996年至 2003 年间出版的奥斯丁六部小说的译本,均配有大量专业注释。这些专业性的译介和出版为随后开启的更为广泛的电子传播奠定了扎实的文本基础。

受二十世纪九十年代中期奥斯丁影视改编热的影响,奥斯丁小说的读者在全球范围内倍增,面向大众读者的译本也不断涌现,例如丹麦出版商购买了《傲慢与偏见》《爱玛》《劝导》早期译本的版权,在书籍封面印上奥斯丁小说改编电影的剧照,发行大众市场版的丹麦语译本。近期出版的意大利语译本,也在旧译本基础上利用意大利语语法添加了一些翻译上的"时代"感,以满足新时代的读者口味。

随着奥斯丁作品译介在欧洲大陆从数量到质量的双重提升,奥斯丁的经典权威地位也逐步建立起来。而在美国,因为同样是英语版本的流传,减少了翻译转换环节,美国读者也较早对奥斯丁作品有了完整的了解,对奥斯丁的接受过程与英国本土相对较为同步,大概在"二战"之后,奥斯丁在美国的地位就得到了决定性的巩固。与奥斯丁在美国的同步被接受相关,奥斯丁小说的第一部大银幕电影改编也出现在电影工业发达的美国(《傲慢与偏见》,1942),由美国率先开始了奥斯丁的影像媒介传播。

（二）奥斯丁在中国的译介传播

在简·奥斯丁离世一百年后,奥斯丁小说飘洋过海,来到了中国。而中国读者对奥斯丁创作的最早认知,是从《傲慢与偏见》这部作品开始。

大概在二十世纪初的晚清至民国初期,在中国大力译介西方作品的浪潮下,关于简·奥斯丁及其小说创作的介绍开始出现,对简·奥斯丁创作的介绍主要涉及《傲慢与偏见》。当时几位著名学者,如陈源、吴宓、叶公超,在他们的相关著述和教学中都提到《傲慢与偏见》这部作品。[1]一些期刊如《英语周刊》《光华月刊》等都有对奥斯丁的介绍。[2]

《傲慢与偏见》最早的中文译本出自当年还是燕京大学英文系学生的杨缤,而杨缤翻译此书,得益于时任燕京大学英文系兼职讲授"翻译术"课程的老师吴宓的影响和鼓励。杨缤在 1928 年就翻译了这部作品,但是直到 1935 年 6 月才由商务印书馆列入"世界文学名著"丛书出版,共二册,吴宓为之校阅并写了序言,其中写道:"英国奥斯登女士 Jane Austen（1775-1816）所撰《傲慢与偏见》(*Price and Prejudice*) 小说,凤称名著,学校多采用为课本,以此书造句工细,能以繁密复杂之意思,委曲表达之极为明显,学生由是得所模仿,且能启发其心灵也。"[3]吴宓的序言透露出《傲慢与偏见》当时已被国内许多学校采用为课本的现象及其缘由。杨缤还为这个译本撰写了导读性的

---

①　详见叶新:《吴宓和〈傲慢与偏见〉的教学传播》,《中华读书报》,2013 年 7 月 3 日。

②　参见黄梅:《新中国六十年奥斯丁小说研究之考察与分析》,《浙江大学学报》2012 年第 1 期。

③　叶新:《吴宓和〈傲慢与偏见〉的教学传播》,《中华读书报》,2013 年 7 月 3 日。

《撷茵奥斯登评传》,附在吴宓的序言之后,概述了作者生平、写作背景和当时的社会环境等。正是杨缤译本第一次使用了"傲慢与偏见"这个至今通行的译名①,这个译本当时颇为畅销,商务印书馆多次重印再版该版本。

同样在1935年,《傲慢与偏见》的另一个中译本由北平的大学出版社出版,这一译本的质量被认为逊于杨缤译本,因而影响不大,很少被提及,但译者董仲篪较早采用的"奥斯丁"这一作者姓氏译名,得到了后来翻译界的认可沿用。学者梁实秋在为董译本所写的序言中,对奥斯丁小说创作的价值进行了肯定,称她的小说"以优美的文笔描写常态的人性",其作品"禁得起时间淘汰",认为"《傲慢与偏见》至今仍能给读者以新鲜的感动",并确信这部作品翻译成中文后能赢得中国读者的情感。②

吴宓、梁实秋等学者对译本的大力推介以及对这部奥斯丁小说的不吝赞美,表明当时的中国学界对奥斯丁作品积极引介的立场,使奥斯丁在中国的传播有了一个良好开端,奠定了初步的基础。然而之后几十年,奥斯丁作品的译介传播却历经坎坷,其命运与中国的历史变迁及社会思潮变革纠结在一起而跌宕不已。

二十世纪三四十年代中国社会时局动荡,战乱频繁,严重影响了奥斯丁作品的译介。直到1949年,第二部奥斯丁小说的中文译本才出现,即刘重德翻译的《爱玛》,由重庆的正风出版社出版,这一译本后来经译者多次修订后,在八九十年代到新世纪初期都得到了再版重印。中华人民共和国成立后,五十年代有两部奥斯丁小说译本出版,其中一部是1955年2月由上海文艺联合出版社出版的《傲慢与偏见》,王科

---

① 详见叶新:《吴宓和〈傲慢与偏见〉的教学传播》,《中华读书报》,2013年7月3日。

② 参见叶新:《简·奥斯汀在中国》,清华大学出版社,2020年,页145。

一翻译;另一部是 1958 年 6 月由上海新文艺出版社出版的《诺桑觉寺》,麻乔志翻译。这两部五十年代出版的译本,境遇大不相同。麻译本是《诺桑觉寺》第一个中文译本,《诺桑觉寺》也是第三部译介入中国的奥斯丁作品,但这个译本关注度不高,在之后也很少再版;相反,王科一翻译的《傲慢与偏见》一直保持着最权威译本的地位,流传至今。王科一译本风格活泼生动,译笔传神,具有古典气质,被认为很接近奥斯丁原作"两寸象牙微雕"的特质,深受读者推崇,再加上其译本还采用了多幅奥斯丁英文原版中的插画(休·汤姆森绘制),使这一版本备受欢迎,在 1956 年 9 月又由新文艺出版社再版。1980 年 6 月上海译文出版社重印王科一旧译,在中国书店热卖一时的情形甚至引起了美国《纽约时报》的报道。[①] 自二十世纪九十年代掀起的奥斯丁作品翻译热潮中,诸多《傲慢与偏见》新译本涌现,王科一译本仍然是最受读者青睐的通行译本。

　　二十世纪六七十年代,受当时意识形态影响,奥斯丁的中国译介处于停滞状态。改革开放后,奥斯丁译介逐步恢复。《傲慢与偏见》的王科一译本首先被上海译文出版社于 1980 年重印出版,引发销售热潮。随后在 1982 年,朱虹、杨绛等学者阐述奥斯丁小说文学价值的学术研究文章,进一步推动了奥斯丁作品的翻译出版及其地位的步步"高升"。1986 年上海译文出版社将《傲慢与偏见》王科一译本列入"外国文学名著丛书"再次出版,标志着奥斯丁小说在中国正式进入经典名著之列。此后,奥斯丁小说中译本在几乎所有出版社的出版发行中,都被列入各种各类的世界经典名著丛书。自进入中国后,曾经长期遭受着"题材小格局小、文学价值不高"的质疑的奥斯丁作品,迎来了它在中国的经典化。

---

① 参见朱虹:《对奥斯丁的傲慢与偏见》,《读书》1982 年第 1 期。

中国在二十世纪九十年代开始的外国文学翻译出版热,进一步推动了奥斯丁小说的译介,而九十年代时,《傲慢与偏见》《理智与情感》等几部成功的奥斯丁影视作品改编掀起的全球奥斯丁热,也带来了中国奥斯丁译介的繁荣局面,奥斯丁六部小说均得到了翻译乃至大量的重译出版。以最受欢迎的《傲慢与偏见》为例,据叶新统计,《傲慢与偏见》在九十年代出了十四部新译本,仅1999年就出现了六部。① 这些新译本中要数1990年由南京译林出版社出版的孙致礼译本和1993年由北京人民文学出版社出版的张玲、张扬合译本影响较大。孙致礼译本以其准确流畅、言简意赅的文笔在九十年代的众多新译本中占据了主导地位,"赢得了读者的厚爱和译界的好评,在海峡两岸多次重印","1994年,被评为全国优秀畅销书,并被列入全国各地新华书店的常备书目"(修订版附言)。② 奥斯丁另一部公认的代表作《爱玛》至九十年代也增加了六个新译本,其中张经浩译本和祝庆英、祝文光合译本流传较广,最初的刘重德旧译本也多次修订重印。

在当代奥斯丁作品的译介中,翻译家孙致礼的翻译工作值得一提。孙致礼从80年代开始就投入对奥斯丁作品的翻译,一直持续到新世纪,经过多年的不懈工作,几乎以一己之力翻译了全部奥斯丁六部传世小说(《劝导》和《诺桑觉寺》与唐慧心合译),此举改变了以往出版流传的奥斯丁作品中译本均来自不同译者以至风格各异的现象,而以统一的译本风格向中国读者呈现奥斯丁创作的面貌,为奥斯丁作品在中国的译介带来新局面。孙致礼译本经译林出版社多次修订出版后,成为奥斯丁作品在中国的通行译本和畅销书。

奥斯丁作品的结集出版,是中国学界对奥斯丁创作全面认可接受

---

① 叶新:《简·奥斯汀在中国》,页203。
② 详见张立柱:《评〈傲慢与偏见〉的两个中文译本》,《内蒙古农业大学学报》2008年第6期。

的标志,上海译文出版社起到领军作用。早在 1989 年,上海译文出版社率先推出"奥斯丁文集",在这一旗号下先后出版了两部奥斯丁小说的新译本:武崇汉译的《理智与情感》(1989)和裘因译的《劝导》(1991)。在 1997 年至 2000 年的四年间,上海译文出版社陆续推出了六卷本"奥斯丁文集",收入《劝导》(裘因译,1997)、《爱玛》(祝庆英、祝文光译,1997)、《傲慢与偏见》(王科一译)、《理智与情感》(武崇汉译,1989)、《曼斯菲尔德庄园》(项星耀译,1998)、《诺桑觉寺》(金绍禹译,2000),除《傲慢与偏见》使用了王科一的经典旧译本外,其余五卷皆为新译。上海译文出版社这套"文集"版,得到业界好评,市场接受率也很高。在此版基础上,上海译文出版社 2015 年 1 月又推出了套盒精装版的《经典插图本:奥斯丁小说全集》(全六卷),装帧设计十分精美,每卷封面是一幅来自休·汤姆森(Hugh Thomson)绘制的经典的奥斯丁小说原版插画,卷本中也包含有数量众多的汤姆森插画,卷册扉页上附有那幅为公众熟知的简·奥斯丁肖像画,还有一幅奥斯丁写给姐姐卡桑德拉的书信片段的亲笔手迹,每卷皆有或由奥斯丁研究者撰写或由译者所写的"译本序",对每部作品及奥斯丁创作艺术做出导读式评论。

国内资深奥斯丁研究者朱虹编选的"奥斯丁精选集",1999 年在柳鸣九主编的"外国文学名家精选书系"(1997 年问世)中出版,该集共"精选"了五部奥斯丁作品,其中四部是皆为孙致礼译本的《傲慢与偏见》全本和《爱玛》《理智与情感》《劝导》节选本,另一部是由两篇奥斯丁"次要作品"合为一部的全译本:《沙地屯》①和《苏珊夫人》,由常立、车振华翻译,这两篇奥斯丁作品是首次出现中译本,表明对奥斯丁作品的译介还在不断推进。柳鸣九主编的这套"外国文学名家精选书

---

① 即简·奥斯丁最后一部未完成小说 *Sandition*,本著中译名为《桑迪顿》。

系"在新世纪更名为"世界名著名译文库"修订再版(上海三联书店出版),朱虹重新修订的编选集也更名为"奥斯丁集"在 2014 年 5 月出版,收入四部全本奥斯丁作品:《傲慢与偏见》《理智与情感》《爱玛》《沙地屯》(与《苏珊夫人》合为一部),所选译本与之前版本相同,朱虹为这个新世纪的修订版选集写了一篇编选序:"奥斯丁再现辉煌",介绍了奥斯丁在国外随着影视等新媒介的传播而出现的更加兴盛蔓延的奥斯丁大众文化现象。

此外,译林出版社在多年发行奥斯丁单行本后,也于 2016 年 7 月推出装帧考究的合集本"简·奥斯丁小说全集",盒装一套五本,并仿照早期的原版奥斯丁文集设置,将《诺桑觉寺》和《劝导》合为一本,统一采用孙致礼译本。这套"全集"本,与上述两种合集本一起,作为译本精良、译介全面、基本涵盖奥斯丁创作全貌的版本,更多为中国学界的学院派研究者所采用,为国内的奥斯丁研读提供了优秀的参阅版本。

进入新世纪后,奥斯丁作品的翻译出版更是如火如荼,不仅新译本还在不断涌现,已有的经典译本也几乎每年都在再版重印,还有多样化的新版本形式,如青少版、双语读物、同名听书等,出版市场一片繁荣,奥斯丁作品已成为不折不扣的畅销书。这表明,奥斯丁作品在中国已达到了普及性的接受。而为中国读者熟知的奥斯丁六部作品中,最受喜爱的前三部是《傲慢与偏见》《理智与情感》《爱玛》,其中《傲慢与偏见》遥居榜首——与英国本土和欧美国家的接受状况完全一致。

另外,除翻译出版外,奥斯丁作品在最初进入中国时,就被编选入英文课本,融入中国的教育体系,并形成传统一直延续下来。例如《傲慢与偏见》在三四十年代许多大学的英文课本中被普遍采用;五六十年代,北京大学的俞大絪编选的英文课本里,节选有《傲慢与偏见》供大学英语专业学生研读;自六十年代起,商务印书馆先后出版的持续周期很久、发行量很大的《许国璋英语》(六册),其第六册选入了奥斯丁作品(该册编选者俞大纲)。一代代教学传播将奥斯丁作品带入千万中国学子的视野,促成其在中国的广泛接受和作为英国经典文学的地位的逐步确立。再以当前的大学英语教材为例:北京大学的刘意青、刘炅撰写的"高等学校英语专业系列教材"《简明英国文学史》(英文版),由外语教学与研究出版社在 2008 年 10 月首版,其后持续再版重印,该书第十三章第二节内容为"简·奥斯丁,社会礼仪小说家"(Jane Austen, Novelist of Social Manners),对奥斯丁生平创作进行整体阐述外,又着重介绍了"谈论奥斯丁时通常会选择的两部主要作品《傲慢与偏见》和《爱玛》"①,编者在前言中说明了选入这套教材的作家作品的编选原则,由于英国文学内容丰富,"只能在至今选取最多的、最为重点的作家和作品中进一步筛选"②,由此可见简·奥斯丁作品如今在中国学界已经牢固占据着英国经典文学的地位。

以上可以看到,奥斯丁的中国译介包含了从翻译出版到教学传播的活动,这些译介活动有力推动着奥斯丁作品在中国更深入的研究和更广泛的传播。

中国的翻译界、出版界及至教育界对简·奥斯丁一百多年来的译介传播,也是作为英国文学经典的奥斯丁小说在中国逐步经典化的过程。如今,以《傲慢与偏见》为代表的奥斯丁小说不仅在中国社会有着很高的知名度,深受中国读者喜爱,而且产生了一定的文化影响,例如"傲慢与偏见"这一为读者熟知的书名短语,就已经进入中国当代流行文化,成为被高频使用的社会用语。

由于中国的奥斯丁译介晚于西方欧美世界一百余年,再加上百年译介过程中因受到中国特殊历史语境的影响而导致的停滞,中国对奥

---

① 刘意青、刘炅:《简明英国文学史》,北京:外语教学与研究出版社,2008 年,页 211。

② 同上书,页 ii。

斯丁作品的印刷出版传播不能与欧美同轨,国内的奥斯丁学术研究局面也长期滞后于国外研究。但自二十世纪九十年代全面启动的奥斯丁译介,使奥斯丁在中国的接受渐次铺展开来,也随之打开了奥斯丁研究局面,为之后更多媒介形态的奥斯丁传播奠定了基础。这让奥斯丁在影像媒介传播和互联网传播中的意义再生产现象在中国几乎同步进行。影像传播造就的奥斯丁"简迷"文化,产生遍及全球的奥斯丁大众文化传播,也催生了大批中国"简迷",而互联网传播中的中国"简迷"用户对奥斯丁文本活跃的衍生再创造,丝毫不亚于国外的"简迷"文化,为奥斯丁的大众文化生产增添着富于中国特色的内容。

通过对奥斯丁译介在欧美与中国的分别梳理,也形成一个对比视野,见出中国奥斯丁接受与国外的共通性以及特异之处,由此可以更好地理解奥斯丁媒介传播在中国的意义生成现象。例如同样因为二十世纪九十年代的奥斯丁影视改编而促成的奥斯丁译介热潮现象,译介最早也始终最受欢迎的作品是《傲慢与偏见》,其次是《爱玛》,等等,体现出中外奥斯丁译介的一些接受共性。至于特异之处,例如奥斯丁的《傲慢与偏见》与另一位英国女作家夏洛蒂·勃朗特的小说《简·爱》被同时翻译引进中国(1935年),在后来的译介出版中也经常被相提并论,致使在许多中国读者的心目中,将两部原本作者创作风格殊异的作品视为同类,并在后来的粉丝再创作中进行两个文本之间的混搭改写,这可说是有趣又独特的奥斯丁在中国的意义再生产现象。

综观奥斯丁译介活动,几乎一直伴随着奥斯丁作品的出版过程。译介将奥斯丁创作拖离了它们原初的文化语境,放入新的文化语境,把作品出版变成一种传播现象,纳入更广泛的跨文化传播之中。译介对奥斯丁的媒介传播——印刷出版、影视改编、互联网传播的推动也是全方位的,新文化语境中的译介出版让奥斯丁作品借助于出版工业得以在其他国家传播开来,这些专业性的译介和出版也为随后开启的更为广泛的电子传播奠定了扎实的文本基础和文化适应性,可以说,译介推动了奥斯丁作品的每一种媒介传播都成为全球性的跨文化传播现象。

三、奥斯丁媒介传播研究的意义与研究策略

奥斯丁研究硕果累累,对奥斯丁文本的意义生成起到了极其重要的作用,也为本研究奠定了重要的研究基础。对已有奥斯丁研究成果的梳理,让我们既看到奥斯丁研究已到达的领域和涉及的深度,也看到尚存在一些有待思考探寻的话题,为本研究形成了新的研究空间。

(一)研究基础:奥斯丁研究现状综述

国外奥斯丁研究以英语国家为主,始于 1811 年奥斯丁第一部小说《理智与情感》的出版。十九世纪至二十世纪初的早期评论多为当时一些重要作家的感受性短评,真正系统化的学术研究开始于二十世纪四十年代并持续至今,其间又出现了三次相对集中的研究热潮:奥斯丁诞辰两百周年纪念(1975)、英国 BBC 电视改编剧集《傲慢与偏见》的播出(1995)、奥斯丁最知名小说《傲慢与偏见》出版两百周年纪念(2013),在 2017 年奥斯丁去世两百周年纪念时,奥斯丁研究又迎来了新一轮较为集中的关注。

迄今国外奥斯丁研究已积累了丰硕的成果,已有研究大致可分为三类:传记与实证研究、文本与文化研究、传播与接受研究。

传记与实证研究,主要为奥斯丁家族成员和其他研究者所撰写的奥斯丁传记,以及对奥斯丁所有写作的考察整理,是对奥斯丁创作

的重要基础研究。J. E. 奥斯丁-李所写的第一部传记《简·奥斯丁回忆录》在家族成员撰写的系列传记中影响最大,这部传记描绘出的和蔼可亲的"简姑妈"形象,以及对奥斯丁时代生活的怀旧抒写、对奥斯丁式家庭价值观的描述,直接引发了十九世纪后期英国第一次"奥斯丁热"。伊丽莎白·詹金斯(Elizabeth Jenkins)颇受欢迎的《简·奥斯丁传》(*Jane Austen: A Biography*, 1938)、玛格丽塔·拉斯基(Marghanita Laski)带有大量插画图例的传记《简·奥斯丁和她的世界》(*Jane Austen and Her World*, 1969)和戴维·塞西尔(David Cecil)名气更大的传记《简·奥斯丁肖像》(*A Portrait of Jane Austen*, 1978)则呈现了一个古典优雅的奥斯丁生活世界,让奥斯丁及其作品获得一种与此相关的特质。R. W. 查普曼在二十世纪早期开始的实证研究推进了奥斯丁研究进程,他在考校奥斯丁手稿与首版印刷本基础上编辑的五卷本牛津学术版《简·奥斯丁小说集》(*The Novels of Jane Austen*, 1923)是整个二十世纪最权威的奥斯丁作品底本,另外他对奥斯丁创作手稿的考证(1948)、对奥斯丁《少年习作》和未完成手稿及奥斯丁书信的整编——《简·奥斯丁次要作品集》(*Jane Austen's Minor Works*, 1954)以及《简·奥斯丁书信集(1776-1817)》(*Jane Austen: Letters [1776-1817]*, 1955),都是极有价值的奥斯丁研究基础资料。迪尔德丽·勒·法耶是目前奥斯丁实证研究公认的权威,她所整理的庞大的奥斯丁家族谱系表以及对奥斯丁毕生几乎所有信息的探寻汇编《简·奥斯丁及其家族年表》(*A Chronology of Jane Austen and Her Family*, 2006),对奥斯丁乡居生活详尽呈现的专著《简·奥斯丁的乡村生活:奥斯丁的生活、书信和小说的乡村背景》(*Jane Austen's Country Life: Uncovering the rural backdrop to her life, her letters and her novels*, 2014)等为奥斯丁研究提供了无与伦比的实证材料。

　　文本与文化研究,包括对奥斯丁小说风格、文体、语言、修辞等文本

研究,和社会历史广阔语境中的文化研究,以学院派学者的专业化研究
为主体,研究成果极其丰富,这些研究多方探讨并充分肯定了奥斯丁创
作的艺术与内容的价值。查普曼编辑的牛津学术版奥斯丁小说集
(1923)奠定了奥斯丁学术研究的基础,也将奥斯丁时代的文化引入文
本研究视野。玛丽·拉塞尔斯(Mary Lascelles)的研究专著《简·奥斯
丁和她的艺术》(*Jane Austen and Her Art*, 1939)正式开启了奥斯丁作品
的学术研究时代,她首次综合论述了奥斯丁小说的语言使用、叙述技
巧、时间设置等许多"精致的艺术性问题",其专业化研究大大提升了
奥斯丁"伟大小说家"的地位。哈丁(D. W. Harding)反响很大的论文
《有节制的憎恨》('Regulated Hatred', 1940)对奥斯丁"颠覆性讽刺艺
术"的研究,影响了二十世纪五六十年代对奥斯丁小说艺术在结构、语
言、隐喻等许多层面的文本研究。二十世纪七十至九十年代奥斯丁小
说更多被视为特定文化产物进行文化语境分析,玛里琳·巴特勒
(Marilyn Butler)具有开创性的历史主义批评著作《简·奥斯丁与观念
之争》(*Jane Austen and the War of Ideas*, 1975)在其间影响深远,她将更
详尽的历史文化语境引入作品分析奥斯丁时代社会与道德的对抗,深
度启发了之后研究者的马克思主义、女性主义、新历史主义、后殖民主
义等多重文本意义阐发。奥斯丁创作的历史背景一直是奥斯丁研究中
被持续关注的内容,克雷克(W. A. Craik)的研究著作《简·奥斯丁的
时代》(*Jane Austen in Her Time*, 1969)、玛吉·莱恩(Maggie Lane)两次
再版的著作《简·奥斯丁的世界:英国最受欢迎小说家的生活和时代》
(*Jane Austen's World: The Life and Times of England's Most Popular
Novelist*, 1996,2005,2013),以及罗伊·阿德金斯(Roy Adkins)的专著
《简·奥斯丁的英国:乔治王朝和摄政时期的日常生活》(*Jane Austen's
English: Daily Life in the Georgian and Regency Periods*, 2014),都是重要
的对奥斯丁时代社会生活更详尽的文化研究。

传播与接受研究,关注了奥斯丁作品的读者阐释、影视改编、作品出版史、学术研究史等传播接受现象,该研究在近十几年来逐渐增多,显示出新的学术增长领域。伊恩·瓦特(Ian Watt)编选的《简·奥斯丁批评论文集》(*Jane Austen: A Collection of Critical Essays*, 1963),布莱恩·索瑟姆(Brian Southam)编选的两部有详尽编辑评论的批评论文选集《简·奥斯丁:批评遗产,卷一:1811–1870》(*Jane Austen: The Critical Heritage, Vol. 1: 1811-1870*, 1969)和《简·奥斯丁:批评遗产,卷二:1870–1940》(*Jane Austen: The Critical Heritage, Vol. 2: 1870-1940*, 1987)是奥斯丁接受研究的先锋之作。戴维·吉尔森对奥斯丁作品的出版与译介以及研究论文与著作的名目汇编《简·奥斯丁参考书目》(1982)至今仍是奥斯丁研究必备参考资料。约翰·威尔彻(John Wiltshire)的专著《再造简·奥斯丁》(*Recreating Jane Austen*, 2001)分析了电影改编对奥斯丁作品的视觉化再创造以及电影文本之于小说文本的差异,吉娜·麦克唐纳(Gina Macdonald)与安德鲁·麦克唐纳(Andrew Macdonald)的编著《屏幕上的简·奥斯丁》(*Jane Austen on Screen*, 2003)关注了奥斯丁小说的系列影视改编作品及其副产品和奥斯丁的商品化现象。凯瑟琳·萨瑟兰(Kathryn Sutherland)的研究专著《简·奥斯丁的文本生活:从埃斯库罗斯到宝莱坞》(*Jane Austen's Textual Lives: From Aeschylus to Bollywood*, 2005)全面考察了奥斯丁的出版小说、未完成作品、传记、影视改编等多种形式的文本,分析每一种文本如何开发出更广泛的问题域以及传播和转换奥斯丁的方式。克莱尔·哈曼(Claire Harman)的研究专著《简的名望:简·奥斯丁如何征服世界》(*Jane's Fame: How Jane Austen Conquered the World*, 2009)梳理阐述了奥斯丁分别在普通读者和学术界里的名望的增长。劳伦斯·马仲尼(Laurence W. Mazzeno)的著作《简·奥斯丁:两个世纪的批评》(*Jane Austen, Two Centuries of Criticism*, 2011)考察了对奥斯丁两个世纪以来的传统文学研究如何逐步影响奥斯丁的声望。凯蒂·哈尔西(Katie Halsey)的研究专著《简·奥斯丁和她的读者们(1786-1945)》(*Jane Austen and Her Readers 1786-1945*, 2012)呈现了奥斯丁的读者及其所处的社会文化如何再阐释其小说。克劳迪娅·L.约翰逊(Claudia L. Johnson)的著作《简·奥斯丁的狂热崇拜与文化》(*Jane Austen's Cults and Cultures*, 2012)追踪分析了十九世纪至今奥斯丁接受史中的"简迷"如何再生产出多种奥斯丁文化现象并以"令人惊奇的方式"挖掘奥斯丁作品中的资源和可能性。

中国的奥斯丁研究始于二十世纪二十年代奥斯丁最知名作品《傲慢与偏见》的介绍,当时著名学者陈源、吴宓、叶公超等在相关著述和教学中都有提及。因为历史原因,国内真正意义上的奥斯丁学术研究直至二十世纪八十年代才真正开始,明显滞后于国外研究,但研究态势一直呈上升趋势。

朱虹、杨绛等学者在八十年代初期对奥斯丁小说艺术的"好评"文章,打开了国内当代奥斯丁研究的局面:朱虹在《读书》(1982年第1期)上发表《对奥斯丁的傲慢与偏见》,驳斥了国内学界认为奥斯丁创作"生活面狭窄、题材琐碎、不涉及重大问题"因而将其长期排除在"外国文学名著"之外的观点和现象,引用充分的国外奥斯丁研究资料为奥斯丁"正名";杨绛的万余字长文《有什么好——读小说漫论之三》,紧随其后在《文学评论》(1982年第3期)上发表,细致阐述了奥斯丁小说艺术的特色,宣称奥斯丁是"不容忽视的大家"。朱虹随后又编选了译文集《奥斯丁研究》(1985),列入"外国文学研究资料丛书"出版,这部译文集对国外奥斯丁阶段性的重要研究文章和研究观点的译介,有力推进了国内奥斯丁研究。

二十世纪九十年代之后,随着奥斯丁作品译介的全面展开,对奥斯丁的学术研究也进展迅速,出现大量研究文章,研究内容既有小说主题分析也有艺术手法的探讨,有单部作品研究也有对奥斯丁创作的整体意义考察。例如殷企平、朱安博的两篇研究文章(2011):《简·奥斯丁怎样重振了英国现实主义小说?》《〈傲慢与偏见〉如何揭露人类行为的经济原因?》①,前文阐述奥斯丁小说创作在英国小说过渡时期的重要性,指出其摆脱了当时感伤文学与哥特式小说的虚假浪漫,"重现当年菲尔丁和理查逊的现实主义关怀,为现实主义小说在十九世纪再现高潮起了关键的作用"②。后文阐述奥斯丁在《傲慢与偏见》这部小说中所展示的"金钱压倒一切的社会",从而具有的"马克思主义"经济分析式的文本特征。这些研究分析加深了对奥斯丁小说创作价值的认知。

近年来的研究则从文本研究向更为宽广的外延拓展,如文化研究、社会学分析等,体现出国内学界对奥斯丁小说更细化和深入的探索。例如学者黄梅的研究文章《〈傲慢与偏见〉:书名的提示》(《文学评论》2014年第6期),将这篇最广为人知的奥斯丁作品置于"更开阔的社会视野和伦理关怀"中去解读奥斯丁在小说中关于"傲慢"和"偏见"的两种情感叙事,令人眼界大开;还有张鑫的研究文章《奥斯丁小说的图书馆空间话语与女性阅读主题》(《外国文学评论》2016年第2期),从奥斯丁小说中"图书馆"这一细节场景描写来揭示奥斯丁女性人物阅读行为的女性主义主题探讨。

目前国内的奥斯丁接受研究尚不算多,但已做出一些有价值的成就。黄梅的研究综述文章《新中国六十年奥斯丁小说研究之考察与分析》(《浙江大学学报》2012年第1期)着眼于中国语境梳理了奥斯丁作品的译介接受状况,开启了奥斯丁的中国接受研究的新方向。叶新

---

① 殷企平、朱安博:《什么是现实主义文学》,上海:上海外语教育出版社,2011年,页25、26。

② 同上书,页57。

的专著《简·奥斯汀在中国》(2020)是这一领域的较新研究成果和系统化成就,该著全面考察了奥斯丁作品自二十世纪初期进入中国以来的百年译介和接受历程,运用大量史实考据阐述了奥斯丁小说在中国的翻译出版与传播的特点,并思考了奥斯丁的百年中译对中国社会文化所产生的影响,作者基于出版学专业背景的考察视角,为奥斯丁的中国接受研究领域提供了别有价值的研究结论。

近几年国内奥斯丁研究在拓新性和系统化方面有明显突破,出现了几部较为重要的研究成果。吴笛主编的《外国文学经典生成与传播研究》(2019)丛书第四卷的一章"《傲慢与偏见》的生成与传播"[①],论述了奥斯丁这部最知名作品从诞生至今的两百年传播中的经典化过程以及在现代传播语境里的意义再阐释等,是国内目前在奥斯丁作品传播研究方向的一个开拓。龚龑、黄梅的著作《奥斯丁学术史研究》(2019)对两百多年来英美学界为主的奥斯丁研究总体历程进行了系统介绍和评析,并分主题集中于一些研究领域如奥斯丁小说的宗教含义、奥斯丁传记等做了相关论述研究;龚龑、黄梅还配套编选了《奥斯丁研究文集》(2020),精选译介了一些对奥斯丁及其作品研究具有标志性意义的重要论文,这部文集是自二十世纪八十年代编选的《奥斯丁研究》(朱虹编)以来的第二部研究译文集,预示着国内奥斯丁研究正走向新的拓进,奥斯丁研究已经受到国内学界更多重视,对她的规模化研究已经初步展开,也必将有更多新的研究成果出现。

国内奥斯丁研究虽然在逐步与国外研究接轨中,但与国外研究还不同步,研究广度深度等都未充分展开,与奥斯丁作品的畅销程度和社会影响、她在国外研究中的地位(国外有多个奥斯丁学会,定期出版研

---

① 撰写者张素玫,见吴笛主编、彭少健等著:《外国文学经典生成与传播研究(第四卷)近代卷(上)》,北京:北京大学出版社,2019年,第九章。

究期刊）相比，国内奥斯丁研究"少得不成比例"（黄梅），且研究成果绝大多数都为单篇研究文章和硕士学位论文，研究专著与博士学位论文尚不多见。国内的奥斯丁研究还有待更充分的研究探讨。

由奥斯丁研究综述可见：传记与实证研究为本研究提供了必要基础；文本与文化研究虽然挖掘了丰富的奥斯丁作品的意义价值，但大多囿于奥斯丁作品自身内容与艺术表现等领域去探究其意义生成；传播与接受研究虽然与本研究有相近的研究考察对象，但研究意图并不一致，或是研究读者阐释或是研究影视文本再创造或是批评史追踪，考察点各有偏向侧重，并未自觉地将印刷出版、影视改编、网络媒介变迁之于奥斯丁文学文化意义生成的影响集中聚焦进行研究分析，而这个研究聚焦开启了奥斯丁研究的新场域，即本专著的研究论题——从媒介传播视角整体考察奥斯丁作品在传播中的意义再生产。

（二）论题的提出：奥斯丁的媒介传播研究

所有文学作品的意义生成都是在传播中的不断再生产过程，不同的传播媒介传达着不同的思想，生产着不同的意义，任何一种媒介都是对内容的重新定义。

简·奥斯丁的小说创作迄今已传播了两百余年，在这个传播历程中，奥斯丁小说先后经历了印刷出版、影视改编、互联网传播等三种主要的媒介传播形式和传播阶段，在每一种媒介传播中，奥斯丁文本的意义都不断更新、增值扩大，不仅引起学者们的广泛研究，产生了丰硕的学术成果，还形成全球性的"简迷"大众文化，围绕其作品更是延伸发展出庞大的文化产业，使"简·奥斯丁"这一名字如今已成为内涵相当丰富的文化符号。

"深入一种文化的最有效途径是了解这种文化中用于会话的工

具"——媒介。① 据此,本研究即以奥斯丁作品的媒介传播为关注点,从媒介文化研究视角,将奥斯丁作品的传播历程看作在不同媒介空间中的意义再生产过程,以此来探讨奥斯丁文本在传播中意义持续更新增长的文化现象,并进一步论述媒介传播在文学作品意义再生产中的重要作用,不同的媒介传播因媒介特性的不同而形成各自媒介空间中的不同的阐释体系、传播方式、文化结构配置等再生产机制,从而延伸和发展原初文本,推动文化文本的意义生成和流变。

从媒介传播视角来考察奥斯丁的意义再生产问题,突破了以往研究认为奥斯丁作品意义生成只与作者创作以及作品自身内容相关的认识局限,提出了新的奥斯丁研究思路,即认为奥斯丁作品的意义生成是在传播中的不断再生产过程,将媒介传播视为奥斯丁作品意义生成的重要因素,认为不同媒介空间对奥斯丁作品的再阐释再创造,以及文本形式的重新转换,促成其作品的丰富内涵被多维度充分地意义呈现,并不断再生成超越原初意义的新意义。本研究的观点认为:奥斯丁文本作为历史性产物,一方面映射表达了它原初生产和接受之时的历史性内容,另一方面又映射表达了再阐释它之时的历史性内容,这也是一切文学作品的本性,因而作者奥斯丁也只是部分参与了其作品的意义生成,奥斯丁作品的意义没有固定性和权威性,而是随着媒介传播不断再生产出新的意义,从而实现价值的持续增值。

本研究的媒介传播研究视角,跳出了惯常的奥斯丁文本研究或文化研究等视阈,而以奥斯丁作品的两百余年传播历程为研究对象,

---

① 尼尔·波兹曼:《娱乐至死　童年的消逝》,章艳、吴燕莛译,桂林:广西师范大学出版社,2009年,页10。

从传播媒介视点关注奥斯丁作品在传播中的意义再生产问题,提供了一个文学与传播学相融合的跨学科研究视野。在具体展开研究中,本研究不只是梳理归纳奥斯丁作品两百年来的传播现象,也不只是分析奥斯丁作品的意义生成,而是在此基础上深入思考媒介传播之于文学作品意义再生产的重要作用,运用媒介文化研究方法,在由媒介特性决定的不同媒介空间中,探讨再生产出的奥斯丁作品意义与其特性。在具体的文本研究中,考察了丰富多样的研究对象,不仅有奥斯丁作品的印刷文本、影视改编文本、网络文本,还有在奥斯丁传播中产生的重要文化现象,如"简迷"大众文化、奥斯丁的品牌化和产业化、网络虚拟社区中的"奥斯丁式"社交文化等,在掌握大量原材料基础上做出判断分析,从中选取有代表性的个案作为具体分析对象,并提炼出重要问题点进行思考。

奥斯丁在媒介传播中的意义再生产问题,有以下几个逻辑环节。

首先,媒介作为文学生产中的积极要素,具有文学场域的组合和建构功能,可以连接不同的文学活动主体,形成各自不同的文学活动场域。印刷媒介第一次为作者连接起广大公众,并形成一个期刊出版和评论的中间环节,成为作者和公众读者间的中介。影视媒介激发起导演、演员与观众影迷之间的结构关系,表现为更为狂热的大众追星文化。互联网媒介则在全球范围建构起最为广泛的奥斯丁文化社区,形成社区文化生产的生态。

其次,不同媒介要素连带建构起来的文学文化生产场域又会生成不同的奥斯丁文化。印刷媒介引发的是小说文本的读者阅读、想象和思考,带给人们细腻而层次丰富的文本审美感受和理性深思。影视媒介视觉表现的特性为小说场景的可视化呈现提供了媒介空间,促成了英国遗产文化的影像传播,在小说人物形象的视觉塑造上则赋予更多现代的审美特征——更为感性化、欲望化的身体以及浪漫的情感文化并引发明星崇拜。互联网媒介则建构起充满个性活力的新时代奥斯丁文化社群，以一种更加去中心化、去经典化的方式演绎出更为多元分散的网络奥斯丁文化。

再次，不同媒介引领下的文化成为不同媒介传播时代的文化资本，在现代多种媒介传播并存时代的文化生产场域中生长发展，呈现出复杂的图景和面貌，我们可以在各种奥斯丁文化传播事件与现象中条分缕析出这些不同来源的文化内容，对其社会生长和传播基因做出鉴定，发现奥斯丁文化生长的与时俱进的生命力，它经由不同媒介传播活动所创生的新的文化意义，以及由这些不同媒介传播所开辟的各种文化旨意发挥，而且这个历史过程永不停息，奥斯丁文化也会历久弥新。

本研究以简·奥斯丁及其作品的媒介传播为考察对象，研究奥斯丁在不同媒介空间中的意义再生产，具体包括印刷媒介中奥斯丁作品的印刷出版、影像媒介中奥斯丁作品的影视改编、互联网媒介中奥斯丁作品的文化重构，按照传播媒介的不同类型以及出现的历时顺序，依次逐层展开分析奥斯丁作品在印刷媒介、影像媒介、互联网媒介这三种媒介空间中如何被再阐释再创造、生成新的意义，以及在不同媒介空间里的意义再生产的不同；不仅考察分析了奥斯丁及其作品在这三种媒介空间中的再阐释与再创造以及新的意义生成，还研究探讨了这三种媒介的技术特性，在各自的媒介空间中的不同阐释体系和再生产机制，以及所建构的文化生产场域的独特性，关注探讨了传播媒介与文学作品意义再生产的关系。

本研究主体共四章，每章三节，章末设置小结，内容如下。

第一章是奥斯丁小说写作在原初语境中的意义生成分析，阐述奥斯丁生活与创作的英国摄政时期的历史语境，以及在这一语境中奥斯丁创作的原初意义生成，以此作为探讨奥斯丁意义再生产的比较基础。本章从以下三方面进行分析论述：首先通过对奥斯丁的家庭生活环境、她所处时代的历史社会状况，分析孕育了奥斯丁创作的家庭和社会语境；其次阐述英国文学传统对奥斯丁小说创作的影响，分析奥斯丁在承继文学传统基础上创新与变革的创作风格形成过程，并以奥斯丁最知名作品《傲慢与偏见》为例，详细阐述这一过程；最后通过梳理奥斯丁的所有小说写作（六部完整小说、三部未完成小说、少年习作）以及对奥斯丁小说创作观的探析，阐述概括奥斯丁写作在当时场域中的原初意义。

第二章是奥斯丁在印刷媒介传播中的意义再生产分析，阐述奥斯丁作品从十九世纪初期开始的印刷出版，在印刷媒介文化建构的新的生产消费空间中，其文本意义不断增值扩张，最终成为英国文学经典。本章分别论述三方面内容：其一，阐述奥斯丁小说的初次印刷出版（1811-1818）将奥斯丁的个人写作与公众读者关联，在印刷文化的公共领域流通传播，获得了金钱与名望的双重收益，让奥斯丁拥有了"职业作家"这一身份；其二，阐述奥斯丁小说自十九世纪三十年代开启并一直延续到二十世纪初期的大众出版，让奥斯丁作品成为大众流行读物，并唤起大众读者对奥斯丁的情感崇拜，在文本阅读中重新建构起一个具有多重文化隐喻的"奥斯丁世界"，使奥斯丁及其作品被视为英国传统价值观与旧伦理秩序的民族文化象征，被情感认同；其三，阐述奥斯丁作品在二十世纪二十年代启动的学术出版，推动了贯穿二十世纪中后期并持续至今的奥斯丁学术研究，由学者构成的新阐释接受群体，通过大量的奥斯丁学术再生产，对奥斯丁文本进行了丰富的意义阐释，再生产出奥斯丁作品崇高而厚重的学术价值，使奥斯丁的经典地位最终得以确认，完成了奥斯丁小说的经典化。

第三章是奥斯丁在影像媒介传播中的意义再生产分析，阐述二十世纪四十年代之后兴起的奥斯丁作品影视改编,促成了奥斯丁遍及全球的视觉文化传播现象,并获取了巨大的商业收益,将奥斯丁再转换为一个具有商业价值的优质品牌商标,承载了视觉化时代的品牌识别度,实现了商业增值。本章从三方面分析论述:其一,综述以好莱坞与英国广播公司(BBC)为主的影视工业作为再生产者对奥斯丁小说的影视改编,重点阐述二十世纪九十年代奥斯丁影视改编作品的成功及引发的全球"奥斯丁热",分析影像媒介中再次变化的生产消费关系和生产体系,及其对奥斯丁传播的影响;其二,阐述影视媒介对奥斯丁小说的视觉影像再阐释,以及由此生成的奥斯丁小说的视觉影像美学意义,通过从文字到影像的视觉转码将印刷文本中具多重文化隐喻的"奥斯丁世界"转换为影视文本中的身体与物的视觉景观展示,分析接受者(观众)以视觉凝视取代阅读沉思,在视觉快感和幻觉沉浸中满足各种心理欲望与情感投射的新的意义生成;其三,阐述影像媒介对"奥斯丁世界"诱人的感官美学再创造和大众化传播方式让奥斯丁风靡全球,催生出的更加狂热的大众"简迷"文化又对奥斯丁进行了各种衍生再造和商业开发,使"简·奥斯丁"延伸发展为具有品牌效益且利润巨大的文化产业。

第四章是奥斯丁在互联网媒介传播中的意义再生产分析,阐述自二十世纪九十年代开始的奥斯丁网络传播现象,以最大的奥斯丁英文主题网站"彭伯里共和国"为主要案例,分析互联网的新媒介技术根本改变了对奥斯丁的阐释接受行为,在独特的网络媒介再生产场域重构了奥斯丁文化,以解构传统印刷文化中的经典化的奥斯丁的方式,重新建构了一个数字媒体化的奥斯丁文化新形象。本章从以下三方面分析论述:首先,阐述网络数字超链接技术建立起一个互联网上的奥斯丁超文本世界,将奥斯丁主题的所有内容和媒体形式聚集成一个大型数字化文本,改变了奥斯丁文本的承载状态,也将传统的线性阅读和被动接受方式改变为非线性阅读和主观参与的新行为,同时也为受众提供了感受、认知和建构奥斯丁的各种可能的虚拟数字技术的方式;其次,分析论述活跃在互联网上的"简迷"在这一媒介空间中既是消费者又是再生产者的"产消者"身份特征,以"拼贴混搭"的方式将碎片化的奥斯丁元素重新组合为新的"奥斯丁式"文本,在"简迷"的自我主体展示和游戏狂欢中,完成对奥斯丁的后现代再造,以此打破了奥斯丁作品的封闭叙事,使其在元素化中成为可无限重构的"奥斯丁"资源,同时消解了奥斯丁的作者权威,终结了经典文本的历史性唯一性;再次,通过具体分析"彭伯里共和国"网站的内容构成与运作方式,阐述其为全球范围各种类型的"简迷"提供了一个网络空间中跨越现实边界、自由交往的虚拟"奥斯丁社区",在奥斯丁主题的信息共享与交流中完成互联网时代的情感归属和身份认同,以及这种虚拟社区对于人的文化精神的现实影响和塑造。

最后结语部分,总结论述印刷出版、影像和互联网三种媒介建构的不同的奥斯丁文学场域及其变化,论述媒介传播对于奥斯丁作品意义生成的重要作用,即由媒介传播促成的其作品的丰富内涵被充分媒介化,意义翻陈出新,不断再生成超越原初意义的新意义,从中看出媒介传播在文学生产中的重要性,以及文学活动与媒介传播的必然关联性。

本研究还附录了四项内容,分别是奥斯丁小说创作与出版年表、奥斯丁传记与书信集版本目录、奥斯丁小说影视改编版本目录、奥斯丁主题网站目录,源于本人对奥斯丁英文研究资料的收集整理,为本专著研究提供必要的资料补充。

本研究以媒介传播为分析问题视角,在传播学理论范畴和研究范式中再次思考文学作品的传播和意义生成问题,在研究方法和路径上尝试做出一些新突破:其一是在文学与传播学两种学科领域内进行跨学科交叉研究,既包括文学的文本研究也包括传播学的媒介研究,在跨学科的综合分析考察分析中，看到新问题得出新结论；其二是综合兼容了文本研究与文化研究，本专著研究对奥斯丁作品的原初意义生成以及之后每一种媒介场域中的文本意义再生产的考察分析，其具体考察对象都是特定历史时期的文化产物，所以本专著研究对象本身就内在形成了文本细读与文化语境相结合的综合研究路径，对奥斯丁文本的研究也始终是媒介文化语境中的研究，使本研究成为一个涵盖更广泛文化现象的文化研究。

本人认为，本研究的媒介传播研究视角对奥斯丁意义再生产的逐层考察分析，较为有效地阐释了奥斯丁作品意义的不断增值现象，以及当下遍及全球的"简迷"文化及其影响，能够帮助我们理解全球化的奥斯丁文化现象，也为文学经典在当代媒介文化中的意义增值现象（如IP化、文化产业开发等）提供一种可类比的研究案例。

相对于国外丰富的奥斯丁研究成果和研究资源，国内的奥斯丁研究还有待进一步拓展。本研究主要依托国外奥斯丁研究资料，做了相关的问题探讨，希望本研究成果能为国内奥斯丁研究增添砖瓦之力。在对奥斯丁媒介传播与意义生成的考察中，本研究也包含有奥斯丁中国传播现象的梳理阐述，如奥斯丁在中国的翻译出版、学术化研究和经典化过程，中国"简迷"对奥斯丁文本的续写衍生，以及国内互联网上的奥斯丁文本二次创造等"简迷"文化现象的案例分析，将中国奥斯丁传播现象纳入全球化的奥斯丁传播现象不可缺少的内容组成部分进行解析，同时在本专著的这一奥斯丁主题研究中，尝试对中国文学研究中的相似主题与问题域进行关联思考，如中国传统民族文学在媒介变迁中的经典化、IP化、产业化等意义再生产问题，希望本研究的分析思考也能对中国问题研究有所启发。

第一章 原初场域的奥斯丁写作及其意义生成

文学作品都是特定历史时期的产物,受到它创作之初的作家生活环境和社会文化语境的影响,并在作品中体现出来。奥斯丁小说作为历史性产物,也映射表达了它原初生产场域的内容。

奥斯丁写作的原初场域,最直接相关的就是家庭环境,她最初写作就是为家庭娱乐之用,她也在家庭成员的支持下,走向了职业作家之路。奥斯丁对小说文体的喜爱和选择小说创作,乃至作品的印刷出版,与她所身处的时代特征均有着渊源关系。虽然奥斯丁在小说写作上有着优秀的天赋和不可否认的才华,但英国文学传统依然是她写作的根基,在对前辈作家的继承与反叛中,奥斯丁形成了她对小说创作的独特认知,用她的小说作品为世人搭建了一个"奥斯丁世界"(Austen World)。这个"奥斯丁世界"体现的是奥斯丁小说原初生产的"即刻语境"(immediate context),具有奥斯丁个人生活和那个时代独有的特色,在这一原初语境的接受中生成了奥斯丁文本的最初意义。

第一节　奥斯丁写作的家庭与社会语境

作家的创作活动离不开一个适合创作的环境,这个环境就是广义的文学活动的空间,也是一个媒介信息空间,它对作家的创作有重要的孵化作用。"天才,不是凭空产生的,相反,它从不产生,除非是在一个非常适合产生天才的社会环境中,它的声音几乎是这个社会环境本身客观的声音。"①奥斯丁天才般的小说创作离不开她生存的社会环境。奥斯丁的文学才能孕育于她的家庭环境之中,家庭氛围让她的写作潜能得到激发与鼓励,葳蕤生长;奥斯丁生活的十八世纪至十九世纪之交的英国社会环境,为她的小说创作与印刷出版提供了最有利的时代契机。这些环境因素既促成了奥斯丁写作,也构成了奥斯丁写作的独特内容。

一、奥斯丁写作的家庭语境

奥斯丁拥有一个人气旺盛的大家庭,这个家庭为她的文学写作提供了受益无穷的成长环境,J. E. 奥斯丁-李在《简·奥斯丁回忆录》里特别强调了家庭对简·奥斯丁文学写作的直接影响。

简·奥斯丁的父亲、教区长乔治·奥斯丁曾经求学于牛津大学圣约翰学院,受过非常良好的教育,"他不仅是个渊博的学者,而且对

---

① Claudia L. Johnson & Clare Tuite ed., *A Companion to Jane Austen*, p. 33.

各种文学体裁都有很高的欣赏能力"①,在父亲的启蒙、引领和鼓励下,年幼的简·奥斯丁开启了她的文学写作之路。亨利·奥斯丁在《作者传略》里提到,因为父亲的指导,简小小年纪就领会到文学体裁的种种魅力,并且十分积极地锤炼出自己的语言风格。

虽然简·奥斯丁只在七八岁时上过两年的寄宿学校,但父亲那超过五百册藏书的图书馆满足了她求知的心灵。除大多数常用的学校书籍在家就能读到外,这个家庭图书馆还有大量的文学作品,简在无人监管下随意阅读,这些没有得到分类的图书,既有约翰逊博士(Dr. Samuel Johnson)、威廉·考柏(Willian Cowper)的作品,也有塞缪尔·理查生(Samuel Richandson)、亨利·菲尔丁(Henry Fielding)的小说,流行的哥特派小说、言情小说等,还有像奥利弗·哥尔德斯密斯(Oliver Goldsmith)的《英格兰史》(*An History of English*)这样的历史书籍,以及一些科技、旅行、政治和医疗类书籍。没有接受过正规学校教育的简·奥斯丁在家庭图书馆自由自在的阅读中,积累了丝毫不逊于学校教育的文学知识,为她的文学写作立下根基。

家庭的文学氛围培育了奥斯丁良好的文学鉴赏力,也培养了她的文学才气,父亲还送给她纸张、笔记本和写字桌等用于写作的实用的礼物。幼年时的简·奥斯丁曾得到父亲送的一个笔记本,父亲为她将要在笔记本上写下的内容题写了这样的标题:"一位非常年轻的女士脑海中迸发出的、以全新风格讲述的奇思妙想。"②父亲的这番题词,满是对奥斯丁才华的认可与鼓励。在简过十九岁生日时,父亲送给她一张便携式写字桌作为生日礼物,简就在这张写字桌上写出了她从《苏珊夫人》开始的一部又一部作品。母亲卡桑德拉·李·奥

---

① 亨利·奥斯丁:《奥斯丁传略》,文美惠译,朱虹编选:《奥斯丁研究》,页4。
② 卡罗尔·希尔兹:《简·奥斯丁》,页42。

斯丁,喜欢为全家人创作字谜和关于当地的人与事件的巧妙漫画诗,来用于家庭消遣,她在这方面的才能也传给了她的孩子们,孩子们很快就熟练自如地为每季的家庭戏剧创作请帖、书信或序言及尾声。[1]简·奥斯丁自然也学会了这些技能,她的小说中也经常出现此类内容,例如在那部叙事艺术高超的小说《爱玛》中,爱玛与邱吉尔、简·费尔法克斯小姐等人玩的字谜游戏成为一个颇具机巧的情节设置,令人印象深刻。简在牛津大学接受教育的长兄詹姆斯,通读英国文学,散文和诗歌都写得很好,他比简年长十岁,J. E. 奥斯丁-李在《简·奥斯丁回忆录》里称詹姆斯对简而言"在指导她的阅读和形成她的品位方面"[2]有很大一部分功劳。

就像《诺桑觉寺》中描绘的凯瑟琳·莫兰的童年生活一样,简·奥斯丁在孩子众多的大家庭中度过了无拘无束的童年时光。每逢雨天,孩子们就在谷仓里和左邻右舍排演家庭戏剧,简当然会参与其中。家庭剧排演帮助她练就了善于安排人物对话以及从对话中捕捉信息的能力,这在她后来的创作中得到了充分体现。而这一给奥斯丁留下深刻印迹的童年生活,也成为她小说创作中的场景。据研究者考证,《曼斯菲尔德庄园》里伯特伦家子女们在庄园里排演的那出家庭剧,就是奥斯丁家孩子们曾经演过的剧目。这样的童年生活,也"有助于她充分了解并且感知青葱少年是如何将其青春活力转化为成熟的绅士派头和骑士风度,而这样的派头和风度正是她笔下所有男主人公的特质"。[3]

奥斯丁家庭的文化水平较高,全家人都爱阅读,热衷于借书和交

---

[1]　See Claudia L. Johnson and Clara Tuite ed., *A Companion to Jane Austen*, p. 36.

[2]　James Edward Austen-Leigh, *A Memoir of Jane Austen*, London: Richard Bentley, 1870, p. 20.

[3]　卡罗尔·希尔兹:《简·奥斯丁》,页22。

换书籍,家里经常有读书会,大家聚集在一起朗读和讨论文学作品,形成一个阅读社团。在简·奥斯丁的书信中充斥着她和家人正在阅读的各种各样的书籍的内容评点。奥斯丁从这个家族阅读社团中获益良多,其中最明显的就是她的讽刺文体与戏仿(parody)风格的形成。"奥斯丁家族作为一个整体,在阅读文本时,有重写文本的倾向——他们倾向于以自己独特的方式模仿给定文本的构思或书写的过程。"①奥斯丁家的阅读社团形成这样一个习惯,即喜欢以"反驳"(talk back)的方式评论所阅读的作品,家庭图书馆的书籍的边缘处常常被阅读者写满了这类反驳式评论,例如奥利弗·哥尔德斯密斯《英格兰史》的奥斯丁家族抄本上页边空白处就被年轻的简·奥斯丁写了不下三十条评论。② 这种阅读方式逐渐演变成一种家族成员人人擅长的反讽文体,即将所有的阅读文本都看作一种后现代主义所说的"可写文本",对其进行戏仿或讽刺,以此来"回应"(writing back)原作者。

简的两位兄长詹姆斯和亨利在牛津大学读书期间,曾主编过一份名为《闲荡者》(*The Loiterer*)的期刊,他们撰写和编辑了一系列文章,这些文章所具有的"一种更复杂的叙事结构与反讽方法的融合"的讽刺性文体风格,得到人们的普遍赞赏。这种嘲讽文体无疑是奥斯丁家族特有的文风。这份期刊也引起了奥斯丁家人的强烈兴趣。在研究者的考察中,简·奥斯丁早期作品里就具有令人吃惊的讽刺性文笔,这与两位兄长主办的这份期刊的文风有着一致性,人们看到她的《少年习作》中回荡着同样讽刺的声音,因此推测,"这位小说家在从事自己早期写作活动时,一定是受到了她的兄弟们在牛津大学

---

①　Claudia L. Johnson and Clara Tuite ed., *A Companion to Jane Austen*, p. 33.
②　*Ibid.*, p. 32.

的文章中获得的相对成功和当地声誉的鼓励"①,认为《闲荡者》和奥斯丁早期小说之间有很多明显的联系,甚至推测少女时期的简·奥斯丁也在为该期刊撰稿,《闲荡者》是"简·奥斯丁早期盛行的思想和观点"的真实记录。

这样的家庭环境培养了简·奥斯丁对于文学"看似本能的戏仿表达潜在的冲动",让年轻的简·奥斯丁展露出非凡的戏仿写作的原始本能,这也成为她的文学创作最显著的风格特色。另外,奥斯丁全家都喜欢读小说,喜欢小说带来的消遣功能,年少时的简·奥斯丁经常能在家里发现最新出版的小说,其中很多来自附近的流通图书馆(circulating library),这种家庭氛围自然影响了简·奥斯丁对小说这种体裁的钟爱。

奥斯丁的创作还有一种特质,就是充满了家长里短的八卦闲聊(gossip)。她的小说的戏剧性就源自这些经常存在于几个妇女之间的闲言碎语,同时也让奥斯丁的故事具有了鲜活的世俗性。这些八卦闲聊在奥斯丁笔下成为一种炼金术,被她提炼出超出表面琐屑的聊天的意义,有着格外生动的戏剧性。可以说,奥斯丁通过这种方式,让自己成了一名小说家,而这种能力依然是来自奥斯丁家族的一种"八卦精神"的传统,"这种视八卦闲聊为戏剧的能力被发展起来……在斯蒂文顿牧师住宅的育儿室里"。②

J. E. 奥斯丁-李在《回忆录》里提到,奥斯丁家庭成员的个性、经历和职业等都或多或少渗入简·奥斯丁的作品,成为她作品的素材来源。

"牧师"是奥斯丁几乎每部作品里都有的人物形象,《傲慢与偏

---

① Claudia L. Johnson and Clara Tuite ed., *A Companion to Jane Austen*, p. 38.
② *Ibid.*, p. 33.

见》中诌媚的柯林斯,《爱玛》中荒唐的埃尔顿,《诺桑觉寺》里睿智的亨利·蒂尔尼,《曼斯菲尔德庄园》里稳重的埃德蒙·伯特伦,等等。在奥斯丁的家庭生活中,"牧师"也是她最熟悉不过的人物身份,她的父亲就是一名做了四十多年教区长的乡村牧师,长兄詹姆斯在父亲退休后接替他的教职做了牧师,以及简最喜欢的四兄亨利,也在中年事业破产后选择入职教会。虽然宗教信仰并没有成为简·奥斯丁描写的主题,但牧师是她熟稔到从真实的生活至虚构的小说都无法避开的人物,她塑造起来也格外得心应手。

现实生活中,奥斯丁与姐姐卡桑德拉,爱情婚姻都不幸,终身未婚,依附家庭,她们属于那种没有陪嫁财产的婚姻对象。简在二十来岁时,曾经历过短暂的真爱,但因为没有财产,被对方放弃。卡桑德拉在订婚一年的未婚夫病故他乡后,也再没有婚姻机会。几乎没有财产收入又无法通过婚姻来获取经济保障的姐妹俩,不得不依靠来自父兄的供养接济来生活。这使简·奥斯丁对与财产捆绑在一起的婚姻有着痛彻感悟,对没有财产而盼嫁的女性的处境有着深切体味,她在小说中书写的爱情与婚姻,莫不与此相关联。《傲慢与偏见》中的班奈特姐妹、《理智与情感》中的伍德豪斯姐妹、《爱玛》中的贝蒂小姐的困窘生活,正是这种没有财产也没有婚姻的单身女性的写照,而中止写作的《沃森一家》,极可能是简·奥斯丁对主人公所面对的此种困境也无法解决,只能放弃写作。此外,简与卡桑德拉终生保持亲密的姐妹关系,也延续到了她的小说中,例如《傲慢与偏见》中手足情深的简与伊丽莎白。J. E. 奥斯丁-李在《简·奥斯丁回忆录》里也指出,《理智与情感》里的埃莉诺与玛丽安,其性格与奥斯丁姐妹有相通之处,卡桑德拉的性格可能是理性的埃莉诺,而简与感性的玛丽安有相似之处。

奥斯丁这些讲述绅士淑女婚恋故事的作品里,无一例外都有对拥有庞大地产的贵族阶层人物的描写,象征他们身份地位的乡村庄园,往往是这些故事发生的场景,如《傲慢与偏见》里的彭伯里庄园(Pemberley Estate),《理智与情感》里的诺兰庄园(Norland Garden),《爱玛》里的唐威庄园(Donwell Abbey),《劝导》里的凯林奇大宅(Kellynch Hall),《诺桑觉寺》和《曼斯菲尔德庄园》则直接就以作品中的庄园名字来命名。庄园里美丽舒适的景色,以及生活在庄园里的绅士淑女们富贵闲散的生活,构成奥斯丁小说里必不可少的内容,甚至有时候成为改变人物命运的直接因素,就如曼斯菲尔德庄园对于范妮·普莱斯的命运提升。奥斯丁的家庭虽然也属于乡绅阶层,但家庭经济状况并不宽裕,简·奥斯丁能够在作品中如此生动地描绘富有的地产贵族阶层的庄园生活,完全得益于她那位从小被托马斯·奈特爵士收养并继承了奈特家族地产的兄长爱德华。尽管在童年时期爱德华就与家人分开,但他们在后来的生活中联系紧密,简在年轻时曾多次去肯特郡拜访爱德华一家,在兄长的戈莫舍姆庄园驻留,她肯定有细致观察过贵族豪宅里的日常生活,对地产阶层所拥有的特权和财富也一定深有感触。《傲慢与偏见》里,当伊丽莎白·班奈特参观达西先生的彭伯里庄园时,情不自禁地发出的那句的感慨:"做彭伯里的女主人还真是了不起!"很难说不是彼时客居在戈莫舍姆庄园里的简·奥斯丁的心声。

《傲慢与偏见》《曼斯菲尔德庄园》《劝导》等作品中,都出现了海员形象,尤其是《劝导》这部小说。《劝导》的男主人公温特沃斯上校是名海军军官,租住埃利奥特家凯林奇大宅的克罗夫特将军,以及众人去莱姆镇旅游时拜访的朋友哈维尔上校、本威客上尉,也都是退役的海军军官。小说最后一章的一个场景里,奥斯丁还借安妮之口表达了对海军事业的敬重。奥斯丁的写作素材,都局限于她熟悉的事情,如同 J. E. 奥斯丁-李在《简·奥斯丁回忆录》里所说的,她从不触及政治、法律或医药等这些她不了解的领域,但是她的两个参加海军并服役终生的兄弟弗朗西斯和查尔斯,让一生宅居乡村的简·奥斯丁有了自如地描写英国皇家海军和海员的底气。弗朗西斯和查尔斯从十二岁左右就投身于海军事业,弗朗西斯最终成为第一舰队的海军上将。两兄弟曾在纳尔逊将军手下服役,参加过抗法战争,他们在参加战役时写给家人的书信,让简·奥斯丁得以在亲历者的描述中观看了战役,并从他们的视点理解了战争的意义,也油然生出对海军职业的偏爱。两兄弟的亲身经历,给予奥斯丁"描写海军时的敏捷和准确"①,他们的书信也把简·奥斯丁与汉普郡之外更广阔的世界联系起来。

除父母亲和兄弟姐妹外,简的表姐伊莱扎(Eliza de Feuillide)给她留下了特别深刻的印象。伊莱扎有着戏剧般的人生经历,她出生在印度,是简的一位远嫁印度的姑妈的女儿,长大后嫁给一位法国伯爵,这位伯爵在法国大革命中被送上断头台,伊莱扎成了寡妇,后来改嫁给简的哥哥亨利·奥斯丁,成为奥斯丁家族的一员。伊莱扎是简一生的挚友,她性格活泼开朗、风趣迷人,吸引住了奥斯丁家所有的男孩子们;她会讲法语,阅读法语书籍,懂得法式礼仪,她浪漫离奇又多姿多彩的传奇人生和身上的异国风情,如同一部极具震撼力的小说,让年少的简目眩神迷。伊莱扎丰富的阅历,以及在学识和社交方面的见识,还有她时不时流露出的女性主义倾向的意识,都让简开阔了眼界,为她平淡的乡居生活增添了色彩,也激发了她的想象力,和内心深处对未知世界的渴望。在奥斯丁小说中有一类漂亮、活泼,对男性有着强烈吸引力的魅力女性形象,如喜欢操控男性的苏珊夫人,《曼斯菲尔德庄园》里迷住埃德蒙·伯特伦的玛丽·克劳福德,

---

① James Edward Austen-Leigh, *A Memoir of Jane Austen*, p. 25.

《傲慢与偏见》里让达西先生倾倒的伊丽莎白·班奈特,她们的形象特征很可能都来自伊莱扎的影响。

　　奥斯丁家庭热情好客,与很多邻居都保持了长期的友谊,例如奥斯丁书信以及家人传记中经常会提到的安妮·勒弗罗伊夫人等。J. E. 奥斯丁-李的《简·奥斯丁回忆录》里讲述,奥斯丁家的这些有品位、有教养的邻居,简所熟悉的这些人,构成了她作品中想象出的各个阶层的人物,从国会议员,或大地主,到年轻的副牧师或出身同样好的更年轻的海军学员。所以,在她的小说中,既没有地位很高的人,也没有地位很低的人,她也决不会去关注粗俗的事物,因为她熟识的人都不在这个范围内。①

　　僻居于汉普郡乡村的奥斯丁,社交圈狭小,基本局限于家庭成员以及邻里之间的往来,还有为数不多的几次外出旅行,但有限的社交生活并没有影响简·奥斯丁在她的“微观世界”中去洞察人性,描摹世态人情。类似邻里之间的宴会邀请和舞会等社交活动,简·奥斯丁总是欣然前往,她很享受从社交往来中获得的乐趣。她所熟悉的这些乡村社交活动,为她的小说创作提供了养分,化作她笔下那些茶会、牌局、宴会、舞会,成为她作品中展开故事情节、发生戏剧冲突的精彩场景。在家人陪伴下,奥斯丁在英格兰的几次旅行,为她打开了社交窗口,对她的写作也大有裨益。数次肯特郡以及伦敦之行,都成为她的故事内容或背景,旅行也成为她故事中的情节要素之一。如《傲慢与偏见》中描写伊丽莎白·班奈特与舅父嘉丁纳夫妇一起出门旅行,正是在这次旅行中,她以游客的身份拜访了达西迷人的彭伯里庄园,心里生出了对达西不一样的情愫,她与达西的爱情也自此峰回路转。

---

① James Edward Austen-Leigh, *A Memoir of Jane Austen*, p. 29.

简·奥斯丁充满活力的大家庭,不仅拓展丰富了斯蒂文顿狭小安静的生活圈子,为她的写作提供了素材和灵感来源,也一直是奥斯丁写作最强有力的支持团体。奥斯丁的大家庭,经常有家庭聚会,家庭成员间的谈话、辩论、互动,充满了活力和精神交流。每天下午,大家庭的社交活动就会开始:聊天,打牌,茶会,晚上的时光通常用来朗读小说,简·奥斯丁曾在她的书信中多次描述过这种读书场景,如1808年6月20日给卡桑德拉的信中写道:"我应该对《玛密恩》(Marmion)非常满意吗?——我还没有。詹姆斯在晚上大声朗读它——晚上朗读的时间不长——大约在十点开始,中途吃个晚饭。"①在1807年1月7日给卡桑德拉的信中写道:"《阿尔冯茜娜》(Alphonsine)没再看了。刚读了二十页,我们都很不喜欢刚阅读的那二十页,译文糟糕,用语粗俗,简直有辱斯文。我们现在改为阅读《女吉诃德》(Female Quixote),每天晚上都让我们乐趣无穷,对我来说这真是非常好的一本书。"②

奥斯丁自己的作品常会在家庭聚会上读给大家听。J. E. 奥斯丁-李的《简·奥斯丁回忆录》里讲述道,简·奥斯丁最初写作是为了家庭娱乐,就像当时盛行的业余戏剧演出、猜字游戏、谜语等通常的家庭娱乐项目,她写好后的作品会拿来大声朗读给家人听,在娱乐之时,这些有着鉴赏识别力的听众常常为她的作品提出许多有益的建议。简·奥斯丁不属于任何社团组织,甚至她也极少跟其他职业作家有直接的接触联系,她写作的最初支持团队主要是其家庭成员,家人是她作品的第一读者和评论者。这个习惯一直保持着,在她的作品得到出版之后,她依然会拿着出版物朗读给大家听,渴望来自家人

① R. W. Chapman ed., *Jane Austen: Letters (1776-1817)*, London: Oxford UP, 1955, p. 85.
② *Ibid.*, p. 72.

的认可。家人的倾听和鼓励,已成为奥斯丁创作最重要的精神动力。

简·奥斯丁的成长和她的文学之路,与这个活跃的大家庭密不可分。虽然奥斯丁的一生都住在偏远乡村,局限于家庭生活,但这个家庭里"有很多书可以读,有很多事可以做,有很多人可以交谈"①,让奥斯丁始终有一个充实而广博的内心世界和一个探求思索的心灵。从斯蒂文顿舒适快乐的乡村生活到乔顿安宁稳定的安居之所,还有家人从未缺席的陪伴和认可,逐步孕育和激发了奥斯丁的创造力,唤起了她的创作才华,她在这个给予她内心安全感和力量的环境中自由自在地幻想和写作。

家庭对奥斯丁而言,是她早期的文学活动场域,也是一个文化信息空间,这个媒介信息空间的人物、行为和话语成为她小说的素材来源,成为她笔下描绘的英国乡村邻里生活的原型,而这个家庭喜欢八卦闲聊、戏拟摹仿等特征也直接转化为奥斯丁小说写作中的一种特质。奥斯丁独特的家庭文化空间,构成了一个丰富的媒介信息场域,激发着奥斯丁的创造力,为她的写作提供了灵感源泉,为她的文学活动提供了交往空间,也同时成为她的作品内容。

二、奥斯丁写作的社会语境

简·奥斯丁写作小说的时代,正处于小说文体在不断演变,女性与小说的关联性紧密,同时英国的印刷出版业蓬勃发展的时期。小说文体在此时的兴起及其自由特性为女性创造了新的职业机遇,而这一时期逐步形成的由现代出版工业和出版商业主导下的文学社会

---

① Claudia L. Johnson and Clara Tuite ed., *A Companion to Jane Austen*, p. 33.

场域，使文学的流程化生产以及文学作品产生的社会影响力都大大提升，小说写作成为能获取经济回报和社会名望的双重受益之事，从而又吸引了更多女性参与其中。这样的社会语境和媒介文化空间，是奥斯丁作为一位女性小说作家得以成功的关键。

（一）女性为主导的小说写作

当奥斯丁家的男孩子们各自追逐事业、奔赴远大前程时，家里的两个女孩，简和卡桑德拉，却被局限在家庭琐事和邻里之间有限的社会交往之中，既没有工作机会，也几乎没有获得收入的机会，只能待在家里，等待缔结适合的婚姻，而最终未能出嫁的姐妹俩，只有依靠父亲生活。简一年仅有父亲给的二十英镑零用钱，在父亲去世后，经济更为窘迫，不得不靠兄弟接济。这既是二十多岁的简·奥斯丁的生活处境，也是奥斯丁所处的时代即十八世纪至十九世纪初期的女性的社会境况。

对于当时许多出生并不富裕，没有自己的财产，也没有什么指望可以继承遗产的年轻女性来说，选择一个有财产的婚姻伴侣，通过婚姻来获得经济保障，是一种紧迫的生存需要。除此之外，她们能获得有偿就业的机会非常有限。像简·奥斯丁这样有教养、受过良好教育的单身女性，大概率只能去做家庭教师，这一职业是奥斯丁不屑一顾的，《爱玛》中做家庭教师的简·费尔法克斯小姐，含蓄地将自己作为家庭教师的命运与奴隶或妓女的命运进行了比较，这自然也是简·奥斯丁的看法。所以，谋求婚姻就成了贫穷又待嫁的年轻女性竭力要达到的目的。奥斯丁清醒地看到这一点，她接受了当时社会女性依赖于男性这一不可逃避的事实，在作品中描写了不少年轻女性施展各种技巧，谋划引诱男性上钩的好戏，如《诺桑觉寺》里的伊莎贝拉·索普小姐、《理智与情感》里的斯蒂尔小姐，但简·奥斯丁也还是忍不住在她的写作中对女性的社会地位和婚姻问题表达了女性主义倾向的感受，为女性处境鸣不平之声，如《爱玛》中的贝茨小姐的可怜境遇，《劝导》中史密斯太太的艰难度日。这大概也是简·奥斯丁为自己未婚独身又没有财产的可悲困境而生出的忧虑。

　　小说这一文体的出现，为像奥斯丁一样的女性创造了一种新的职业，或者说，一种全新的以写作谋生的方式，它是受家庭桎梏的女性在家能从事的为数不多的赚钱的职业，使女性与正逐步兴盛的出版工业建立起联系，通过出售自己的作品，获取经济回报，从而拥有了"职业作家"（professional author）这一新的身份（也很有可能那时绝大多数女性作家都是为了赚钱而写作的）。

　　虽然小说在十八世纪才作为一种独特的文学体裁出现，但它包罗万象的特性，使它迅速超越了其他文学形式，成为大众流行文体。小说的渊源可以追溯到游记、随笔、叙事诗、圣人传记以及法语和意大利语的短篇故事，随着十八世纪四十年代理查生和菲尔丁的作品的问世，这一新颖的文学形式"如同响雷一般横空出世"。[1]

　　自小说文体出现后，小说从生产到消费，女性都广泛参与其中。不同于从希腊与拉丁古代继承的写作体裁（史诗、田园诗、悲剧和喜剧等），小说的生产不需要受过古典教育，因为即使是来自有产阶级的女性也很少受过古典教育，小说对女性来说具有可行性，而其他体裁对女性来说则不可行。[2] 小说出现时，恰逢女性文化水平广泛普及，识字率提高，英国工业的发展也让女性尤其中产阶级女性的生活越来越悠闲安逸，有大量闲暇时间用来阅读，所以十八世纪的大多数

---

[1]　参见卡罗尔·希尔兹：《简·奥斯丁》，页31。

[2]　See Robert P. Irvine, *Jane Austen*, London and New York：Routledge, 2005, p. 17.

小说的读者也以女性为主,小说成为唯一一种女性可以由始至终参与的文学形式。然而也正因为此,小说长期文学地位低下,被视为一种文化水平和阅读能力较低的人才会去阅读的文类作品。到十八世纪下半叶,尽管有大量小说问世,而且人们购买、租借和阅读的小说数量更多,但是无论小说的文学价值,还是在评论界的地位,都没有明显提高。简·奥斯丁在写于 1798 年至 1799 年的《诺桑觉寺》中,就对当时人们轻视小说的社会风气进行了愤懑的描述:

> 他们用鄙夷的口吻一味指责,以达到贬低创作成果的目的……就让那些书评家闲着没事做,去诋毁这迸发想象力的作品吧,让他们去用如今充斥报章的陈词滥调对每一部新问世的长篇小说评头品足去吧……尽管我们的作品比起任何一个文人的作品来,包含了更加广泛和更加真挚的乐趣,但是没有哪一个种类的作品受到过这么多的攻击。或是出于傲慢,或是出于无知,或是出于时髦,我们的敌人与我的读者一样多……似乎几乎普遍有一个愿望,要诋毁小说家的能力,低估小说家的劳动,并且轻视其创作成果,而这些作品体现的仅仅是精神、才智与趣味罢了。①

由于小说的"低品质"文化地位,"自尊心强的男作家不愿意认真地从事这种写作,而把这个领域留给最大胆最有天才的姐妹们去进行竞争。她们发挥才能的其他机会很少,而且除了结婚以外,几乎没有别的办法可以挣得收入或补充收入"。② 因此,小说就成了女性

---

① 简·奥斯丁:《诺桑觉寺》,金绍禹译,上海:上海译文出版社,2015 年,页 32–34。
② 安妮特·T.鲁宾斯坦:《从莎士比亚到奥斯丁》,陈安全等译,上海:上海译文出版社,1987 年,页 410。

主导的写作体裁,在整个十八世纪,小说领域都由女性作家主宰,到十八世纪后期尤为明显,"实际上,十八世纪最后二十五年的英国小说几乎完全为妇女所垄断"①,在这一时期,女性作家发展了一系列的小说类型,其中两条主线是"哥特式小说"和"感伤小说"。前者的代表人物为安·拉德克里夫(Ann Radcliffe)夫人,拥有最多读者的感伤小说作家是范妮·伯尼(Fanny Burney)。范妮·伯尼的感伤小说,如《埃维莉娜》(*Evelina*, 1778)、《塞西莉亚》(*Cecilia*, 1782)、《卡米拉》(*Camilla*, 1796)等作品,对奥斯丁的小说写作起到了最重要的先例作用。

以这两种类型为代表的女性小说创作,流露出显著的女性情感倾向,"都将女性(通常是年轻女性)的私人思想和情感与男性权力的公共世界进行了对比"。② 马文·马德里克(Marvin Mudrick)在他的《简·奥斯丁:作为防护和探索的反讽》(*Jane Austen: Irony as Defense and Discovery*, 1968)一书中,对此现象做了分析。他指出,十八世纪后期的中产阶级女性生活在一个充满男性占有和控制的社会里,没有机会表达自己的政治和经济见解,没有权势,但是通过阅读和写作小说,她们感到自己也有了占有权和控制权,所以,绝大部分哥特式小说和感伤小说都"漠视男人的财产世界及其基本道德和谨小慎微,只把它们当作性别和感情的讨厌障碍"。③ 女性将小说的阅读和写作作为自身能掌控的私人空间,为女性自身提供了一个对抗当时的男权社会,进入社会公共道德批判的手段,这也是女性在漫长的十八世纪英国社会文化中的地位变化。而这种变化显然得益于现代出版工业,现代印刷出版重组了文学活动的方式,给女性带来了从

① 安妮特·T.鲁宾斯坦:《从莎士比亚到奥斯丁》,页412。
② Robert P. Irvine, *Jane Austen*, p. 17.
③ 安妮特·T.鲁宾斯坦:《从莎士比亚到奥斯丁》,页412。

经济到人格、精神都走向独立的契机。女性小说作家的兴起背后,是印刷出版媒介的支持和推动——出版媒介遵循商业逻辑和经济原则,只要有读者受众和市场盈利,作者的身份和性别差异均被淡化,这就是现代商业出版媒介的社会意义和文化价值,所以文化媒介出版工业的发展,间接地推动女性作者走上文学领域,向曾经一直由男性主导的文学场域发起了挑战。

女性作家主导小说创作的状况一直持续到十九世纪二十年代,男性小说家才再次占据主导,一种文化上的主导,直到此时,小说作为一种文学形式才真正得到承认。简·奥斯丁开始小说创作的十八世纪后期,到她出版小说的十九世纪初期,都是女性小说创作占据绝对优势地位的时期,所以,简·奥斯丁就在这样的社会时代语境下,"在一个有利的时机进入了文学市场"。[①] 相应地,这一时代语境中的现象,也构成了奥斯丁小说写作关注的主题:女性婚姻及其映射出的社会问题,小说的文学地位问题,还有对当时盛行的两种小说潮流——哥特式小说和感伤小说的女性情感倾向的嘲讽,在对这些问题的关注和批评中,简·奥斯丁确立起自己小说写作的现实主义叙事风格。

奥斯丁的写作随着现代出版媒介兴起,也将小说向现代形态推进,即反映女性的社会地位和生存状况等明显是现代社会关注的问题,出版媒介对女性作家写作的支撑,互文式地对应着奥斯丁小说写作对女性问题的演绎。

(二) 印刷出版的媒介文化场域

奥斯丁生活的摄政时期,即十八世纪后期至十九世纪初期,英国

---

① Robert P. Irvine, *Jane Austen*, p. 10.

的印刷出版业已颇具规模并继续蓬勃发展，以伦敦为中心，一批实力雄厚的出版商建造起一个按商业模式运作的广阔的文学出版市场，围绕市场销售形成作家、出版商与读者之间的生产消费关系。文学作品成为供读者消费的商品，使出版商和作家能够赚取市场利润，从而推动作家创作和出版商积极再版重印。

在奥斯丁时代，虽然出版规模远不能和现在相比，但是出版商们采用的多种灵活出版方式为像奥斯丁一样的不知名的写作者提供了更多出版作品的便易。当时出版作品主要有认购出版、出售版权和委托出版三种方式。在那个时代，书籍的生产在很大程度上是一种市场风险，书籍作为商品被资本投资，希望从不可预测的市场销售中获利。这三种出版方式都既有优势也有风险。

相对来说，认购出版的市场风险较小些。出版商会在作品出版前收集承诺购买的人的名字，他们或者提前付清购书款，或者在交货时付款，作为回报，他们的名字也会被印在作品的首页。认购出版实质上是之前的赞助人制度在文学出版世界的延伸，如果遇到富有的订购者，会为出版作品提供一笔十分可观的资金。这种出版方式的优势是消除了作者或出版商的财务风险，但认购出版的方式采用率却不高。一方面，出版工业兴起后，书籍的生产销售体量愈加庞大，无法由总体规模有限的认购者来满足全部需求；另一方面，是否能够获取一定数量规模的认购者也依赖于书籍作者名气的大小。例如女作家范妮·伯尼，她的前两部出版小说《埃维莉娜》和《塞西莉亚》广受好评，她的作者身份在伦敦的文学圈广为人知，她就拥有了订阅出版的筹码，可以通过订阅方式出版她的第三部小说《卡米拉》。还有一种情况，一些女性作者出于保护自己私人声誉的目的，不愿将自己的私人写作行为与出版物的公众身份联系起来，会选择匿名出版，就像奥斯丁所做的那样，她生前出版的四部作品均为匿名出版。这种情况下,认购出版就很难进行。

出售版权是颇有吸引力的选择。作者将版权卖给书商,获得一笔一次性报酬,同时,作者对其作品不再有任何权利,由出版商承担作品出版和销售的所有风险。如果出版的作品销售不佳,出版商就会承受损失;如果销售很好,出版商就会重版再印,所有的利润也都归出版商。这种方式免除了作者的经济风险,也简化了作者与出版商之间的交易往来,比如为纸张价格和广告费用的讨价还价。但它的缺陷也显而易见,这一点简·奥斯丁深有体会。《傲慢与偏见》出版时,奥斯丁采用了出售版权的方式,但这部作品出版后极受欢迎,接连出到第三版,它获得的丰厚的市场利润全部属于出版商。据研究者詹·费格斯(Jan Fergus)的统计,如果奥斯丁没有出售版权,她将从《傲慢与偏见》获得约四百七十五英镑的利润①,这比她出售版权所得的一百一十英镑的四倍还多。这部奥斯丁最畅销的作品也成为她获利最少的作品,因此奥斯丁再也没有采用过出售版权的方式出版作品。

委托出版的方式,是由作者承担所有经济风险,并支付印刷出版费用和广告费用。广告是当时出版商普遍采用的营销手段,通过在报纸、期刊、独立的启事或已出版书籍的扉页上做广告,来向读者宣传推销即将出版的新书籍,奥斯丁每部小说的出版也都在报纸上刊登了出版广告。广告费用比较昂贵,例如奥斯丁仅出版《爱玛》的广告费用就付给了出版商五十英镑。委托出版的作品每售出一部将由出版商抽取百分之十的佣金,之后剩余的出版利润都归属作者,但如果作品销售情况不好,作者将不得不出资来弥补各项费用。奥斯丁除《傲慢与偏见》之外的其余五部作品都采用了委托出版,这种出版

---

① See Robert P. Irvine, *Jane Austen*, p. 14.

方式需要作者介入各个出版环节，与出版商多方洽谈，奥斯丁居住在伦敦的兄长亨利就成为她与那些伦敦出版商往来交易的中介，类似于经纪人的作用。

随着印刷工业的兴旺发展，印刷文化的影响范围扩大，印刷出版构建了更广泛更公开化的文化信息传播、接受和交流的文化空间，具有了哈贝马斯（Jurgen Habermas）在二十世纪六十年代所提出的"公共领域"（public shpere）①的特征，"在这里，政府政策、社会实践、当代思想和问题通常可以自由辩论……这样的空间和出版物使得对社会的理性批判成为可能"。② 印刷书籍在城镇有广阔的延伸推广空间，它会具体地出现在各种人际交流场所，如伦敦和其他几个城市的咖啡馆和上流社会沙龙，形成以印刷媒介产品为中心的交流活动。

公共图书馆是在印刷出版文化中形成的一个特有的媒介流通场域。在印刷出版业发展初期，由于手工印刷以及纸张费用等原因，印刷书籍价格昂贵，只有少数上流社会人士才有财力购买，拥有私人图书馆也成为贵族家庭的标配，既是财富的象征也是一种文化资本。这种状况下，公共图书馆使稀缺资源的印刷书籍得以在社会上流通，让更多读者公众能够阅读到，提高了书籍的可见性。奥斯丁在她的小说和书信里不时提到的流通图书馆（circulating library）就是当时的公共图书馆。奥斯丁作品刚出版时，价格高昂，她自己也在书信中抱怨书价太高让读者买不起，喜爱阅读的奥斯丁家庭经常去流通图书馆借书，流通图书馆也成为她小说中人物交往的场景之一。随着印刷技术的提高、印刷工业的大规模扩展，印刷书籍生产量猛增，更需

---

① 哈贝马斯《公共领域的结构转型》一书的中译者指出，学术界在翻译"公共领域"一词时，主要参照的是英语"public sphere"一词，或德语"öffenlichkeit"一词，而这两个词在汉译中处在不同的历史文化语境，还被译为"公共话语""公共空间""公共性"等多个术语。参见霍盛亚：《西方文论关键词：文学公共领域》，《外国文学》2016年第3期。

② Robert P. Irvine, *Jane Austen*, p. 6.

要公共图书馆来推动书籍的规模化流通。

印刷出版的产品除了书籍,还有在印刷工业快速化效能支持下的更短周期出版物——期刊,这也是文化交流中的重要印刷出版物,是印刷文化中新诞生的文化交流媒介。

英国学者玛里琳·巴特勒在《文化媒介:评论的作用》(Culture's medium: the role of the review)一文中指出,自印刷出版业兴起后,期刊就成为书籍市场化的首要方式和公众接受的关键。[①] 作为印刷文化的重要组成,期刊伴随着英国出版业的发展,从十八世纪开始一路兴盛,到十九世纪,随着公众识字率的逐步提高,具有阅读能力的读者群日益庞大,满足了读者广泛兴趣的各种期刊发行量激增,成为公众获取信息和接受出版作品的重要平台,期刊的发展也在十九世纪达到鼎盛。

评论期刊是十八世纪中叶兴起的一种新型文化势力,印刷出版的工业化生产进入文学领域,强大的产能催生了大量批评家的文化写作,期刊就是这样一个文学活动的场域。它们通过对文学作品的跟进评论,以对知识概念化的方式乃至一些纲要性的建构影响着文学观念的更替。评论撰写者往往是著名批评家、作家、新闻撰稿人以及文化精英,这也意味着这些评论的文化影响力。从皮埃尔·布迪厄(Pierre Bourdieu)文学场域理论来看,批评家依托于期刊的文学评论活动正是文学自身场域发展的良性空间。但当这些文学批评撰写,为文学出版资本认可,被出版商接纳并指导他们的文学出版的时候,文学出版的商业活动作为文学活动的社会场域也会受到文学批评的文学自身场域的影响和决定,从而让评论者的意见观念和文化

---

① Marilyn Butler, 'Culture's Medium: the role of the review', in Stuart Curran ed., *The Cambridge Companion to British Romanticism*,上海:上海外语教育出版社,2001, p. 121.

影响转化为影响文学发展的文化资本(cultural capital),这些期刊评论者也因为在文学场中独特的话语权而占有大量文化资本,对文学活动具有很强的影响和统治性特权,不仅成为文学自身场域规则的约定者,也成为文学发展的社会场域的主导者。

例如十八世纪两份重要期刊《每月评论》(Monthly Review)和《批评评论》(Critical Review),它们集中对小说进行评论,提升了小说在文类等级结构中的地位,促成了小说文类标准的确立。到十九世纪初期,两份享有盛名的评论期刊《爱丁堡评论》(Edinburgh Review)和《评论季刊》(Quarterly Review)创刊后,被认为是文学评论体制化形成的标志。[1]

以这些期刊为媒介形成了文学评论的公共空间,同时期刊也是一个商业推广媒介,向读者大众宣传推介新的文学作品,所以期刊评论"综合了广告和价值判断的功能"。[2] 对于出版商来说,拥有庞大受众的期刊是他们书籍发行网的支柱,通过在期刊上安排有利的评论,"生产和发展出接受者(读者)为'文学理解力'"[3],来引导读者去阅读和购买,如《每月评论》创刊的主旨就是"服务于那些想要购买并阅读的读者,让他们在购买之前对某本书有一个大致的概念"。[4] 而对于作家来说,评论期刊是其作品的重要裁决者,对作品进行价值评估,以此引导阅读公众的舆论导向,并决定作者获得何种声誉。《批评评论》的定位就是"为公共品位的形成出力,成为天才

① John Cross, *The Rise and Fall of the Man of Letters: Aspects of English Literary Life since 1800*, London: Morrison, 1969, pp. 2–3.

② James T. Boulton, *Johnson: The Critical Heritage*, New York: Routledge, 1996, p. 15.

③ Marilyn Butler, 'Culture's Medium: the role of the review', in Stuart Curran ed., *The Cambridge Companion to British Romanticism*, p. 123.

④ Frank Donoghue, *The Fame Machine: Book Reviewing and Eighteenth-Century Literary Careers*, Stanford: Stanford UP, 1996, p. 23.

和科学最好的恩主"。① 期刊连接了作者、出版机构和读者大众,形成一个社会规模的文学活动,文学活动的方式对文学创作有重要影响,它以一种商业的"需求-供给"的逻辑连接了作家和读者,是市场经济逻辑向文化生产领域的渗透和延伸,这种类似商业需求的文化需求极大激发了作家的小说写作。

在十九世纪,期刊是英国文学批评的重要阵地,期刊评论对作家声望有着直接影响。如《爱丁堡评论》对诗人华兹华斯《抒情歌谣集》(*Lyrical Ballads*)的公开抨击(《爱丁堡评论》1804 年第四卷)使这部诗集一度"臭名昭著",但同时也因批评引发的公众关注,使其成为华兹华斯最闻名的作品。还有《布莱克伍德爱丁堡杂志》(*Blackwood's Edinburgh Magazine*)和《评论季刊》对济慈诗歌的恶意嘲弄,让初登文坛的诗人济慈一度步履维艰。当然,也有因《威斯敏斯特评论》(*Westminster Review*)的支持而成名的柯尔律治、丁尼生和卡莱尔等。

简·奥斯丁出版小说的时期,正是英国期刊活跃繁盛的时期,她的出版小说得到了当时几乎所有的重要评论期刊的参与评论,可以说,是贯穿整个十九世纪的一篇篇期刊评论,建构起她的作家声望。围绕奥斯丁作品的丰富的期刊评论资料,向我们展示了期刊在书籍出版和公众接受之间所起到的关键的文化媒介作用。这种连接使得小说的写作也具有了资本主义工业的需求刺激生产的逻辑,激发起作者创作的灵感,同时也唤起作家强烈的荣誉感,获取大众关注和追捧的快感。

美国期刊研究学者詹姆斯·伍德(James Playsted Wood)指出,期

---

① Frank Donoghue, *The Fame Machine: Book Reviewing and Eighteenth-Century Literary Careers*, p. 143.

刊是"影响和掌控公众思想的最有效的三种力量之一"。① 与报纸等其他媒体形式比较，期刊被读者持有和阅读的时间更长更仔细。它通过精心选编的内容，向读者传递信息资料、阐释问题，因此，期刊具有塑造公众观点的能力。同时期刊作为商业投资实体，能够敏锐地捕捉到社会热点和公众兴趣，并就此组织话题，展开讨论和争辩。从这个角度，期刊又是公众观点和社会态度的反射镜。就英国十九世纪的评论期刊而言，它是书籍市场化与公众接受的重要平台，是连接作者和读者的中介。它向公众推介作家，提供阅读作品的指引，又及时捕捉公众的接受状况并跟进指导。这些评论期刊的引导，不可避免地在塑造公众对作家的看法方面起到了重要作用。

美国著名批评家哈罗德·布鲁姆（Harold Bloom）在其关于奥斯丁的批评专著里，专门提到期刊对奥斯丁的"认知（acquaintance）"不容小觑，因为在整个十九世纪里期刊都是主要的信息和文献来源。② 当一个又一个的评论者在各种期刊里考察简·奥斯丁时，她被置于期刊特有的融合了多重文化信息的语境中进行价值判断，这些价值判断，最终累积成奥斯丁在英国文学中的独特地位——同时拥有流行小说家和经典作家双重文化身份，得到普罗大众和学院派学者的双向推崇。戴维·塞西尔爵士 1936 年在剑桥大学的著名演讲中宣告："在所有英语小说家里，简·奥斯丁的名望是最安全的。"③塞西尔的宣告既是对奥斯丁小说家地位的再次裁决，也是一个已经被广为接受的共识——因为她的作家声望得到了整个十九世纪评论期刊

---

① 陈凤兰等编著：《美国期刊理论研究》，北京：中国传媒大学出版社，2009 年，页 17。

② See Harold Bloom ed., *Bloom's Classic Critical Views: Jane Austen*, New York：Infobase Publishing, 2008, p. 12.

③ B. C. Southam ed., *Jane Austen: The Critical Heritage, Vol. 2: 1870-1940*, London and New York：Routledge & Kegan Paul, 1987, p. 120.

的检验。这标志着奥斯丁在文学场域积累了丰厚的文化资本,作为布迪厄所说的符号资本(symbolic capital,或译象征资本),为她带来了更广泛的社会认可,在之后得以进入教育体制、影视工业等更多场域,从而再生成更多的文化意义。

第二节 奥斯丁写作的文学语境

作家除了处于时代媒介环境中,还处于文学自身发展的语境中,按布迪厄的说法,就是处于一个文学自身发展过程的自主场域,即我们通常所说的文学传统。每一位作家的创作都离不开文学传统,都是对文学传统或多或少的继承,简·奥斯丁的小说创作也是如此。玛丽·拉塞尔斯、Q. D. 利维斯(Q. D. Leavis)、查普曼、弗兰克·布拉德布鲁克(Frank W. Bradbrook)、玛里琳·巴特勒、伊泽贝尔·格兰迪(Isobel Grundy)等学者曾对奥斯丁小说与英国文学传统的关系做过探讨,他们的研究显示了奥斯丁的文学创作与十八世纪英国文学语境的密切连接。

一、奥斯丁小说写作与英国文学传统

奥斯丁小说中,人物之间就某部书的内容展开交谈,由此表露出各自的品行、学识等特性,或者人物不断引用某位作家的话语诗句来评价他人,这样的情节比比皆是。在奥斯丁书信里,也充斥着她对所阅读的各种作品的内容点评。这些都说明,组成了文学传统的前辈

作家的创作,构建了奥斯丁的文学视野,成为她小说创作的根基。前辈作家的作品和文学风格成为奥斯丁文学创作的一个信息场,奥斯丁主要是通过书斋阅读的方式与他们展开文学交流,并在自己的创作中体现出一个文学场域的前后继承关系。

　　不过奥斯丁继承和对待文学传统的方式都较为特别。她不像她的兄长们那样,在大学里接受过系统和全面的古典文学知识框架的传授,她全凭兴趣从各种丰富和多样的传统中挑选自己的阅读内容,在选择上可以说杂乱无章,这样的结果是,"她不认可经典的地位,也不认可文学权威。她认为自己的品位是充分的文学价值的指导,欣赏作家是因为她喜欢他们,而不是因为他们作为伟大或受人尊敬的名字的流行价值"。[1] 这就决定了奥斯丁对待文学传统的方式,不是像一个"伟大传统"的拥护者那样去谈论经典著作,也不会求助于权威经典来增加自己作品的"光芒",更不喜欢直接模仿,而是通过戏仿、重写来为自己所用。奥斯丁从《少年习作》等早期创作开始,就形成了"戏仿"的写作风格,通过对前辈作家创作嘲弄般的滑稽模仿,建立起与文学传统、与前辈作家的一种独特的"对话"关系。这种戏仿风格在她之后的创作中日渐成熟,不再限于早期的滑稽模仿,她与前辈作家创作的关联也呈现出更加多样化的面貌。

　　亨利·奥斯丁在他的《作者传略》这篇最早的简·奥斯丁传记短文中,曾这样简略讲述简的创作与一些前辈作家的关系,以及她如何从他们那里汲取能力并加以改造:

　　　　她最喜爱的道德作家,在散文方面是约翰逊,在诗歌方面则

---

[1]　Isobel Grundy, 'Jane Austen and literary traditions', in Edward Copeland, Juliet McMaster ed., *The Cambridge Companion to Jane Austen*, Cambridge: Cambridge UP, 2011, p. 193.

是考柏。很难说她从什么年龄开始就已十分熟悉最优秀的英语散文和小说作品的优缺点。理查森创造并保持人物性格的前后连贯性的能力,尤其是表现在《查尔斯·格兰迪逊爵士》里的这种能力,使她具有天然鉴别力的头脑得到了满足,同时,她的审美趣味又使她避免了他所犯的风格冗长、结构庞杂的错误。她对于菲尔丁的任何一部作品,评价就不是那样高了……她认为,像这样低下的道德标准,即使写得真实、俏皮、幽默,也是无法补救的。①

亨利在这里提到的约翰逊、考柏、理查生、菲尔丁,多属于英国文学中被称为奥古斯都时代(Augustan era)②的作家,这一时期的经典作家还有艾迪生(Joseph Addison)、蒲伯(Alexander Pope)、斯威夫特(Jonathan Swift)、哥尔德斯密斯等。就像人们看到的,这些作家的名字在奥斯丁的小说创作和书信中被频繁提到,研究者们也着重考察了奥斯丁小说创作与这些作家的关联性。

塞缪尔·理查生在奥斯丁的书信中出现频率很高,是对奥斯丁影响较大的一位作家,尤其是他的长达七卷的小说《查尔斯·格兰迪逊爵士》(Sir Charles Grandison),亨利·奥斯丁的《作者传略》也特意提到简对理查生这部作品的偏爱。这部包含社会百态的百万字小说,深深吸引了简·奥斯丁,但正如亨利所说的,简欣赏理查生"创造并保持人物性格的前后连贯性的能力",她在自己的写作中加以汲取,却又避开了她所感受到的理查生传奇剧的夸张,"用风趣诙谐取

---

① 亨利·奥斯丁:《奥斯丁传略》,文美惠译,朱虹编选:《奥斯丁研究》,页8。

② 英国文学的奥古斯都时代,大致产生于十八世纪上半叶,到十八世纪四十年代结束。

代了冗长啰嗦,用喜剧取代了说教"①,体现出自己的审美创作观念。简·奥斯丁仰慕理查生的广博,欣赏其作品的表现力和创造性,但她并没有沿袭理查生的传统,而是处处形成对比,以理性代替了理查生的戏剧性的刺激,虽然她的作品中到处可见理查生的痕迹,表明她的写作始终受到理查生的影响,但她在一种"批判性继承"中,形成了自己的"现实主义"小说理念。

约翰逊博士是另一位对奥斯丁创作影响深远的作家,约翰逊的思想最接近奥斯丁自己的思想,尽管她从不求助于他的权威,也从不模仿他的风格,但他的许多观点被奥斯丁共享,并渗透到奥斯丁小说的深层,对奥斯丁创作的结构和意义至关重要。研究者伊泽贝尔·格兰迪指出,奥斯丁笔下的叙述者始终是约翰逊式的,《傲慢与偏见》的开篇警句②是典型的约翰逊式的嘲讽——他也喜欢拿不可靠的事情来嘲弄他那警句式的态度;《理智与情感》中玛丽安在她的悔悟和自我认识中获得了约翰逊式的情绪和节制;《诺桑觉寺》里亨利·蒂尔尼用约翰逊的词典在辩论中压倒女士们时,就像在模仿约翰逊的语言观点,而约翰逊的多样化的历史观——他认为历史是战争和瘟疫的黑暗记录,以及关于资料来源可靠性的哲学思考等,被作者奥斯丁分配给参与辩论的蒂尔尼兄妹和凯瑟琳,让三人有充足的话题去讨论;《劝导》中安妮·埃利奥特试图用约翰逊的清醒理智来消除司各特和拜伦作品对本威客上尉的颓废情绪的影响;约翰逊在《爱玛》里同样重要,当爱玛陷入自我认知的斗争中时,小说叙述者以讽刺的方式,让爱玛回忆起约翰逊的《漫步者》(Rambler)中年轻的女性角色,最后几章里爱玛在自我认知后回到理性和坦率的坚定追求中,

①　卡罗尔·希尔兹:《简·奥斯丁》,页33。
②　即篇首句"这是一条举世公认的真理,一个拥有财产的单身汉,必然要娶个妻子"。参见简·奥斯丁:《傲慢与偏见》,孙致礼译,南京:译林出版社,1990年,页1。

她回忆起了约翰逊先生本人的形象;《曼斯菲尔德庄园》里范妮的道德思维也依赖于约翰逊。①

威廉·考柏贯穿于奥斯丁的小说中,考柏的思想也许比任何一位小说家的思想都更使奥斯丁感兴趣,她的许多小说人物都崇拜考柏,"玛丽安热情地爱着他,范妮·普莱斯则冷静地爱着他,奈特利先生也引用过他的话"。②《理智与情感》里,玛丽安·达什伍德根据爱德华·费拉斯朗读考柏诗歌时的语气,判断他缺乏精神和活力,她还宣称,如果有钱,她会买下现存的每一本考柏和其他喜欢的书,"以防它们落入不成器的人之手"。奥斯丁还让考柏和约翰逊形成隐含的意义对抗,让考柏代表情感,约翰逊代表理智:《理智与情感》里,玛丽安的考柏式品味忧郁诗意,埃莉诺的约翰逊主义试图通过精神活动战胜内心的悲伤抑郁,《曼斯菲尔德庄园》里的范妮·普莱斯则是约翰逊和考柏的结合,兼具理智和情感。③

奥斯丁在书信中(1807年1月7日)曾经说到,自己每天晚上都在充满乐趣地阅读《女吉诃德》。伊泽贝尔·格兰迪认为,这部奥斯丁非常喜欢的小说,其作者夏洛特·伦诺克斯(Charlotte Lennox)的创作风格深深影响了奥斯丁。伦诺克斯的小说描述了一个社会中人们对思想和书籍的总体兴趣非常高,对于她的小说人物来说,书和生活是不分的,书是生活中重要的一部分。④ 这一创作思想也成了奥斯丁的创作观念,在她的作品中,书就是人物生活的背景,正如我们看到的,书经常成为奥斯丁笔下人物的交谈话题,她也喜欢让这些围绕书本的谈论来展现人物的本性,"让愚蠢的人物通过对文本断章取义

① See Isobel Grundy, 'Jane Austen and literary traditions', in Edward Copeland and Juliet McMaster ed., *The Cambridge Companion to Jane Austen*, p. 203.

② *Ibid.*, p. 201.

③ *Ibid.*, pp. 201-203.

④ *Ibid.*, p. 211.

来暴露自己的愚蠢"①,例如《诺桑觉寺》里约翰·索普先生的浅薄庸俗,就是在与人谈论所读的书时被展现出来。

除了离奥斯丁时代相对较近的这些奥古斯都时期作家外,作为英国文学传统中心的莎士比亚是奥斯丁理所当然的影响者。奥斯丁心目中,莎士比亚是文本典范是权威,她笔下的人物阅读和谈论莎士比亚,是智慧的象征。《爱玛》里,爱玛一直在阅读莎士比亚,她对《罗密欧与朱丽叶》的阅读持续到最后一幕,作者以此暗示,爱玛在从权威的文本中汲取养分,进行独立的思考,她与奈特利先生结婚是她认真思考的适宜的结果。

奥斯丁所接受的文学传统也包括同时代的几位女作家,如拉德克里夫夫人、范妮·伯尼、玛丽亚·埃奇沃斯(Maria Edgeworth)和夏洛特·史密斯(Charlotte Smith),她们大多是当时流行的哥特式小说和感伤体小说的创作者。在《诺桑觉寺》中,奥斯丁借亨利·蒂尔尼表达了对拉德克里夫的哥特式小说《乌多尔夫的神秘》(*Mysteries of Udolpho*, 1794)的喜爱,又借凯瑟琳对拉德克里夫的哥特式幻想的荒诞性进行了谴责。

其中范妮·伯尼的小说对奥斯丁的影响最大,奥斯丁作品中的一些情节都直接呼应着伯尼小说的内容。例如《诺桑觉寺》中凯瑟琳被困在约翰·索普的马车里,无法去赶赴她跟蒂尔尼兄妹的约定,她强烈地回忆起伯尼小说中埃维莉娜的经历,埃维莉娜同样被困在奥威尔勋爵的马车里,那辆马车是违背她的意愿以她的名义被借走的。奥斯丁最有名的小说《傲慢与偏见》,其标题短语也来自伯尼小说《塞西莉亚》的启发。伯尼影响奥斯丁创作尤为重要的一点,是伯尼

---

① See Isobel Grundy, 'Jane Austen and literary traditions', in Edward Copeland and Juliet McMaster ed., *The Cambridge Companion to Jane Austen*, p. 198.

创新性地将伦敦社交场所和社交生活的描写引入作品中,在社交性的公共空间领域塑造人物特别是女性人物,让"社交"成为小说的主题以及表现人物的方式,也以此增强了作品的现实主义特性。伯尼小说的这一特征让奥斯丁深受启发,奥斯丁在她的小说里塞满了各种大大小小的社交场所,只不过不同于伯尼描写的伦敦社交圈,奥斯丁着重展现了英国村郡以及家庭里的社交场景,例如《傲慢与偏见》里浪伯恩的舞会、凯瑟琳夫人家的宴会、布莱顿的商店,《诺桑觉寺》里巴斯的泵房、剧院,《理智与情感》里达什伍德家的女人们在巴顿乡舍的文化活动,奥斯丁甚至把阅读本身也变成社交活动,这些充满生活气息的乡镇中的社交往来,也构成了奥斯丁小说内容的显著特质。

　　细细分析体察,就会发现,奥斯丁的小说中有大量为她的作品提供素材和想象力的熟悉的书籍,她的每一部作品都像是多个文本的集会,以及多位作家的思想的融合。奥斯丁以自己独特的方式使用着这些"素材",就如她通常通过阅读习惯来定义她笔下的人物:《曼斯菲尔德庄园》里范妮真诚的阅读使其心灵和思想都充满活力,阅读考柏是范妮的另一个自我呈现,阅读乔治·克雷布(George Crabbe)和约翰逊是她的休闲状态;克劳福德兄妹阅读司各特和弥尔顿,暗示了他们具有一种不受约束的才能。《爱玛》中,爱玛喜欢引用莎士比亚,奈特利先生很熟悉考柏,爱玛还通过阅读书目来对人物做出判断——罗伯特·马丁很了解哥尔德斯密斯,但他对拉德克里夫和里吉纳·玛丽亚·罗奇的无知,使他明显成为一个不时髦的、中等品位的读者,这让爱玛和哈丽特感到沮丧。《劝导》里,面对失去亲人而灵魂痛苦的本威客上尉,安妮敦促他阅读道德家、书信作家和"有价值和受苦的人物回忆录"以缓解痛苦,在安妮给本威客开列的书目中,奥斯丁加入了自己最喜欢的布道作家托马斯·夏洛克

（Thomas Sherlock），他也是安妮生活中的仁爱和自我控制信条的重要来源。①

　　奥斯丁从构成她传统的前辈作家那里学到了太多东西，"从蒲伯那里学会平衡，从约翰逊那里学会智慧和玩笑，从理查生那里学会性别的权力斗争和表现的直接性，从伦诺克斯那里学到书与生活的关系，从考柏那里学会悲怆和家庭生活，从伯尼那里学会滑稽可笑"②，等等。没有这些作家的文学传统作为基础，也不会有奥斯丁的写作成就，"简·奥斯丁在与前辈（predecessors）的对话中发现了她自己的声音"③，淬炼出了自己的写作风格。从文学自身场域看奥斯丁创作与文学传统的关系，她接过了理查生和菲尔丁开创的现实主义小说形式，摆脱十八世纪盛行的哥特式小说和感伤文学的情感潮流的影响，在拜伦、雪莱等引领的如日中天的浪漫主义潮流中，重新返回到理查生和菲尔丁的现实主义基础上，"创作出今天几乎得到普遍公认的第一批近代英国小说"。④

　　传统作家的写作及其风格构成了奥斯丁小说写作的信息场，不同作家和他们的写作是一个纯文学性的媒介空间，如果说外部快速发展的媒介印刷工业形成了她小说写作的外部媒介空间，那么她所接受的其他作家的影响就构成了一个文学自身的内部媒介空间。

---

　　① See Isobel Grundy, ' Jane Austen and literary traditions ', in Edward Copeland and Juliet McMaster ed., *The Cambridge Companion to Jane Austen*, pp. 209-210.

　　② *Ibid.*, p. 206.

　　③ Gina Macdonald and Andrew Macdonald ed., *Jane Austen on Screen*, Cambridge: Cambridge UP, 2003, p. 54.

　　④ 安妮特·T. 鲁宾斯坦：《从莎士比亚到奥斯丁》，页 412。

二、英国文学传统中的《傲慢与偏见》

《傲慢与偏见》是简·奥斯丁最知名最受欢迎的小说,人们倾向于这种认识:简·奥斯丁的天才独创造就了《傲慢与偏见》的成功。事实上,研究者们不断添加着这部作品与英国文学传统关系密切的证据。以这部作品为代表,可以清晰看出奥斯丁创作与英国文学传统密不可分的关联性。

这部小说的标题短语"傲慢与偏见"是小说的经典成分之一,它"漂亮的元音头韵、对称的词汇结构",再加上隐含的人性感悟,使这个短语深深植根于读者的意识,并被认为是奥斯丁的专属标志。然而,"在奥斯丁认领了唯一所有权之前,在这部小说出版之前的那个世纪里,这种表达在出版的文学作品中至少出现过一千次"。①

例如哥尔德斯密斯的《英格兰史》(1764)里有一个对亨利八世的介绍,描述了当时国王的谄媚者们"确认了他的傲慢与偏见"。简·奥斯丁曾在自己的《少年习作》中对此书加以模仿,表明她对这本书包括这一短语都印象深刻。哥尔德斯密斯的流行诗歌《反击》(*Retaliation*, 1774)中也出现过这个短语结构。大作家塞缪尔·约翰逊写过一篇《一个男人的偏见与傲慢》(*The prejudices and pride of a man*)的故事,发表在《闲散者》(*The Idler*,1758 年第五期)上,一向崇拜约翰逊的奥斯丁一定读过这篇文章。同样,切斯特菲尔德爵士(Lord Chesterfield)在他写给儿子的著名的《书信集》(*Letters*, 1774)

---

① Pat Rogers, 'Introduction', in Pat Rogers ed., *The Cambridge Edition of the Works of Jane Auaten: Pride and Prejudice*, Cambridge: Cambridge UP, 2006, p. xxxiv.

里,写有"当地的和本民族的傲慢与偏见,每人都享有一些"。威廉·亚当斯博士(Dr. William Adams)作为一个更接近于奥斯丁时代的作者,在他的文章《就几个主题的训诫》(Sermons upon Several Subjects, 1790)里,其告诫之一是"我们自己的傲慢与偏见的误解可能作用于他人"。在《傲慢与偏见》出版的 1813 年之前,这一短语以及这种短语结构运用司空见惯。①

简·奥斯丁的这一标题命名,被普遍认为是"从伯尼的《塞西莉亚》(1782)借来的短语,它在那里面被用了三次,大概又一次回响在奥斯丁首部出版的小说的最终标题里"。② 在范妮·伯尼《塞西莉亚》卷六的最后一章,故事中人物、和蔼可亲的外科医生这样道出该故事的道德寓意:

> "整个不幸的事,"利斯特医生说道,"是**傲慢与偏见**③的结果……然而,记住,如果你将你的悲惨境遇归因于**傲慢与偏见**,幸福与不幸的平衡是如此奇妙,以至于你也将会把它们的结束归因于**傲慢与偏见**。"④

"傲慢与偏见"在文中用字母大写,重复述说,显得格外突出,虽不能说《塞西莉亚》是影响奥斯丁选择这个标题的唯一来源,但就这部书对《傲慢与偏见》写作的整体影响来看,几乎可以肯定范妮·伯

---

① See Pat Rogers ed., *The Cambridge Edition of the Works of Jane Auaten: Pride and Prejudice*, pp. xxxiv-xxxv.

② Janet Todd ed., *The Cambridge Companion to PRIDE AND PREJUDICE*, Cambridge: Cambridge UP, 2013, p. 50.

③ 原文这里为大写字母。

④ See R. W. Chapman, 'Appendixes: *Pride and Prejudice* and *Cecilia*', in R. W. Chapman ed., *The Oxford Illustrated Jane Austen: PRIDE AND PREJUDICE* (Third Edition), Oxford, New York: Oxford UP, 1932, p. 408.

尼在这里的含义使用一定给奥斯丁留下了极深刻的印象。

小说标题虽然是奥斯丁从并不新奇的"陈词滥调"借用而来,却与小说故事的内容及其寓意十分熨帖,仿若为这个故事量身定制。标题更换后,原标题"初次印象"这一概念所表达的"仓促地、过早地下结论"的意味在一定程度上仍然留存,且更进一步演绎了因"初次印象"造成的"傲慢"与"偏见"的荒唐愚蠢,它们呼应着小说中两位主人公的情感转变和情节进展,传神而贴切,一代代读者因这部小说而记住了这个短语。

《傲慢与偏见》著名的篇首句同样是奥斯丁小说的经典标志:"这是一条举世公认的真理,一个拥有财产的单身汉,必然要娶个妻子。"[1]这句有名的开场白,这个经典句式,包括这种以格言警句开篇的方式,依然是奥斯丁对前人的模仿借鉴。帕特·罗杰斯(Pat Rogers)指出,这种表达句式"我们能够在为数诸多的十八世纪道德家和说教者的语调中听到,他们喜欢以意义深远的格言的氛围给出他们的主题句。当时各类型作者都依赖于这一套路"。[2] 如《费尔法克斯将军回忆录》(*The Memoirs of General Fairfax*, 1776)的开场白:"历史对所有等级和职位的人的功用,是一个得到广泛认可和普遍确信的真理。"威廉·塔普林(William Taplin)的《绅士马房指南》(*The Gentleman's Stable Directory*, 1788)前言也以此开始:"这是一个广为认可并普遍感到悲哀的真理,在所有当代的进步中,没有人从《马掌艺术》这本精致的书里收到如此小的收益。"类似例句经常出现在流行期刊《漫步者》和《闲散者》的文章里,两部期刊的主要撰稿人塞缪

---

① 原文为:"It is a truth universally acknowledged, that a single man in possession of a good fortune, must be in want of a wife." 译文采用孙致礼译本。

② Pat Rogers ed., *The Cambridge Edition of the Works of JANE AUSTEN: Pride and Prejudice*, Introduction, p. xxxvi.

尔·约翰逊作为深深影响奥斯丁的作家之一,他的道德说教作品充满了这种陈述句。奥斯丁明显是戏拟此类句式,体现她一贯的嘲弄世事的风格,"希望去破坏一些附着于世俗智慧上的确定性"。[1]

奥斯丁的运用,被人们赞赏不已,篇首的格言警句看似在陈述着一种至理名言般的世俗智慧,同时又以反讽的语气加以嘲弄,它既表达了浅薄庸俗的班奈特太太的执着观点,又有着理智的班奈特先生惯用的嘲讽语气,它在小说一开始就奠定全篇故事反讽轻喜剧的风格,并使这样一种戏谑似的又洞察般的生活智慧回荡在小说故事的各个篇章,隐隐透露着对人世对人性的洞见,小说由此有了深度。当小说终章班奈特太太实现了所有愿望、言中了所有结局时,故事再次以戏谑的方式验证了篇首句所言说的"至理名言",形成了耐人寻味的戏剧性效果,使这部小说充满魅力。所以,奥斯丁在这里的篇首句运用,表现了内容与形式的完美结合,我们只能说,这个句式虽然不是她的首创,却因她的绝佳运用而得以经典。

正如我们所见,《傲慢与偏见》使用的书名短语和篇首句式,都显示了英国文学传统的延续性,这个短语和句式的不断使用也形成了英国文化符号的谱系。奥斯丁小说的写作正是在这样一个文学传统中,一个纯文学场域里,在英国文化符号的不断建构的过程中完成和延续。

就奥斯丁与十八世纪作家的关系而言,她的小说创作受到了同时代女作家范妮·伯尼最直接的影响。研究者们采用完全不同的方法、视角探究《傲慢与偏见》和其他十八世纪小说之间的关系,却倾向于产生同一种结论,即伯尼小说《塞西莉亚》明显包含着《傲慢与

---

[1]　Pat Rogers ed., *The Cambridge Edition of the Works of JANE AUSTEN: Pride and Prejudice*, Introduction, p. xxxvi.

偏见》的轮廓。查普曼博士对比了两部作品在主人公身份设置、庄园名称等地名以及一些情节、细节方面的相似性后，得出结论："《塞西莉亚》对《初次印象》有比更换标题更多的贡献。"①Q. D. 利维斯夫人相信，《傲慢与偏见》在它的早期阶段即《初次印象》时，其原本意图毫无疑问是用现实主义笔法重写"塞西莉亚"的故事，是对《塞西莉亚》的滑稽戏仿，"我们要说的……并不是单纯拿来取笑的一个话题，或者是对于一个故事做出写实的处理以代替老一套的写法，也不单纯是为了稍许不同的目的而'借用'一下……这本书仿佛是把《塞西莉亚》的中心思想曲尽其妙地发挥出来；有时候含讥带消……更多的时候则是作者借此机会做一番自我探索"。②

在《傲慢与偏见》的主人公形象塑造方面，简·奥斯丁几乎全盘接受了范妮·伯尼的男主人公设置——出身高贵的贵族绅士。布拉德布鲁克指出，达西从身份到情感经历都类同于《塞西莉亚》的男主人公德维尔，"德维尔，就像达西，违背其家庭的本意坠入爱河，后来采用了一个同样的冒犯性的屈尊的态度，对这位他欲有幸赐予情感的年轻女士诉说了他的傲慢与激情之间的斗争。也是经过长期抗拒后，最终屈服于这份情感并得到原谅。他的母亲对塞西莉亚粗暴无礼的诉求几乎与凯瑟琳夫人对待伊丽莎白的行为一致"。③ 范妮·伯尼的其他几部小说《埃维莉娜》等也都是同类的贵族男主人公形象，而伯尼的这一男主人公形象设置又可追溯至塞缪尔·理查生小说的影响。对光彩照人的女主人公伊丽莎白的形象，读者更多

---

① R. W. Chapman, 'Appendixes: *Pride and Prejudice* and *Cecilia*', in R. W. Chapman ed., *The Oxford Illustrated Jane Austen: PRIDE AND PREJUDICE* (Third Edition), p. 409.

② Q. D. 利维斯:《〈傲慢与偏见〉和简·奥斯丁早年的读书与写作》，赵少伟译，朱虹编选:《奥斯丁研究》，页134。

③ R. Brimley Johnson, 'The Women Novelists', in Frank W. Bradbrook ed., *Jane Austen and Her Predecessors*, Cambridge: Cambridge UP, 1966, p. 119.

感受到的是与伯尼小说的差异,伯尼的女主人公明显承袭了理查生小说的传统女性形象设置,而伊丽莎白自信果敢的个性让我们似乎看到了莎士比亚喜剧中那些聪敏智慧、积极追求自我幸福的年轻女性,她的形象更多表现出某种"新女性"的自信和独立。不过研究者还是找到了伊丽莎白与伯尼小说女主人公的关联性。玛里琳·巴特勒就指出,不仅达西作为一个"贵族主人公"与范妮·伯尼的男主人公"关系密切",同样女主人公伊丽莎白作为一个注定要嫁给有钱的贵族的贫穷女主人公相似于范妮·伯尼的女主人公埃维莉娜和卡米拉,对尊贵的男主人公的举止鲁莽而冲动,与范妮·伯尼的罗曼蒂克的塞西莉亚形成对照的伊丽莎白,"仍然是可识别的反塞西莉亚"。①

　　小说中其他人物形象也皆有出处可寻。粗俗世故的班奈特太太,被认为和《理智与情感》中的詹宁斯太太一样,都是以伯尼小说《埃维莉娜》中的杜瓦尔夫人为模板,她们对待女主人公的世故圆滑如出一辙,这类角色塑造也见于菲尔丁小说。达西骄横跋扈的姨妈凯瑟琳夫人,与理查生《帕美拉》(Pamela)男主人公凶悍的姐姐达沃斯夫人相似,"达沃斯夫人的情绪本质上是凯瑟琳·德·包尔夫人的"。② 而小说中另一十分成功的人物塑造,谄媚造作的牧师柯林斯先生,也被认为其名字、性格以及形象可能是受到塞缪尔·埃杰顿·布里奇斯爵士(Sir Samuel Egerton Brydges)的启发。

　　达西求婚被拒的一幕是小说中最具戏剧性的经典场景,布拉德布鲁克从布里奇斯爵士的流行小说《玛丽·德·克利福德》(Mary de Clifford, 1792)中找到了相似的求婚场景:彼得·兰姆先生向玛丽求

---

① See Marilyn Butler, *Jane Austen and the War of Ideas*, London: Clarendon Press, 1975, pp. 198–199.

② Frank W. Bradbrook ed., *Jane Austen and Her Predecessors*, p. 86.

婚被拒,两位男女主人公之间的话语方式、交锋状态,与达西向伊丽莎白求婚的场景如同复制一般,只是布里奇斯的贵族女主人公与伊丽莎白和达西之间的遭遇相反。塞缪尔·埃杰顿·布里奇斯也是十八世纪的流行小说家之一,虽然不如理查生、菲尔丁名气大。布拉德布鲁克根据简·奥斯丁于 1798 年 11 月 25 日写给卡桑德拉信中的话语,推断奥斯丁几乎确定读了名为《玛丽·德·克利福德》的流行小说,那么《傲慢与偏见》中的求婚场景极有可能是奥斯丁对这部小说同一场景的模仿。①

我们还可以看到十八世纪文化语境对奥斯丁创作的另一些影响。例如盛行于十八世纪、以威廉·吉尔平(William Gilpin)为代表人物、以入画的审美方式来观察并描绘风景的"如画运动"(Picturesque)。吉尔平在他流行于十八世纪中期的各种旅行游记中对英国乡村风景进行了如诗如画的描写,他的风景描写和美学观点常常成为奥斯丁的写作资源。

很多读者都像伊丽莎白一样为达西的乡村庄园彭伯里心潮澎湃,"有着德比郡最美的橡树林和西班牙栗树林"的彭伯里庄园,不仅成功增添了男主人公的身份魅力,也被奥斯丁毫不避讳地设置为女主人公情感转变的关键因素——伊丽莎白对姐姐直言自己爱上达西是"见到彭伯里的那一刻"——风景成为影响小说故事情节的有力因素。奥斯丁对彭伯里庄园优美迷人的风景抒写,以及让风景起到情节进展的重要作用的观念,直接受到了吉尔平"如画运动"的影响。亨利·奥斯丁在《作者传略》一文中指出,简·奥斯丁很小的时候就着迷于吉尔平和"如画运动",查普曼博士整理的奥斯丁阅读书单中就列有好几种吉尔平的游记。"如画运动"培养了奥斯丁对自然

---

① See Frank W. Bradbrook, *Jane Austen and Her Predecessors*, pp. 123–126.

景色的艺术趣味,奥斯丁对如画美景的特有品位运用到小说艺术中就被具体化为一种技巧和方法,同时随着艺术成熟而愈加明显的"地方感"(sense of place)也成为她的小说艺术特质之一。

《傲慢与偏见》借人物之口多次提到了"如画运动"的观点,虽然有时候奥斯丁的态度是对"如画运动"的讽刺和嘲弄;有些风景描写就直接借自吉尔平的游记,如小说第二章的最后部分,对彭伯里所在的德比郡的风景描写,几乎从未涉足拜访过德比郡的简·奥斯丁显然挪用了吉尔平的游记《坎伯兰和威斯特摩兰郡湖光山色之观赏》(*Observations on the Mountains and Lakes of Cumberland and Westmorland*)一书中的场景。[1] 小说的风景描写也绝非仅仅是简单的语句润饰或场景铺陈,而是如彼得·诺克斯-肖(Peter Knox-Shaw)所说,"如画运动的观点在小说中(《傲慢与偏见》)起到了强有力的作用"。[2]

流行于英国十八世纪的哥特式小说,有一套固有的叙事模式以及神秘恐怖的意象特征。奥斯丁的创作与哥特式小说有着千丝万缕的关联,被研究者称作既挖苦又采用了哥特式小说的一些套路。她在早期小说《诺桑觉寺》里挪揄了安·拉德克里夫的哥特式小说,而《傲慢与偏见》也不乏与哥特式小说的关联之处。作为小说最初标题的短语"初次印象",就出现在拉德克里夫的哥特小说《乌多尔夫的神秘》的开始部分,在这里女主人公的父亲"指导她去抵抗初次印象"。布拉德布鲁克指出,达西在《傲慢与偏见》前半部的反面主人公角色就是一个部分哥特式人物形象,他保留了与这种小说类型相关联的罗曼蒂克的魅力。布拉德布鲁克还认为《傲慢与偏见》在整体框架中也变形吸收了哥特式小说的特征,使小说在英格兰普通日常

---

[1] See Peter Knox-Shaw, *Jane Austen and the Enlightenment*, Cambridge: Cambridge UP, 2004, pp. 81–82.

[2] *Ibid.*, p. 83.

生活的写实描写中又保留了一些诗意特质。① 十八世纪流行的感伤文学,其叙事套路也在《傲慢与偏见》中被演绎或者反讽式运用:"父母的干涉在凯瑟琳夫人身上被拙劣模仿,通常的外部阻碍被内在的怀疑所替代;代替感伤文学一见钟情的惯例,是最初的轻蔑和怨恨。"②

可以说,是英国文学传统孕育了《傲慢与偏见》这部经典著作,简·奥斯丁的天才部分在于她所用的方法,她从十八世纪的英国小说家那里汲取了技巧方面的指导和范例,将前辈和同时代作家的平庸之作转变成积极的、建设性的使用。这在她转换范妮·伯尼提供的材料时体现得尤其明显:"范妮·伯尼不能够展示一个人物性格的发展或在另一个人物的意识里的转变(如同达西在伊丽莎白的意识里)……范妮·伯尼似乎是写给中学女生的杂志而不是简·奥斯丁的成熟和微妙的艺术。"③

有趣的是,那些曾被奥斯丁借鉴模仿、在当时比她闻名许多的前辈作家,逐渐黯淡了光芒,而简·奥斯丁却成为她那个时代所有知名作家中最著名的一个。

第三节　奥斯丁的"奥斯丁世界"

简·奥斯丁的文学活动——小说写作、修改与出版,始于1786

---

① See Frank W. Bradbrook, 'Introduction', in Frank W. Bradbrook ed., *Pride and Prejudice*, London: Oxford UP, 1970, p. xvi.

② Janet Todd ed., *The Cambridge Introduction to Jane Austen*, Cambridge: Cambridge UP, 2006, p. 61.

③ Frank W. Bradbrook, *Jane Austen and Her Predecessors*, p. 100.

年《少年习作》的动笔,终于 1818 年她离世后的最后一部作品《诺桑觉寺+劝导》出版,其中创作出版高峰集中于 1811 年至 1818 年间,即她六部传世小说的完成期。这段时期正值英国历史上的"摄政时期"①,她的小说即是对摄政时期社会生活的如实描写,奥斯丁用她的生花妙笔,将这段历史时期中的英国社会生活作了生动再现,凝固在她的作品中。奥斯丁对文学和小说文体有着自觉又清晰的自我认知,她按照自己的文学创作观,书写着她的小说故事,用自己最喜欢的小说文体,描写她最熟悉的"乡村三四户人家",在琐碎的日常生活的场景描摹中,用戏谑反讽的语气,创作出一个个喜剧故事,在对人性缺陷和社会平庸的漫画般的嘲弄中,传递了一种遵纪守礼、洁身自好的价值观,用她的小说写作为世人创造了一个个人与社会最终稳定和谐的"奥斯丁世界",一个后来人们经常会谈起并不断延伸意义的"奥斯丁世界"。

一、奥斯丁的文学活动

奥斯丁写作小说的过程,从动笔到完成等具体日期的精确获知,以及初版时间,有几个依据:首先,奥斯丁自己写作时有一个习惯,在作品写作过程中的几个时间点进行日期标注,如动笔日期,完成到某一部分时的日期,终稿时的日期,有时还有对完成的初稿增补添加某些内容段落时的日期备注。这个习惯在她《少年习作》卷二的写作时期就已形成,一直持续至她最后一部小说《桑迪顿》的写作。在留

---

① 指 1811 年至 1820 年间,乔治三世因精神疾病不适于统治,其子即后来的乔治四世被任命为摄政王,代理国王一职,摄政时期是从乔治王到维多利亚时代的过渡期。

存的《桑迪顿》手稿中可以看到,她清晰地标注了这部未完成作品的动笔日期:1817 年 1 月 27 日,以及写下这部手稿最后一个字的日期:1817 年 3 月 18 日。另一个确定作品的写作出版日期的重要参照是奥斯丁与家人的来往书信,以及实际的出版历史。还有一个依据来自简·奥斯丁的姐姐卡桑德拉(在简去世后负责其所有出版业务)留下的一个简短"备忘录"(memorandum)①,记录了简·奥斯丁每一部出版作品的写作、完成和出版日期。据奥斯丁研究者凯瑟琳·萨瑟兰推测,卡桑德拉"为这些小说配备的精确日期"可能从奥斯丁随身携带的袖珍笔记本上的条目记载而来。② 基于这些依据,我们得以勾勒奥斯丁小说创作与出版的全貌。

　　奥斯丁的文学写作在十余岁时就开始了,《少年习作》是奥斯丁十一岁至十八岁之间的作品,写于 1786 年 12 月至 1793 年,共三卷,内容形式多为有趣的人物对话、场景描写、心理分析等片段,以及一些戏仿名家的滑稽模仿之作,其中的某些片段后来被用在了她的小说创作中,日后出现在奥斯丁小说中的一些情节或场景、有着怪异性情的人物以及奥斯丁小说的标志性风格——讽刺与嘲弄的语体,都已在《少年习作》中有所显露。用弗吉尼亚·伍尔夫(Virginia Woolf)的话,从《少年习作》里我们已经听到了奥斯丁小说"美妙的前奏曲"。③ 卷一里有个短篇叫《三姐妹》(The Three Sisters),文中三姐妹的母亲下定决心要让沃茨先生娶她的一个女儿,就像《傲慢与偏见》

---

　　① 这份"备忘录"是卡桑德拉·奥斯丁在一个未知的日期写下的,记录了简·奥斯丁每一部出版的小说的创作完成日期。卡桑德拉的"备忘录"现存于纽约皮尔庞特·摩根(Pierpont Morgan)图书馆。

　　② Kathryn Sutherland, ' Chronology of composition and publication ', in Janet Todd ed., *Jane Austen in Context*, p. 19.

　　③ 详见苏珊娜·卡森:《为什么要读简·奥斯丁》,王丽亚译,南京:译林出版社,2011 年,页 38。

里班奈特夫人要让彬格莱娶她某个女儿的决心一样。卷二里的故事《爱情与友谊》(Love and Friendship)是对流行的感伤体小说的滑稽模仿，情侣和朋友们之间的"初次印象"的浪漫想法被用漫画手法加以嘲笑，令人印象深刻。卷二里还有个名为《女哲学家》(The Female Philosopher)的小短篇，嘲讽了那类爱耍弄"俏皮话、讽刺和巧辩"来显示自己的机智和幽默的女性，有着《傲慢与偏见》里班奈特家三小姐玛丽·班奈特的形象特征。卷三里的一篇作品《凯瑟琳或凉亭》(Catharine or The Bower)，奥斯丁塑造了一个有原则、不世故、成就平平的普通女主人公，她在一个花园的"凉亭"里过着幻想中的生活，常受到一个未婚姑妈的管教；这个颇为复杂的短篇小说成了奥斯丁小说《苏珊》(后来的《诺桑觉寺》)的预演。

　　这些奥斯丁少女时期的最初写作，是供家人亲友娱乐所用，作品写好后就朗读给大家听，或者以手稿形式在家庭亲友圈里隐秘传阅，成为一种"秘密出版物"，三卷《少年习作》的手稿就是这些"秘密出版物"的收集版，奥斯丁有时候会在几年后的某些时间里对这些习作添加或修改，虽然可能从未指望过能拿去出版。从这些最初写作可以看到奥斯丁的嘲讽戏谑的写作风格的奠定和她写作才华的展露。这些少女时期的练笔习作类似她为自己的写作积累的一个灵感和素材库，在她后来的几部小说创作中不断取用。二十世纪的奥斯丁研究专家查普曼博士将这些奥斯丁早期习作收集汇编，分别于1922年(卷二)、1933年(卷一)、1951年(卷三)出版，成为奥斯丁创作研究的重要原材料。

　　《苏珊夫人》写于1794年秋至1795年，是采用当时流行的书信体写成的一部中篇小说，书信体也是奥斯丁早期写作最热衷的形式。这部早期的实验之作，共享有《少年习作》卷二里的一篇作品《凯瑟琳》的内容和特性，女主人公苏珊夫人是位自私冷酷的寡妇，有很强的操纵欲,擅弄权术,胆大妄为,强迫女儿缔结有害的婚姻,在婚姻计划失败后,她邪恶的本性也丝毫没有更改。这一缺乏道德观念的人物形象塑造,让这部作品并不讨人喜欢,虽然故事内容缺乏吸引力,但紧凑的作品结构已显示出作者奥斯丁对小说叙事节奏的掌控力。大概在 1805 年,这部作品被重新抄写出来,同时采用作者第三人称方式添加了一个结局。在奥斯丁小说创作中,《苏珊夫人》一直被视为边缘作品,不被重视,直到 1925 年,由查普曼编辑出版。

　　《埃莉诺与玛丽安》是奥斯丁第一部尝试写作的长篇小说,在《苏珊夫人》之后开始,大约完成于 1795 年,采用书信体形式。卡桑德拉的"备忘录"称"《理智与情感》开始于 1797 年 11 月",J. E. 奥斯丁-李的《简·奥斯丁回忆录》里证实了这点。简·奥斯丁在 1797 年8 月完成《初次印象》后,11 月即开始了《理智与情感》的写作,"以它现在的形式"[1],这意味着奥斯丁在 1797 年 11 月开始将《埃莉诺与玛丽安》修改为《理智与情感》。除原稿的书信体形式被转换外,奥斯丁为《埃莉诺与玛丽安》更改的新标题《理智与情感》,可能是跟随着《初次印象》更名为《傲慢与偏见》后在标题上的一个改变。J. E.奥斯丁-李《简·奥斯丁回忆录》中称简·奥斯丁在定居乔顿的第一年里,即 1809 年开始《理智与情感》的最终修改。1810 年冬,修改后的作品交于伦敦出版商托马斯·埃杰顿于 1811 年 10 月出版。

　　《理智与情感》讲述了两个脾气秉性迥然不同的姐妹埃莉诺与玛丽安的故事,姐姐埃莉诺行事谨慎理性,而妹妹玛丽安冲动激情感性,她们没有财产继承,迫切需要结婚,在一番坎坷后,都喜结良缘。奥斯丁讲述这个爱情和婚姻主题的故事之时,又用戏谑的叙述方式嘲讽了当时在十八世纪盛行一时的感伤体小说,展露出她独特创新

---

① James Edward Austen-Leigh, *A Memoir of Jane Austen*, p. 63.

的小说叙述风格。

　　"《初次印象》在 1796 年 10 月开始创作,完成于 1797 年 8 月,之后,经过修改和压缩,以《傲慢与偏见》的名字出版。"①从卡桑德拉的"备忘录"里我们获知了《傲慢与偏见》诞生的重要信息:它最初的名字是《初次印象》,写于 1796 年,花了大约九个多月完成,创作完成这部小说初稿的奥斯丁正当二十出头的青春妙龄——与小说女主人公伊丽莎白一般年华。《初次印象》完成后,就在斯蒂文顿的家庭亲友圈里被朗读和讨论,大家都很喜欢这个故事,于是想到了出版。小说完成的四个月后,简的父亲于 1797 年 11 月将手稿寄给伦敦出版商托马斯·坎德尔,并写了封希望获得出版的自荐信:"一部小说手稿,包括三卷,大约是伯尼小姐《埃维莉娜》的长度。"②但不知因何缘故,《初次印象》没有被出版商接受,回复信件里只有一句话:"拒收寄回(declined by Return of Post)。"③托马斯·坎德尔是当时伦敦最有名的出版商之一,出版了十八世纪一些著名作家的作品,如爱德华·吉本(Edward Gibbon)、塞缪尔·约翰逊等,然而文学新人奥斯丁的作品《初次印象》没有被坎德尔接受。坎德尔的拒绝让奥斯丁颇受打击,这部小说稿也由此沉寂了十六年之久。但在简与卡桑德拉的通信中显示,她一直坚信《初次印象》有其内在价值,相信她自己会有一个机会让这部著作被印刷。J. E. 奥斯丁-李在《简·奥斯丁回忆录》里告诉我们,这十六年的岁月,简·奥斯丁经历了生活中不稳定的一段时期——搬家、父亲亡故、四处迁徙侨居——直到 1809 年才在乔顿安居下来,简·奥斯丁随即开始着手修改以前的手稿,"她定

---

　　①　William Austen-Leigh and Richard Arthur Austen-Leigh, *Jane Austen: a family record*, Revised and enlarged by Deirdre Le Faye, London: The British Library, 1989, p. 169.

　　②　R. W. Chapman, Introductory note, in R. W. Chapman ed., *The Oxford Illustrated Jane Austen: PRIDE AND PREJUDICE* (Third Edition), p. xi.

　　③　*Ibid.*

居乔顿的头一年似乎一直在修改并准备出版《理智与情感》和《傲慢与偏见》"。① 这表明这个修改行为大致在从 1809 年 7 月开始的十二个月间。对于从"初次印象"到"傲慢与偏见"的更名,简妮特·托德给予了这一解释:1801 年一部名为《初次印象》的四卷本小说出版,如果简·奥斯丁试图出版她的故事,那么标题将不得不更换。② J. E. 奥斯丁-李在《简·奥斯丁回忆录》中已证实,《傲慢与偏见》在出版前做出了较大程度的修改,并声称主要的重写工作到 1810 年已经完成。简·奥斯丁 1812 年将《傲慢与偏见》的手稿卖给《理智与情感》的出版商托马斯·埃杰顿,于 1813 年 1 月出版。

《傲慢与偏见》讲述了伊丽莎白·班奈特与达西先生的爱情故事,因为达西最初的傲慢引起了伊丽莎白对他的偏见,从而产生了一系列爱情中的波折,最终峰回路转,伊丽莎白嫁给了富有的彭伯里庄园的主人达西,也嫁给了爱情。童话般的故事结局让无数读者为之痴迷,其间设置的对阶层差别、地产继承、女性婚姻等问题的穿插又让这个故事具有了社会性思考,故事里的几个人物如伊丽莎白、班奈特太太、柯林斯牧师等塑造得十分精彩,故事的叙事节奏明快、轻松活泼。所以这部小说一经问世就好评如潮,在当年就重版再印,很快又出了第三版,它始终是奥斯丁最受欢迎的一部作品。

《诺桑觉寺》的初稿《苏珊》是奥斯丁第一部卖出的作品,写于 1798 年至 1799 年,1802 年冬修改完成,1803 年春出售给了出版商本杰明·克罗斯比,然而未得到重视,一直没有如约出版。奥斯丁曾在 1809 年 4 月 5 日致信克罗斯比公司,询问为何时隔六年还未出版"题名为苏珊的女士小说",并表达促成出版的意愿,"对于这种反常

---

① James Edward Austen-Leigh, *A Memoir of Jane Austen*, p. 128.

② See Janet Todd ed., *The Cambridge Companion to PRIDE AND PREJUDICE*, p. 48.

规情况,我只能假设贵公司是出于粗心而忽略了,如果事情的确如此,我愿意提供给你们另外一份复写件,如果你们有意使用的话。我保证不会延迟交付给你们"①,落款用的是化名。理查德·克罗斯比4月8日回信:"那时并未对其出版有任何决定,我们也没有义务出版……若您肯支付十英镑,这本女性小说将属于您。"②凯瑟琳·萨瑟兰指出,奥斯丁在写给出版商克罗斯比的信中提到这部作品的"另外一份复写件","如果不只是一个戏谑的威胁,她可能1809年8月之后的任何时间已经着手将'苏珊'修改为'凯瑟琳'准备出版。标题的这个再次更换可能是另一部名为《苏珊》的匿名小说在1809年出现的结果"。③ 这表明,从"苏珊"到出版的《诺桑觉寺》之间,这部作品还经历了一次名字的更改,即由"苏珊"改为"凯瑟琳"——作品中女主人公的名字。1816年春,当《爱玛》出版并获得成功后,奥斯丁经由亨利花十英镑原价买回了"苏珊"书稿,对这部作品再次修改,更名为《诺桑觉寺》,并写了一则用于出版的"广告",说明了原出版社的延误并请求读者耐心等待,其中不乏对克罗斯比公司延宕出版的不满之情。在奥斯丁去世后,《诺桑觉寺》与她生前最后一部完成小说《劝导》合在一起于1817年12月由伦敦出版商约翰·默里(John Murray)出版。

《诺桑觉寺》中的凯瑟琳·莫兰是奥斯丁所有作品中最年轻的女主人公,小说讲述年轻的凯瑟琳在巴斯的一段经历,最后在现实中重新认识了自己,得到了成长,并收获了富于成熟魅力的亨利·蒂尔尼的爱情。小说融合了不同的体裁,既戏仿讽刺了流行于十八世纪的哥特式小说的荒诞不经,也是一个教育年轻女孩成长的故事,奥斯丁

---

① R. W. Chapman ed., *Jane Austen: Letters (1776-1817)*, pp. 104-105.

② *Ibid.*, p. 105.

③ Janet Todd ed., *Jane Austen in Context*, p. 19.

还借此表达了自己对小说艺术的看法。《诺桑觉寺》是最后出版的奥斯丁小说,但作为最先出售的作品,在任何有关奥斯丁主要小说的研讨中,它通常最先被拿来讨论。

《沃森一家》是奥斯丁居住于巴斯期间所写的一部长篇小说的开始片段,一个粗糙的草稿,大约在1804年创作。J. E. 奥斯丁-李的传记《简·奥斯丁回忆录》再版(1871)时,收录了这部奥斯丁未完成作品,并取了"沃森一家"这个标题来命名。1923年《沃森一家》由伦纳德·帕森斯出版,文本可能就来自J. E. 奥斯丁-李的再版《简·奥斯丁回忆录》。

这部未完成作品讲述了四个未婚女儿的故事,父亲生病后,家庭收入很少,四个女儿中,两个在绝望地寻找丈夫,第三个如果有收入的话,她会很高兴保持单身,而第四个在和富裕的姨妈一起生活多年后回来,声称她宁愿做一名家庭教师,也不愿为了钱结婚,嫁给自己不喜欢的人,但后来,她不得不依靠她的哥哥和嫂子生活。奥斯丁在写到这里时停止了写作,尽管她去世时这部作品还留在她的写字桌上。至于奥斯丁为何终止写作,按照范妮(Fanny Caroline Lefroy,安娜·勒弗罗伊的女儿)的推测,《沃森一家》是对具有依附性的女性在严酷的经济现实中的生活的一个探讨,但没料到1805年年初奥斯丁父亲离世,这种为沃森家女孩子们勾画的家庭状况,与奥斯丁自己的经济困境,以及所有女性家庭成员面临的经济威胁汇聚在一起,使奥斯丁的现实境况窘迫痛苦而不能去在小说中处理它。奥斯丁的侄子J. E. 奥斯丁-李认为奥斯丁停止写作是因为这个题材"不利于淑女的文雅",故事中几位女性的生活过于贫穷、卑微,很容易堕落成"粗俗"。①《沃森一家》的写作虽然中断了,但奥斯丁在这部作品中

---

① See Janet Todd, *The Cambridge Introduction to Jane Austen*, pp. 7–8.

想要表达的主题、人物、思考探讨等,分别融入她后来几部作品的修改与写作中,例如《沃森一家》中的情节——一个被精心抚养长大的女孩回到了贫穷的家庭,面临着经济困难的威胁——在《曼斯菲尔德庄园》中得到重演。《沃森一家》是奥斯丁写于巴斯的唯一作品,后来的研究者称之为"巴斯小说",这部作品所采用的置于小镇社会表面之上的阴冷的批评目光,在她的更浪漫幻想的前期创作"斯蒂文顿小说"和更阴郁现实的后期创作"乔顿小说"之间架起了一座桥梁。

　　《曼斯菲尔德庄园》是奥斯丁出版的第三部长篇小说,创作于1811年至1812年间,1813年7月修改完成后,由前两部小说的出版商托马斯·埃杰顿在1814年5月出版。这部作品出版之后,没有得到任何公开发表的评论,对于这种作品不被当代读者理解接受的现象,作者奥斯丁不免感到失望,但反响平平的《曼斯菲尔德庄园》依然销售一空。对奥斯丁而言,"《曼斯菲尔德庄园》开启了小说创作的新天地"。[①] 与前期作品的轻快风格相比,这部小说的风格显得过于凝重,极力表达着保守美德的主题。女主人公范妮·普莱斯作为寄养在曼斯菲尔德庄园伯特伦家的外甥女,性格内敛沉郁,安分守己,秉持一套精准的道德意识行事,在伯特伦家的子女们因道德失范而名誉扫地时,范妮却以道德优越感胜出,最终嫁入曼斯菲尔德庄园,成为这所大宅受人尊敬的女主人。这部"充满道德说教"的作品所宣扬的传统价值观,使范妮的形象如同女圣徒一般,完全不同于奥斯丁其他小说中那些充满活力的女主人公,这也让许多读者无法从作品中得到他们想要的乐趣。

　　《爱玛》是简·奥斯丁生前出版的最后一部小说,奥斯丁在手稿中自己标注的写作日期,与卡桑德拉的"备忘录"上的记录,都清楚

---

① 卡罗尔·希尔兹:《简·奥斯丁》,页186。

标明了创作《爱玛》的明确时间：开始于 1814 年 1 月 21 日，初稿完成于 1815 年 3 月 29 日。《爱玛》在 1815 年 12 月由约翰·默里出版。在《爱玛》出版前，因前几部作品的出版而小有名气的奥斯丁收到一封来自摄政王宫廷官的邀请函，希望奥斯丁能将即将出版的作品题献给摄政王，于是，出版的《爱玛》扉页上就有了这一段致辞：

> 蒙殿下恩准
> 谨以最崇高的敬意
> 将本书献给摄政王殿下
> 殿下的忠诚、恭顺、卑微的仆人
> 作者

在摄政王题词的鼓舞下，《爱玛》首版印刷了 2 000 册，是奥斯丁所有出版作品中印数最多的一部。这部小说跟《诺桑觉寺》一样，描述了年轻女性自我认知的成长经历。爱玛·伍德豪斯是奥斯丁笔下唯一一位出身富有的女主人公，年轻、美丽又自负，乐于扮演海伯利村出谋划策的领导人，她一门心思忙着搅和或者修补别人的感情，干了不少离谱的事。爱玛逐渐认识到她的一些荒唐不妥的行径，也终于看清了一个事实：一直陪伴在她身侧、用宽容引领着她的奈特利先生才是她爱的归宿。《爱玛》是公认的奥斯丁艺术成就最高的一部作品，在叙事技巧上有许多精妙之处。

《劝导》是奥斯丁完成的最后一部小说。卡桑德拉的"备忘录"和奥斯丁对小说的创作日期标注显示，《劝导》的写作开始于 1815 年 8 月 8 日，第一稿完成于 1816 年 7 月 18 日。这个标注日期出现在留存下来的最后两章的手稿末尾，这两章曾是《劝导》第二卷的第十章和第十一章，J. E. 奥斯丁-李在《简·奥斯丁回忆录》里讲述，简·奥斯丁不满意最后的终章情节,删除了第十章的大部分内容,用新的两章替代,即新的第十、十一章,原有的最后一章被保留,成为第十二章。被奥斯丁删除的第十章首次出现在 J. E. 奥斯丁-李《简·奥斯丁回忆录》第二版中。《劝导》最终的版本在 1816 年 8 月 6 日完成,到 1817 年 7 月奥斯丁离世时,这部小说还未出版,直到这年年底,出版商约翰·默里将《劝导》与《诺桑觉寺》合在一起出版。《劝导》讲述了二十七岁的女主人公安妮·埃利奥特在年轻时错失了与海军军官温特沃斯上校的一场婚约,也失去了青春年华,过着了无生趣、再没有婚姻指望的生活,八年后两人再次重逢,经过彼此的心意试探,又重新接纳了对方,安妮也得以挽回她曾经错失的幸福。这部讲述女性获得第二次爱情机会的故事曲折动人,安妮耐心坚韧的性格和小说爱情永恒的主题打动了许多读者的心。奥斯丁修改后的故事结局格外富于戏剧张力,已成为她的小说创作中最著名的场景之一。

《桑迪顿》1817 年 1 月 27 开始动笔,写至 3 月 18 日搁笔,因健康状况不断下降,奥斯丁不得不停止写作,直到 7 月离世。这部只完成了前十二章的长篇小说以故事梗概的形式首次出现在 1871 年 J. E. 奥斯丁-李的第二版《简·奥斯丁回忆录》中,1925 年,查普曼将未完成的《桑迪顿》与《苏珊夫人》一起编辑为合集本《简·奥斯丁小说片段》出版。《桑迪顿》的故事背景十分新奇,描写了一个海边小镇发展成度假胜地的过程,展现了新生事物对传统社区生活的冲击,描绘了一幅正在向现代变化的崭新的社会图景。这部作品充满了对新的社会活力、新的价值观的期许,也体现出奥斯丁的小说创作视野的拓宽和新的转向。尽管没有完成,这部作品依然展示出奥斯丁日益精湛的小说叙事艺术和无与伦比的才华。

随着这些作品一部又一部地创作,简·奥斯丁的写作技艺日臻完善,可以预见在日后她定会创作出更多的杰作。然而,如弗吉尼亚·伍尔夫所说,这位完美的小说艺术家、不朽名著的作者,"正当她开始对自己的成功感到信心之时"①,溘然长逝。

J. E. 奥斯丁-李的《简·奥斯丁回忆录》里描述了简·奥斯丁的写作情形:她在家务之余的闲暇时间,在起居室支开父亲作为生日礼物送她的那张便携书桌,趴在上面偷偷写作,一旦门响有人进来,便将写作稿藏匿起来。就是以这样的写作方式,奥斯丁创作出了她这些名满天下的作品。

从奥斯丁的小说写作过程可以看出,她的写作经历了草稿—修改—再修订—出版的阶段。亨利·奥斯丁在《作者传略》中提到,奥斯丁写完作品后,会反复加以阅读,直到"认定新作品对创作者所具有的迷惑作用已经消失为止"。②从奥斯丁唯一留存的出版小说手稿,即《劝导》删去的和重写的章节,我们可以看到奥斯丁是如何反复酝酿、修改润色她的作品,以达到最满意的效果。而从《初次印象》到《傲慢与偏见》的修改,更能让我们感知到奥斯丁对她的小说创作的再提升和再发现,简给卡桑德拉的一封书信中讲述了这个修改过程经历了"不断地砍伐和裁剪(lopt & cropt)"(1813 年 1 月 29 日书信)③的文字压缩,研究者詹·费格斯(Jan Fergus)利用 J. F. 巴罗斯(J. F. Burrows)基于计算机的语言分析,进一步证实了这一点:"奥斯丁的修订由大量削减组成:压缩、提炼了很多更长的原初内容。"④这些例证都表明,奥斯丁以一位小说家的视角去自觉严谨地审视自己的作品,每一部最终出版面世、出现在公众读者面前的作品,都是她精雕细琢后的"心肝宝贝"(darling child)。

---

① 弗吉尼亚·伍尔夫:《普通读者》,马爱新译,北京:人民文学出版社,2003 年,页 123。
② 朱虹编选:《奥斯丁研究》,页 4。
③ R. W. Chapman ed., *Jane Austen: Letters (1776-1817)*, p. 132.
④ Jan Fergus, 'Literary', in J. F. Burrows, *Computation into Criticism: A Study of Jane Austen's Novels and an Experiment in Method*, Oxford: Clarendon Press, 1987, p. 82.

简·奥斯丁用她的小说艺术创造了一个精彩动人的文学世界，她从个人写作到修订出版的文学活动，也明显体现了出版媒介环境对一位文学写作者的强烈推动力。渴望作品出版并获得读者公众认可欢迎，使奥斯丁不断精雕细琢、反复修订她的小说，并且继续创作新的作品。对奥斯丁来说，曾经家庭亲友圈里游戏娱乐般的个人兴趣写作早已被现代出版工业带来的广泛的公众关注的兴奋所取代，印刷出版大大提升了奥斯丁的写作热情，使她处于一个更专注也强度更高的创作状态，短短六年间（1811–1817）就完成了六部传世小说的修订出版。而在她离世终止了她的文学活动后，她的文学创作则在现代媒介空间的不断演进中，继续焕发着勃勃生机。

二、奥斯丁的文学创作观

简·奥斯丁同时代的大作家沃尔特·司各特爵士（Sir Walter Scott）在 1826 年 3 月 14 日的日记里写道："再次至少是第三次又读了一遍奥斯丁小姐写得非常雅致的小说《傲慢与偏见》，这位年轻女士在描写日常生活的繁杂、情感和人物方面很有天赋，这些是我遇到的最奇妙的才华。那种'大喊大叫'（the Big Bow-Bow）的手法，我与现今的人都能具有；但是把平常琐事和普通人物表现得有趣生动的细腻手法，却是我不具备的。"[1]作家里斯特（T. H. Lister）在 1830 年7 月的《爱丁堡评论》上撰文评论奥斯丁的小说艺术是一种"隐藏性

---

[1]　Sir Walter Scott, 'Journal (March 14, 1826)', in Harold Bloom ed., *Classic Critical Views: Jane Austen*, p. 105.

的最高等级的成功艺术",由于太自然几乎看不出来,使读者很难辨识。① 评论家刘易斯在 1851 年、1852 年分别撰写期刊评论,对奥斯丁的小说艺术大加赞赏,称奥斯丁具有"一种戏剧创造性的能力,一种塑造人物并赋予人物活力的能力"②,称赞她的人物描写有着"不可思议的逼真和细腻的、特色鲜明的笔调"③。作家弗吉尼亚·伍尔夫在 1923 年的文章中评论道:"在所有伟大的作家中简·奥斯丁是最难捕捉伟大之处的。"④

这些名家评论,让我们感知到奥斯丁小说创作被广为称赞的一些特点:她将再普通不过的日常琐事描写得生动非凡,她的人物塑造格外出色,而她的叙事艺术又自然无痕到无法察觉,从而具有了耐人寻味的艺术魅力。

在与家人的往来书信中,奥斯丁简短表述过自己对小说写作的一些观点,这些表述也被研究者们看作奥斯丁自我明确阐述的创作观,从中可以看到奥斯丁不仅对自己的写作有着清晰的定位和认知,也对小说文体以及文学有着独到深刻的见解,体现出一位自觉而成熟的职业作家的特性。

这些自我表述中,最常被提及的就是奥斯丁指导她的侄辈写作的几段话语。奥斯丁在 1814 年 9 月 9 日写给侄女安娜的信里,向安娜写的小说稿提出批评意见和写作指导,并这样写道:"把人物恰如其分地嵌入设定的场景是我生平的乐事;乡村三四户人家正是可写

---

① Thomas Henry Lister, 'The Superior Novelist', in B. C. Southam ed., *Jane Austen: The Critical Heritage, Vol. 1: 1811-1870*, London: Routledge & Kegan Paul, 1968, p. 113.

② G. H. Lewes, 'Recent Novels: French and English', in B. C. Southam ed., *Jane Austen: The Critical Heritage, Vol. 1: 1811-1870*, pp. 124–125.

③ B. C. Southam ed., *Jane Austen: The Critical Heritage, Vol. 1: 1811-1870*, p. 140.

④ Claudia L. Johnson, 'introduction: Jane Austen's Afterlives', in *Jane Austen's Cults and Cultures*, Chicago & London: Chicago UP, 2012, p. 9.

的素材。"①奥斯丁的侄子 J. E. 奥斯丁-李是一位颇有写作潜质的作家,在 1816 年 12 月 16 日给他的信中,奥斯丁描述自己的写作是"在小块(两英寸宽)象牙上用极其细腻的笔触轻描慢绘,花费大量精力创造出细微的效果"。②

　　奥斯丁的自述可谓对其小说创作特征的精辟又本质的概括。对奥斯丁来说,她一生偏居英格兰南部乡村汉普郡,生活圈子狭小,这有限又熟悉的"乡村三四户人家"的日常生活琐事就成为她的全部小说素材:茶会、舞会、偶尔的野餐,财产继承、婚姻嫁娶、家庭伦理、金钱地位,没有财产的单身女性四处猎取丈夫以安身立命,没有家产继承权的非长子们则谋求与有资产的女性缔结婚姻,一些心机和算计……人物形象也都取自她生活圈子里最熟悉的亲朋邻里等。她又用细腻的笔触"轻描慢绘"出一幅幅微观场景,就是这样一个微观世界的创作视角,却让她才华尽现,"她异乎寻常的才能是将微不足道的素材扩展开来,将几户乡村人家的社会交往转化为一出出宽幅戏剧"。③

　　几乎每一位读者和评论者都会被奥斯丁笔下的人物所吸引,对她塑造人物的能力赞誉有加。她笔下的人物栩栩如生,几句对话,三言两语间就勾勒出一个形神兼备的鲜活人物形象。她的这一能力也在最初就得到了认可,《理智与情感》和《傲慢与偏见》初版时,一些期刊评论就对她的小说人物塑造大为赞赏,维多利亚时期的评论家麦考莱爵士(Thomas Babington Macaulay)称赞她创造人物的天赋只有莎士比亚才能与之媲美。亨利·奥斯丁在《作者传略》中这样表述:"她创造人物的本领似乎是凭直觉得来的,而且几乎是无限

---

① R. W. Chapman ed., *Jane Austen: Letters (1776-1817)*, p. 170.
② *Ibid.*, p. 189.
③ 卡罗尔·希尔兹:《简·奥斯丁》,页 7。

的。"①同样,奥斯丁笔下这些以她狭窄生活圈里熟识的人物为素材原型的人物形象,绝非悲剧或传奇剧中有着不凡经历的英雄,而都是那时的日常生活中的普通人,牧师、乡绅、少有财产的单身女性等,既没有地位很高的人,也没有地位很低的人。奥斯丁的人物塑造还有一个特点,即秉持道德原则,"她毫不做作地避开一切粗鄙的东西"。② 在她的作品中,人们不会看到哥特小说中那些骇人的恶棍形象,她小说中的"坏人",不过是像《理智与情感》里的威洛比、《傲慢与偏见》里的韦翰、《爱玛》里的邱吉尔、《劝导》里的埃利奥特先生那样,有着道德的缺失和人性的弱点而已。她笔下的女性人物也不会有感伤小说中那些荒唐夸张、动辄就晕倒的女子,她的每一位女主人公都注重自我提升,渴望道德完善,且不必像理查生笔下的女主角那样在道德的旋涡里苦苦挣扎,"举止完美、感情细腻,是奥斯丁极力主张她笔下人物和阅读其作品的读者所应具备的先天素质"。③ 所以,奥斯丁创造人物从一开始就关注的是自命不凡、浮华炫耀和感情用事等这些道德方面有所不足的人性的缺陷,并在后来成为贯穿她所有作品的主线,这使她笔下的人物如此接近现实生活中同样有着各种人性弱点的我们,让她的小说人物鲜活异常,似乎随时在斯蒂文顿的林荫路或巴斯的街道转角与我们相遇,"奥斯丁创造了一种活生生的存在感,而这种存在感原本完全是虚无缥缈的"。④ 这正是她创造人物的特殊才能。

奥斯丁的小说,没有悲剧也没有英雄事迹,就是这样一些普普通通

---

① 亨利·奥斯丁:《奥斯丁传略》,文美惠译,朱虹编选:《奥斯丁研究》,页 8。
② 同上。
③ 卡罗尔·希尔兹:《简·奥斯丁》,页 33。
④ Claudia L. Johnson,'Introduction:Jane Austen's Afterlives',in Claudia L. Johnson, *Jane Austen's Cults and Cultures*, p. 7.

的人物,活动在再平常不过的日常琐事中,那么,"为何这小小的场景具有与表面的沉闷不相称的动人魅力"? 弗吉尼亚·伍尔夫以一位女作家的敏锐,对奥斯丁书写的独特艺术魅力进行了透析本质的阐释:

> 简·奥斯丁所表现的感情比表面上深刻得多,她激发我们去提供作品中没有的东西。她提供的看上去是一些琐事,却含有某种东西,它在读者的脑海中扩展,给外表琐碎的生活场景赋予最持久的生命形式……它有文学的永久性。忘掉表面的生动与生活的形似,剩下来可提供的是一种更深刻的乐趣,对人类价值观的敏锐辨别……恶习、冒险、激情被挡在外面。但是在这一切平凡、一切琐屑之中,她没有回避任何东西,没有任何东西被忽略……那种难以捉摸的性质是由许多很不相同的部分组成的,需要特殊的天才把它们结合起来。与简·奥斯丁的才智相配的是她那完美的鉴赏力……她以一颗无过失的心、无懈可击的品位、近乎严厉的道德作衬托,揭示那些偏离善良、诚实和真挚的行为,它们属于英国文学中最可爱的描写……她小说的深度、美感和复杂性便是由此而来。[①]

伍尔夫还指出奥斯丁有非常自觉的作家意识,她很清楚自己的才能是什么,并为这些才能匹配适合的素材。的确,奥斯丁只写自己熟悉的生活,她从来不越过她的界限。例如她作品中最常见的人物交谈场景,我们看到有女人与女人的谈话,女人与男人的谈话,但不会有男人之间的谈话,这是她不在场的谈话,所以她不会去书写。同样,男女人物间的爱情表白也都笼统带过,更不会有性描写。广阔生

---

① 弗吉尼亚·伍尔夫:《普通读者》,页 117–119。

活中有太多领域她都没有涉及,军队的出现,也只是背景般的几帧剪影,她所有的兴趣都在那"乡村三四户人家"。

　　在 1815 年 12 月 11 日致詹姆斯·斯坦尼尔·克拉克(James Stanier Clarke)先生的信中,奥斯丁婉拒了让她以一位牧师为素材的写作建议:"您在十一月十六日的便条中描画了一位牧师,您认为我有能力塑造这么一位牧师,这让我很荣幸。但我得告诉您我不能。这个角色的戏剧成分我大致可以,但是不是很好,不够热情,缺乏文学性。这样一种谈论的话题应该是科学和哲学,关于这些我一窍不通。或者至少偶尔也应能旁征博引,巧用典故,而这些正像我这样只懂一种语言的女性知之甚少的东西,因而完全无法完成。古典教育,或至少对英国文学,古代的和现代的,有一个精深的研究,我觉得都是对您那位牧师必不可少的东西……"①克拉克先生是当时摄政王的图书馆馆长,他希望奥斯丁更换写作素材的建议或许也是摄政王的提议,奥斯丁的回绝信清楚地表明了自己的写作立场。在 1816 年 4 月 1 日给克拉克的回信中,她再次阐述了她的创作观:"我完全明白,一部建立在萨克斯·科堡家族基础上的历史浪漫小说,可能比我所描绘乡村家庭生活的图景更能符合利润或流行的目的——但我写不出一部浪漫小说,就像写不出一部史诗一样。如果不是为了拯救自己的生命,我是不可能坐下来写一部严肃的爱情小说的,如果我必须坚持下去,决不放松下来嘲笑自己和别人,我相信我还没读完第一章就会被绞死的——不——我必须保持自己的风格,继续走我自己的路;尽管我在这方面可能永远不会成功,但我确信,在其他方面我肯定会彻底失败。"②奥斯丁在信中的这两段自我评价,是她对自己

　　① R. W. Chapman ed., *Jane Austen: Letters (1776-1817)*, p. 185.

　　② Lord Edward Brabourne ed., *Letters of Jane Austen, Vol. II*, London: Richard Bentley & Son, 1884, pp. 350–351.

所具有的文学才能的清晰认知以及所持有的文学创作观念的明确定位，由此我们看到伍尔夫所说的奥斯丁的自觉的作家意识。如今奥斯丁的这两段评价话语已成为奥斯丁创作观研究的重要依据。

奥斯丁是一位小说作家，在小说地位还比较低下的时代，奥斯丁选择了小说这一文体作为她描摹世界、思考人性的写作方式。在社会风气还一味贬低小说的氛围下，她毫不掩饰自己对小说的喜爱。她在回复一家标榜"文学"而不是"小说"的图书馆的订阅邀请时是这样写的："我们家……都是伟大的小说读者，并不为此感到羞耻。"①她在写于早期的小说《诺桑觉寺》里，更是直言不讳地说道："无论男人还是女人，要是对一本优秀的小说没有兴趣，那必定就是一个极愚蠢的人。"②

《诺桑觉寺》以集中体现奥斯丁的小说观而闻名。在第五章，奥斯丁为小说遭受的不公平境遇大声疾呼，她甚至暂时抛开故事叙事，用作者的第一人称口吻去热烈捍卫小说的地位，她称赞小说是"表现了思想的巨大力量的作品"，是"用最贴切的语言，向世人传达对人性的最彻底的认识、并对人性的种种表现作最恰当的刻画，传达洋溢着最生动的才智与幽默的作品"。③奥斯丁写作这部作品时，年仅二十出头，在这样的年纪就对小说文体有如此的灼见真知，预示着奥斯丁必将会在小说创作中取得不同凡响的成就。

奥斯丁关于小说的深刻见解，让她对当时小说作品的一些现状也有所不满，她在信中指导侄女安娜写作时，提醒安娜要警惕"小说的陈词滥调"（novel slang），避免落入陈规旧习的俗套。④奥斯丁在

---

① Janet Todd, *The Cambridge Introduction to Jane Austen*, p. 10.
② 简·奥斯丁：《诺桑觉寺》，金绍禹译，上海：上海译文出版社，2015 年，页 117。
③ 同上，页 34。
④ See Janet Todd, *The Cambridge Introduction to Jane Austen*, p. 5.

自己的小说创作中也极力避免因循守旧,她更有兴趣颠覆已有的小说形式,她的才华尤其体现在这方面,这让她的喜剧感也得到了发展。对于奥斯丁来说,她在对前辈作家或他人写作的滑稽模仿中,一种重读和重写的小说文体实验中,获得了她小说写作的乐趣。她嘲笑大众流行的文学和文化形式,探索着自己的小说叙事风格,或者说在她天赋般的小说创作才华的导引下,不自觉地向着现实主义小说的完善之路迈进。她反对当时即十八世纪后期的小说创作的情感倾向,而转向之前理查生和菲尔丁开创的现实主义小说,她将小说重新调整为她所看到的现实,并专注于日常生活,与华兹华斯所称的"疯狂小说"的时尚相反,她挑战了小说的形式,她那闲言碎语式的叙事与同时代人的小说创作大相径庭,这并不意味着她讲述的故事没有浪漫幻想,她将这些对浪漫的渴望更深地渗透到她的文本结构中,"试图通过在自己安静的艺术中批判性地包含它来缓和流行小说的力量"[1],她把小说推向了新的方向。司各特在评论奥斯丁的成熟小说《爱玛》时,称赞她创造了新的"小说风格"(style of fiction)。[2]

　　文体实验与创新之外,奥斯丁用创作小说的方式作为她参与社会批判的形式。她在自己的角落里观察着世间百态和复杂的人性,她书写芸芸众生因为财产继承、情感婚姻、金钱与地位等生出的诸般痛苦,却没有用痛苦的笔调,而是用戏谑嘲讽的方式,嘲笑着这一切,同时又用严肃的伦理道德审视着这一切。作为一位见解深刻的现实主义者,她深谙人性的弱点和社会平庸粗俗的一面,并予以批判,但就如 D. W. 哈丁指出的,她不是要说教和布道,也不是要去破坏性地抨击,而是用"善意的"笑声去进行"一种假意的攻击","这种抨击所

[1]　Kathryn Sutherland, *Jane Austen's Textual Lives: From Aeschylus to Bollywood*, p. 353.

[2]　See Janet Todd, *The Cambridge Introduction to Jane Austen*, p. 5.

包含的嘲讽不是劝善惩恶的说教,而是洁身自好的方式"。① 她相信人性具有自我修复的能力,她也始终维系着一个井然有序、文雅体面的文明社会,"她所写的范围是有限的,然而,她在自己有限的范围内令人赞叹地表现了一个文明社会中儒雅的德行"。② 她描写着最平常的生活,用轻松愉悦的方式,却传达着引人深思的涵义,关于生存,关于人性,关于道德,关于社会文明。

小　结

当我们阅读简·奥斯丁的小说时,往往会是这样一种体验的过程:初读当作爱情故事,再读开始欣赏小说的喜剧性风格,之后会注意到小说精巧的结构、叙事的张力,再往后,小说微言大义、诙谐机警的遣词造句又令我们回味无穷。于是我们一遍又一遍阅读,每一遍都有新发现新收获,百读不厌。奥斯丁的小说就这样虏获了读者的心。

J. E. 奥斯丁-李在《简·奥斯丁回忆录》中称奥斯丁的小说为"宅居的产物",称简·奥斯丁生活在与文学界完全隔绝的状态中,她与同时代的作家既无通信往来,也无个人交往,可能从未接触过任何同时代的作家和任何有名望的人物,因此,她的才能从未通过与才智高超的学者进行思想碰撞而得到提升,她的小说都是在孤立状态中构思和写出的。虽然 J. E. 奥斯丁-李的话语也许不够客观,但可以肯定的是,奥斯丁在对前辈作家有所借鉴的基础上,凭借自己的创

---

① D. W. 哈丁:《有节制的憎恶——奥斯丁作品一面观》,象愚译,朱虹编选:《奥斯丁研究》,页92。

② 同上,页86。

作才能,对小说形式进行了革新,"她革新并稳固了小说在十八世纪文学中摇摇欲坠的地位,并使其演变为现在的形式"。[①] 奥斯丁的小说艺术远远超越了同时代的作家,对于小说文体的推进做出了不容忽视的贡献。

至于奥斯丁为什么写作,她如何看待自己的写作这一问题,按照亨利·奥斯丁在《作者传略》中所述,奥斯丁写作不为名不为利,纯粹是娱乐。然而后来出版的奥斯丁书信不止一次袒露了奥斯丁"写作是为了成名"的心声。她最开始写作时,内心意识里就希冀着有朝一日能出版,她依照当时的出版惯例即三卷本形式,将最初的练笔之作《少年习作》自己分成三卷,由此即可以看出,奥斯丁很早就有让自己的作品被印刷出版的"雄心"。就是这份雄心,激励着她在接连遭遇《苏珊》和《初次印象》的不成功的出版后,依然没有停止写作,即使经历了十余年的沉寂后才得以出版作品。在作品出版期间,她不断修改润饰手稿,直到满意才交付出版商。作品出版后,她关注每一条评论,与家人热烈讨论她出版的作品,她还特意准备了一个笔记本,记录下家人朋友对作品的评论意见。

奥斯丁所做的这些,都表明她在以一个职业作家的态度对待自己的作品,因为这是一个大众出版环境下的专业要求所塑造和推动的,她必须在一个自己熟悉和可控的状态下精雕细刻,向最后的大批量印刷售卖提供精品。她渴望自己的作品被广泛阅读,得到认可称赞,她渴望作品成功,给她带来像同时代女作家玛丽亚·埃奇沃斯、范妮·伯尼一样的名望。她带着这样的憧憬,勤奋地搭建了她的小说世界。这就是出版媒介的精品文化期待和作家个人意识的自觉面对所形成的创作追求。

---

① 卡罗尔·希尔兹:《简·奥斯丁》,页30。

第二章　印刷传播中的奥斯丁经典化及其价值扩张

　　奥斯丁小说在印刷出版后，处于印刷媒介文化空间中，置身于一个以出版销售市场为中心，以出版商、插画家、期刊评论者、学术编辑和阅读公众为新的意义生产者和消费者的文学再生产场域，随着印刷工业的发展和印刷文化的变迁，在先后经历的公众出版、大众出版与学术出版过程中，不仅成为赚取经济收益的职业作家，并且再生产出奥斯丁既通俗畅销又学术精英的双向价值，造就了她作为民族情感认同的大众文化偶像和作为文学经典的精英文化代表的双重文化身份，使奥斯丁由最初的一位家庭娱乐物的生产者最终获取了英国文化经典的崇高地位。

　　本章以奥斯丁小说的印刷出版为关注点，探寻奥斯丁在印刷传播中，在印刷媒介建构的文化空间和再生产场域中，最终得以经典化的意义增值现象。

第一节　奥斯丁小说的公众出版与职业作家身份的确立

1813年7月3日,简·奥斯丁在给兄长弗朗西斯的信中兴奋地写道:"你将很高兴听到《理智与情感》的每一本都卖出了,让我挣了一百四十英镑……我现在已挣了两百五十英镑——这只会让我渴望更多。我手头上有已经完成的作品——基于《傲慢与偏见》的成功,我希望它会卖得更好……"①此时的奥斯丁已出版了《理智与情感》《傲慢与偏见》两部作品,正着手于第三部小说《曼斯菲尔德庄园》的出版,她已经真真切切成为一名凭写作赚取酬劳的职业作家。从一位一生偏居于汉普郡的乡村女性到职业作家,让奥斯丁完成这一身份转换的,是这个时代正走向兴盛的印刷出版业。

希望赚取更多酬劳的职业作家奥斯丁勤奋写作,六年间就完成了六部小说的修改、创作和出版。奥斯丁的传世作品只有这六部完整小说。尽管奥斯丁早期出版经历并不顺利,但她的作品自首次印刷出版后,就一直受到出版商和读者青睐。

奥斯丁的六部作品先后由伦敦的两位出版商托马斯·埃杰顿和约翰·默里首次出版。托马斯·埃杰顿不是一个很有名的小说出版商,选择他可能是因为简·奥斯丁的兄长詹姆斯和亨利在牛津大学创办期刊《闲荡者》时与他有业务往来②,他出版了《理智与情感》(1811)、《傲慢与偏见》(1813)、《曼斯菲尔德庄园》(1814)三部作

---

① R. W. Chapman ed., *Jane Austen: Letters (1776-1817)*, p. 146.
② See Janet Todd ed., *Jane Austen in Context*, pp. 16-17.

品。约翰·默里是更有声誉的伦敦出版商,他出版了《曼斯菲尔德庄园》的第二版(1816),以及《爱玛》(1816)、《劝导》(1818)、《诺桑觉寺》(1818)三部作品。如果说埃杰顿的出版让奥斯丁小说首次走向公众视野,使奥斯丁正式拥有了作家身份,那么默里的出版则让奥斯丁得到权威期刊和评论家的关注,在生前就获得一定的作家声望。

一、托马斯·埃杰顿版(1811-1814):初见公众的"一位女士"

简·奥斯丁居住在斯蒂文顿时期,就已经完成《理智与情感》《傲慢与偏见》《诺桑觉寺》三部长篇小说的初稿,之后《傲慢与偏见》《诺桑觉寺》先后谋求出版均不成功,其间,她所有的创作都只能在家庭亲友圈里以朗读或手抄的形式流传,直到1809年迁居乔顿后,才逐渐迎来她的作品的出版时期,完成了她作为一名能够赚取酬劳的职业作家的心愿。

1811年11月,奥斯丁的小说《理智与情感》经兄长亨利·奥斯丁斡旋,由伦敦出版商托马斯·埃杰顿出版,作者署名为"一位女士"(a lady),定价十五先令,设置为三卷本,奥斯丁手稿的原文设置也是如此,这是当时一部长篇小说比较常见的卷册设置,印数约为七百五十册至一千册。戴维·吉尔森认为,奥斯丁选择《理智与情感》作为她首部出版作品一定是基于这一事实的结果:三部早期完成的小说稿中,《初次印象》(《傲慢与偏见》初稿)已经被出版商托马斯·坎德尔拒绝(1797年),《苏珊》(《诺桑觉寺》初稿)虽然顺利卖给出版商本杰明·克罗斯(1803年)却没有被出版。[1]《理智与情感》以

---

① See David Gilson, *A Bibliography of Jane Austen*, p. 8.

"作者委托"的形式出版,这一点清楚标注在出版小说的扉页上,简·奥斯丁为此还从她的微薄收入中留了一些积蓄以弥补预估的损失,亨利也资助了《理智与情感》出版。

由作者奥斯丁出资,出版商在报纸上刊登了作品出版广告。1811 年 10 月 30 日的《星报》(*The Star*)上出现了首个《理智与情感》的出版广告,同一报纸于 11 月 7 日、27 日再次重复登了广告。相似的广告也出现在《晨报纪事》(*The Morning Chronicle*)上(11 月 7 日、9 日、28 日)。出版广告里,这部作品被描述为"新的小说"(New Novel)、"有趣的小说"(Interesting Novel)、"非凡的小说"(Extraordinary Novel)。[①]《理智与情感》出版三个月后,当时颇有影响的期刊《批评评论》(1812 年 2 月)上就刊载了长篇书评,称该小说是一部值得评论的文笔优美的小说。[②]《英国批评》(*British Critic*, 1812 年 5 月)随后刊载的短评也称赞了这部小说中的人物描写。[③]

由于出版书籍在当时是奢侈消费品,书价昂贵,购买阅读多限于上流社会圈。上流社会名流在私人书信中也相互谈论着对这部新出版小说的阅读感受,表达着赞赏之情。如贝斯格勒(Bessborough)伯爵夫人亨丽埃塔(Henrietta)写给格兰维尔·莱维森·高尔(Granville Leveson Gower)爵士的信中问道:"您读《理智与情感》了吗?它是一部构思巧妙的小说(clever novel)。"[④]

第一次委托出版的冒险证明是成功的,《理智与情感》首版两年内就售完,作者奥斯丁获得了一百四十英镑的收益。埃杰顿随即在 1813 年 10 月出版了第二版,该版署名改为"一位女士,《傲慢与偏

---

① See David Gilson, *A Bibliography of Jane Austen*, p. 8.

② B. C. Southam ed., *Jane Austen: The Critical Heritage, Vol. 1: 1811-1870*, p. 39.

③ *Ibid.*, p. 40.

④ David Gilson, *A Bibliography of Jane Austen*, p. 9.

见》的作者"（此时《傲慢与偏见》已出版,销售量与美誉度都超越《理智与情感》）,定价十八先令,也是委托出版。虽然第二版销量不如首版,但《理智与情感》的出版标志着奥斯丁首次成为一位成功的出版作家,尽管这部小说是匿名出版的。

因为《理智与情感》首版销量不错,埃杰顿翌年 11 月买下了简·奥斯丁重新修改并更名为《傲慢与偏见》的小说稿版权,在购买后的两个月即 1813 年 1 月出版了这部小说,署名"《理智与情感》的作者",印数一千五百册,定价十八先令。《傲慢与偏见》原文共三卷,埃杰顿为了加快发行,将三卷分割给两个印刷商出版,三卷都是十二开本的大开本,"显示了摄政时期的浮夸风"。① 1813 年 1 月 28 日的《晨报纪事》登载了这部小说的一个简短的出版广告,"一部小说,由一位女士、《理智与情感》的作者创作"。②

在简·奥斯丁写给家人的信件中,我们看到了奥斯丁本人对这部作品以及埃杰顿版本的评论。对于这部她最钟爱作品的出版,奥斯丁很兴奋,虽然版权出售的价格并不令她满意（奥斯丁要价一百五十英镑,埃杰顿付了一百一十英镑）。③ 她在收到伦敦寄来的《傲慢与偏见》印刷本后立即写信给姐姐卡桑德拉表达欣喜之情,信中她称《傲慢与偏见》是"自己的心肝宝贝"（My own darling child）,并且坦承自己对这部小说女主人公伊丽莎白·班奈特的偏爱:"我必须承认,我认为她是所有已出版的文学作品中最惹人喜爱的角色,我无法

---

① See Pat Rogers ed., *The Cambridge Edition of the Works of Jane Austen: Pride and Prejudice*, Introduction, p. xxviii.

② *Ibid.*, p. xxix.

③ 奥斯丁在 1812 年 10 月 29 日给朋友玛莎·劳埃德（Martha Lloyd）的信中说,已经以一百一十英镑的价格将《傲慢与偏见》的版权卖给了埃杰顿,她要价一百五十英镑。See R. W. Chapman ed., *Jane Austen: Letters (1776-1817)*, p. 125.

想象如何才能容忍那些<u>丝毫不喜欢她的人</u>。"（1813 年 1 月 29 日书信）①奥斯丁又语带讽刺地对这部小说作了她著名的评论："这部作品太轻巧，明快，活泼；它缺乏阴影；它缺少一个篇幅较长的章节……来讲述与故事无关的内容，如一篇关于写作的文章，一篇对沃尔特·司各特的评论，或者一段波拿巴家族史，又或者那些能够形成反差、增加读者兴趣的俏皮话和名言警句。"（1813 年 2 月 4 日书信）②不过总体而言，她对这部小说的出版感到"得意并且非常满意"。信件中她也不满地指出埃杰顿版本的一些印刷错误："增加一个'他说'或者'她说'有时候会使对话更清晰明了——但是我没有写这么多本身没有精妙含义的话。"（1813 年 1 月 29 日书信）③对这部印刷本关注了几天后，奥斯丁又注意到了几处令她气愤的错误："我遇到的印刷上的最大的错处是在第 220 页，卷三，两位对话者合成了一个。"（1813 年 2 月 4 日书信）④

《傲慢与偏见》的出版方式是出售版权，销售利润都归出版商所有，埃杰顿为压缩成本，使用了较差的纸张印刷，作品整体印刷质量也不尽如人意。不过在十九世纪初期，"印刷质量不佳"在图书出版中比较普遍，作者之外的公众读者并不特别在意。

即使印刷质量欠佳，《傲慢与偏见》的出版销售依然大获成功。在 1813 年的头几个月里，一些刊物分别登载了短小的概述性评论，对这部小说做了好评：它们都认同女主人公伊丽莎白·班奈特塑造完美，尽管在有些评论者看来男主人公达西在他从冷漠的势利小人到热情的恋人的转变中显得有些不够立体，所有的评论也都认为柯

---

① R. W. Chapman ed., *Jane Austen: Letters (1776-1817)*, p. 132.
② *Ibid.*, p. 134.
③ *Ibid.*, p. 132
④ *Ibid.*, p. 134.

林斯牧师这一人物创造极为出色。《英国批评》(1813 年 2 月)和《批评评论》(1813 年 3 月)再次给予它们曾经给予《理智与情感》的热情赞誉,《英国批评》称这部小说"远远优于几乎所有我们之前见到的此类出版物……故事被很好地讲述,角色们用了不起的精神和活力被非凡地刻画、支持和写作出来"。①《批评评论》同样注意到"这部作品的展现……在家庭生活场景的描绘上优于我们近期见过的任何小说。没有一个人物显得平面乏味,或者以令人厌烦的鲁莽方式去强占读者的注意力"。②

来自上流社会圈子的推崇和称赞也不绝于耳。在贵族名流的私人书信和日记里,以及宴会、沙龙的交谈中,交流表达着对这部小说的赞赏。达德利(Dudley)伯爵约翰·威廉·沃德(John William Ward)在 1813 年 3 月 8 日写给哲学家杜加德·斯图亚特(Dugald Stewart)的夫人海伦·斯图亚特(Helen D' Arcy Stewart)的信中,称《傲慢与偏见》里"有一个写得极其出色的牧师"。安妮·伊莎贝拉·米尔班克(Anne Isabella Millbanke,后来的拜伦夫人)在 1813 年年初从伦敦写信给母亲说,《傲慢与偏见》是伦敦目前最流行的小说,比其他此类作品包含了更多性格的力量,认为它是非常优秀的一部作品,"我真切觉得它是我读过的最像小说的小说……我迫切希望我能知道或者有人能告诉我作者是谁"。女作家玛丽亚·埃奇沃斯在 1813 年 5 月 1 日写信给她的兄长,说她一直在读《傲慢与偏见》,"我不想对《傲慢与偏见》表达任何我的意见,只求你直接拿一本来读,然后告诉我你的意见是什么"。小说家苏珊·费里尔(Susan Ferrier)1813 年 5 月 10 日写信给朋友,描述她阅读《傲慢与偏见》时

---

① Janet Todd ed., *The Cambridge Companion to PRIDE AND PREJUDICE*, p. 52.

② *Ibid.*

感觉"每一个人物都在我的耳边絮叨不已"。化学家汉弗莱·戴维（Humphry Davy）爵士的妻子戴维夫人，在 1813 年 5 月 14 日从伦敦写信给朋友，称小说中"粗俗的心灵与举止的自然呈现和更高贵优雅的人物的引人瞩目，形成和谐的对比，而一些新的人物性格的有力表现，如表现出的精明能干，以及班奈特先生的漠不关心的特点，事实上并不夸张"。在一次正餐宴会上，戏剧家理查德·布林斯莱·谢立丹（Richard Brinsley Sheridan）向谢丽弗（Shirreff）小姐建议，立刻买一本《傲慢与偏见》，因为它是他读过的最机智有趣的读物。① 另外的私人信件同样证实了这部书的广受欢迎，克莱尔·托马林（Claire Tomalin）的信中写道："整个上流社会都在愉快地阅读和购买"。② 亨利·克拉布·罗宾逊（Henry Crabb Robinson）在日记中高度评价了《傲慢与偏见》，称这部书是"我们的女性小说家的著作中最优秀的作品之一"，并特别称赞了小说中的人物角色以及人物之间完美的口语体对话。③ 1815 年，《评论季刊》的编辑威廉·吉福德（William Gifford）给伦敦出版商约翰·默里的回信中说道："我第一次浏览了《傲慢与偏见》，它的确是一部非常不错的作品。没有黑暗的通道，没有密室，没有长廊里的呼啸风声，没有锈迹斑斑的匕首上的血滴——这些现在应该是交由女士们、女仆和多愁善感的洗衣妇们的事情。"④ 当时的一些社会名流像沃伦·黑斯廷斯（Warren Hastings）、玛丽·拉塞尔·米特福德（Mary Russell Mitford）等，他们也都表示出对这部小说的"机智"的欣赏，认为它避免了感伤主义和哥特式潮流

---

① David Gilson, *A Bibliography of Jane Austen*, pp. 25–26.

② Patricia Meyer Spacks, 'Introduction', in Patricia Meyer Spacks ed., *Pride and Prejudice, an Annotated Edition*, p. 4.

③ Henry Crabb Robinson, 'Diary (January 12, 1819)', in Harold Bloom ed., *Classic Critical Views: Jane Austen*, p. 105.

④ See David Gilson, *A Bibliography of Jane Austen*, p. 27.

而在观察的准确性上尤其出色。① 简·奥斯丁的书信中也记录了来自罗伯特·科尔（Robert Kerr）爵士的夫人和埃德蒙·艾沙姆（Edmund Isham）博士等的称赞。②

《傲慢与偏见》一经出版就获得如此多的赞誉，这令简·奥斯丁很是欣喜，不过她自己更看重的是来自亲友们的喝彩赞扬。她的侄女范妮·奈特很喜爱小说主人公达西和伊丽莎白，让奥斯丁感到很愉快；沃伦·黑斯廷斯——一位长期支持简·奥斯丁的前孟加拉总督——对这部小说的关注又令她格外兴奋，"对这样一个大人物提到它十分开心"，"我尤其愉悦地接受他对我的伊丽莎白的由衷赞美"。（1813 年 9 月 15 日书信）③

出版后的《傲慢与偏见》再次在奥斯丁的家庭圈子里传播。简·奥斯丁在 1813 年 1 月和 9 月之间的信里提到了几次这部小说被朗读给家人和印本被分给几位兄长的家庭的情况。爱德华·奥斯丁的长女范妮·奈特在 1813 年 6 月 5 日的日记中记录："简姑妈在爸爸和路易莎（Lousia）阿姨外出时为我读《傲慢与偏见》，和我度过了一个上午。"④亨利·奥斯丁在他写的《奥斯丁小姐传略》（Memoir of Miss Austen, 1833）里，描述简用很棒的"语气和效果"大声朗读她自己的这部作品。⑤ 简·奥斯丁以这种方式享受着她最钟爱的小说的出版带来的喜悦。

奥斯丁在世时出版作品一直都是匿名，虽然当时女性作者不再

---

① See Pat Rogers, Introduction, in Pat Rogers ed., *The Cambridge Edition of the Works of Jane Austen: Pride and Prejudice*, pp. lxii–lxxiv.

② David Gilson, *A Bibliography of Jane Austen*, p. 25.

③ Edward, Lord Brabourne ed., *Letters of Jane Austen, vol. II*, p. 147.

④ Deirdre Le Faye, *Jane Austen: A Family Record*, Cambridge : Cambridge UP, 2004. p. 202.

⑤ James Edward Austen-Leigh, *A Memoir of Jane Austen*, p. 140.

被视为名声不佳而受到歧视,但在上流社会阶层,这种按劳付酬的职业写作对一位有教养有地位的淑女来说,仍然是不合身份的事。在《理智与情感》(1811)之后出版的《傲慢与偏见》,署名为"《理智与情感》的作者"。到《傲慢与偏见》出第二版时,奥斯丁的作者身份依然作为秘密被保守着,仅限于家庭成员和几个亲密的熟人知道。

奥斯丁的第一部出版小说《理智与情感》让作者小获声名,第二部出版的《傲慢与偏见》则为作者带来了持续增长的名气,以至于《理智与情感》在1813年年底出第二版时,署名已经变成"《傲慢与偏见》的作者",如同之后出版的《曼斯菲尔德庄园》(1814)和《爱玛》(1816)在扉页的署名所示。人们对《傲慢与偏见》这部小说的喜爱一时间也引发了关于小说作者身份问题的热议。简的兄长亨利·奥斯丁附在《理智与情感》1833年版本里的《奥斯丁小姐传略》一文,特别讲述了《傲慢与偏见》出现时围绕这部小说的作者问题的几番猜测,称有位绅士建议他的一个朋友去阅读这部小说,并殷切地强调补充说:"我想知道谁是作者,因为它太有才智了而不会是一位女士的作品。"①

没过太久后小说作者的身份已成为某种意义上公开的秘密,到1815年,简·奥斯丁的作者身份最终得到披露,很多人终于知道了《傲慢与偏见》的作者是谁。名望纷至沓来,崇拜者比比皆是,甚至当时的摄政王都主动提出,希望简·奥斯丁能将下一部作品题献给他。

埃杰顿首版印刷的一千五百册很快售罄,再加上评论的称赞和公众的喜好,埃杰顿立即在当年10月出了第二版,再次以三卷本形式出版。第二版中只有一些明显的印刷错误和拼写不规范的地方被

---

① James Edward Austen-Leigh, *A Memoir of Jane Austen*, p. 149.

修订,简·奥斯丁抱怨的首版里那些错误并没有改正过来,显然作者本人没有介入新版。在十八世纪末至十九世纪初,还处于手工印刷阶段的图书出版由于印刷费用不菲,大多情况下小说的一版印刷册数不超过五百册,甚至一些最成功的作品也只发行七百五十册或八百册,埃杰顿首版一千五百册的印数算是个很高的数字;在那个时期,出版的所有小说里大约三分之二从不会重印再版,重印书则较多是那个时期的服务类指南手册类图书,或一些历史书籍。①《傲慢与偏见》出版的当年就再版重印是相当骄人的成绩。

　　1817年,埃杰顿发行了《傲慢与偏见》第三版,标价十二先令,如同第二版,这一版没有显示出得到作者修订的迹象,在奥斯丁留存下来的信件中也没有任何提及。埃杰顿更是擅自对第三版做了较大的版本变动——将初版的三卷本设置改为两卷本,作者原有的三卷本章节划分被清除,小说章节也被重新标号,这不能不说是"对原著的一种伤害"。② 转换成两卷本形式反映了出版商为商业目的而减少成本的惯例,因为纸张是当时出版发行过程中最贵的成分,而版权出售也使作者奥斯丁无法参与《傲慢与偏见》的版本修订。埃杰顿1817年第三版《傲慢与偏见》的版本形式变化虽然部分损伤了奥斯丁原作面貌,但十二先令的价格和两卷本的形式比起首版要更便利于公众的购买和阅读,因此这一版成为十九世纪许多《傲慢与偏见》流通版本如班特利版的底本,在后来的一些再版中也一直被采用,保持着长久的版本影响力。

　　埃杰顿版本也被书商在北美出售,使奥斯丁引起了费城书商的注意。1832年8月,《傲慢与偏见》第一个美国版本在费城出现,名

---

①　See James Reven, 'Book Production', in Janet Todd ed., *Jane Austen in Context*, p. 196.

②　R. W. Chapman, 'Introductory Note', in R. W. Chapman ed., *The Oxford Illustrate Jane Austen: Pride and Prejudice*, Oxford: Oxford UP, 1923, p. xii.

为《伊丽莎白·班奈特；或，傲慢与偏见：一部小说》(*Elizabeth Bennet: or, Pride and Prejudice*)，两卷本，标价二美元，印数七百五十册。① 按照伦敦版本的样式，它的扉页同样署名为"《理智与情感》的作者"，下面标注"首部美国版，来自第三版伦敦版"。首版销量喜人，这一版在 1838 年、1845 年也都被再版。②

奥斯丁的新作《曼斯菲尔德庄园》再一次被埃杰顿接受，在 1814 年 5 月出版，署名"《理智与情感》和《傲慢与偏见》的作者"，定价十八先令，依然是委托出版的方式。第一个出版广告刊登在 1814 年 5 月 9 日的《星报》上，广告声称"今日出版"，《晨报纪事》也登载了出版广告。③

出版的《曼斯菲尔德庄园》没有像前两部小说一样受到广泛称赞，评论界也反应冷淡，没有出现任何公开发表的评论文字，与《傲慢与偏见》出版后的热评热议形成强烈反差。在作品出版后不久，奥斯丁自己收集了来自家人朋友以及他人对这部小说的评论，汇合成集，上面记载了这样一些评价：出版商埃杰顿先生因它的道德观称赞了它，并认为它是如此均衡的一部创作，没有薄弱的部分；《傲慢与偏见》的一个早期崇拜者罗伯特·科尔(Robert Kerr)伯爵夫人写信说《曼斯菲尔德庄园》"在爱丁堡受到普遍的推崇"。④ 奥斯丁给家人的书信中写道："赫登先生正在第一次读《曼斯菲尔德庄园》，他认为这本小说比《傲慢与偏见》好"(1815 年 11 月 25 日)，"库克先生说：'这是他读过的最有理智的一本小说'，我对牧师的态度使他分外高

---

① See R. W. Chapman, ed., *Jane Austen: A Critical Bibliography*, London: Oxford UP, 1953, p. 4.

② See Claudia L. Johnson and Clara Tuite ed., *A Companion to Jane Austen*, p. 53.

③ See David Gilson, *A Bibliography of Jane Austen*, p. 48.

④ *Ibid.*, p. 49.

兴"（1814 年 6 月 14 日）。① 亨利·奥斯丁的评价则代表了奥斯丁家人的意见，认为这部小说完全不同于前两部小说，也并不觉得这部作品比前两部逊色。

《曼斯菲尔德庄园》首版销售情况还不错，在当年 11 月售完。奥斯丁从首版的销售中大概挣了至少三百二十英镑。奥斯丁在 1814 年 11 月 18 日从乔顿写信给侄女范妮·奈特，告诉她首版《曼斯菲尔德庄园》已全部卖光，出第二版的事在商讨中。② 但显然埃杰顿对出第二版不太积极，或许因为《理智与情感》第二版销量不够理想，埃杰顿没有积极推进《曼斯菲尔德庄园》第二版的发行，再加上首版印刷质量不佳，奥斯丁转而开始了与另一位伦敦出版商约翰·默里的出版合作。

托马斯·埃杰顿是奥斯丁作品的首位出版商和三部小说的初版者，其发行的版本既重要又特殊。虽然因为"糟糕的印刷"（wretchedly printed）在当初受到奥斯丁本人抱怨，奥斯丁小说的另一出版商约翰·默里与朋友、《评论季刊》编辑威廉·吉福德的信中（1815 年），也指责埃杰顿版本存在的印刷错误"如此明显以至于几乎难以理解"③，但埃杰顿版作为简·奥斯丁在世时发行的版本，是确切得到过奥斯丁本人阅读和评论的版本，在奥斯丁原作手稿没有留存的情况下，埃杰顿版被认为接近奥斯丁作品的"原初性"（original），在二十世纪初期的学术出版和之后的学术研究中备受重视。

托马斯·埃杰顿的出版对奥斯丁作品的传播意义重大。他不仅将奥斯丁小说首次带到公众面前，使这些最初只在奥斯丁的家庭亲

---

① 朱虹编选：《奥斯丁研究》，页 98。
② See R. W. Chapman ed., *Jane Austen: Letters (1776-1817)*, p. 175.
③ See James Reven, 'Book Production', in Janet Todd ed., *Jane Austen in Context*, p. 198.

友圈里以诵读方式流传的小说书稿得以进入社会公共流通领域,他的数次出版发行又让奥斯丁小说持续出现在公众视野中,通过接连的出版传播,被更多的公众读者阅读和评论,让这些小说的魅力及价值,在公众化传播中产生逐步扩大的影响,拥有越来越多的名望,并吸引了之后更多的出版商。虽然埃杰顿版因书价昂贵限制了大众的购买,但这些进入公众化传播的小说,让很多买不起书的读者可以通过公共流通领域,例如流通图书馆,以借阅的方式去阅读这些名气不断增长的小说,去感受评价谈论它们的魅力以及精彩之处。

二、约翰·默里版(1816-1818):初享名望的"奥斯丁小姐"

自第四部作品《爱玛》起,奥斯丁开始了与更有实力的伦敦出版商约翰·默里的合作。《爱玛》手稿在 1815 年 3 月底完成后,交由约翰·默里在 1815 年 12 月出版,扉页标注出版时间为 1816 年,三卷本,定价二十一先令,署名"《傲慢与偏见》的作者"。约翰·默里曾提出购买《爱玛》版权,和《理智与情感》《傲慢与偏见》一起,以四百五十英镑价格,被奥斯丁拒绝①,由她自己出资委托出版。《爱玛》是奥斯丁生前最后一部出版小说。

在与约翰·默里洽谈出版《爱玛》时,奥斯丁将《曼斯菲尔德庄园》的第二版也委托默里于 1816 年出版,印刷七百五十册,定价十八先令。第二版《曼斯菲尔德庄园》的文本做了几处改动,最引人注目的是技术性的细节,例如对海军生活的细节描写,以及一些拼写和发

---

① 参见简·奥斯丁 1815 年 10 月 17 日写给卡桑德拉的信。See R. W. Chapman ed., *Jane Austen: Letters (1776-1817)*.

音的细小改动。出版广告登载于 1816 年 2 月 19 日的《晨邮报》(*The Morning Post*)。

虽然奥斯丁一直是匿名出版作品,但她的小说作者身份在 1815 年时在一些社交圈里就已是公开的秘密。[①] 此时的奥斯丁因前几部作品的出版流传获得了不断上升的名望,拥有不少崇拜者,其中就包括摄政王。应摄政王本人要求,默里出版的《爱玛》在扉页上增加了奥斯丁敬献给摄政王的题词。也许是给摄政王的题献某种意义上起到了"庇护人"(patron)的作用,《爱玛》的出版发行比前三部作品都要"壮大"(印刷两千册),出版广告提前就刊登出来,在 1815 年 12 月,《晨邮报》(12 月 2 日)、《观察家报》(*The Observer*,12 月 10 日)和《晨报纪事》(12 月 23 日)先后刊登了《爱玛》即将出版的信息,数据显示至 1816 年 10 月《爱玛》已销售过半。伦敦出版的《爱玛》也被输送到了美国的费城发行,表明奥斯丁生前其几部小说已经在美国出版流传。《爱玛》的出版让奥斯丁大约挣了三百七十多英镑。[②]

对奥斯丁来说,与约翰·默里的出版业务合作,"意味着一个更大的印刷发行量,一个更美观更有声望的印本质量,和她的第一个重要评论"。[③] 约翰·默里是当时伦敦最具实力的出版商之一,他不仅是司各特、拜伦的出版商,还是十九世纪享有盛名的期刊《评论季刊》的拥有者,他以自己的批评期刊为中心,在伦敦建立起庞大的出版发行网。《爱玛》出版后,为扩大这部小说的影响力推动销售,默里特意邀请大作家沃尔特·司各特爵士在《评论季刊》(1816 年 3 月 19 日)上为《爱玛》写了一篇长篇评论(原文为匿名发表)。[④] 整个十

[①] See also Deirdre Le Faye, *Jane Austen: A Family Record*, p. 187.

[②] See David Gilson, *A Bibliography of Jane Austen*, pp. 66–69.

[③] Kathryn Sutherland, *Jane Austen's Textual Lives: From Aeschylus to Bollywood*, p. 222.

[④] 由于是匿名,好久以来大众都不知道评论者真实身份,1826 年在司各特的日记中被引用,到 1837 年才被公众读者所知。

九世纪,期刊既是出版商书籍发行网的支柱,也是一部出版书籍公众接受的裁决者,"在现代文学市场不断发展的制度性关系中,期刊代表了这一机会,通过安排有利的评论,既掌控特定书籍命运,又掌控读者意见,它为读者提供了对各种问题和各种体裁领域的观点摘要"。① 由文化精英把持的期刊评论,对出版作品进行把关和审视,对作品价值进行裁决,以此引导阅读公众的舆论导向,并决定作者获得何种声誉。像《评论季刊》这样享有盛名的重量级期刊给予奥斯丁出版作品的好评,宣布了"最高等的批评权威的裁决"。② 司各特在他这篇很受欢迎的长篇评论里对奥斯丁小说创作艺术做了别具慧眼的称赞,称赞其描写"当下日常生活"的高超技能,并宣布这是与流行的浪漫传奇相对立的一种反浪漫主义的"现代小说"。司各特这些极富洞见的批评观点和《评论季刊》作为批评权威的裁决,对奥斯丁的小说成就做出了很有影响的确认,"以响亮的措辞建立起对一个新人才的严谨的支持"。③

在司各特的评论的引领下,《爱玛》得到了比奥斯丁其他任何小说都多得多的评论和关注。如《冠军》(*The Champion*,1816 年 3 月31 日)、《奥古斯都评论》(*Augustan Review*,1816 年 5 月),有很大发行量的《每月评论》(1816 年 7 月)、《英国批评》(1816 年 7 月)和《绅士杂志》(*Gentleman's Magazine*,1816 年 9 月),以及《英国女士杂志和每月杂录》(*British Lady's Magazine and Monthly Miscellany*,1816年 9 月)、《文学全景》(*Literary Panorama*,1817 年 6 月)等期刊,在1816 年相继刊登了对这部作品的短评。④

---

① Kathryn Sutherland, *Jane Austen's Textual Lives: From Aeschylus to Bollywood*, p. 222.
② J. E. Austen-Leigh, *A Memoir of Jane Austen*, p. 194.
③ Kathryn Sutherland, *Jane Austen's Textual Lives: From Aeschylus to Bollywood*, p. 223.
④ See David Gilson, *A Bibliography of Jane Austen*, pp. 70–71.

　　《爱玛》同样得到了来自上流社会圈名流的许多关注和好评。托马斯·莫尔(Thomas Moore)在写给作家塞缪尔·罗杰斯(Samuel Rogers)的信(1816年6月30日)中,称赞《爱玛》是"非常完美的小说写作……如此强烈的效果,却是如此简洁的笔墨!"玛丽·拉塞尔·米特福德写信(1816年7月2日)给威廉·埃尔福德爵士(William Elford),推荐他去读奥斯丁小姐的小说:"她的《爱玛》太令人愉快了! 我认为是所有她那些迷人的小说中最好的一部。"小说家苏珊·费里尔(Susan Ferrier)在1816年写信给她的朋友,描述《爱玛》很"优秀","所有的人物都是如此真实的生活,其风格如此激动人心,完全不需要神秘与冒险等偶然因素的援助"。女作家玛丽亚·埃奇沃斯在与兄长和朋友的信件来往中也评论了《爱玛》。像《曼斯菲尔德庄园》一样,奥斯丁自己收集了家人亲友及他人对《爱玛》的评论之语,她很得意地写下了这样一段话:"《爱丁堡评论》的杰弗里(Jeffery)先生①被它吸引了接连三个晚上。"②

　　《诺桑觉寺》《劝导》是奥斯丁最后出版的两部完整小说。其中,《劝导》是奥斯丁生前最后一部完整作品,修改完成于1816年8月。奥斯丁在1817年3月13日写给范妮·奈特的信中提到《劝导》将出版的消息,"我有一些出版的事要准备,可能一年后出版。作品不长,大约是《凯瑟琳》的长度"③;在另一封1817年3月23日的信中,再次提到,"不要奇怪发现亨利叔叔知道我有另一部作品准备出版的事。当他问我时我不能否认,但他仅仅知道它而已。——你会不喜欢它,所以你需要有耐心。你可能会喜欢女主人公,因为对我来说她

---

①　时任《爱丁堡评论》主编。

②　See David Gilson, *A Bibliography of Jane Austen*, pp. 71-72.

③　R. W. Chapman ed., *Jane Austen: Letters (1776-1817)*, p. 196.

实在太好了"①。《诺桑觉寺》是奥斯丁的早期作品,即那部原名《苏珊》、手稿曾经出售(1803年)却一直未被出版的小说。1816年《爱玛》出版后,奥斯丁对《诺桑觉寺》原初手稿重新做了修改,打算再次提供出版。

　　奥斯丁去世五个月后的1817年12月,两部小说《诺桑觉寺》和《劝导》由约翰·默里合在一起出版,扉页标注出版日期为1818年,四卷本设置,定价二十四先令,印刷一千七百五十册,署名"《傲慢与偏见》《曼斯菲尔德庄园》的作者",依然为匿名出版,如同她之前所有出版的作品。在这部出版作品的卷首,附了一篇由简·奥斯丁的兄长亨利·奥斯丁撰写的"作者传略"作为前言,"传略"里,简·奥斯丁的作者身份首次被公开(注明本书作者是之前四部出版小说的作者),她的名字第一次出现在她的出版小说里,第一次出现在公众面前。

　　作品的首个出版广告登在《信使报》(The Courier,1817年12月17日)上,广告语为"《诺桑觉寺》,一部浪漫传奇;《劝导》,一部小说";《晨报纪事》(1817年12月19日)在"明天即将出版"条目下列出了《诺桑觉寺+劝导》。《诺桑觉寺+劝导》的销售很迅速,一些印本也被输出销往国外。到1818年年底该印本的销售已经为作者挣了约四百八十英镑,到1821年1月,销售总利润已达到五百一十五英镑多。②

　　司各特评论引领的对奥斯丁作品的期刊评论热潮也延续至这两部新出版小说。《诺桑觉寺+劝导》出版后,"迎来了对奥斯丁小说公众评估的第一个重要时期"。③ 1818年3月,《英国批评》上出现了首

①　R. W. Chapman ed., *Jane Austen: Letters (1776-1817)*, p. 198.

②　See David Gilson, *A Bibliography of Jane Austen*, pp. 84–85.

③　Laurence W. Mazzeno, *Jane Austen: Two Centuries of Criticism*, Rochester, New York: Camden House, 2011, p. 14.

个评论；1818 年 5 月，另一个评论出现在《爱丁堡杂志和文学杂录》（*The Edinburgh Magazine and Literary Miscellany*）；《绅士杂志》在 1818 年 7 月也发表了一个简评。① 1821 年 1 月，《评论季刊》上刊载了又一篇影响极大的长篇评论，这篇由都柏林大主教、评论家理查德·惠特利（Richard Whately）撰写的长评，热情洋溢地赞美了"奥斯丁小姐"②的创作，尤为重要的是，惠特利首次将奥斯丁与莎士比亚并提，称奥斯丁的人物塑造才能像莎士比亚一样令人钦佩。③ 惠特利在文末向读者大力举荐奥斯丁的创作，"总之，奥斯丁小姐的作品绝对值得推荐，不仅在同类别里是最优秀的，而且在很大程度上结合了教导和娱乐"。④ 惠特利的长评，与司各特 1816 年的《爱玛》评论一样，以权威评判的地位，对当时的公众舆论产生了重要引导。J. E. 奥斯丁-李在他的《简·奥斯丁回忆录》里特意提到了惠特利这篇评论及其对公众的影响，"从那以后，对奥斯丁作品的支持就一直持续并几乎意见一致"。⑤

　　自 1811 年作品首次出版，奥斯丁以小说作者身份登台亮相仅仅四五年后，她就借助出版商约翰·默里的《评论季刊》，在期刊评论的权威性引领下，获得了公众读者的认可，并达到了生前声誉的一个巅峰。

　　这部出版作品也同样收获了来自上流社会圈的关注议论。出版商约翰·默里在 1817 年 12 月写信给艾伯康（Abercorn）侯爵夫人，告

① David Gilson, *A Bibliography of Jane Austen*, p. 85.

② 惠特利将"Miss Austen"错拼为"Miss Austin"。See J. E. Austen-Leigh, *A Memoir of Jane Austen*, p. 177.

③ See Richard Whately, 'Whately on Jane Austen', in B. C. Southam ed., *Jane Austen: The Critical Heritage, Vol. 1: 1811-1870*, pp. 87–105.

④ *Ibid.*, p. 105.

⑤ James Edward Austen-Leigh, *A Memoir of Jane Austen*, p. 180.

诉她自己刚出版了奥斯丁小姐的两部"短小但很可爱"(short but very clever)的作品。艾伯康夫人回信中说道:"请你方便时将奥斯丁小姐的小说送来给我们。艾伯康爵士认为它们仅次于沃尔特·司各特先生的作品;很遗憾我们将不能再有更多她的作品。"托马斯·莫尔在1817年12月29日写信给约翰·默里:"我听说了一点儿新小说(《劝导》等)的内容……唤起了我对其余内容的强烈渴望",希望默里能即刻寄送新出版的小说给他。奥古斯塔·拜伦女士(Augusta Byron,拜伦爵士同父异母的姐姐)、玛丽亚·埃奇沃斯也都在1818年年初给朋友的信中,告知朋友自己阅读了这部新出版作品。①

奥斯丁小说的印刷出版,使她由私人写作者(private writer)变成了职业作家(professional author),加入她所崇拜的同时代的玛丽亚·埃奇沃斯、范妮·伯尼等流行小说女作家的行列。奥斯丁这些最初作为家庭娱乐之用的小说故事经由印刷出版而公众化和商品化,让她的写作成为能够赚取酬劳的职业。第一部出版作品《理智与情感》为奥斯丁赚了一百四十英镑,到最后一部出版作品《诺桑觉寺+劝导》,约翰·默里支付的作者酬金已是五百二十英镑。② 从最初署名"一位女士"的匿名出版,到最后在出版作品中公开"奥斯丁小姐"的作家身份,印刷出版带给奥斯丁的除递增的金钱收益外,还有逐渐上升的名望。J. E. 奥斯丁-李在《简·奥斯丁回忆录》里说道,奥斯丁的家庭曾经私下渴望简的作品能同阿伯雷夫人(Madame D' Arblay,即范妮·伯尼)和埃奇沃斯小姐的作品并列在读者的书架上,并认为这是一个会被外人耻笑的奢望③,而在奥斯丁作品初版的短短数年,在奥斯丁生前,她就已经获得了这样的成就(虽然奥斯丁在此时的影

① See David Gilson, *A Bibliography of Jane Austen*, p. 85.

② See Claudia L. Johnson and Clara Tuite ed., *A Companion to Jane Austen*, p. 47.

③ James Edward Austen-Leigh, *A Memoir of Jane Austen*, p. 167.

响力,以及她的小说的印数和金钱收益还远不及同时代这些"名家"),并且被一些"杰出人物"所器重,包括大作家司各特、资深评论家惠特利、浪漫派诗人柯尔律治(S. T. Cleridge)、骚塞(Robert Southey)、戏剧家谢立丹、《评论季刊》的编辑威廉·吉福德……还有据说在其每一处居所里都收藏了一套奥斯丁小说的摄政王。

　　印刷出版将奥斯丁的私人写作带到公众面前,完成了奥斯丁小说"文本的社会化",让奥斯丁小说从私人空间来到哈贝马斯所说的"公共领域",让这些最初只在奥斯丁家庭亲友圈里传阅的私人写作在公众的阅读评论与交流中进入公共空间,成为共享的文化知识。在那个时期,随着阅读在国民生活中重要性的提升,更多人通过阅读参与公共文化,公共文化也更多经由公众阅读影响人们的情感认知。进入"公共领域"的奥斯丁小说,在之后不断扩展的出版传播中,开始了与公众情感的意义关联。

第二节　奥斯丁小说的大众出版与民族情感认同

　　奥斯丁小说初版的十九世纪早期,由于手工印刷以及纸张等因素,印刷书籍尚属于奢侈消费品,它们往往用精美皮革装订,封面镀有金字,书价十分高昂,以上流社会购买为主。十九世纪头十年一个三卷本小说的平均价格是十六先令左右(英国旧制,1 英镑 = 20 先令)①,奥斯丁小说十八先令左右的定价,对于当时大多数英国普通

---

①　基于那时英国工人平均工资的购买力,十六先令相当于现在的四百多英镑。

家庭只有三镑左右的月收入来说①，远远超出了他们的购买力。奥斯丁曾在信中抱怨书价之高，让"更多人准备去借阅或者夸赞一下而不去购买"。② 许多买不起书的读者就通过流通图书馆和图书俱乐部（book club）以借阅的方式去阅读流行小说，就像奥斯丁自己以及她小说中的主人公们所做的一样。作为印刷文化的产物，流通图书馆和图书俱乐部在 1740 年之后逐渐普及，将昂贵的书籍以相对低廉的价格提供给借阅者③，作为书籍购买的一大主体，两者在高书价时代促成书籍的销售和阅读方面起了很大作用，是出版书籍特别是小说新作的一个重要的公共传播途径。1818 年之后，奥斯丁小说再没有新的版本发行，直到十九世纪三十年代。但即使出版商的货架空了，流通图书馆和图书俱乐部仍使这些小说保持着循环流通。

高书价影响了出版书籍的普遍流通，限制了读者群。最初出版的奥斯丁小说基本是在伦敦上流社会圈里流传，奥斯丁在作品出版之后赢得的公众声望，很长时间里都停留在"一个相对选择性的由批评家和小说家构成的小圈子里"④，局限于社会名流、绅士贵妇的品评之中。J. E. 奥斯丁-李在《简·奥斯丁回忆录》里感慨，自初版之后，与奥斯丁小说获得的赞誉相矛盾的是，她默默无闻的家庭隐居生活在一定程度上并未打破，"只有少数读者知道她的名字，除名字之外没人知道更多"。⑤ 尽管奥斯丁小说的名气很大，但对于读者大众，作者奥斯丁是完全模糊的存在，以至于奥斯丁去世之后，她的名

---

① 详见伊恩·P. 瓦特：《小说的兴起》，高原、董红钧译，北京：生活·读书·新知三联书店，1992 年，页 38—40。

② R. W. Chapman ed., *Jane Austen: Letters (1776-1817)*, p. 180.

③ See Jan Fergus, 'The Literary Marketplace', in Claudia L. Johnson and Clara Tuite ed., *A Companion to Jane Austen*, p. 41.

④ Claudia L. Johnson and Clara Tuite ed., *A Companion to Jane Austen*, p. 1.

⑤ James Edward Austen-Leigh, *A Memoir of Jane Austen*, p. 143.

望增长非常缓慢。

大致从维多利亚时期开端(十九世纪三十年代),书籍生产流程中的大部分环节实现了工业化,蒸汽动力机器印刷取代人力印刷,机械化铸字排版取代手工排版,书籍生产速率大增,出版成本降低,出版商的营销策略也随之改变,尽管部分出版商仍坚持为精英阶层的读者服务,但大多数都已选择通过降低书价扩大销量来提高利润,"一个迄今为止一直遭到忽视的社会群体成了出版业的新目标——大众。这一转变的结果是'图书产业'的崛起"。[①]印刷技术的工业化革新使英国的大众出版业开始发展,书籍不再是上流社会才能拥有的奢侈品,大众读者成为书籍购买与阅读的主体。大众出版的特征是一切以市场盈利为目标,出版商采用各种手段来积极拓展大众市场,以获取最多的商业利益。为吸引大众读者的促销手段被不断开发出来,降低书价、引人注目的书籍装帧、配置文本插画……大众出版中的奥斯丁,迎来了作品销量与名望快速增长的时期。

一、班特利版(1833-1892)、廉价版和插画版:奥斯丁小说的大众流行和情感崇拜

"在出版商理查德·班特利引领下,奥斯丁的名望发生了一场持久的革命,其性质和后果仍然影响着我们"[②],这场革命即是由伦敦书商班特利在十九世纪三十年代启动的奥斯丁小说大众出版。

1817 年之后的十五年里奥斯丁小说没有新的英文版本出现,

---

① 史蒂文·罗杰·费希尔:《阅读的历史》,李瑞林等译,北京:商务印书馆,2009年,页 254。

② Kathryn Sutherland, *Jane Austen's Textual Lives: From Aeschylus to Bollywood*, p. 1.

1832 年 8 月《傲慢与偏见》第一个美国版本在费城出现。在首部美国版本发行的大约同一时期，伦敦书商理查德·班特利开始发行他流行于整个十九世纪的奥斯丁小说"班特利版"。

班特利于 1832 年早期购买了所有的奥斯丁著作版权①，从 1832 年 12 月开始至 1833 年 8 月，在他的"小说佳作"（Standard Novels）丛书里陆续出版了六部奥斯丁小说的单行本，小开本印刷，每部小说采用一卷完整本（complete in one volume）的形式（《诺桑觉寺》和《劝导》依然合在一起出版），共五卷，定价均为六先令，作者署名"简·奥斯丁"。每部出版作品都有一幅源自该小说情节的钢版雕刻的卷首插画，标题页上还有一个雕版印制的装饰图案，整洁的布面平装，显得美观大方，这套丛书是英国出版的第一个带有插画的奥斯丁小说版本。② 班特利以单行本形式出版发行奥斯丁六部小说，意图是单独分开销售，供个人购买。《雅典娜神殿》（Athenaeum）杂志连续为这套丛书登载了出版广告，广告中称这版是"奥斯丁小姐作品的一个低价版本"③。

最先出版的是《理智与情感》（1832 年 12 月），附有亨利·奥斯丁撰写的《奥斯丁小姐传略》作前言，其后依次出版的是《爱玛》（1833 年 2 月）、《曼斯菲尔德庄园》（1833 年 4 月）、《诺桑觉寺+劝导》（1833 年 5 月）、《傲慢与偏见》（1833 年 8 月）。《理智与情感》《爱玛》《曼斯菲尔德庄园》都保留了首版时的三卷文本设置，《诺桑觉寺+劝导》保留了首版的每部两卷的文本设置，只有《傲慢与偏见》

---

① 班特利花费二百一十英镑从奥斯丁兄长亨利和姐姐卡桑德拉手中购得除《傲慢与偏见》外的其他五部小说，另花费四十英镑从埃杰顿的遗嘱执行者手里购得《傲慢与偏见》版权。这些版权在十九世纪四十年代逐步到期。

② See David Gilson, 'Later publishing history, with illustrations', in Janet Todd ed., *Jane Austen in Context*, pp. 121–159.

③ See David Gilson, *A Bibliography of Jane Austen*, p. 211.

采用的是埃杰顿 1817 年第三版的两卷文本设置。《爱玛》首版里献给摄政王的致辞页被班特利删去,使这版《爱玛》成为紧随维多利亚时代的新时期特色版本。①

　　1833 年 10 月,班特利将奥斯丁六部小说设置为一套五卷本的合集,命名为《简·奥斯丁小姐小说集》(*Novels by Miss Jane Austen*),再次发行,定价三十先令(每卷标价六先令),采用不同的封面和装订方式,这是第一个真正的奥斯丁小说合集版本。这套合集版延用了"小说佳作"版的版式设置,每部小说一卷,《诺桑觉寺》与《劝导》合为一卷,卷册序号从一至五分别是《理智与情感》《傲慢与偏见》《爱玛》《曼斯菲尔德庄园》《诺桑觉寺+劝导》,标注为"五卷本完整版"(Complete in Five Volumes),采用小开本形式,保留了卷首钢版雕刻的插画,和扉页上的装饰性小插图图案,布面精装的封面,看上去更为美观。《雅典娜神殿》(1833 年 10 月 26 日)的广告里这样描述这一版本:便宜、完整的版本,五卷,优良的印刷和装饰,整洁的封面,专为图书馆印制。②

　　班特利版平价、便携和吸引人的外观,使他的单行版本与合集版本保持着持续稳定的销售,在之后的年代里,每隔两三年就会重印,用不同的装订风格,直到 1869 年,价格也逐步降低,将奥斯丁小说持续低价提供给大众,使读者便利地阅读到这些作品。简妮特·托德指出,在十九世纪三十年代以男性为主的小说市场当中,很大程度上正是因为被收录进班特利的"小说佳作"系列,奥斯丁小说才得以在新一代读者群中获得稳定的销量。③

　　1870 年,奥斯丁小说在班特利的"珍爱小说"(Favourite Novels)

---

① See David Gilson, *A Bibliography of Jane Austen*, p. 212.

② *Ibid.*, p. 223.

③ See Janet Todd ed., *The Cambridge Companion to PRIDE AND PREJUDICE*, p. 55.

丛书里被重新发行,改为更大开本的这一版,每卷定价依然是六先令,一至五卷为奥斯丁六部小说,出版顺序依照合集本的卷册排列顺序,文本设置与"小说佳作"版一致,保持了1833年的卷首插画。班特利这一版的特别之处是新增第六卷,内容为J. E. 奥斯丁-李撰写的第一部奥斯丁传记《简·奥斯丁回忆录》。该卷首页附上了一幅简·奥斯丁的雕版肖像画——即为世人所熟识的,也是唯一的奥斯丁肖像画——简·奥斯丁的"真面目"第一次为世人所见。"珍爱小说"丛书也很受欢迎,不断再版重印,成为广告中所说的"流行版本"(Popular Edition),据戴维·吉尔森统计,该版本作为"流行版"被多次重印,直到1892年。①

"珍爱小说"丛书对《简·奥斯丁回忆录》的出版,在奥斯丁传播史上具有里程碑般的意义,这部出版传记引起了广大公众对奥斯丁及其小说创作的极大兴趣,由此出现了遍及英国的第一次"奥斯丁热",奥斯丁名气大增,推动了奥斯丁小说的大众接受,为奥斯丁创作带来更多的评论关注。

班特利还在1882年少量发行了"豪华版"的"斯蒂文顿版"(Steventon Edition)小说集,六卷本设置,命名为《简·奥斯丁作品集》(*Jane Austen's Works*),每套标价六十三先令。这一版是比"珍爱小说"版更大的开本,装帧也十分考究,使用了当时维多利亚时期的品位里所有最精美豪华的材料,褐色墨线边框的手工制作纸张,封面为象牙白细纹织布精装,上有褐色的装饰性印字,包含着作者的名字和每卷的小说标题,书脊上的卷册及名称标注为镀金字体。卷册顺序从一至六依次为:《理智与情感》《傲慢与偏见》《曼斯菲尔德庄园》《爱玛》《诺桑觉寺+劝导》《回忆录》。这一版是班特利所有版本里第一次按照奥斯丁小说原初出版顺序设置发行的作品版本。第六

---

① See David Gilson, *A Bibliography of Jane Austen*, p. 231.

卷是奥斯丁-李《回忆录》的增补扩大版,增加了简·奥斯丁未发表的一些作品,包括:中篇书信体小说《苏珊夫人》、《劝导》删除的章节、未完成的《沃森一家》片段、未完成的《桑迪顿》故事梗概,和来自《少女习作》的一篇短文《谜团》(The Mystery)。一至五卷的小说中有来自1833年"小说佳作"版的卷首插画,文本设置采用了"珍爱小说"的版式。第六卷《回忆录》除使用了1870年版的卷首页雕版肖像画外,还增加了几幅《回忆录》里描绘的斯蒂文顿教区牧师住宅和乔顿教堂的木刻版画,插入了来自1871年第二版《回忆录》里奥斯丁1814年11月29日写给安娜·勒弗罗伊(Anna Lefroy)的信件的最后几行以及签名的复印摹本。① "斯蒂文顿版"的出版广告中称这一版为"高级版"(superior edition),标注为专门提供给图书馆和私人收藏之用。这是由班特利出版的奥斯丁作品的最后的完整版,《旁观者》(Spectator)、《雅典娜神殿》、《星期六评论》(Saturday Review)、《圣殿酒吧》(Temple Bar)等刊物,都登载了对这一版的点评文章。②

班特利可见的最后出版的奥斯丁作品是在1892年。从1833年直到1892年,班特利版主导了奥斯丁小说在十九世纪英国和海外的出版市场。③ 并且在持续的出版中让奥斯丁小说成为大众流行读物,在整个十九世纪里将奥斯丁小说"固定在大众的凝视之中"。④

英国出版商享有的"永久性版权"在十八世纪后期制终结之后⑤,一个开放的、自由竞争的出版市场逐步活跃起来。出版商们的

---

① See David Gilson, *A Bibliography of Jane Austen*, p. 233.

② *Ibid.*

③ 美国1832年至1923年间开始发行奥斯丁六部小说的美国版,由费城的Carey & Lea出版,美国版的底本多为班特利版。

④ Janet Todd ed., *The Cambridge Companion to PRIDE AND PREJUDICE*, p. 55.

⑤ 1774年英国上议院对苏格兰出版商与伦敦出版商公会的版权诉讼做出裁决,伦敦出版商公会享有的永久垄断版权被推翻。参见于文:《出版商的诞生:不确定性与十八世纪英国图书生产》,上海:上海人民出版社,2014年,页126-129。

竞争性出版不仅让书价进一步下降，也让无版权作品的再版业务一片兴旺。随着班特利购买的奥斯丁小说版权在十九世纪四十年代至六十年代逐步到期，大西洋两岸的出版商们展开了与班特利的竞争，抓住奥斯丁正在增长的名气和大众不断攀升的对小说的市场需要，发行了大量奥斯丁小说单行本和合集本。这些目标瞄准大众消费者的版本，往往封面花哨俗艳，且价格更加低廉，有着典型的"黄皮书"（yellowback）即廉价小说风格，因为满足了大众市场而生机勃勃，"劳特利奇版"（Routledge Edition）就是其中的代表版本。

　　由于十九世纪欧洲铁路快速发展，铁路旅行在十九世纪下半期兴起，为满足大众旅途消遣需要的"铁路图书"由此而生。"乘火车旅行成就了一个全新的出版分支：铁路图书。火车站的书摊可以满足旅行读者们的各种需求。这种全新的消遣方式不仅带来了廉价、可丢弃的出版物，更逐渐改变了公众的阅读口味……作为这些图书的主要读者，中产阶级支撑起一个迎合自己口味的庞大的图书市场。"①伦敦出版商乔治·劳特利奇（George Routledge）趁此良机发行了"铁路文库"（The Railway Library），其图书多为流行小说重印本，价格低至一先令，绝大多数人都买得起。劳特利奇的"铁路文库"早在1849年就发行了《理智与情感》《傲慢与偏见》单行本，在十九世纪五十年代数次发行了两部小说重印本后，又于1857年在同一丛书里发行了其余四部小说。除了"铁路文库"中的版本被一再重印外，劳特里奇又先后在十九世纪七十年代的"红宝石文丛"（The Ruby Series）、1884年的"劳特里奇六便士小说"（Routledge's Sixpenny Novels）丛书里重新印行了奥斯丁小说。劳特利奇版是纯粹的"廉价小说"风格的大众读物，装帧多用红色、绿色或橙色、黄色等炫目的色

---

① 史蒂文·罗杰·费希尔：《阅读的历史》，页268。

彩以及闪亮的纸质封面,封面上有一幅表现小说情节的木刻版画,书脊上有镀金装饰。劳特里奇版在英美两地同时发行,有着广阔的读者市场。这一时期纽约、波士顿等地出版商也在美国多次发行并重印奥斯丁小说的版本,它们的一些装帧版式都与之有相似性。被大量发行的奥斯丁小说大众版贯穿于十九世纪后期的竞争性出版市场中,其对应的则是奥斯丁迅速膨胀的大众读者群。

大众印刷出版的庞大发行量,扩大了奥斯丁小说的阅读范围,提高了作品传播力,使得奥斯丁深入人心,作家本人的品牌价值也日渐突显。1870 年,奥斯丁传记《简·奥斯丁回忆录》的出版,引发了全英的“奥斯丁热”。传记里,这位长期隐藏在作品背后、面貌神秘模糊的女作家其生活经历、情感爱好被首次展现在公众面前,“打开了公众对奥斯丁的猜测和好奇的水闸”。① J. E. 奥斯丁-李在《简·奥斯丁回忆录》里塑造了一个亲切随和、品德完美的“简姑妈”形象,它与奥斯丁小说中书写的那种逝去的旧时代里静谧迷人的乡村生活、遵礼守制的道德秩序、井然有序的伦理美感融为一体,迎合了大众对奥斯丁及其小说世界的情感想象,唤起了读者沉浸式的情感迷恋,奥斯丁也由此成为带着强烈个人情感认同的偶像迷恋物,狂热的“奥斯丁崇拜”在十九世纪后期延伸开来。适逢英国议会于 1870 年颁布“教育法案”(The Education Acts),在全国范围普设初等学校,强制推行识字率等基础教育,文学教化被作为民族传统大力推行,这场“公益文学改革运动”,“通过权力,以新的方式,连接了古典小说的消费与集体公民生活的需求”。② 这个历史契机使得奥斯丁的读者大增,再加上奥斯丁情感信徒们的推动,十九世纪七十年代之后的奥斯丁

---

① Claire Harman, *Jane's Fame: How Jane Austen Conquered the World*, p. 154.

② Deidre Shauna Lynch,‘Cult of Jane Austen’, in Janet Todd ed., *Jane Austen in Context*, p. 119.

作品出版格外兴盛,特别是十九世纪末出现的插画版这一新出版模式,成为这个时期最有特色的主要版本。

新近革新的插画复制技术,使出版商开始尝试用为小说文本配备多幅插画的形式吸引读者。1892年,即班特利最后发行奥斯丁小说的这一年,另一个出版商邓特(J.M. Dent)开启了出版奥斯丁小说的生涯,至少持续到二十世纪六十年代。邓特首次在1892年发行了一套由理查德·布里姆利·约翰逊(Richard Brimley Johnson)编辑的十卷本奥斯丁小说集,这个版本首次用多幅单色水彩画去呈现每部小说创作时期或初版时期的人物衣着、环境设置以及家居装饰等,按照摄政时期的风格描画了小说中的人物和活动场景。邓特版插画设置十分吸引人,这个有意义的尝试也开辟了更流行也持续更久的新出版方式——奥斯丁小说的图像化表达。夹在文本中间的线描画或套色印刷的彩色插画,提供了一种新颖的文本图解形式,在文字的时间叙述流中,插入解说性的空间视觉图像,丰富可亲的视觉形象为小说文本阅读增添了愉悦感,带来了一种更富于竞争力的阅读。邓特版也开辟了一条更为持久和流行的图像化表达方式,为之后一系列的重量级插图版本开拓了道路。

1892年之后,更多插画版发行出版,皆由当时的主流艺术家绘制插图,如1894年乔治·艾伦(George Allen)出版的插画版和1895年麦克米伦公司(Macmillan & Co.)出版的插画版。这些插画版的出版商不断更换新插画,调整插画风格,以迎合当下公众读者的品位爱好。出版商邓特后来发行了一系列插画版:他在1898年再次发行了1892年首版的十卷本奥斯丁小说,用布洛克兄弟(Charles Brock and Henry Brock)的钢笔线描水彩着色画替换了原先库克(William Cubit Cooke)的单色插画,并增加了插画数量,这些插画对小说故事中的社会风俗与室内装饰有更为精确的描绘。进入二十世纪后,邓特又数次重新设置版本,更换插画,发行了几种新的奥斯丁小说插画版,如"英国田园丛书"(Series of English Idylls, 1907—1909)里的新版小说改用查尔斯·布洛克(Charles Brock)的线描着色水彩画,1933年至1934年发行的七卷本奥斯丁小说版本又采用了由马克西米利恩·沃克斯(Maximilion Vox)绘制的新插画。这些新插画版本,也以重印本的方式几乎同时期出现在由同一出版商邓特发行的"人人文库"(Everyman's Library)里,自1906年起直到二十世纪六十年代早期,畅销不衰。①

所有插画版中最畅销的是由著名插画家休·汤姆森绘制了一百六十幅线描画和大量附加装饰图案的1894年《傲慢与偏见》插画版(乔治·艾伦出版),这一版为奥斯丁小说贡献了一个年销量超过16 000册的记录。②汤姆森的这些插画非常有名,不仅在后来的重印本和其他版本中被一再使用,在一百多年后仍然备受欢迎。汤姆森的插画"在捕捉面部表情的怪癖和社会交往中的亲密交流方面有着特殊的天赋"③,以一种"奇思妙想和机智的混合"向人们活灵活现地描绘出奥斯丁的世界的生活方式,被其朋友称为"复活了文雅幽默的简,给予她一个新的生命的延续"④。但是另一方面,这些为小说绘制的插画也被一些批评家指出更多展示的是插画家们的艺术,而无关奥斯丁的叙事艺术。所以由休·汤姆森绘制了许多幅生动插画的最著名的1894年《傲慢与偏见》插画版,它有一个更为人所知的名称是"休·汤姆森作品"(Hugh Thomson books)。休·汤姆森的插画对奥斯丁小说在视觉阐释

① See David Gilson, 'Later publishing history, with illustrations', in Janet Todd ed., *Jane Austen in Context*, p. 143.

② See David Gilson, *A Bibliography of Jane Austen*, p. 267.

③ Edward Copeland and Juliet McMaster ed., *The Cambridge Companion to Jane Austen*, p. 219.

④ Kathryn Sutherland, *Jane Austen's Textual Lives: From Aeschylus to Bollywood*, p. 7.

上的影响一直持续到二十世纪,直到奥斯丁影视改编的兴起。这些插画也成为后来影像媒介时代奥斯丁小说影视改编的起点,成为那些影视剧影像造型的重要参考。

插图版引领了十九世纪后期至二十世纪前期奥斯丁小说新的出版热潮,这些由当时最著名艺术家绘制的插画让奥斯丁的小说文本生动鲜活,增加了读者阅读的乐趣,也让奥斯丁小说流传更加广泛。奥斯丁小说插画版对小说文本的图像化诠释,某种程度上占据了公众对奥斯丁小说的想象和感性认知,对奥斯丁小说的大众接受产生重要影响。这些插画的显著特征是,通过对服装和室内陈设的视觉呈现,为读者有效制作了"奥斯丁世界"的细节——它们被认为是对小说故事背景中摄政王时代的细节呈现,一个已经遥不可及的理想化的历史时期的一部分。这些投入了插画家们情感设计的图像化诠释,对公众发出情感召唤,召唤出他们"对一个失落的前工业社会的怀旧情感"。①

到十九世纪后期,"奥斯丁热"已遍及全英和大西洋彼岸的北美,奥斯丁的声望已大大超越当时比她闻名许多的同时代作家,她作为一个作家的长期以来的命运也被彻底扭转,从初版时期的一个限于小圈子里流传评论的作家,成为大众出版时代"受到广泛评估的文化资产"②,"奥斯丁小姐"变身为读者心中的"英格兰的简",寄寓着他们最温情脉脉的民族情感。

在富于盛名的 1894 年休·汤姆森插画版《傲慢与偏见》的前言里,前言撰写者、批评家乔治·圣兹伯里(George Saintsbury)创造了"简迷"(Janeites)③这一术语,用以指称发端于 J. E. 奥斯丁-李《简·奥斯丁回忆录》的出版、带着"个人之爱"狂热崇拜奥斯丁的情感信徒,纯粹

---

① Kathryn Sutherland, *Jane Austen's Textual Lives: From Aeschylus to Bollywood*, p. 6.
② Claudia L. Johnson and Clara Tuite ed., *A Companion to Jane Austen*, p. 1.
③ 圣兹伯里最初使用的拼写是"Janites"。

情感投入的简迷式阅读也成为自十九世纪后期以来普遍的奥斯丁阅读现象。

旧秩序崩溃的"一战"期间（1914-1918），奥斯丁被视为英国传统文化的代表和民族主义的象征广受推崇，"简开始代表一种品质，不仅定义了一个受到剧烈威胁的英国文化，而且提供了修复它的方法"。[①] 归功于英国有效的邮政服务，在前线有丰富的书供阅读，一些流行杂志和书籍都可以在战壕里读到。奥斯丁小说中静谧的英国乡村风景、对爱情和幸福的美好追求，都抚慰着士兵们在本身毫无意义的战争中空洞的心灵。于是，奥斯丁小说被指定为前线士兵的读物，以其民族情感认同去抚慰士兵们饱受战争摧残的心灵。英国作家吉卜林（Rudyard Kipling）在短故事集《简迷》（The Janeties，1924）里讲述了前线士兵捧读奥斯丁小说用以辅助治疗战争创伤综合征的情形，"要点是简·奥斯丁如何帮助去挽救在 1914 年至 1918 年间战壕里的处于最可怕恐惧中的人们的正常神志"。[②] 吉卜林的故事让"简迷"一词广为流传，此后就成为描述奥斯丁小说爱好者的专有名词。简迷们也代代相承，坚持着对奥斯丁作品的情感阅读。

身为"简迷"的作家福斯特（E. M. Forster）在 1924 年曾戏谑自己的简迷式阅读："我读了又读，嘴巴张开，思想关闭。在深不可测的内容中闭嘴，我以最善良的女主人的名字迎接她，而批评沉睡。"[③] 如福斯特所言，这种以"简迷"为代表的大众阅读，是一种非批评的、不加鉴别的感知性阅读，它呼应的是读者的情感起伏，而非理性判断。奥斯丁小说中的婚姻嫁娶、日常生活、生动逼真的人物，让读者们在亲切和舒适

① Claire Harman, Jane's Fame: How Jane A usten Conquered the World, p. 180.

② Kathryn Sutherland, Jane Austen's Textual Lives: From Aeschylus to Bollywood, p. 23.

③ E. M. Forster, 'Walking the Jane Austenite up', in B. C. Southam ed., Jane Austen: The Critical Heritage, Vol. 2: 1870-1940, p. 279.

中寻找到了熟悉的情感表达,而她笔下宁静闲适的英格兰乡村,崇尚节制、尊崇礼仪的道德立场,又贯穿着一种"伦理乡土观",即一种地域文化中的伦理道德观——被工业时代的大规模集中化生产所威胁的"一种真正的地方主义"(an authentic localism)。① 奥斯丁作品里的形象和象征符号体系,在各种历史场合的受众阅读中,不断被突显强化,沉淀固化为英格兰文化的象征,这些文化象征和本土观念,在人们的情感认同中被认为具有"民族共同体"(national community)的性质。按照美国民族主义学者本尼迪克特·安德森(Benedict Anderson)的观点,"民族"(nation)这个"想象的共同体"(imagined communities),最初而且主要是通过文字(阅读)来想象的,文学作品重现了人们对民族共同体的想象。② 奥斯丁小说以其特质为人们提供了这种阅读想象,读者在想象中建构起一个小说文本中的充满英国传统价值观与旧伦理秩序的"奥斯丁世界"——古典优雅的英格兰,一种典型英国文化的象征。到十九世纪后期时,"不管是否意识到,她[奥斯丁]已经是广阔的文化体系的部分,有着习俗惯例的共同的设置"。③ 简迷们相信,奥斯丁小说,奥斯丁世界,就是英格兰土壤的一部分,连接着他们家园般的情感认同和民族主义的共同体想象,就像奥斯丁在《爱玛》中对唐威庄园的描述:"景色怡人——赏心悦目,令人心旷神怡。英国式的树木,英国式的园艺,英国式的舒适。"④而当这种文化被永远破坏、一去不复返时,奥斯丁小说就成为人们乡愁与怀旧的情感寄托。

奥斯丁获取的这些新意义,明显与大众出版对公众情感的开发利用相关。在这个资本主义大规模工业化生产的时代,书籍出版的各方

① Kathryn Sutherland, *Jane Austen's Textual Lives: From Aeschylus to Bollywood*, p. 217.

② 详见吴叡人《认同的重量:〈想象的共同体〉导读》,本尼迪克特·安德森:《想象的共同体:民族主义的起源与散布》,吴叡人译,上海:上海人民出版社,2016年,页9。

③ Kathryn Sutherland, *Jane Austen's Textual Lives: From Aeschylus to Bollywood*, p. 21.

④ 简·奥斯丁:《爱玛》,祝庆英、祝文光译,上海译文出版社,2015年,页366。

构成者结成商业联盟,去调动并满足作为消费者的阅读公众的情感需求,来获取最大商业利益。亨利·詹姆斯(Henry James)在1905年的一篇评论文章中精辟地揭示了这一点。他直指十九世纪后期的"奥斯丁热"以及奥斯丁的文化偶像地位是由图书产业这股"商业的劲风"(stiff breeze of the commercial)推动的,宣称公众对简·奥斯丁的热情并不是自发,而是由一群"出版商、编辑、插画家,和期刊杂志令人愉快的闲聊的生产者"怂恿的,在奥斯丁成为民族主义象征物的"英格兰的简"的背后,存在着"特殊的书籍销售精神,一种热切的、积极的、干涉性的力量",他认为,是大众出版工业的各个生产环节对市场利润的追求,让他们发现了简·奥斯丁是如此无限地适合于他们为销售设计的各种"漂亮的再生产物","在各种所谓的有品位的形式中,以及在似乎证明是可销售的形式中",因此,亨利·詹姆斯得出了他著名的结论:"他们亲爱的,我们亲爱的,人人亲爱的简",是一个商业出版工程的制造品,"这一切根源于这些人对利益的追求"。①

二、十九世纪期刊评论:奥斯丁名望的稳步上升

班特利平价版在十九世纪的持续发行,让奥斯丁小说拥有了稳定增长的读者群和逐渐增多的期刊评论,在读者中尤其是在知识阶层唤起了一定数量的评论,推动了奥斯丁作家名望的稳步上升。印刷出版技术推动下的文学活动方式发生了新的改变,作家的社会影响力也在期刊评论这样一个新活动方式下展开。

---

① Hentry James, 'The Lesson of Balzac', in B. C. Southam ed., *Jane Austen: The Critical Heritage, Vol. 2: 1870-1940*, p. 230.

　　在十九世纪三十年代的公众认知里,"奥斯丁小姐"是一位作品还算成功的小说家,但其地位次于范妮·伯尼、玛丽亚·埃奇沃斯等同时代的女作家。针对这一现象,富于鉴别力的批评家们在期刊上发表评论,为奥斯丁的"不公正"境遇向公众发出呼吁。

　　与《评论季刊》共享十九世纪领袖期刊地位的另一权威期刊《爱丁堡评论》,曾在 1830 年 7 月刊载了作家里斯特的评论文章《杰出小说家》(The Superior Novelist),指出在公众接受中认为奥斯丁是次要作家的原因,在于奥斯丁的小说艺术太自然几乎看不出来,让读者没有辨识出奥斯丁这种隐藏性的最高等级的成功艺术。① 里斯特的这一阐释精准地抓住了奥斯丁艺术的独特之处,并为当时的公众认知做出了合理解释。1839 年 7 月,《爱丁堡评论》的一篇书评再次为奥斯丁目前的地位向公众发声,"(奥斯丁)尽管最终会备受尊敬,但并没有立即得到她应有的声望"。②

　　奥斯丁小说在班特利"小说佳作"丛书里陆续发行单行本后,一些报刊纷纷发表评论文章,向读者传递奥斯丁小说"非常优秀"的观念,让大众不断增强对奥斯丁创作的审美感知。《爱玛》于 1833 年 2 月出版后,1833 年 3 月 10 日的《阿特拉斯》(Atlas)即评论道:"简·奥斯丁将会比不能欣赏她的那代人活得更久远,她的作品将并列于英国名著经典,像语言一样长存。"《傲慢与偏见》同年 8 月出版后,《阿特拉斯》(1833 年 8 月 25 日)随即又刊载了评论文章,描述简·奥斯丁是"中产阶级这一安宁、质朴的社会阶层生活的最佳绘画者"。《文学公报》(Literary Gazette,1833 年 9 月 21 日)随后刊载的评论则将奥斯丁小说放置于整个英国小说领域中进行了排位,称其在

---

　　① T. H. Lister, 'The Superior Novelist', in B. C. Southam ed., *Jane Austen: The Critical Heritage, Vol. 1: 1811-1870*, p. 113.

　　② B. C. Southam ed., *Jane Austen: The Critical Heritage, Vol. 1: 1811-1870*, p. 121.

"我们丰富多样的小说里处于最有趣、阅读最多、最真正英国的小说之中"。①

　　奥斯丁小说的大众出版和这些期刊评论,广泛传播了她的作家声望。自维多利亚时代起,奥斯丁逐步享有了受崇拜的小说家的地位。当期刊评论开始将她的名字与莎士比亚并提时,意味着英国文学经典的殿堂在渐渐向奥斯丁敞开。

　　1843年1月,《爱丁堡评论》上刊登了奥斯丁批评史上又一篇重要评论,作者麦考莱爵士是英国著名历史学家和批评家,他被称为"现代社论作者的先驱"②,他的行文风格典型地融合了新闻文体的那种"高贵超然的公共语气"。在这一长篇评论文章里,麦考莱首次将简·奥斯丁与莎士比亚相提并论,他以公众代言人的姿态,做了一个"响亮的宣布":"在我们注意到的那些作家中,最接近这位大师(莎士比亚)的方式的,我们毫不犹豫地定为简·奥斯丁,一个英格兰理所当然为之骄傲的女性。"③麦考莱明确将奥斯丁与莎士比亚相类比的"宣告",对奥斯丁名望的提升产生了即刻的影响。此后,奥斯丁开始被视为英语文学经典中的一个核心人物,有了更严肃的批评研究。

　　奥斯丁与莎士比亚的关联,在著名文艺批评家G. H. 刘易斯那里得到了进一步阐发。刘易斯既是一位期刊主编,也是一位富于影响力的小说评论家,他撰写的一系列奥斯丁评论,代表了十九世纪中期对奥斯丁的最热情洋溢的赞誉。

　　1845年10月的《新评论季刊》(*New Quarterly Review*)上,刘易斯

---

　　①　David Gilson, *A Bibliography of Jane Austen*, p. 223.

　　②　玛里琳·巴特勒:《浪漫派叛逆者及反动派:1760–1830年间的英国文学及其背景》,黄梅、陆建德译,沈阳:辽宁教育出版社,1998年,页112。

　　③　T. B. Macaulay, 'The Diary and Letters of Mme D'Aeblay', in B. C. Southam ed., *Jane Austen: The Critical Heritage, Vol. 1: 1811-1870*, p. 122.

提到奥斯丁与歌德、菲尔丁、塞万提斯一样，是唯一把人物描写得像莎士比亚和莫里哀那样深刻、微妙和连贯的作家。① 随后在 1847 年 12 月的《弗雷泽杂志》(*Fraser's Magazine*) 上刘易斯继续表达了对奥斯丁的拥护，宣称奥斯丁和菲尔丁是"我们语言中最伟大的小说家"，指出奥斯丁的小说艺术"更近似莎士比亚的最伟大的特点"，是"散文中的莎士比亚"(Prose Shakspeare)。② 刘易斯在刊载于 1851 年 11 月《领袖》(*The Leader*) 杂志的一篇简短书评里，更深入阐明了他所创造的"散文中的莎士比亚"这一术语的内涵，称奥斯丁具有"一种戏剧创造性的能力，一种塑造人物并赋予人物活力的能力"，这使她与莎士比亚遥相呼应，盛赞奥斯丁"作为一位艺术家无与伦比"。③

1852 年 7 月，刘易斯的一篇名为《女性小说家》(The Lady Novelist) 的书评刊登于《威斯敏斯特评论》，刘易斯开篇即宣称"简·奥斯丁为作家中最伟大的艺术家"，他再次采用了"散文中的莎士比亚"的说法，也再次阐释了采用这种称誉的原因，"她的人物描写中那不可思议的逼真和那细腻的、特色鲜明的笔调"，只能在莎士比亚作品中的人物中找到。④ 在这篇评论里，刘易斯着重鉴别了奥斯丁的"女性气质的特殊才能"赋予她的创作的特性，用热情洋溢的语调肯定了奥斯丁作为女性小说家的卓越成就："一位最真实、最有魅力、最幽默、最淳朴、最机智、最不夸张的作家，女性文学完全有理由为她而骄傲。"⑤

---

① See G. H. Lewes, 'Recent Novels: French and English', in B. C. Southam ed., *Jane Austen: The Critical Heritage, Vol. 1: 1811-1870*, p. 124.

② G. H. Lewes, 'Recent Novels: French and English', in B. C. Southam ed., *Jane Austen: The Critical Heritage, Vol. 1: 1811-1870*, pp. 124–125.

③ B. C. Southam ed., *Jane Austen: The Critical Heritage, Vol. 1: 1811-1870*, p. 130.

④ *Ibid.*, p. 140.

⑤ *Ibid.*, p. 141.

奥斯丁的声望在上升过程中并非全都是赞誉,质疑其创作价值的声音也时而出现,其中最为人熟知的就是维多利亚时代作家夏洛蒂·勃朗特(Charlotte Bronte)站在浪漫主义立场,斥责奥斯丁小说"全然不知激情为何物"的观点。

夏洛蒂·勃朗特对奥斯丁创作表达不满的关键陈述——认为奥斯丁"只有敏锐的观察力,却缺乏诗意和激情"的观点,让刘易斯意识到奥斯丁可能被维多利亚时代的公众误读或者低估,在1859年7月的《布莱克伍德爱丁堡杂志》(Blackwood's Edinburgh Magazine)上,刘易斯发表了他最重要的一篇长篇奥斯丁评论《简·奥斯丁的小说》(The Novels of Jane Austen),表达了对奥斯丁创作最充分的支持。在此文中,刘易斯批驳了夏洛蒂·勃朗特非议奥斯丁创作的观点,他认为奥斯丁擅长用戏剧手法塑造人物,用细腻独到的笔触把凡人琐事勾勒得津津有味,奥斯丁对"诗意和激情"无动于衷是因为她的才华全在人物和主题,而非环境;她的天地虽然狭小,却完美无缺充满生气;她难以觉察的艺术手法正体现了她浑然天成、极为出色又无人能及的"艺术的简约"(artistic economy)。刘易斯在文中回顾了与其小说成就不相匹配的奥斯丁在当下的声望,指出这位英国出类拔萃的一流艺术家,她的作品近半个世纪来被广为流传,读者众多,她的声望也在一些较有水平的评论家心目中逐年巩固下来,但相形之下,奥斯丁的才华并没有得到公认。刘易斯恳请道,希望奥斯丁能受到更好的批评家的重视,以让她不事张扬的"卓越"尽早为公众详知。①

麦考莱和刘易斯引人注目的期刊评论,代表了维多利亚时期最重要的奥斯丁批评观点及成就。他们将奥斯丁与不朽的莎士比亚相提并论,"散文中的莎士比亚"的称誉,让奥斯丁在离世四十多年后,

---

① B. C. Southam ed., *Jane Austen: The Critical Heritage, Vol. 1: 1811-1870*, pp.148–166.

赢得了生前没有达到的名望,得以侧身大艺术家之列。虽然当时她并未走红,她的名望却早已超越同时代的作家,越过那些红极一时的名字而流传下来。刘易斯以权威的口吻向公众宣称,奥斯丁将会和她笔下的小说艺术一起,流芳百世。

奥斯丁的公众声望在 1870 年之后产生了突变,其缘由是第一部奥斯丁传记《简·奥斯丁回忆录》的出版。女作家"奥斯丁小姐"的生活与情感第一次展现在公众面前,唤起了公众强烈的兴趣。按照作者 J. E. 奥斯丁-李的说法,他被"期刊上刊登的评论和大量公众来信"所鼓励,在第二年就出了《简·奥斯丁回忆录》第二版。①

《简·奥斯丁回忆录》的出版畅销让奥斯丁广为人知,成为各种期刊的热点话题。短短数年间,围绕奥斯丁小说的期刊评论文章蜂拥而出,比之前五十年出现的还要多。创刊于十八世纪的《旁观者》是发行量很大的著名周刊,编辑赫顿(R. H. Hutton)在 1871 年 7 月的该刊上用典型的期刊评论方式对奥斯丁做了确定的结论性的评判:"她比我们认识的几乎任何一个英国作家都更完美、更精致、更细腻。"②

至十九世纪七十年代中期之后,奥斯丁已经成为一位正在"走红"的流行小说家。1876 年,《康希尔杂志》(*Cornhill Magazine*)的时任编辑、大名鼎鼎的学者莱斯利·斯蒂芬(Leslie Stephen)在该刊撰文评论当下"奥斯丁小姐的流行"(the popularity of Miss Austen),称赞奥斯丁是"生活的更温柔和更严肃的观察者"。③ 1882 年 12 月的《泰晤士报》(*Times*)上的书评,描述了奥斯丁笔下的乡绅淑女和牧师们如何吸引英国的中层阶级。到十九世纪八十年代,奥斯丁的小说被广泛宣传,各期刊一再向公众确认她的大众流行,并积极向

---

① B. C. Southam ed., *Jane Austen: The Critical Heritage, Vol. 2: 1870-1940*, p. 7.

② *Ibid.*, p. 171.

③ *Ibid.*, p. 174.

读者提供阅读奥斯丁作品的指引。《都柏林评论》(*Dublin Review*，1883)称奥斯丁的小说是可以让家长们放心的、绝不会腐蚀年轻人的安全作品，《星期六评论》(1884)则大谈奥斯丁的崇拜者及其崇拜现象。

期刊兼容并蓄着多种社会文化信息，它对文学的关注必然会有当下社会问题和文化意蕴的关联延伸。于是，期刊评论中奥斯丁的名字也出现在有关女性主义话题的探讨中，包括教育机会均等的主张和对女性创造力的认可，奥斯丁小说也被评论者推荐为包含着传统女性价值观、向新一代年轻女性提供行为举止的教导。奥斯丁被卷入了许多远远超出文学范畴的事件里，扮演着互相矛盾的角色——有时候是女性主义的女英雄，有时候又是家庭价值的坚定拥护者。另一些评论者开始将奥斯丁这些描写摄政时期乡村生活的小说世界作为家国(Home Country)存在的一个幻象，代表着那个已然逝去的优雅宁静、守礼有序的"老英格兰"，去寄托他们的家国情怀。期刊评论的多种评估方式，让奥斯丁小说的价值得以多方拓展，也让文学和文化之间的关系得以彰显。这一由印刷出版媒介开拓的文学交流活动的兴盛，充分体现出传播媒介的作用。

这一时期，公众对奥斯丁的兴趣达到了前所未有的程度，期刊对奥斯丁的评论也格外活跃。此时的奥斯丁已是一位颇有文化名望的文学人物，拥有着一个值得阅读的和有趣的作家声望，并且广受赞誉。1885 年出版的《国家人物传记大辞典》(*Dictionary of National Biography*)①，由莱斯利·斯蒂芬编写了简·奥斯丁条目，言简意赅的寥寥数语却有力表明了这位女作家已经得到官方正式认证的地位。1890 年伦敦出版了一套学术性批评传记"伟大作家丛书"

———————————

① 2004 年改版后，名字变为《牛津国家人物传记大辞典》。

（Great Writers Series），简·奥斯丁名列其中。由牛津大学历史学教授戈德温·史密斯（Goldwin Smith）撰写的奥斯丁卷（"Life of Jane Austen"），在奥斯丁批评史上占据着很重要的地位，它标志着奥斯丁已被公认为标准的经典作家。

由于公众对奥斯丁的兴趣猛增，十九世纪最后十年兴起了新一轮奥斯丁小说出版热潮。《威斯敏斯特评论》（1900）称这一现象为"简·奥斯丁的复兴"（The Renascence of Jane Austen）。这种出版现象明显是出版商为迎合大众读者对奥斯丁的浓厚兴趣和奥斯丁迅速上升的名望，来获取更多市场利润的商业行为，而商业出版行为也助推了奥斯丁小说的更普及的流传。各种新奇版本层出不穷，奥斯丁小说几乎出现在每一个书报摊上，书价低至六便士，成为最流行的大众读物。

另一方面，期刊评论一直延续着司各特和惠特利开辟的严谨的批评传统，在对奥斯丁逐步学术化的专业批评中，不断提升着她的学术性地位。尤其一些学术期刊的加入，打开了一个正在扩大的奥斯丁批评论坛，聚集了更多更权威的评论声音。出版商邓特在1892年发行的十卷本奥斯丁小说集，有一个新颖的版本特色，版本编辑R. B. 约翰逊把奥斯丁六部小说按照创作或首版的时间排序，并为每部小说提供了参考文献注解。著名古典学者维罗尔（A. W. Verrall）在学术期刊《剑桥评论》（Cambridge Review，1893）上刊登了两篇评论文章，对这个版本的文本特色大加赞赏，称其是对奥斯丁小说严谨的文本批评（校勘）的第一步，是"真正的简·奥斯丁学术性的黎明"。① 这些都预示着奥斯丁学术研究大幕即将在二十世纪展开，预

① B. C. Southam, ' introduction ', in B. C. Southam ed., *Jane Austen: The Critical Heritage, Vol. 1: 1811-1870*, p. 62.

示着奥斯丁将要获得的更加崇高的作者声望。

第三节 奥斯丁小说的学术出版与经典化

维多利亚时代的大规模工业化生产促成了印刷书籍再版重印业的繁盛,迎来了奥斯丁小说贯穿十九世纪中后期至二十世纪初期的大众出版。大众出版在带给奥斯丁更多声望之时,也带来了另外一些危机。一方面,大众出版让奥斯丁小说成为大众娱乐读物,而大众读者的简迷式感性阅读,被认为是一种缺乏鉴别力的、低层次的阅读行为,成为对奥斯丁小说批评性阅读的障碍,批评家 D. W. 哈丁就曾表示,公众对奥斯丁的狂热崇拜使他有相当长一段时间无法静心阅读她的小说;另一方面,那些价格低廉、印数巨大、追求快速回报市场利润的大众出版物不免印刷质量粗糙,甚至装帧低俗,文本错误也得不到校勘修正,让奥斯丁小说陷入一种"文本的堕落"之中,正如亨利·詹姆斯用"恶俗的大众化"(malign popularity)来称谓十九世纪后期粗制滥造的奥斯丁小说出版物。大众出版传播之后的奥斯丁,拥有了"流行小说家"的身份,奥斯丁小说也被定位为畅销读物,这些标识乃至"小说"这一体裁形式本身,都让奥斯丁作品与具有美学欣赏价值的高雅文学无关,更罔提学术价值。以亨利·詹姆斯为代表,认为奥斯丁的价值被高估(overvalue)的观点在二十世纪初期开始蔓延。如同首位专业的奥斯丁传记学术作者戈德温·史密斯(Goldwin Smith)经过一番对奥斯丁的"学术考察"后所断定的:奥斯丁小说"没有隐藏的意义,没有可以通过深刻审视来揭示的表面之下的哲学,没有以任何方式去精心阐释的需求"①,认为奥斯丁的作品就是提供了休闲时的公众娱乐,不需要评论。而另一位声名显赫的批评家加罗德(H. W. Garrod)则直接做了一次名为"简·奥斯丁:一次贬值"(Jane Austen:a depreciation)的公开演讲。②

来自牛津大学克拉伦登出版社(Clarendon Press)的 R. W. 查普曼博士对奥斯丁小说的学术编辑与出版,及时拯救了奥斯丁濒临危机的声望。

一、查普曼牛津版:奥斯丁学术地位的奠定

由查普曼编辑、牛津克拉伦登出版社 1923 年出版的五卷本《奥斯丁小说集》(*The Novels of Jane Austen*),"带来了奥斯丁作品编辑和出版史上的转折点"。③ 查普曼版的这一"转折"对奥斯丁及其小说的地位改变极其重要——让奥斯丁小说由大众流行读物转而成为学院派学术研究的对象,将奥斯丁从"流行小说家"的"污点"中拯救出来,对她的名望进行了重新校准。要强调的是,在奥斯丁小说学术化这一新的意义生成中,学术编辑起到了关键引领作用,成为出版传播中除出版商、插画家、期刊评论者之外又一促成奥斯丁小说意义再生产的重要因素。

"一战"后,英国出版界响应国家重建被战争撕碎的传统文明价值观的行动,积极推进英国作家作品的出版,以树立一种民族文化自

---

① Goldwin Smith, 'Life of Jane Austen' (1890), in Harold Bloom ed., *Bloom's Classic Critical Views: Jane Austen*, p. 62.

② See Claire Harman, *Jane's Fame: How Jane Austen Conquered the World*, p. 204.

③ Claudia L. Johnson and Clara Tuite ed., *A Companion to Jane Austen*, p. 56.

豪感。此时,英国文学也发展为大学里的一门独立学科,包括奥斯丁小说在内的许多英国古典时期的文学作品进入大学课堂教学目录。出版社开始为这些作品发行经过文本编辑的版本,为学院课堂提供英语文学学习之用。作为牛津克拉伦登出版社的业务主管,同时身为受过良好教育的英国学者,查普曼积极践行了这一出版行动。奥斯丁小说被赋予的民族意义,尤其在战争期间所担当的民族"重任",以及从未间断过的那些具有影响力的"杰出人物"给予奥斯丁作品的肯定,特别是布拉德利(A. C. Bradley)、圣兹伯里等学者在大学里初步开辟的对民族文学的文本研究工作,这些都促成了查普曼对奥斯丁的学术编辑与出版。

查普曼前所未有地使用研究古希腊罗马著作的方法来编辑这位流行小说家的文本,对奥斯丁小说文本进行校勘笺注与学术性考证。而直到此际,学者们严谨的专业化学术研究仍然只用于荷马史诗、埃斯库罗斯戏剧等古典著作。查普曼以奥斯丁生前出版的所有版本和未出版的手稿之间的全面校勘为基础,力图重返小说文本的"原初性",他称这是"首次尝试通过考察所有版本去建立这个版本。在这些所有版本中,简·奥斯丁有一个亲自介入的以及经过她允许或者记录的一些可行可信的修订"。① 该版除了查普曼强调的文本"原初性"外,还具有可贵的学术性价值,它的每卷小说文本之前都有一个篇幅很长的查普曼的"编者导语"介绍这卷小说早期出版经历和首版情况等,文本之后是资料丰富、考据详实的注解,对小说故事中的每个事件都给出一个当时创作和出版的环境状况的注释说明,最后是小说人物索引,还附录有查普曼撰写的学术考证文章。这些多个主

---

① R. W. Chapman, 'Introductory Note', in R. W. Chapman ed., *Jane Austen: A Critical Bibliography*, p. 6.

题的附录文章对读者深入理解奥斯丁小说内容有着高度的相关性。以《傲慢与偏见》(五卷本中的第二卷)为例,附录的三篇文章为《〈傲慢与偏见〉年表》(Chronology of *Pride and Prejudice*)、《〈傲慢与偏见〉和〈塞西莉亚〉》(*Pride and Prejudice and Cecilia*)、《称呼类型》(*Modes of Address*),分别探讨了《傲慢与偏见》中的情节事件时间表、《傲慢与偏见》与范妮·伯尼的小说《塞西莉亚》的渊源关系、小说故事发生的摄政时期社交称谓。除此之外,该版本还"别具魅力",查普曼用取自奥斯丁时代资源的图例,取代了十九世纪末期休·汤姆森等艺术家们的想象性的创作插画,图例内容是呈现十九世纪早期风貌的各种事物,包括身着全套正装的绅士、淑女们的女帽式样、中年船员、陆军中尉、布莱顿营地、旅行用的马车、波特曼广场、圣詹姆斯街景、巴斯的公共饮水大厅、流动图书馆的窗帘设计等,这些图例有的选自奥斯丁时代的书籍,有的来自那个时期的时尚杂志、舞蹈和园林手册,以及商业广告、风景画、设计图等,查普曼在版本说明中称这些图例中的情景可能都为简·奥斯丁亲眼所见。查普曼为这个版本所配备的这些取自当代资源的图例,将小说世界与现实生活进行了对接,让奥斯丁小说因为与生活现实相接触而变得更加鲜活生动。查普曼的这一"具有学术化的、美观的和令人喜爱的二十世纪早期的图版示例的特性"①的版本,自出版后就取代了之前所有流行版本,在整个二十世纪里都是奥斯丁小说的主导版本。

　　1924 年 1 月的《爱丁堡评论》上登载了评论家沃克利(A. B. Walkley)对查普曼版的一则短评:"克拉伦登出版社的一个版本……制作了大量的学术和研究,仿佛编辑的作品是一个残缺的希腊悲

---

① Kathryn Sutherland, *Jane Austen's Textual Lives: From Aeschylus to Bollywood*, p. 26.

剧……"①一直以来学术界用以研究古希腊罗马著作的学术批评方法,被查普曼首次拿来运用到一位流行小说家的研究中,大量的学术性注释和附录的研究文章,丰富的历史考证资料,使这个版本具有浓重的学术气息和很多永久留存的价值。查普曼的学术编辑工作将奥斯丁小说置于学院派批评的学术研究视野中,让奥斯丁成为第一个被学院化的英国小说家,"不仅开创了奥斯丁的现代批评,而且开创了对英国小说的严谨的学术性考察"。② 继查普曼的开创性研究之后,学者们的研究视野才从古希腊罗马著作扩展至英国小说,开始用这种严谨系统的学术批评方法去发现和建构新的英国文学经典。

查普曼 1923 年牛津版的功绩是多方面的,首先是对文本的修复。它纯洁化了大众出版时代的"堕落文本",在对原初版本的全面校勘基础上建立起一个准确、权威的奥斯丁小说文本,从此成为之后绝大多数奥斯丁小说出版物必然依照的底本。查普曼对精确文本的有意追求,既是遵循牛津大学出版社在战前的二十世纪开端就确立的编辑准则——强调文本的完整性和准确性,建立英国作家的典范文本,形成英国文学牛津大学出版的优质品牌(OUP™),也受到了在他之前两位奥斯丁小说文本编辑的影响。就小说文本的"原初性"和考证性的注解附录而言,查普曼之前有两个版本的编辑显示了此方面的关注:一个是邓特 1892 年出版的十卷本插图版里,编辑 R. B. 约翰逊为每部小说提供了一个参考文献注解,并标明了他的版本"遵循作者:最后的修订";另一个更重要的是由凯瑟琳·梅特卡夫(Katharine Metcalfe)编辑、牛津大学克拉伦登出版社在 1912 年出版的《傲慢与偏见》版本。梅特卡夫第一次对奥斯丁有生之年出版的埃

---

① Kathryn Sutherland, *Jane Austen's Textual Lives: From Aeschylus to Bollywood*, p. 27.

② *Ibid.*, p. 26.

杰顿三个《傲慢与偏见》小说版本进行了准确考察,并做出明确的编者评判,试图寻求这部小说出版的历史真实。梅特卡夫的《傲慢与偏见》版本附有埃杰顿初版三卷本首页的复印页,并保留了三卷本章节的标号,还包括有一个考虑周全的附录,题为"简·奥斯丁和她的时代",介绍了一些旅行、邮政、礼仪文化、举止行为、风俗习惯、技艺等等。可以看到,梅特卡夫版本的每一个设置都出现在查普曼1923年的《傲慢与偏见》卷里。查普曼正是受到梅特卡夫编辑思路的启发,并借鉴了邓特版 R. B. 约翰逊编辑的文本细节,编辑了他的1923年牛津版《奥斯丁小说集》。

新的版本也会引发不一样的文学活动,查普曼版的又一显著功绩是终止了简迷式阅读,唤起了一个新的奥斯丁学术生产和交流活动。E. M. 福斯特这样评论道:"查普曼制作精良的新版有许多优胜之处,其中之一就是让奥斯丁的忠实读者清醒起来。那些注释、附录以及插图可以让读者不再陶醉于奥斯丁的世界。他轻而易举破解了魔咒。"①查普曼版唤醒了简迷读者,让读者时刻保持着一种批评的警惕,"直到这个版本,读者才认为他们知道了如何阅读她"。② 查普曼版开启了贯穿二十世纪中后期的批评性阅读,同时作为奥斯丁学术研究的基石,引发了之后密集的围绕奥斯丁的学术再生产。查普曼版的读者以受过良好教育的新知识阶层、学院派的学者以及接受高等教育的学生群体为主。在新的读者群中,尤其在学院派专业研究者眼里,奥斯丁小说不再是被崇拜的对象,训练有素的知识分子把他们喜爱的作家看作富有创造力的思想家,去探寻其作品中的意义蕴涵,"这些知识分子对其作品进行不懈研究,从中挖掘意义,探究秘

---

① E. M. 福斯特:《简·奥斯丁和她的六部小说》,苏珊娜·卡森编:《为什么要读简·奥斯丁》,页27。

② Kathryn Sutherland, *Jane Austen's Textual Lives: From Aeschylus to Bollywood*, p. 34.

密,汲取思想。在这种努力推动下,其作品已经不仅仅是我们通常所说的文学作品,也不仅仅是我们认为的优秀文学作品,而是近似我们文化中几可达到的一种神圣智慧"。[1] 学院化的奥斯丁小说,被塞进大量专业知识:社会学、历史学、现象学、修辞学⋯⋯经历了多种理论方法的检验:马克思主义、女性主义、存在主义、后殖民主义⋯⋯也再生产出被大大扩张的意义:阶级、性别、种族、帝国⋯⋯曾经亲切可人的简·奥斯丁变成了面目逐步高深奥妙的思想家。这些分量厚重的专业知识和严肃的意义探索,赋予了奥斯丁崇高的学术价值,一种更加神圣的地位,它所确认的,正是奥斯丁得以成为一个英国文学经典作家的条件。而那些在对古希腊荷马等文本的批评实践中被敏锐化和精炼化的学术研究方法,全程参与了奥斯丁作为一个经典的意义再生产,确保了她的经典地位。

查普曼的学术编辑工作多少受到了一些简迷主义(Janeism)的影响,对简迷们从奥斯丁小说中寻找的民族主义情怀,给予了实证支持。查普曼对小说文本的丰富注解、附录的研究文章、出自奥斯丁时代资源的图例插画,提供了对奥斯丁小说关涉的摄政时期英格兰的细节呈现,这些详尽的历史文化的注解说明,以及环绕在文本空间中的摄政时期景物的视觉再现,仿若一个"巨大的文化连接工程",直接为读者搭建了一个通往过去的桥梁,让读者对那个失去了的过去时代的幻象更加逼真,让他们心目中那片最英国的土地面目更加清晰。查普曼版的考证研究,除了看起来证实了摄政时期英格兰的古老魅力,还引发了之后对奥斯丁时代的文化研究。大众读者因为这种幻象——过去的秩序井然的安宁世界——对奥斯丁的情感认同,

---

[1]　莱昂内尔·特里林:《我们为什么阅读简·奥斯丁》,苏珊娜·卡森编:《为什么要读简·奥斯丁》,页73。

在学者们的研究中,不仅被进一步确认,且上升为对"乡愁"(nostalgia)这一民族文化心理的民族主义和民族国家的历史追踪,从而使文化与体制在"简·奥斯丁"这一名字中结盟,将奥斯丁的文化符号象征意义提升到民族共同体与国家身份认同(national identity)的崇高层面。

查普曼的1923年牛津版建立起一个权威的奥斯丁文本,在许多年里持续再版,保持着版本的稳定性。1923年首版为大开本,1926年出第二版时改用小开本,有一些微小的修正;1932年出第三版,之后1940年、1944年、1946年、1949年、1952年(1952年的重印本校正了在1871年版本里的一些错误)①、1959年为重印本,1965年的重印版本经过了玛丽·拉塞尔斯的修订,依然依据的是1932年第三版,未改变文本,只限于校准和修正一些错误,以及做了一些微小的变动和补充,如合并了查普曼论文的注释主体里的一些附录。从1933年之后,查普曼编辑的这一版本被标注为"牛津注解版简·奥斯丁"(The Oxford Illustrated Jane Austen)印行。最终的重印本是1988年在美国、从牛津大学出版社在纽约的分部发行销售。② 之后这个版本的重印本出版频率越来越高,从间隔两三年到后来几乎每年都有重印出版。

查普曼版本的另一个衍生品是牛津大学出版社1970年至1971年间出版的"牛津英文小说"(Oxford English Novels)丛书中的奥斯丁作品,编者詹姆士·金斯利(Jams Kinsley)注明此丛书里奥斯丁作品的版本"实质上"是查普曼的,每卷包括有批评导读、精选的文献目录、简·奥斯丁年表,以及一个框架结构的文本说明和注解,仅在查

---

① See R. W. Chapman ed., *Jane Austen: A Critical Bibliography*, pp. 6–7.
② See Claudia L. Johnson and Clara Tuite ed., *A Companion to Jane Austen*, p. 58.

普曼版的基础上有少量增补。这些文本1975年在牛津大学出版社以平装本再版后,1980年又在"世界名著"(World's Classics)丛书里再次发行。

作为奥斯丁学术研究的奠基者,查普曼的贡献并不仅止于奥斯丁六部完整小说的文本编辑与实证研究,1923年的《奥斯丁小说集》之后,查普曼又转向了对奥斯丁手稿的整编出版工作,在这一领域进行了先锋性的开拓研究。这些手稿包括奥斯丁早年创作、一直没有出版的一部中篇小说《苏珊女士》,两部生前未完成的小说片段《沃森一家》和《桑迪顿》,三卷奥斯丁早年的练笔之作《少年习作》(查普曼单独编辑出版的是卷一、卷三),还有"一部小说大纲"、诗歌、晚祷文等其他一些写作。从1925年起至1954年,查普曼在牛津克拉伦登出版社先后整理出版了这些手稿。1954年,查普曼将这些手稿首次编辑为合集本,命名为《次要作品》,作为牛津再版的《简·奥斯丁小说集》中新增的第六卷,出版了这些手稿的首部合集本。这些手稿曾经很长时间里都被视为奥斯丁的无关紧要之作,并没有受到太多关注。查普曼的编辑工作,使这些长期以来被忽视的文本被纳入奥斯丁作品,成为奥斯丁研究日益重要的组成部分。查普曼还于1932年、1952年两次整理出版了奥斯丁的《书信集》。所有这些都由牛津大学出版社出版,它们共同稳固了查普曼的地位,作为奥斯丁学术研究中权威而可靠的声音。

查普曼基于原初版本的全面校勘,确立了奥斯丁小说的最终文本,他的学术性注释和附录,使这个版本具有了有益的学术价值,并成为最早的奥斯丁小说的学术批评版,奠定了奥斯丁小说学术研究的基石。查普曼对奥斯丁小说的学术性编辑和出版,拉开了二十世纪奥斯丁学术研究的大幕,推动了之后的奥斯丁学术生产,再生产出丰硕的学术研究成果,使奥斯丁小说的意义得到极大的价值扩张。

1939 年问世的第一部奥斯丁研究专著《简·奥斯丁与她的艺术》(*Jane Austen and Her Art*)中,学者玛丽·拉塞尔斯首次综合论述了奥斯丁小说的语言使用、叙述技巧、时间设置等许多"精致的艺术性问题"。拉塞尔斯指出,之前的批评家包括查普曼在内,对奥斯丁的研究都选择了一个"小规模(a small scale)"的研究工作,以至于读者不能明白他们是如何得出研究结论的,直到读者自己耐心地找到理解他们的方式,这种批评方式导致奥斯丁创作的艺术价值不能得到令人信服的确证,因此她的研究分析了"激动人心的'如何?(how)'和'为什么?(why)'",去完成前辈批评家们因为"完全确信"(entire conviction)而弃之不顾的必要论证。① 早在 1847 年,G. H. 刘易斯在他评论奥斯丁的文章中就给予奥斯丁"我们语言中最伟大的小说家"的评价,之后的批评家也多有此言论,但就像拉塞尔斯指出的,往往只有主观结论而缺乏有力分析。拉塞尔斯专著对奥斯丁小说叙事艺术的全面分析,让奥斯丁作为"伟大小说家"的艺术成就得到了严谨而专业的论证,"拉塞尔斯之后,没有人质疑奥斯丁能否与十九世纪后期的伟大小说家——与狄更斯、陀思妥耶夫斯基、詹姆斯——相提并论,她在小说现代化中的作用得到了普遍认可,她作为经典作家的凭证和经典的基石被确认"。② 随后,批评家利维斯(F. R. Leavis)在其影响深远的著作《伟大的传统》(*The Great Tradition*, 1948)里,进一步阐述了奥斯丁作为英国小说伟大传统——英国小说的伟大之处构成其特征属性的那个传统——的奠基人作用,给予了奥斯丁在英国小说现代化进程中的开创者地位。③ 从此以后,"伟大小说家"

---

① See Mary Lascelles, *Jane Austen and Her Art*, London: Oxford UP, 1939, Preface, p. v.

② Claire Harman, *Jane's Fame: How Jane Austen Conquered the World*, p. 226.

③ F. R. 利维斯:《伟大的传统》,袁伟译,北京:生活·读书·新知三联书店,2009 年,页 10–11。

简·奥斯丁就以确凿无疑的经典作家的身份,出现在安妮特·鲁宾斯坦(Annette T. Rubinstein, *The Great Tradition in English Literature*, 1953)、哈罗德·布鲁姆(*The Western Canon*, 1994)等学院派学者的学术著作里,安居于英国文学经典乃至西方文学经典作家之列。

二、企鹅版和剑桥版:奥斯丁的经典普及与学术深化

在查普曼版推进奥斯丁小说作品学院派学术研究的同时,"企鹅出版公司"(Penguin Press)发行的系列"企鹅"版奥斯丁小说,以其名家导读和简装平价的版本特色推动了奥斯丁作品作为"经典名著"在学生群体和大众读者中的普及流传。

对图书出版业来说,二十世纪早期影响最重大的创新大概就是"企鹅"平装书的出现。创建于1935年的"企鹅出版公司"是英国一家专门出版高品质平装本大众读物的大型图书出版商,它闻名于世的企鹅商标不仅是英国最知名的图书品牌之一,也是高品质小说和经典读物的象征。企鹅创建人埃伦·雷恩爵士(Allen Lane)在二十世纪三十年代极富远见地看到了大众阅读市场——平装书的巨大前景,革命性地决定出版发行当时市场上缺乏的、既便于携带同时又价低质优的图书,"让人人都读得起好书"(埃伦·雷恩)。企鹅图书采用简洁的小开本设计,以纸质软皮封面代替当时出版市场主要的硬版封面,首版图书定价只要六便士,相当于那时一包香烟的价钱。企鹅公司宣称的"用一包烟的价格买一本书"的平装书革命大获成功,从此改变了英国图书出版以硬皮精装为主的出版格局,开拓出一个潜力无限的平装书的大众阅读市场。平装书易携带便于读者随时阅读,读物可以在空间上更广泛地流转,且生产成本低,书价不高,使得

阅读人群更加扩展,具有着文化传播的意义。

　　出版高品质畅销书一向是"企鹅"的出版策略,被读者喜爱了一百多年的奥斯丁小说很早就被列入"企鹅"的常销出版书目。在1938年发行的"企鹅插图版经典文库"(Penguin Illustrated Classics)里就出版过一个《傲慢与偏见》平装版本,橙色封面尤为引人注目。二十世纪四十年代,奥斯丁六部小说都被列入"企鹅"图书里最大名鼎鼎的"企鹅经典名著"(Penguin Classics)出版。这套丛书后来又于1983年在"企鹅"的一个精选文集中出版。二十世纪五十至六十年代高等教育的扩张,创造了广大的学生阅读市场,也相应产生了一种对新版本的需求——由名家导读的平装本。当时一些较为流行的奥斯丁小说导读版本有霍顿·米夫林(Houghto Mifflin)长期经营的瑞沃赛德版(Riverside, 1956),布拉德福德·布斯(Bradford Booth)编辑的哈布瑞斯资料库版(Harbrace Sourcebooks, 1963),唐纳德·格雷(Donald J. Gray)编辑的诺顿版(Norton, 1966)等,其中"企鹅"出版发行的奥斯丁小说导读本成为特别受到学生群体欢迎的版本。

　　从1965年开始,奥斯丁作品又在平装本古典文学丛书"企鹅英语文库"(Penguin English Library)里出版。新的企鹅版有一个托尼·泰纳(Tony Tanner)撰写的批评性导读,几个注解页,和一个编者的版本说明,解释了该版文本所采用的底本是查普曼牛津版。这套丛书后来命名为"企鹅经典名著"于1983年在一个精选文集中出版。1995年至1998年,"企鹅英语文库"里的奥斯丁作品被重新设置发行,这个版本的突出特点是有一个细致周到的编辑说明,阐释了这一版的《傲慢与偏见》重返首版文本即埃杰顿版的重要决定,注解里详细陈述了对奥斯丁小说的学术研究传统和成就,也关注了文本争论的几个焦点。几年后,企鹅出版社又重新发起了一个"奥斯丁主题书籍"活动,于2003年出版发行了新版作品集,这套版本的编者更新了他们的导语、注解和参考书目,添加了奥斯丁年表,增加了托尼·泰纳在三十多年前为"企鹅英语文库"里奥斯丁小说所写的作品导读。[①] 如今,奥斯丁小说依然是这一全球最大的平装书公司的常销书,在"企鹅"各种图书系列里被一再发行出版。

　　"企鹅"版奥斯丁作品,是二十世纪中期之后深受欢迎的畅销版本,就像流行于整个十九世纪的班特利版所起到的作用一样,企鹅版的平装低价和持续出版让奥斯丁小说在二十世纪以来继续作为流行的大众读物被广泛阅读传播。特别是企鹅版一直延续的"名家导读"的版本特色,提供了解读小说文本的适当的背景知识,可谓尤为适应学生群体的特别需求,使企鹅版在"二战"之后随教育扩张而不断扩大的学生群体中被普及性阅读。"企鹅"的优质品牌效应也让奥斯丁小说"古典名著"的身份深入人心。充满活力的"企鹅"在时代变迁中不断调整经营策略,在一系列的资本并购重组中,发展成为一家大型跨国出版集团"企鹅出版集团"(Penguin Group),建构起全球化的经营规模和国际出版发行业务,以其高品质的大众图书出版在世界出版业中占据着重要地位。在随着"企鹅"的资本扩张而全球化的大众出版市场里,企鹅版的奥斯丁小说被持续不断地传播到全球各个角落,让奥斯丁拥有了世界范围的读者群。

　　二十一世纪伊始,剑桥大学出版社以堪称壮大的规模发行了一套九卷本的学术版《剑桥版简·奥斯丁作品集》(*The Cambridge Edition of the Works of Jane Austen*, 2005-2008),除奥斯丁六部完整小说的六卷文本(2005-2006)外,剑桥版还包括有《少年习作》(2006)《后期手稿》(*Later Manuscripts*, 2008)《语境中的简·奥斯丁》(*Jane Austen in Context*, 2006)三卷。总主编简妮特·托德在总编前言中表

---

① See Claudia L. Johnson, *Jane Austen's Cults and Cultures*, p. 58.

达了这个新版本"充分考虑了现代文学与文本的学术性"的雄心：以包括奥斯丁已出版小说和手稿的全部作品证明奥斯丁出色的文化和文学地位，建立一个精确和权威的文本，提供一个充分的奥斯丁小说语境设置。①

　　与查普曼牛津版相比，剑桥版的学术特质更加显著。剑桥版新编辑的六卷小说，在文本编辑上"貌似做出了一些贡献"（简妮特·托德），用简妮特·托德的话讲，不是要追求完美无缺的奥斯丁文本，而是将她的小说文本变化的过程展现出来，呈现这些文本在不同阶段的版本特点。如《理智与情感》和《曼斯菲尔德庄园》的第二版与首版的文本变化都被清晰地标注出来，以至于读者能够在阅读中重建两个小说版本，体现出剑桥版对奥斯丁小说文本既精确又综合全面的编辑意图。相较于查普曼1923年牛津版对奥斯丁文本"原初性"的回归，剑桥版的文本编辑则追求的是"完整性"，例如，《少年习作》和《后期手稿》两卷，在文本编辑上特意保留了这些作品作为"手稿"的特征，所有的改动和涂擦等都以重制或注释的方式呈现出来，试图以这种文本"真实"来还原奥斯丁的写作。

　　剑桥版最显著的特色是提供了极为丰富的语境资料。单独设置为一卷的《语境中的简·奥斯丁》是剑桥版的独特贡献，该卷由四十篇不同主题的学术研究文章组成，提供了一个广阔的解读奥斯丁小说的传记、批评、历史、文化的背景知识。另外，六卷小说文本中，每一卷的编辑导读和文本的说明性注释比以往任何版本都更长更详细，阐述了每部小说文本的起源、早期印刷出版史、贯穿两个世纪的批评接受等，为读者提供了清晰和有益的资料信息。

----

① See Janet Todd, General Editor's preface, in Janet Todd ed., *The Cambridge Edition of the Works of Jane Austen: Pride and Prejudice*, Cambridge：Cambridge UP, 2006. p. ix.

以《傲慢与偏见》卷（2006）为例，在小说文本之外还包括有简·奥斯丁年表、小说导读、版本说明、对1813年首版文本的纠错与修订，以及四篇附录文章：《托马斯·埃杰顿与出版历史》（Thomas Egerton and the publication history）、《法律与军事的背景》（Legal and military background）、《彭伯里及其原型》（Pemberley and its models）、《对〈傲慢与偏见〉第二、三版的说明》（Note on the second and third editions of *Pride and Prejudice*），以及一些说明性注解，为这部小说的解读提供了极为详实的知识语境。本卷编者帕特·罗杰斯撰写的文本导读长达五十七页，内容十分丰富，介绍了这部小说的初稿、出版历史、标题更换、女主人公形象、读者阅读、不动产继承、叙事时间（创作时间）、批评研究史、艺术特色诸方面，几乎涵盖了理解这部小说的所有主要层面，特别是编者在导读中对《傲慢与偏见》学术研究史的综述，使这一版本的学术特质更加突出。

新世纪的剑桥版是到目前为止一个能够适应多层面需求的最佳版本——同时满足了阅读欣赏、文化教育以至于学术研究等不同读者群。在阅读欣赏层面，有关小说创作时期的更为广阔详实的时代背景资料更多激发了读者阅读小说的兴趣和对故事的品读理解。在文化教育方面，对这一早已列为高等院校学生阅读书目的文学经典，该版的编者导读从创作过程到出版经历再到人物形象、艺术特色等方方面面的介绍分析，堪称十分合格的课程导师。而在学术研究层面，剑桥版更是一部具有继往开来性质、起到承前启后作用的重要版本。

英国作家E. M. 福斯特在二十世纪二十年代、奥斯丁作品已出版流传一百余年之时，就曾呼吁对奥斯丁小说的研究进行总结的材料应该浮出水面、出现在她的作品集中，并对查普曼牛津版在这方面的一些缺失表示遗憾。① 自 1923 年查普曼牛津版开启学术批评起,奥斯丁研究又走过了将近一个世纪的历程,积累了丰硕的研究成果,再生产出丰富的意义内涵。回溯总结已有近两百年的出版接受史并做出历时评析,显然非常必要。剑桥版的出现,及时满足了这种期待,应和了新时代奥斯丁小说研究的版本需求。剑桥版在新世纪初对这部小说的所有学术研究成果做出的学术史汇集梳理,适时总结了以往的研究材料,为新世纪阅读奥斯丁提供了特色独具又极有价值的历史视野,同时也奠定了奥斯丁在新世纪的学术研究基础,标志着新的研究开端,成为查普曼版之外奥斯丁小说学术研究的又一块重要基石。与查普曼牛津版相比,剑桥版的学术含量明显增多,除增添了更多的知识背景性附录内容外,编辑导读也提供了非常丰富的奥斯丁学术史信息。更为严谨详尽和全面综合的文本编辑内容、更为丰厚的学术含量,被视为"二十一世纪的权威版本"。②

也有不少对奥斯丁单部作品的学术编辑版本,其中最多的就是奥斯丁小说中最受欢迎的《傲慢与偏见》。例如由帕特里夏·迈耶·思帕克斯(Patricia Meyer Spacks)编辑、哈佛大学出版社出版的《傲慢与偏见——注解版》(*Pride and Prejudice, an Annotated Edition*, 2010)。这部超大开本的新版本,风格独特,就像标题里的"注解版"所强调的,这个版本特别突出了对小说文本的注解内容,注解与小说文本并置于页面的左右,几乎一样醒目,且每页可见,自始至终伴随着读者的文本阅读过程,对当代读者阅读似乎有困难的历史文化语境、隐喻暗示和语言等随时提供注解。据编者说明,这版的文本以 1813 年首版为底本,纠正

---

① 参见 E. M. 福斯特:《简·奥斯丁和她的六部小说》,苏珊娜·卡森编:《为什么要读简·奥斯丁》,页 28。

② 牛津文献学教授和文本批评家凯瑟琳·萨瑟兰认为,查普曼牛津版仍然是奥斯丁作品文本权威的标准。See Claudia L. Johnson and Clara Tuite ed., *A Companion to Jane Austen*, p. 60.

了首版中印刷及拼写错误，并附有多幅彩色插图，包括简·奥斯丁的水彩画肖像，早期几种版本的小说封面等。作者思帕克斯在篇首的长篇导读和文本中的诸多注解充满智慧幽默，她的解释和分析既富有经验的点拨又不失感性魅力，指导读者在小说阅读的持续愉悦中更大程度理解和分析小说世界中的所有人物角色。出版者称这个版本是特别献给奥斯丁迷的，适合第一次阅读《傲慢与偏见》的读者和专家，以及视自己为奥斯丁朋友的奥斯丁粉丝们。思帕克斯在导读注解中也始终带领读者思考了这样一个问题：《傲慢与偏见》持续不断的吸引力，和它作为一个幻想刺激物的力量所在。[①]

　　二十世纪中后期以来的学术出版和学术再生产，让奥斯丁小说脱胎换骨，从流行读物跃升为文学经典。这个过程中，查普曼为代表的学术编辑居功厥伟。与其他学术研究一样，编辑工作呈现的是一个批评性阅读，它将文本作为阐释目标，以选择性的阐释方式将一定的知识以及意识形态灌注在文本之中，这些被明确设定了编辑意图的编辑文本，成为读者阅读感受文本意义并再生产出新意义的基础。并且编辑文本作为一个首要的批评行动，也限定了之后的批评参与。由查普曼的学术编辑工作引领的奥斯丁学术批评，在二十世纪下半叶持续的学术再生产中，给予了奥斯丁崇高的学术价值和文化地位。莱昂内尔·特里林（Lionel Trilling）对此进行了准确概括：奥斯丁在人们心中从原来备受喜爱的位置下降，却在富有思想活力的学者和评论家那里找到了一个更安全的位置。[②]

---

① See Patricia Meyer Spacks ed., *Pride and Prejudice, an Annotated Editio*.
② 莱昂内尔·特里林：《我们为什么阅读简·奥斯丁》，苏珊娜·卡森编：《为什么要读简·奥斯丁》，页73。

小　结

　　简·奥斯丁处于印刷出版媒介兴盛的年代,印刷出版传播建构了她经典作家的形象。由于她的六部传世小说都没有手稿留存下来(除了《劝导》被删去的两章),印刷版本长期以来是连接奥斯丁与公众的唯一文本,评论家们所有的文本考察和学术研究也都以印刷本为基础。即使之后查普曼版对六部小说的"原初性"探寻,也是回到最初的埃杰顿版和默里版,仔细勘察对比首版与修订版的差异之处。查普曼后来对奥斯丁其余手稿的"开创性的编辑工作",还是用印刷抹去手稿的各种痕迹,以规范化的出版物呈现给读者。[①] 作为一名小说作者,奥斯丁在印刷出版中收获了实实在在的成功——金钱收益、社会名望与学术地位。奥斯丁写作的时代,正是小说这一文类借助印刷出版业的蓬勃发展不断上升其文学地位和社会影响力的时期。小说的文体特征使它不能像诗歌、戏剧那样有吟唱、诵读、表演等多种有效传播途径,而是始终与阅读相伴。自诞生起,小说的传播发展就与印刷出版业紧密关联,因此伊恩·瓦特将十八世纪英国印刷出版业的发展视为英国小说兴起的重要因素。小说在早期地位低下,创作和阅读小说都被视为品位低俗的不体面行为,奥斯丁初创于 1798 年的《诺桑觉寺》里就描述了这一现象,所以很多小说作者包括奥斯丁自己都选择了匿名出版。而随着印刷技术的发展和读者阅读需求的增长,越来越多的小说创作被出版商印刷发行,占据着逐步扩大的阅读市场。

----

　　① 二十一世纪剑桥版简妮特·托德的编辑保留了手稿的特征。

在奥斯丁生前,评论家们已经开始不再把小说看作是一种娱乐方式,而是作为文学作品以日益严肃的态度来对待。对于奥斯丁来说,仅仅凭借六部出版小说,她就在英国文学经典的行列中赢得了一席之地。

奥斯丁的经典化也是与印刷出版直接相关联的文学活动过程。文学作品的意义从来都不是作家一己之力完成的,作家创作只是部分参与了其作品的意义生成,文学作品在传播中被不同的媒介文化空间再阐释再创造,不断再生产出新的意义。奥斯丁小说在印刷出版后,就进入了由印刷文化建构的布迪厄所说的“文学生产场域”(literary production field),以出版销售市场为中心,出版商、插画家、期刊评论家、文本编辑成为文学产品的意义再生产者,报纸期刊、流通图书馆、图书俱乐部、咖啡店、学校课堂等成为传播意义的媒介空间,阅读公众延伸了作品的意义,也是图书商品的消费者。除此之外,还要考虑促成印刷出版业兴旺发达的种种时代契机——从十九世纪到二十世纪,在英国的工业化和民族化进程中,飞速发展的铁路、公路交通等泛媒介方式使书籍销售网络四处延伸,教育法案强制推行文学教化使古典文学阅读的国民需求大增,两次世界大战期间人们的民族主义情感维系,战后重建民族传统文化的吁求,还有现代学术批评体系在战后的创建,这一时代背景中的政治、经济、文化、教育甚至是战争等的社会化传播空间成为奥斯丁作品传播和意义生产的新场域,这一历史过程再生产出奥斯丁既通俗畅销又是学术精英的双重价值,造就了她作为大众文化偶像和精英文化代表的双重文化身份。

《诺桑觉寺》里,奥斯丁借助蒂尔尼训导凯瑟琳之辞,描述了当时的社会环境:“别忘了我们生活的国家和时代……社会和文学的交往有牢固的基础,道路交通和报纸书刊使一切都公之于众。"①在这样一个时代,蓬勃发展的英国印刷出版业将文学作品带到公共交往空间,产生社会影响力,获得作品意义的增值。一生居于乡村的奥斯丁,在与现代出版工业的连接中,从汉普郡乡村一路走向伦敦上流社会沙龙,走向图书馆、咖啡吧、铁路车站书报亭,走向大学课堂和学者案头,最终到达了英国文化经典的中心。

　　印刷出版让奥斯丁的作品魅力广为人知并得到共识,让一生偏居于英格兰南部乡村闭塞环境中的奥斯丁名满天下,进而推动奥斯丁小说进入影视等新媒介传播场域,在当代资本主义文化工业的产业化运作中达到了更为惊人的成就。

---

① Jane Austen, *Northanger Abbey + The Watsons*, the Chawton editon, London: Allan Wingate, 1948, p. 162.

第三章　影像传播中的奥斯丁品牌化及其商业增值

　　进入二十世纪后，电影与电视等新媒介的兴起，使奥斯丁小说有了影像传播这一新的媒介传播方式。匈牙利电影理论家贝拉·巴拉兹(Bela Balazs)在二十世纪之初提出"视觉文化"的概念，并做出预言：随着电影的出现，一种新的"视觉文化"将取代传统的印刷文化。以视觉影像为特征的影视媒介，使文化的传播环境发生变化，改变了文学的存在方式和传播途径，还从印刷文化手中接管了文学传播的主导形式，用全新的诠释方式直接参与传统文学经典的重塑。

　　影视媒介建构起一个拥有特定生产与流通机制的视觉文化场域，进入这一场域的奥斯丁小说，不仅经历了从文字符号到影像符号的本质转变，使文本具有新的意义表达，而且影视媒介的大众传播方式，使奥斯丁文化不断向更广泛的文化领域蔓延，在影视工业的全球化运营中，进一步的产业化，让奥斯丁由文学经典演变成具有巨大商业价值的影像文化品牌。

第一节　奥斯丁影视改编与全球"奥斯丁热"

自电影于 1895 年诞生后,小说就一直是电影工业的"金矿"。奥斯丁小说也较早开始了与电影这一新媒介的结缘。《从小说到电影》(*Novels into Film*, 1957)的作者乔治·布鲁斯东(George Bluestone)在其研究中指出奥斯丁小说的一些特征"具备了电影剧本的基本要素",即"缺乏特殊性,缺乏隐喻性语言,缺乏全知的视角,依赖对话来揭示人物性格,坚持绝对清晰"。[①] 他认为,"摄像机的轻描淡写……完全适合那些我们已经与简·奥斯丁的风格联系在一起的警句式的轻描淡写"。[②] 米拉麦克斯公司(Miramax)1996 年版电影《爱玛》的编剧和导演道格拉斯·麦格拉思(Douglas McGrath),也坦承奥斯丁对电影制作人有很大吸引力,认为她的对话特别出色,创造的角色令人难忘,故事情节的策划体现了非常聪明的技巧。[③] 这表明,奥斯丁小说文本媒介和动态影像媒介之间有适洽的转换可能性,具有内容和风格的内在吻合。

和影视剧本的戏剧性追求相适应,奥斯丁小说艺术有着明显的戏剧性特质:冲突和事件构成一个个场景,人物之间轻快的对话,强烈的个性刻画(包括出色的喜剧配角),以及人物戏剧性的出场和退场,舞台艺术的巧妙运用等,这些特质确保了奥斯丁小说从二十世纪

---

① George Bluestone, *Novels into Film*, Baltimore: The Johns Hopkins Press, 1957, pp. 117–118.

② *Ibid.*, p. 146.

③ See Claire Harman, *Jane's Fame: How Jane Austen Conquered the World*, p. 257.

早期就开始的定期改编。

自二十世纪四十年代以来，奥斯丁所有六部传世小说被屡次改编为影视作品，特别是《傲慢与偏见》，至少有九次改编。[①] 这些改编作品，有不少收获了艺术与商业的双向成功，有些还成了影视经典。影视改编将奥斯丁作品以一种新的引人入胜的视觉效果呈现出来，通过屏幕传递给新一代观众，用新的阐释方式激发起人们对奥斯丁的浓厚兴趣，并在影视工业的全球化生产消费机制和影视大众媒介强大的传播效力下，掀起了奥斯丁接受史上的第二次也是更大规模的奥斯丁热潮。

二十世纪九十年代是奥斯丁影视改编的重要转折点。奥斯丁小说在此际迎来影视改编的大爆发，也使奥斯丁传播产生前所未有的文化影响力。以二十世纪九十年代为界点，奥斯丁影视改编明显被分成两个时期，呈现出不同时期的特点与变化。前一时期体现出情节叙事的特点，后一时期更突出了视觉景观效果。

一、二十世纪四十至八十年代的影视改编：可视化的情节叙事

在二十世纪九十年代的奥斯丁影视改编热潮之前，从四十年代至八十年代，奥斯丁小说已多次被制作成电影和电视剧集播映，其中大多是由英国广播公司（BBC）制作的电视剧集，但率先开启奥斯丁作品影视改编的是美国好莱坞米高梅公司（MGM）。1940 年，米高梅将最受欢迎的奥斯丁小说《傲慢与偏见》拍成黑白胶片电影，由当时

---

① See Gina Macdonald and Andrew F. Macdonald ed., *Jane Austen on Screen*, pp. 260-265.

两位大牌明星葛利亚·嘉逊（Greer Garson）和劳伦斯·奥利弗（Lawrence Olivier）主演，导演是罗伯特·伦纳德（Robert Z. Leonard）。作为奥斯丁小说第一部电影改编版，也是九十年代之前的唯一一部大银幕版本，米高梅的 1940 年电影版很受瞩目，这部电影将小说故事处理成典型的好莱坞式荒唐喜剧（screwball comedy），人物动作夸张，情节妙趣横生，单从影片的效果看颇为精彩，然而由于对奥斯丁小说原著的多处偏离，这部改编电影遭受不少指责，不过它响亮的名气和一些开创性特征还是吸引了不少观众。

这部改编电影源于海伦·杰罗姆（Helen Jerome）的舞台剧《傲慢与偏见：一部情感喜剧》（*Pride and Prejudice: A Sentimental Comedy*）在纽约（1935）和伦敦（1936）的成功上演，奥尔德斯·赫胥黎（Aldous Huxley）和简·莫芬（Jane Murfin）以此为基础，为米高梅公司编写了电影剧本。① 电影主创的本意是拍一部类似舞台剧的轻松愉快的喜剧，但电影在 1939 年筹拍和 1940 年上映期间，正值"二战"爆发，英国被卷入战争，这一历史语境深深影响了这部电影的内容呈现。就如伊丽莎白·艾灵顿（H. Elisabeth Ellington）指出的，该电影"抛弃了小说中英格兰田园风光的形象，强化了美国人对战争的危机感和英格兰人生活方式中值得宣扬的东西的认识"。② 电影将奥斯丁小说中描述的世界，与美国的价值观融合在一起，以美国视角重置了奥斯丁笔下的英国文化，并宣扬了英国命运与美国命运相关联的美英同盟关系这一意识形态立场。

小说里，造成男女主人公之间"傲慢与偏见"的情节冲突的主因

---

① See Kathryn Sutherland, ' Jane Austen on screen ', in Edward Copeland and Juliet McMaster ed., *The Cambridge Companion to Jane Austen*, p. 218.

② Ellen Belton, ' Reimagining Jane Austen: the 1940 and 1995 film versions of *Pride and Prejudice* ', in Gina Macdonald and Andrew Macdonald ed., *Jane Austen on Screen*, p. 178.

之一就是双方出身地位的阶级差异。电影中,这种阶级差异虽然也得到表现,如主人公初次见面时,达西拒绝邀请伊丽莎白跳舞的理由,从小说中他对伊丽莎白个人品质的判断转移为电影中他对伊丽莎白的社会出身的嫌弃,但"竖立的等级屏障"很快被拆除,双方由此而生的冲突在基于美国民主精神的平等主义倾向下很快得到化解,伊丽莎白与达西的终成眷属也闪耀着美式民主平等的光辉,弱化了小说对社会等级制度的写照,也背离了奥斯丁叙述下的双方最终因个性魅力而相互倾心的本意。

这部电影的场景设置也饱受诟病。构成奥斯丁小说中固有场景也是其特质的,那些曾引发读者无限"乡愁"的英国乡村,被米高梅电影无情"抛弃",用一系列人造室内场景取代户外场景,将镜头聚焦在人物而不是景物上,用艾伦·贝尔顿(Ellen Belton)的话,是用女主角扮演者、大明星"葛丽亚·嘉逊的'引人注目'替换了彭伯里和英国乡村的'引人注目'"。① 这自然是好莱坞特有的明星机制的体现。同样,也因为葛丽亚·嘉逊认为她穿维多利亚时代的服装比摄政时期的服装更有魅力,米高梅遵从她的意愿,让班奈特姐妹在电影里穿着维多利亚时代的裙子,而不顾及小说故事的摄政时代背景。②

彭伯里庄园在电影中的缺失,让许多原著读者不能接受,因为它是小说里"拥有半个德比郡"的达西身份与财富的直观体现,伊丽莎白也声称爱上达西是从"见到彭伯里那一刻"起,彭伯里庄园不仅是小说中的重要场景,也是连接男女主人公爱情波澜的情节转折点,更是读者心目中迷恋不已的美好之境。艾伦·贝尔顿解释了电影这一

---

① Ellen Belton, 'Reimagining Jane Austen: the 1940 and 1995 film versions of *Pride and Prejudice*', in Gina Macdonald and Andrew F. Macdonald ed., *Jane Austen on Screen*, p. 182.

② See David Monaghan, '*Emma* and the art of adaptation', in Gina Macdonald and Andrew F. Macdonald ed., *Jane Austen on Screen*, p. 197.

改编的目的："将彭伯里庄园移除,因为它将达西与炫耀和权力的浮华联系在一起,这可能会让 1940 年的观众感到不快。"①这一改编固然满足了电影制作者的意图,却是对奥斯丁原著的明显背离,让小说读者们深感不快。

电影中为数不多的几个户外场景,显然也是人工搭建、在舞台上拍摄的,如同那些室内场景一样。例如伊丽莎白与达西一起射箭的那个花园派对,近景里塞满了纸花,堆砌出鲜花盛开的花园景色,远景则是背面投影完成,就像是舞台剧的演出布景,完全没有后来九十年代影视改编所呈现的景观魅力。而伊丽莎白与达西的射箭环节这一由电影生造出的场景,则是为了让观众联想起英国民间传说里古老的射箭运动,从而让这部电影具有制作者认为的英国传统文化的象征意义。这显然是非奥斯丁式的强加阐释。

让小说读者更无法接受的一处改编是"将凯瑟琳夫人重新塑造成了丘比特"。小说中,达西的姑妈凯瑟琳夫人是伊丽莎白和达西婚姻的坚决反对者,她的反对立场正是奥斯丁小说着意表现的英国摄政时期的社会阶层差距——达西与凯瑟琳夫人是贵族阶层,伊丽莎白·班奈特家只是乡绅。虽然小说叙述中凯瑟琳夫人的反对反而促成了伊丽莎白和达西的姻缘,但这与米高梅电影中所塑造的去担任达西的爱情"大使"向伊丽莎白表白并祝福两位的婚姻的媒人形象绝非一回事,这一让小说读者们瞠目结舌的"惊人转变",只能是为了这部米高梅电影要达到的一个目标:"试图将英国的阶级结构重新与美国的平均主义相结合",以满足电影要宣扬的"支持美英联盟"的主题。②

①　Ellen Belton, 'Reimagining Jane Austen: the 1940 and 1995 film versions of *Pride and Prejudice*', in Gina Macdonald and Andrew F. Macdonald ed., *Jane Austen on Screen*, p. 182.

②　*Ibid.*

在这个主题下,电影还把奥斯丁小说中对班奈特一家多层次的人物性格及形象刻画转换成对"中产阶级家庭团结"的强调,始终把表现班奈特家庭的凝聚力作为影片叙事框架,班奈特五姐妹常常作为一个家庭整体出现,"把五个女儿嫁出去"成为班奈特家的共同愿望,甚至班奈特先生与班奈特太太之间的关系也比小说中更融洽。米高梅电影对家庭团结的颂扬,呼应的是"二十世纪中期美国中产阶级女性家庭生活和道德期望"①,强调了在"二战"危机时刻美国和英国社会的共同价值观,以示对英国战争的支持。

总之,米高梅改编电影以好莱坞喜剧模式讲述了一个家庭集体实现目标的故事,将英国文化的代表奥斯丁小说重置为美英联盟的文化影射,不惜"背离"奥斯丁小说,来满足当时迫切的政治需要。

与米高梅制作的"背离"特征形成鲜明对比的,是英国广播公司BBC制作的以"忠实"原作为口碑的系列奥斯丁电视剧集。自1948年的《爱玛》开始,BBC持续制作了多部改编自奥斯丁小说的电视剧集,如《爱玛》(1948／1960／1972)、《傲慢与偏见》(1952／1958／1967／1979)、《劝导》(1960-1961)、《理智与情感》(1971／1981／1985)、《曼斯菲尔德庄园》(1983)和《诺桑觉寺》(1986)。②像米高梅的《傲慢与偏见》一样,早期BBC剧集也继承了舞台剧技巧:人工的室内设置,很少展现自然环境或户外活动,固定的摄像机位,镜头主要是说话人的特写,没有跟踪镜头或长镜头,所有其他感官效果都服从于有意识的戏剧对话和时代风格的审美观。③

---

① Kathryn Sutherland, 'Jane Austen on screen', in Edward Copeland and Juliet McMaster ed., *The Cambridge Companion to Jane Austen*, p. 218.

② See Gina Macdonald and Andrew F. Macdonald ed., *Jane Austen on Screen*, pp. 260-265.

③ See Kathryn Sutherland, 'Jane Austen on screen', in Edward Copeland and Juliet McMaster ed., *The Cambridge Companion to Jane Austen*, pp. 218-219.

　　包括奥斯丁小说在内,BBC 一直延续着将狄更斯、福斯特等英国传统作家的小说改编为电视剧集的传统,这些改编也一直遵照 BBC"更古老的和更逐字的(literal)"①剧场风格的惯例,即遵循忠于原著和依赖对话的原则,并使用准确的历史背景和服装,打造出 BBC 的经典"古装剧"系列。BBC 制作的奥斯丁古装剧系列,还使用一种"演员策略",即由一些相对固定的演员扮演这些奥斯丁小说改编剧集中的各种角色,让观众总是看到隐约熟悉的一群人物,晃动在那个被电视表演精心培养的历史"逼真"中,营造出一种屏幕上的"奥斯丁世界"的氛围感,令人沉迷。这一成功的演员策略也被用在 BBC 九十年代的改编制作中。

　　1990 年以前的 BBC 奥斯丁改编,其"忠实"风格赢得很多观众的心,但评论者也敏锐地提出批评,认为这种在服装、背景和对话方面的准确对应,只是"对文本表层的一种虚假的遵从"②,是一种肤浅的逼真,并没有传达出"隐藏在她的小说光鲜表面下的人物和主题的复杂性"③。总的来说,这一时期 BBC 的改编本质上是对奥斯丁小说的一种"可视化"的再包装,它可以看作是兴起于十九世纪末期、以休·汤姆森的绘制为代表的奥斯丁小说插画版的再延续——通过图像化呈现摄政时期的服装和场景细节,为读者再造了一个视觉化的奥斯丁小说世界,只是屏幕上的"奥斯丁世界"更加鲜活生动。而 BBC 剧集所运用的基本固定不变的保守镜头和编辑技术,"反映出它们的创造者不愿意从视觉角度重新思考奥斯丁的小说"④,也就是说,BBC 改编剧集用影

①　See Harriet Margolis, ' Janeite culture: what does the name " Jane Austen" authorize?', in Gina Macdonald and Andrew F. Macdonald ed., *Jane Austen on Screen*, p. 27.

②　Claire Harman, *Jane's Fame: How Jane Austen Conquered the World*, p. 260.

③　David Monaghan, '*Emma* and the art of adaptation', in Gina Macdonald and Andrew F. Macdonald ed., *Jane Austen on Screen*, p. 197.

④　*Ibid.*

像这一视觉化新媒介重新阐释奥斯丁作品时,并没能赋予这些小说新媒介中的新意义,这也正是大卫·莫纳亨(David Monaghan)指出的,1990 年以前的 BBC"电视版的奥斯丁作品是对原著小说的配图补充,而不是独立的艺术作品"。[①]

BBC1986 年推出的 90 分钟的电视电影(Telefilm)《诺桑觉寺》[②],是"唯一的例外"。这部电影颠覆了原著的本意,将奥斯丁对哥特小说的反讽进行了倒置。女主人公凯瑟琳·莫兰的哥特式幻觉被电影处理成哥特式场景的再现:小说中蒂尔尼家的府邸诺桑觉寺,早已从修道院建筑被改造为配备着齐全的现代家居生活设施的现代建筑,而电影却把它设置为有着狭窄楼梯、漆黑通道、城外壕沟的中世纪城堡,发生在其中的绑架与强奸事件(对人物幻觉的现实化呈现),再配以阴森恐怖的电影音乐,奥斯丁在小说里极力嘲讽的哥特式风格反而成为电影追求的特色。在颠覆原著本意之外,电影还增加了一些小说中没有的场景和人物、情节等,着实是一次迥异于 BBC"忠实"传统的叛逆式改编。[③] 这部独特的 BBC 制作也常被拿来与 1940 年米高梅版《傲慢与偏见》相类比,强调两者共有的对奥斯丁小说的"不忠"。

这种改编上的"不忠",从另一个层面看,却是一种"创新"意识,因为它"从那种对经典作品的令人厌烦的尊敬中解脱出来"[④],不仅对奥斯丁小说,也对一切经典作品提示了一种新的改编观念——影视改编是一种艺术再创造,可以再生产出原作所不具有的新意义。1986 年版

---

① David Monaghan, 'Emma and the art of adaptation', in Gina Macdonald and Andrew F. Macdonald ed., Jane Austen on Screen, p. 197.

② 制作:BBC and A&E,编剧:Maggie Wadey,导演:Giles Foster,制片人:Louis Marks,主演:Katharine Schlessinger,Peter Firth。

③ 参见约翰·威尔特希尔:《为什么阅读简·奥斯丁?》,苏珊娜·卡森编:《为什么要读简·奥斯丁》,页 217。

④ David Monaghan, 'Emma and the art of adaptation', in Gina Macdonald and Andrew F. Macdonald ed., Jane Austen on Screen, p. 197.

《诺桑觉寺》的电影改编,是对 BBC 固有的忠实传统的一次瞩目突破,预示着追求艺术再创造的创新性改编将成为之后奥斯丁改编的新趋势。

二、二十世纪九十年代的影视改编:视觉化的景观叙事

二十世纪九十年代,是奥斯丁小说在屏幕上的迸发期。从 1995 年开始,三个标志性的奥斯丁小说影视改编接连出现:BBC 的电视电影《劝导》(1995)、BBC 迷你剧集《傲慢与偏见》(1995)、好莱坞哥伦比亚公司(Columbia)的大银幕电影《理智与情感》(1995),还有紧随其后的两部出自好莱坞米拉麦克斯公司的大银幕制作:《爱玛》(1996)和《曼斯菲尔德庄园》(1999)。这几部改编作品不仅代表着影视再创作奥斯丁小说所取得的更为优质的成就,还因获得的评论界口碑和商业上的双重成功,促成"奥斯丁全球声望最引人注目的转变"。①

BBC 1995 年版迷你改编剧集《傲慢与偏见》②是这一转变的开端。这部剧集被公认为是最具奥斯丁原著风格的影视版本,迄今仍保持着这部小说最重要和最受欢迎的改编的权威地位,赢得了不少奖项并受到世界性欢迎。1995 年 9 月在英国首播时,这部剧集造成了轰动性效应,有一千多万人通过电视观看,播出最后一集时,全国有百分之四十的电视观众都调到这个频道收看,以见证它的幸福结

---

① Claire Harman, *Jane's Fame: How Jane Austen Conquered the World*, p. 254.

② 编剧: Andrew Davies,导演: Simon Langton,制片人: Sue Birtwistle,主演: Jennifer Ehle,Colin Firth,301 分钟,6 集。

局。剧集的录像带首发两小时就售光,有八个国家买下了播出版权。① 这个剧集有很多经典之处,如对谄媚阿谀的柯林斯先生、庸俗浅薄的班奈特太太、轻浮放浪的丽迪雅·班奈特等人物形象的精彩塑造,对奥斯丁笔下摄政时期英国社会的历史主义复原,对英格兰乡村的田园美景的展现,等等。由科林·菲斯(Colin Firth)饰演的男主人公达西先生是这部 BBC 剧集最经典的贡献,非常贴近原著读者对达西先生的想象,他在彭伯里庄园的湖中游泳后身着湿衬衫的场景,呈现了一个性感的达西形象,令全世界的女性观众心动神摇,让性感迷人的达西先生的形象牢牢刻在观众的集体记忆中,成为无法超越的经典片段,演员科林·菲斯和剧中人达西都由此成了超级明星。

　　毋庸置疑,这是一部出色的奥斯丁小说影视作品。它的成功原因,除了拍摄技术的视觉效果令人赏心悦目外——它用胶片(film)而不是录像带(video)拍摄,编剧安德鲁·戴维斯(Andrew Davies)机智而聪明的剧本"比以往任何时候都更加详细地再生产了"②奥斯丁这个备受人们喜爱的故事,让奥斯丁小说中的世界"以非凡的新鲜感"复活在电视屏幕上。这种"新鲜感"既来自 BBC1995 年版采用"视觉叙事"的方式重新诠释小说故事,还在于主题上对九十年代观众的文化与情感需求的迎合满足。

　　制片人苏·伯特威斯尔(Sue Birtwistle)称制作这部作品意在保持《傲慢与偏见》的基调和精神的同时,"挖掘视觉叙事(visual storytelling)的可能性"。③ 尽管忠实原作是 BBC 制作的一个重要特

---

① See Janet Todd ed., *The Cambridge Companion to PRIDE AND PREJUDICE*, pp. 162-169.

② Claire Harman, *Jane's Fame: How Jane Austen Conquered the World*, p. 255.

③ Ellen Belton, ' Reimagining Jane Austen: the 1940 and 1995 film versions of *Pride and Prejudice* ', in Gina Macdonald and Andrew F. Macdonald ed., *Jane Austen on Screen*, p. 186.

色,也是其成功的要素之一,但 1995 版并没有像 BBC 之前的传统制作那样,追求"逐字的"忠实,即从文字到影像的"可视化"对应。按照艾伦·贝尔顿(Ellen Belton)的评论,1995 版发展了"有助于确立电影中心关系的特权地位"①的另一种逻辑论证,也就是影视媒介的视觉叙事。它与之前的"可视化"改编的最本质区别,就是以"视觉"为叙事框架,采用视觉逻辑重新安排情节人物的呈现,将文字叙事转换成视觉等价物(visual equivalent),将小说中的完全内部的"沉思"(meditation)和"反思"(reflection)以及作者叙事,转化为影像的视觉叙事中的"凝视"(gaze)或"看"(look),用视觉诠释奥斯丁用文字传达的含义。例如伊丽莎白阅读达西信件的片段,小说中用作者叙述展示了伊丽莎白激动的内心自我反思,剧集中则用视觉效果代替了奥斯丁的叙述,将达西信中的内容转换成一系列用达西的视角暗示伊丽莎白的影像。

　　还有人物关系的视觉化处理。在奥斯丁的描写中,伊丽莎白和简从品质到认知都优越于班奈特家里其他女性,最终也双双获得美满姻缘。这部 BBC 剧集的许多镜头里,伊丽莎白和简始终亲密地待在一起,并且跟她们的妹妹和班奈特太太保持着距离,从视觉上凸显出她们与其他家庭成员之间的差异,并赋予她们的情感和欲望更大的意义,"也暗示着她们只有通过幸运的婚姻才能在世界上找到自己的位置"。② 伊丽莎白与达西的关系演变也是如此,以达西第一次求婚被拒为界,之前二人几乎没有在同一个镜头中出现,视觉效果是强调了他们之间的不和谐,用视觉等效对应小说中描写的他们在情感初期的对抗状态;之后二人越来越多的同框镜头,预示着他们的渐趋

---

① Ellen Belton, ' Reimagining Jane Austen: the 1940 and 1995 film versions of *Pride and Prejudice*', in Gina Macdonald and Andrew F. Macdonald ed., *Jane Austen on Screen*, p. 187.

② *Ibid.*, p. 188.

调和的情感发展;剧集最后一个镜头,伊丽莎白和达西的婚礼后,二人拜别众亲友坐上马车幸福地离开,在视觉上设置了一个享受激情的浪漫主义的私人空间。

1995 年版还充分运用了视觉凝视功能。男女主人公在相互凝视中,悄然改变着对方彼此的心意,让二人关系的发展阶段"肉眼可见",也在视觉上更加强调了伊丽莎白和达西之间的浪漫主义情感。剧集还特意突出了女性凝视的主体地位,如女主人公伊丽莎白更多参与的积极主动的对达西的"看",以及她的凝视的神情变化,以视觉隐喻赋予伊丽莎白在与达西的爱情中的"自主权"。而更多是被凝视的达西的视觉形象则为这部剧集贡献了最多的话题和最经典的场景——从湖中游泳出来穿着湿衬衫的性感形象。评论者称这是有意为女性的"凝视"而设计的,用"令人迷恋"的达西形象来吸引众多的女性观众,它反映的是二十世纪九十年代流行的女权主义思潮影响下,人们对恋爱关系中平等的重视,和女性权力的更多追求。

达西的视觉形象完全是 BBC 这部剧集的再创造,因为在小说中,除了达西刚出场时有"体格魁梧,面目清秀"这样的描述外,他的身体几乎没有被描述过,就像奥斯丁笔下所有的男主人公一样。对达西形象的性感呈现是"迎合了 1995 年观众的情感需求",因为"新时代人的文化接受需要达西的浪漫化和柔情化"[1],于是在 BBC 的改编中,达西从十八世纪的庄园主人转变成了二十世纪晚期的浪漫主人公。所以,艾伦·贝尔顿称 BBC1995 年版《傲慢与偏见》用精彩的视觉诠释所营造的对原著的忠实,实际上是一种"错觉",它在对奥斯丁文本所暗示的事物的充实中,在视觉上强调并添加了一些符合

---

① Ellen Belton, 'Reimagining Jane Austen: the 1940 and 1995 film versions of *Pride and Prejudice*', in Gina Macdonald and Andrew F. Macdonald ed., *Jane Austen on Screen*, p. 186.

当下时代文化的主题。

在 BBC《傲慢与偏见》热播仅三个月后,由美国哥伦比亚公司制作的大银幕电影《理智与情感》(1995)上映,由李安(Ang Lee)导演,艾玛·汤普森(Emma Thompson)担任编辑及主演,集结了凯特·温斯莱特(Kate Winslet)、休·格兰特(Hugh Grant)、艾伦·瑞克曼(Alan Rickman)等一众明星参演,电影不仅荣获了奥斯卡最佳改编剧本、柏林电影节金熊奖最佳影片等多项重要奖项①,还取得了巨大的票房成功。但这部赢得了艺术和商业双重口碑,让编剧艾玛·汤普森摘取了 1996 年奥斯卡最佳改编剧本奖的改编作品,却被一些评论者视为对奥斯丁小说“实际上的背叛”,如克里斯汀·弗莱格·萨缪兰(Kristin Flieger Samuelian)的《简·奥斯丁在好莱坞》(*Jane Austen in Hollywood*)一书中认为,汤普森为了“牟利”而四处挪用各种文本,颠覆了原著的价值体系。② 的确,汤普森剧本娴熟地运用互文性技巧——萨缪兰所指控的挪用各种文本——将来自其他电影或小说文本,包括来自奥斯丁其余几部小说中的情节场景以及人物形象,挪用到这部改编作品中,让这部小说的电影版“焕然一新”。

例如对人物形象的改造。小说女主人公,那个“坚强而自信的埃莉诺”变成电影中“一个有着无法表达的情感必须学会表现出来的女孩”③,一个跟电影《霍华德庄园》(*Howard's End*)里也由艾玛·汤普森饰演的长姐玛格丽特·施莱格尔如出一辙的角色形象(艾玛·汤普森凭这一角色表演获得奥斯卡奖),埃莉诺的许多发言也是典型的

---

① 主要奖项:第 68 届奥斯卡金像奖(1996)最佳改编剧本奖,6 项提名;第 46 届柏林国际电影节(1996)金熊奖最佳影片;第 53 届金球奖(1996)最佳剧情片,最佳编剧;第 49 届英国电影学院奖(1996)最佳影片,最佳女主角,最佳女配角。

② See John Wiltshire, ' Introduction:“ Jane Austen ” and Jane Austen ', in John Wiltshire, *Recreating Jane Austen*, Cambridge: Cambridge UP, 2001, p. 3.

③ Robert P. Irvine, *Jane Austen*, p. 151.

E. M. 福斯特(《霍华德庄园》小说作者)式而不是奥斯丁体。① 这种埃莉诺的形象已不具有小说中的"安静的女性主义力量",使奥斯丁原本设定的埃莉诺与玛丽安之间"理智与情感"的对比被抹去,而电影抹去的这种人物对比正是奥斯丁这部小说的核心。

最显著的人物改变是达什伍德家的三女儿玛格丽特的形象。小说中这一模糊虚无的人物,在电影中被赋予很强的角色存在感,她不仅陪伴着玛丽安邂逅威洛比的那个决定命运的散步,她还注视着爱德华向埃莉诺求婚,她的教育过程和兴趣爱好这些预示她未来前景的事件被详细展现。汤普森的剧本将她重新塑造成一个勇敢而独立的现代新女性气质的形象,影射玛格丽特将走上一条与她姐姐们完全不同的路,甚至是不要婚姻的独身主义者。汤普森用玛格丽特这一全新形象来隐喻二十世纪九十年代的后女权主义思想,玛格丽特与姐姐们之间的对比,体现的是现代拥有更大自由的女性与奥斯丁笔下的十八世纪晚期女性的对比,这也是这个电影版抹去小说原有的对比主题,取而代之以新的主题的意义。它背叛了奥斯丁小说的原意,把小说的主题意旨置换到现代语境,也因此赢得了现代观众的心。

两部米拉麦克斯公司制作的好莱坞大片《爱玛》(1996)和《曼斯菲尔德庄园》(1999),也对奥斯丁小说进行了大胆的再创造,通过添加原作中没有的情节或置换原有情节,再生产出新的文本意义。

小说《爱玛》中,年轻的、精力充沛的爱玛一直忙于为哈丽特寻找匹配的丈夫,并未把年长稳重的奈特利先生当成情人,直到故事最后才蓦然发现奈特利先生是她的真爱,"奈特利先生除了跟她本人结婚

---

① See Claire Harman, *Jane's Fame: How Jane Austen Conquered the World*, p. 258.

以外不能跟别人结婚,这个念头像箭一样在她心头飞快地闪过!"①
(第三卷第十一章)读者在阅读小说时感受到的部分乐趣就在于追踪
着爱玛自以为是的错误和逐步纠正,并通过她自己的眼睛发现她的
爱情。道格拉斯·迈格拉(Douglas McGrath)执导的电影版《爱玛》
里,爱玛由好莱坞明星格温妮斯·帕特洛(Gwyneth Paltrow)扮演,她
与奈特利先生的爱情一开始就引人注目。在电影的早期场景中,爱
玛和奈特利先生在湖边的漂亮草坪上练习射箭——小说中完全没有
发生的情节,这一场景设置既包含了米高梅1940年版《傲慢与偏见》
中伊丽莎白和达西的射箭场景的那个银幕瞬间的视觉暗示,也是在
用直白的视觉认知来阐释小说中所言的"像箭一样穿过"的爱玛和奈
特利之间的爱情的发生,并让他们的爱情竞赛在最初就得以展开,且
在银幕上始终陪伴着观众。在小说阅读中读者体味到的爱玛的迂回
曲折的爱情,就这样被电影中"迅速又简单""华丽又粗鲁"的视觉形
象所替换。此外,这部好莱坞电影还用视觉形象强调了物质奢侈以
及小说中通常隐形的仆人,将奥斯丁所描写的一个基于出生和土地
拥有的等级制度,同化为现代美国人更认可的一个等级制度,即在休
闲和消费方面的等级制度或"'由金钱赋予的地位'的阶层"。②

　　帕特里夏·罗泽玛(Patricia Rozema)担任编剧和导演的电影《曼
斯菲尔德庄园》(BBC / Miramax,1999)是一部极具特色的作品,"不
仅仅是改编,它'再创造'了这部小说"。③罗泽玛在电影中以互文形
式自由组合了奥斯丁所有文本——小说、少年习作、书信,还有传记
材料,将女主人公范妮·普莱斯和作者简·奥斯丁合并为一,"完全
抛弃了作者对范妮·普莱斯的性格刻画,把她变成了年轻的奥斯丁

①　简·奥斯丁:《爱玛》,祝庆英、祝文光译,页413。

②　Robert P. Irvine, *Jane Austen*, p. 159.

③　Kathryn Sutherland, *Jane Austen's Textual Lives: From Aesschylus to Bollywood*, p. 350.

本人的幻想版,一个激情的、潜在的作家"。① 范妮就是年轻时期的、练习写作的小说家自己,在埃德蒙·伯特伦的鼓励下,她创作了少年习作,还表达了来自《诺桑觉寺》里凯瑟琳·莫兰对历史的激进攻击,奥斯丁私人书信中的一些尖锐观点也转换成了范妮直言不讳的话语。罗泽玛还利用书信和传记材料扩充了范妮与亨利·克劳福德的剧情,例如电影中二人欢快跳舞的场景来自奥斯丁书信中讲述的她与汤姆·勒弗罗伊跳舞的情形,范妮接受亨利的求婚但第二天又收回,是奥斯丁传记中所写的作家自身经历的再现。这一系列改造,让小说中性格保守压抑、沉默寡淡的女主人公转变成精力充沛、个性坚强、具有反叛精神的电影女主角,并展现了范妮作为作家的隐含的生活和思想魅力。罗泽玛对奥斯丁其他文本的巧妙的再利用和再分配,为奥斯丁的范妮发展出另一种形象意义,"通过这样做,电影拒绝了传统奥斯丁,'文雅、礼仪、家庭生活和安静主义的同义词',并反而唤起了'原始的女权主义社会评论家'"。② 这部电影改编还融合了九十年代学术研究的成果去视觉化彰显奥斯丁小说叙述隐含未明的意义。爱德华·萨义德(Edward Said)在他颇有影响的研究著作《文化与帝国主义》(Culture and Imperialism, 1993)中关注了《曼斯菲尔德庄园》里奥斯丁略微提及的安提瓜岛,深究了其背后暗示的奴隶贸易,对此进行了后殖民主义诠释。罗泽玛将萨义德的解读加入电影中,努力用视觉形象——运送黑奴的船只从背景中驶过——强调了伯特伦家族的财富是建立在安提瓜种植园奴隶制剥削之上的。

罗泽玛的互文式改编,"通过将《曼斯菲尔德庄园》完全融入奥斯丁的其他作品中,更具体地说,融入二十世纪晚期的后女权主义和

---

①　Claire Harman, *Jane's Fame: How Jane Austen Conquered the World*, p. 264.

②　Robert P. Irvine, *Jane Austen*, p. 155.

后殖民主义解读的批评视野中"①,面向新世纪再创作了一部类似奥斯丁作品"汇编"或"选集"的新式奥斯丁电影文本,极具新时代特色。

二十世纪九十年代的影视改编,开启了"对待简·奥斯丁的新方法":一是不再如同之前的改编作品那样试图对奥斯丁小说进行忠实的视觉转换,而是或明确或含蓄地提出了"简·奥斯丁"和奥斯丁文本在当代社会的意义的问题,就像在电影《理智与情感》和《曼斯菲尔德庄园》里看到的,电影要表达的主题已是基于当前社会问题的思考,甚至是一种对奥斯丁保守主义立场的激进挑战;二是以"视觉上的放纵"为特征,"将这些小说转换为体现摄政王时期证据确凿的丰富的物质主义"②,并赋予人物在身体上的视觉吸引力,整体上体现出一种对影像视觉魅力的着力强调,以此来吸引大众市场。这第二个特征尤为突出,它开启了以"景观化"为特征的奥斯丁影视改编方式,即让视觉性的人物形象和场景、画面占据主导,让景观支配叙事,用充满视觉魅惑的景观去满足当下消费时代的"看欲",在屏幕上再造出一个浪漫动人的"奥斯丁影像世界",这种景观化的影视版本"更加接近人的感性欲望和更具情感煽动性"。③ 这一特征在新世纪的影视改编中被更鲜明地追逐和呈现。

九十年代的影视改编成就斐然,不仅再创造出影视版的现代"奥斯丁经典",而且借助影视这一大众传播媒介,掀起蔓延至全球的"奥斯丁热",其大众文化影响力远超印刷出版时代的第一波热潮,更让奥斯丁的声望达到新的高度。奥斯丁题材的影视产品在影视工业的强大传播力中风靡全球,反过来又刺激推动了奥斯丁小说的再

---

① Kathryn Sutherland, *Jane Austen's Textual Lives: From Aeschylus to Bollywood*, p. 350.
② *Ibid.*, p. 343.
③ 周宪:《视觉文化语境中的电影》,《电影艺术》2001年第2期。

版印刷,资本在创造文化品牌符号和经典屏幕形象的同时,也在不断
延展产业链,满足受众的复古阅读,并在这种阅读期待中进行接连不
断的新的影视改编,促成奥斯丁文化的进一步增值。

三、二十一世纪以来的影视改编：景观膨胀和视觉盛宴

　　新世纪以来,奥斯丁影视改编利用新技术手段进一步强化了二
十世纪九十年代改编的视觉放纵的特征,极大增强了银幕视觉诱惑,
在内容主题上也更多寻求与当代观众的情感关联。好莱坞先后发行
的两部大银幕电影《傲慢与偏见》(2005)[①]和《爱玛》(2020)[②]是典型
代表,其绝美的视觉效果和更加精致的制作,让大银幕上的“奥斯丁
世界”再次俘获了新世纪的观众。

　　2005年《傲慢与偏见》被第二次拍成电影,时隔六十五年后再次
出现在大银幕上。这个阵容豪华的电影版收到了许多赞誉:唯美的
色彩与构图,清新典雅的配乐,美不胜收的风景,靓丽养眼的男女主
角……无不让观众沉迷其中。导演乔·怀特借助电影镜头去暗示情
感和营造氛围,刻意呈现了年轻爱情的美好与浪漫。电影的外景画
面尤其迷人,影片外景地伯克郡、德比郡、林肯郡、北安普敦郡、威尔
特郡和肯特郡,有着英国最淳朴本质的乡村风景,在电影长镜头的运
用下让英国乡村田园景色美轮美奂。这一唯美而浪漫的电影改编版

---

　　① 编剧:黛博拉·莫盖茨(Deborah Mogates),导演:乔·怀特(Joe Wright),制片人:
蒂姆·贝万(Tim Bevan),主演:凯拉·奈特莉(Keira Knightley)、马修·麦克费登(Matthew
McFadden),制作公司:英国沃克泰托影片公司(Working Title Films),127分钟。
　　② 编剧:埃莉诺·卡顿(Eleanor Catton),导演:奥特姆·代·怀尔德(Autumn de
Wilde),制片人:格雷汉姆·布罗德本特(Graham Broadbent),制作公司:英国沃克泰托影
片公司(Working Title Films),124分钟。

成绩骄人,获得四项奥斯卡提名,全球票房超过三亿七千五百万英镑。

除用长镜头摄影和宽银幕制作展现出美丽壮阔、无比吸睛的英国乡村景观外,乔·怀特的视觉表达也有一些新变化,即用更贴近乡村生活的现实主义的细节真实,去还原一个奥斯丁小说中鲜活生动的乡村世俗氛围。这部电影中,班奈特家比以往影视改编作品中的视觉呈现显得更为质朴,整间屋子狭小拥挤,室内陈设简单老旧,门前圈养着鸡鸭鹅,猪大摇大摆地从客厅走过,一派温馨祥和的田园生活,人物的服饰也简约朴素,突出了乡村生活返璞归真的纯粹,表现出新世纪的视觉观念和价值立场。呈现这些室内场景的镜头运用更具特色,代替以往影视改编作品中精致安排的场景和相对固定的镜头带给观众的距离感,这部电影用手持摄像机以摆动和缓慢前行的方式展开场景,就仿若观众自己步入室内而逐步在视野中看到这一切,产生一种新鲜的亲密感,这种视觉表现力成功唤起了观众沉浸于场景的愉悦感,也使电影的意象更具抒情性。

凯拉·奈特莉出演伊丽莎白·班奈特被认为是这部电影对原著小说"最诱人的罗曼蒂克的处理"[1],她的表演"光芒四射",传神演绎了一个现代版的伊丽莎白·班奈特形象。从外形来看,奈特利饰演的伊丽莎白面容清瘦、身形苗条,更符合现代人对女性的审美期望。就人物塑造而言,奈特利版的伊丽莎白比之前影视版本的饰演更丰富灵动,也比任何前作都更具反抗性,她总是发出轻快的笑声,而她的反抗正是通过她的"笑"来呈现的。伊丽莎白的"笑"来自批判与智慧,她通过"笑"去挑战达西所代表的社会结构与父系权威,蔑视自命不凡的权威人物,嘲笑讥讽不公的社会现状,塑造出一个独立自

---

① Janet Todd ed., *The Cambridge Companion to PRIDE AND PREJUDICE*, p. 168.

信的现代女性形象。

　　奥斯丁小说有一个贯穿始终的主题，即父权制社会和家庭对女性经济权力的剥夺，使女性不能继承家产而不得不依附男性而生存，奥斯丁小说讲述的爱情婚姻故事都是由此而生发。2005年版电影改编将这一关键点弱化，甚至改变了父权制家庭体系所扮演的角色。电影中所呈现的家庭价值观和主题是二十一世纪语境下对旧时制度的重建与改写，是对父权制度的一种理想化呈现。小说中，班奈特夫妇的婚姻是一场未经考虑的意外，班奈特先生对家庭成员显得疏远，"平静而无动于衷"，他唯一关心的就是独自待在书房里看书，别的什么也不做。电影中，父权制家庭则是保护女性的一种方式。与小说里的形象相比，班奈特先生在家庭生活中表现得更加积极主动。他作为一家之主主动承担起为女儿谋出路的责任，去拜访新邻居彬格莱。当玛丽在舞会上受到挫折时，班奈特先生主动安慰女儿；当宾利向简求婚时，班奈特先生也像其他人一样在门后偷听，关心女儿的幸福；当伊丽莎白拒绝嫁给柯林斯时，班奈特先生表现出一种体谅与开明的态度："如果你不嫁给柯林斯先生，你母亲就再也不要见你了。如果你要嫁给他，我就再也不要见你了。"电影表露出鼓励女性朝着理想的伴侣式家庭努力的倾向，体现出现代社会的爱情婚姻观，而不同于奥斯丁在小说中对女性不得不依附婚姻而生存的那个时代社会状况的感慨。

　　英国独立电视台ITV（Independent Television）在2007年精心策划了一个"简·奥斯丁季"（Jane Austen season），将几部新老奥斯丁电视改编剧集重新包装播映，就像一个图书的合集版，里面包括了新制作的三部电视电影（每部长度约100分钟）：《曼斯菲尔德庄园》《诺桑觉寺》（是所有奥斯丁小说中拍摄次数最少的）和《劝导》，其中《劝导》收获了最多的好评。前两部由安德鲁·戴维斯（BBC1995年版《傲慢与偏见》剧集的编剧）担任编剧，《劝导》的编剧是西蒙·伯克（Simon Burke）。还有 ITV 在 1996 年制作的、也由安德鲁·戴维斯编剧、凯特·贝金赛尔（Kate Beckinsale）主演的《爱玛》。《傲慢与偏见》没有再被翻拍成小屏幕版本，因为 BBC 的 1995 年版剧集珠玉在前，已经获得了标志性地位。2007 年，美国 PBS 电台以"简·奥斯丁全集"的形式放映了 ITV 制作的这一季，并重播了 1995 年的 BBC《傲慢与偏见》剧集。①

2007 年，在英美电视观众的屏幕上持续展示着一个"奥斯丁的世界"时，两部以奥斯丁生平为素材的电影作品也在英国本土与海外上映：《奥斯丁小姐的遗憾》（*Miss Austen Regrets*）与《成为简·奥斯丁》，让 2007 年成了一个名副其实的"简·奥斯丁季"。

《爱玛》是除《傲慢与偏见》之外被影视改编次数最多的另一部奥斯丁小说，仅 1996 年就有两版：米拉麦克斯制作的大银幕电影和 ITV 制作的电视电影。2009 年，BBC 又制作了一部口碑不错的四集迷你剧《爱玛》，秉承了 BBC 经典影视剧集典雅与严谨的风格。2020 年 2 月，《爱玛》再由英国沃克泰托影片公司（Working Title Films）制作为大银幕电影，一经上映，立即迎来热评，登上《时代周刊》2020 年度十佳电影榜单。

作为奥斯丁最流行的三部小说之一，《爱玛》几乎每隔数年就会有影视改编，它的情节和人物早已为人们熟知。与前几版改编作品相比，2020 年版电影在内容、主题及人物塑造上，并没有刻意求新或标新立异，而更多表现出对原作叙事的遵循，因此大多数影评者用"中规中矩"来形容这部改编电影，但它极具观赏性的视觉效果，却让观众们津津乐道。

---

① See Claire Harman, *Jane's Fame: How Jane Austen Conquered the World*, p. 257.

摄影师出身的导演奥特姆·代·怀尔德（Autumn de Wilde），让电影视觉呈现出绝佳的美感，大量长焦镜头下绿意绵延、古树参天的英格兰乡村外景，人物活动在其中，画面从构图到配色充满诗情画意，每一帧都宛如油画。而人物服饰在贴合历史的前提下更是将精美发挥到极致。富家女爱玛的服装多到炫目，在不同场合穿着不同服装：外出散步的休闲裙装，做礼拜时的端庄礼服，还搭配着色调一致的帽子，衣帽上装饰着繁复的褶皱和蕾丝花边，以及羽毛、丝带，层次丰富，做工精致。电影中爱玛的着装就像是一场赏心悦目的淑女时装秀，同时兼具时代特性。奈特利先生的服装则堪称英国摄政时期乡绅阶层着装的典范，电影开始部分有一个奈特利先生换装的场景，在近两分钟的时间内，奈特利脱下骑马装，再一件件换上会客的正装，几乎就是一个现场版的英国十九世纪初期乡绅着装的入门教程。包括人物服装在内的服道化设计，以及其他视觉艺术呈现，成为这部改编电影最大的亮点，也为这部电影赢得了奥斯卡金像奖最佳服装设计、最佳化妆与化妆设计提名奖，以及获得多项影评人协会奖的最佳服装设计奖。

如诗如画的户外美景，明快绚丽的色调，精致绝伦的服道化，为电影营造了浪漫旖旎的氛围，增强了意象的抒情性，也铺垫了人物情感，再加上编剧有意为人物添加的幽默感和一些当下的流行元素，娱乐性十足，使这部定位为浪漫轻喜剧的改编电影收获了一大波新时代年轻观众。

自二十世纪初渐渐流行的影像媒介视觉呈现在这一时期的奥斯丁影视改编中得到了充分体现，二十一世纪以来的影视改编生动非凡地演绎了奥斯丁小说中描绘的英国摄政时期的典型场景。这些呈现着十足英式气派的影像作品强调和"复活"了印刷文字里的"奥斯丁世界"，用诱人的直观影像从视觉观感上直接唤起观众的热情，体现出新世纪后现代视觉文化的特征：追求外观的新奇靓丽，欲望化地激起内心情感波澜，不再追求古典式的内在的深度模式。但这种愉快的"视觉阅读"体验并没有令之前已经在印刷文化过程中经典化的奥斯丁文本受到冲击走向衰落，反而又为小说文本带来了数量巨大的新一代追慕者。影视改编的大众化传播也让这个小说故事和故事中主要人物的名字几乎家喻户晓，甚至包括很多从未阅读过奥斯丁小说的人，只是这种影响主要表现为大众文化的热潮。

作为当代流行的奥斯丁版本，这些改编作品提供了对奥斯丁文本新的阐释框架，将奥斯丁的文字叙事通过视觉艺术的再创造呈现给观众。但文字叙事和视觉叙事的本质不同，两者的意义呈现必然产生很大差异。原作中隐蔽不显的或者原本没有的意义，在影视改编中被突显或添加，并往往因为迎合观众需求而被赋予当下意义，使奥斯丁小说文本意义在媒介嬗变的语境中不断生成新的符码表达和形象呈现，而且随着时代社会变迁表现出新的时代意义和价值追求。

这些变化让影视作品呈现给我们的"简·奥斯丁"与我们在小说中阅读到的相距甚远，因而有评论家指责影视版本在使奥斯丁适应现代读者的需要、取悦他们的过程中，将奥斯丁复杂的语言艺术作品简化为视觉娱乐素材，"不仅奥斯丁的讽刺失去了平衡，而且历史被出卖了，她作品中的伦理重点也被颠倒了"。[①] 例如罗伯特·欧文就认为1995年版电影《理智与情感》"美化了奥斯丁在小说中贬低的浪漫传统"[②]，在电影改编中，奥斯丁对浪漫与想象的颠覆被重新展现为浪漫故事，消除了奥斯丁叙述中的反讽立场。评论家们的批评意见固然指出了影视改编对奥斯丁的"背叛"，他们也似乎忽略了一

---

① John Wiltshire. 'Introduction："Jane Austen" and Jane Austen', in John Wiltshire, *Recreating Jane Austen*, p. 4.

② Robert P. Irvine, *Jane Austen*, p. 149.

个视觉媒介到来的时代所带来的美学价值的偏向和转移,削平深度模式的外观惊艳成为这时人们的兴趣点,这个阶段的视觉媒介也擅长表现奥斯丁作品中这些华丽的部分。而当时代更替风尚转变,在新媒介空间中,人们又会在另一个维度上演绎奥斯丁。这一方面说明奥斯丁文本本身的丰富性,另一方面也说明时代风尚、新的媒介空间对奥斯丁文本的接受的特定取向。

影视改编的过程是再创造,是一个全新的媒介转换,影视版本不可能等同于印刷文本的原作,是重新以编导为核心的一个再创作。对奥斯丁小说的纯粹"忠实转换"也不可能存在,"一旦它们被带入另一种电影媒介,它们之间的差异就意味着它们以一种隐喻性的,甚至是转喻的方式,取代了原来的内容"。① 这些影视作品虽然在改编过程中失去了原始文本的部分意义,但在制作者们努力寻找以视觉等影视阐释的方式来表达小说中通过文字叙述达到的效果时,也告诉我们很多关于影视的可能性,从一个新的媒介视角来看旧媒介的内容,在一个新的语境中打开了以前被忽视的意义,或者在影像呈现和传播中强化、突出印刷文本中潜在的信息和意义,并用视觉优势进一步增强了奥斯丁文本与英国民族文化的关联。同时,影视版本也表明文本版本的多样性以及文本阐释的可变性,从而挑战了奥斯丁作品的任何一个版本的权威,"以及作者的意图权威,编辑的版本权威,或作品的阐释版本权威,或奥斯丁创作的自我和他人的自传体版本的权威"。②

奥斯丁文化的魅力正在于它的与时俱进,不断生成,其小说文本

---

① Jocelyn Harris, '"Such a transformation!": translation, imitation, and intertextuality in Jane Austen on screen', in Gina Macdonald and Andrew F. Macdonald ed., *Jane Austen on Screen*, p. 51.

② Claudia L. Johnson and Clara Tuite, Introduction, in Claudia L. Johnson and Clara Tuite ed., *A Companion to Jane Austen*, p. 5.

中蕴含的丰富人性内涵是最具生命力的,在不同的媒介环境和社会文化变迁中,总有一些内容和维度被强化被突出,从而生长出新时代的文化生态,或许高雅或许低俗,但都是奥斯丁在传播中丰富的意义再生产的体现。

第二节　屏幕上的"奥斯丁世界"

奥斯丁小说被改编成影视作品出现在大小屏幕上,意味着印刷媒介传播空间中以印刷文字形式存在的奥斯丁小说进入了影视媒介空间中以影像视觉形式存在的新的媒介符号建构中。每一种媒介都会在人们的组织运转中形成一个文化信息的生产场域,来组织和包容人们的文学活动和文化活动,形成各自独特的媒介文化空间。影视媒介场域有着与印刷媒介场域迥异的生产消费流通机制,例如,作为再生产者的影视作品创作者,由编剧、导演、制片、演员,共同构成这一身份,并与观众、影评人形成交流互动,突破了传统印刷文化中的作者、出版商、广告商、读者、评论家各主体之间的文学活动方式;印刷阅读文化中因受教育程度、阅读能力、所属阶层地位等形成的读者圈层划分,对于作为影视消费者的观众来说,则因影像视觉文化的平面性而抹平了这种接受者的层级差别;还有发行、票房、上座率、收视率等商业主义因素,如此种种,组成一个错综复杂的影视媒介活动的生态空间。

影视改编是运用影视媒介对文本的再阐释行为,在这种阐释中,影视作品必然会带有自己的媒介特性,基于自己的媒介属性,用影视视听语言方式来重新选择配置奥斯丁文本,会强调不一样的内容和艺术感受,给受众提供不一样的欣赏和解读,再生产出全新的信息内容。这一变化和差异体现的是小说故事从传统文字媒介叙事进入到视觉图像叙事的转换过程,实质上就是一个从印刷媒介的文字符号系统到影视媒介的视觉符号系统的视觉转码(visiual transcode)过程,用影视的媒介方式来重新讲述奥斯丁的故事,捕捉新的文本精神。

一、从文字到影像的视觉转码

视觉在人类认知世界、追求真理的路上始终扮演着重要角色。"观看"不仅是人类的一项日常行为,更是早期人类获取直接经验的重要过程。尤其在西方,在认识世界本源的路上充满了各种视觉性的隐喻,这种对视觉性认知的自觉认识源自古希腊的哲学。[①] 柏拉图在《蒂迈欧篇》中说道:"造物者将视觉赋予我们,是要我们能够注视天上智慧的运行,并把它们应用于相类似的人类智慧的运行。"[②]亚里士多德建立了一套感官的等级制度,他将眼睛(视觉)列为高等的距离性感官,并将其与非距离性的触觉、味觉等感官区分开来。乔纳斯从现象学的角度进一步论证了视觉在哲学核心地位的合法性,他将视觉的优势列为三点:瞬时性(Present)、动态的中立(Dynamic Neutralization)、距离性(Spatial Distance)。[③] 从文艺复兴时期对绘画透视法的理解,到拉康(Jacques Lacan)利用镜像与欲望探寻自我意识的发展,福柯(Michel Foucault)借用视觉隐喻创造权力的全景监

---

① 范欣:《媒体奇观研究理论溯源——从"视觉中心主义"到"景观社会"》,《浙江学刊》2009 年第 2 期。

② 柏拉图:《蒂迈欧篇》,谢文郁译,上海:上海人民出版社,2005 年,页 32。

③ See H. Jonas,'The nobility of sight',*Philosophy and Phenomenological Research*,1954,14(4).

狱,随后本雅明(Walter Benjamin)提出"震惊"式的观看,俯拾皆是的视觉性隐喻使"看"始终在场,这种形而上学"建立了一套以视觉性为标准的认知制度甚至价值秩序",形成了"视觉中心主义"的传统。[①] 在历史的大部分时期,人类只能用静态绘画的方式和最接近肉眼所看的方式来发展视觉认知,直到动态影像媒介的出现和普及,人们有了全面虚拟再现视觉对象的技术可能性,并发展出以蒙太奇为主要特征的视觉文化的表达方式,来接近世界的本质真实,将历史上的文学文字文本通过视觉影像符号的方式演绎表现,也是一个全新的创作过程,这其中也难免时代社会文化的影响,使得影像表达也阶段性呈现出不同的文化价值取向。

视觉媒介技术的发展更迭也推动了视觉文化的繁荣。就电影而言,每一次技术的巨大革新都会引发一场电影语言甚至电影形态的转变:在默片时代,电影呈现出戏谑夸张的类型,声音和色彩出现后,电影倾向于凸显摄影的纪实本性,而数字技术则催生了强调奇观的电影类型。

早在1913年,匈牙利电影理论家贝拉·巴拉兹就敏锐地捕捉到图像影响社会文明的巨大潜力,作为"视觉文化"这一概念的早期使用者之一,巴拉兹认为这种新文化形态的出现直接得益于电影的发明,并指出电影和印刷符号一样可以传达思想和文化,人类自此获得了一种全新的、用以欣赏并理解电影及视觉艺术的能力,电影摄影机的出现使人重新关注视觉性,"可见的人类"获得了文化性的回归。[②] 安妮·弗里德伯格(Anne Friedberg)把二十世纪下半叶描述为"为视觉而疯狂"(Frenzy of the Visible)、"大量奇观堆积"(an Immense

---

① 参见吴琼:《视觉性与视觉文化——视觉文化研究的谱系》,《文艺研究》2006年第1期。

② 参见周宪:《视觉文化的转向》,北京:北京大学出版社,2013年,页3。

Accumulation of Spectacles)、"图像的社会倍增"(Social Multiplication of Images)的年代。[①] 本雅明在为"讲故事的人"失落感慨的同时,也对"机械复制时代"的艺术抱有期冀。当世界被技术化的机器编码成为可观看的图像,人们也习惯于通过甚至需要借助于视觉机器认识、把握世界。

视觉因素,特别是影像因素占据了我们文化的主导地位,就宣告了视觉文化时代的到来,视觉文化符号传播系统即视觉媒介成为我们社会生活和生存环境的重要组成。学者孟建指出,视觉文化传播时代的来临,不仅标志着一种新的文化传播形态的形成,也标志着一种新的传播理念的形成,更是一种思维方式的转化,"其真正意义即在于用视觉文化瓦解和挑战任何想以纯粹的语言形式来界定文化的企图"。[②]

奥斯丁小说的视觉符号呈现较早见于十九世纪九十年代,以休·汤姆森为代表的一批插画家为奥斯丁小说绘制了多幅插画,通过图像化呈现摄政时期的服装和场景细节,让读者首次感受到一个令人愉悦的视觉化的"奥斯丁世界"。这些插画版非常流行,创下了销售奇迹,它们的成功也预示着之后影视化奥斯丁小说的必然。印刷书籍和影视产品的媒介技术条件,意味着它们使用极其不同的象征符号系统,影视媒介鼓励视觉的注目凝视,而印刷媒介擅长文字的凝神沉思。奥斯丁小说的媒介转换,就是在两个媒介之间寻找材料和技术的对应,用影视媒介的视觉符号去对应印刷媒介的文字符号,试图通过"非等价"(non-equivalent)的代码重

---

① See Nicholas M. Mirzoeff ed., *The Visual Culture Reader*, London; New York: Routledge, 1998, p.395.

② 孟建:《视觉文化传播:对一种文化形态和传播理念的诠释》,《现代传播》2002 年第 3 期。

新讲述奥斯丁的故事。但这种从文字到影像的符号转码，必然会出现一些无法等价的效果。

　　首当其冲的是小说叙事话语的视觉转换。奥斯丁小说的情节，很大程度上是通过人物对话和作者叙述来推进的，依照凯瑟琳·萨瑟兰的分析，奥斯丁成熟的小说艺术的本质是一种复杂的听觉隐喻，在其中，通过代表对话的自由间接话语，或作者叙述，产生批判性（特别是讽刺）的内涵意义。自由间接话语，发出声音的角色与角色以及叙述者的边界模糊不清，而这在影视作品中几乎不可能实现，不管多么复杂的状况，都服从于一种巨大的视觉修辞。例如道格拉斯·迈格拉的改编电影《爱玛》（Columbia / Miramax，1996），将奥斯丁小说中人物自由间接对话或叙述者声音有时依赖于女主角来呈现，或者是爱玛对着镜子里的自己说话，或者写在她的非奥斯丁式日记里；有时是把声音来源不明的间接话语或作者语调转化为两个人物之间的直接对话；与小说中声音的微妙的含糊不清相比，这种还原显得笨拙或不恰当，因为我们视觉看到的总是比我们在文字叙述的听觉隐喻里听到的更具体，从而失去了文字叙述中隐约微妙的效果。[①]

　　小说中语焉不详的视觉描写，在影像视觉符码的呈现下也被具体化。如我们在阅读奥斯丁小说时感受到的，奥斯丁很少视觉性描写，对人物的外表形象、场景等总是简笔勾勒的速写，她更倾向于在话语叙述中营造一种语境感，通常当她简洁交代几笔人物的外表或场景时，比如头发的形状、衣服的颜色，和场景的布局，这些细节总是让我们尽可能迅速地做出判断和评价，就像是她用谨慎选择的材料

---

① See Kathryn Sutherland, *Jane Austen's Textual Lives: From Aeschylus to Bollywood*, p. 341.

为我们提供了一种评论的形式,让我们在评判中进入想象和沉思。这也是奥斯丁话语艺术的魅力体现。而当影视制作寻求奥斯丁描写语言的等价对应物时,就不得不转换成具体可见的视觉化形象。所以,奥斯丁在话语叙述中留给我们想象的东西,一些隐而不宣的微言妙意,那些需细心品读的心机,精巧的反讽,情感表达,内心活动,都被影视改编削弱,通过场景、服装、外表细节等的具象化,让她的故事在视觉上更易于理解。于是,那些小说中并不清晰的人物外形和场景等的文字描写就置换了成影视作品中靓丽养眼的男男女女,以及摄政时期的物景。

这些具象化的视觉形象,特别是人物形象,与读者的阅读想象有时会有对应时的"信息错位",从而产生了不同的接受效果。《傲慢与偏见》小说中,达西出场时的几句简笔外貌描写,"体格魁梧,相貌清秀,举止高贵",非常笼统,同时也给予读者诸多想象,在想象中勾勒出自己心目中的达西形象。影视作品作为一种阐释行为,它体现的是制作者想象的具体化。在 BBC1995 年版改编剧集中,就成了科林·菲斯那种充满男子气的形象,穿着紧身马裤和短前襟外套,高昂着头不苟言笑,"沉思,郁闷,怒视,像一个真正的拜伦式英雄"。① 由科林·菲斯具体化的英俊性感的达西形象因为符合现代读者心理,被称赞是最契合读者想象的达西,成为几乎没有被超越的最经典的影视角色之一。而 1996 年版电影《爱玛》,用格温妮斯·帕特洛的形象演绎了一个外形苍白的爱玛,被许多读者认为与阅读小说时想象的青春活泼的爱玛相距甚远。

李安／汤普森的改编电影《理智与情感》中,一些人物和场景的

---

① Jocelyn Harris, '"Such a transformation!": translation, imitation, and intertextuality in Jane Austen on screen', in Gina Macdonald and Andrew F. Macdonald ed., *Jane Austen on Screen*, p. 50.

视觉转换较为成功,"显示画面愉快地取代了文字"。① 奥斯丁用文字塑造的达什伍德姐妹的性格刻薄的嫂子范妮·达什伍德,被用画面具体化展现出来:她从房东的小费中扣了一枚硬币,这显示出她的小气,而她检查刀上的标记则显示出她的势利。视觉画面还为人物的情绪和情感提供了客观关联,比如在达什伍德先生去世后,达什伍德夫人和女儿们从宽敞舒适的诺兰庄园搬去巴顿乡舍,乡舍小屋看起来寒冷而凄凉,展示着她们面临的窘迫的生活困境。

　　视觉画面和动态影像的信息往往比文字媒介的表达要密集,它把大段文字描写的东西在短瞬的影像时间里全面呈现,要达到小说语言描述的效果,也需要分镜头的精心设计和构思,因为人们的影像观看不会像小说阅读那样拉长时间仔细品味和想象,要想画面、镜头和影像如同小说阅读那样具有深远意蕴和别样风味,必须要经过视听语言的一种全新总体设计和安排。

　　将小说由文字描写转换成影像呈现,要求人物的内心生活也要可见。如果奥斯丁的小说主要被理解为思想和情感的隐私,那么"学习表达情感"是所有奥斯丁的人物在从书本到屏幕的旅程中必须学会的事情。一旦画外音作为一种技术被摒弃,电影就倾向于依靠视觉、手势和动作来表达非语言的思想和感受。这就要求所有的人物都要以一种像电影《理智与情感》中的玛丽安·达什伍德沉迷于小说这种方式来"有形地(physically)和易觉察地(transparently)"②表达她的浪漫主义情感倾向。

---

　　① Jocelyn Harris, '"Such a transformation!": translation, imitation, and intertextuality in Jane Austen on screen', in Gina Macdonald and Andrew F. Macdonald ed., *Jane Austen on Screen*, p. 50.

　　② Robert P. Irvine, *Jane Austen*, p. 151.

BBC 1995 年版《劝导》①是一个很好的案证,通过另一种视觉手段揭示了女主人公安妮·埃利奥特受压抑的内心生活。一个小说中没有原创的电影场景:安妮在日光下穿过凯林奇大厦的房间,她周围的仆人用白色的尘布盖住家具,准备关闭这所房子,编导在剧本中写道:"亚麻布在安妮周围翻腾。这是一幅悲伤的画面,就好像死者的房子被裹在裹尸布里。继续下去:白色亚麻布的海洋。"下一个场景中,在烛光的照耀下,安妮正在一间储藏室里收拾她仅有的一些个人物品,她翻阅一本有八年历史的《海军名录》(Navy List)的书,书里面夹着"折成纸船的一封信",她很快把它藏了起来。这些电影中虚构出来的场景和细节,作为一系列无声的影像——翻腾的亚麻布,也穿着白衣的安妮(裹尸布?)以及藏在《海军名录》里的纸船信,这些场景有效地勾勒出安妮悲伤的内心生活的视觉等价物。在安妮在场的后来一个场景中,克罗夫特上将做了一个纸船来娱乐默斯格洛夫家的男孩,这个细节让我们明白安妮有一个忧伤隐秘的过去。这些视觉效果之所以有效,是因为它们既意味深长又含蓄沉默:意味深长地表达了安妮悲伤和暂停的生命——安妮·埃利奥特失去的爱情,然而又对其具体原因保持缄默。电影通过这些视觉化的外部呈现方式放大了人物内在的情感,还用徘徊的摄影机角度代表了安妮没有表达的欲望,还有镜头中安妮苍白的面容,细微的面部表情,近乎静止的身体姿态,让观众从这些情境和感官信息中,产生了对安妮性格的认知。②

---

① 编剧:Nich Dear,导演:Roger Michell,制片人:Rebecca Eaton,George Faber,Fiona Finlay,主演:Amanda Root(安妮·埃利奥特),Ciaran Hinds(温特沃斯上校),电视电影和索尼经典电影故事片,102 分钟。

② See Kathryn Sutherland, *Jane Austen's Textual Lives: From Aeschylus to Bollywood*, p. 346.

　　还有对小说中抽象的意识形态的视觉语言表达。例如《曼斯菲尔德庄园》里奥斯丁提到的伯特伦爵士去的安提瓜岛，隐约透露了英国的奴隶贸易和帝国殖民，帕特里夏·罗泽玛执导的改编电影将其作为电影要揭示的一个意识形态主题，用视觉画面加以强调。范妮离开朴次茅斯时，一首"黑色货物"（black cargo）的歌从一艘奴隶船飘出；在亨利向范妮求婚时，同一艘黑奴船不吉利地再次出现在背景中。曼斯菲尔德庄园的财富和地位是建立在奴隶制和帝国工程之上的，包括伯特伦一家过着奢华闲荡生活的庞大宅邸，每个人物都在享受着来自帝国贸易的物品：托马斯爵士用非洲鼓和一个雕刻的非洲动物头颅装饰他的书房，范妮的小房间里挂着贝壳项链，玛丽裹着一张来自印度的华丽的银色披肩……人物的阶层差异也被视觉化强调：伯特伦夫人被奢侈品包围，而普莱斯太太则被脏盘子和污物包围。①

　　观众们还发现，奥斯丁的影视改编远比原著小说更富有浪漫色彩。例如在阅读《爱玛》的过程中，我们相信，年轻的精力充沛的爱玛并没有意识到年长稳重的奈特利先生可以做情人，直到爱玛为哈丽特找丈夫的情节几乎结束。而在观看这部电影时，爱玛与奈特利的情感关联从一开始就被展现，他们之间的浪漫魅力也持续电影始终。如同评论者指出的，这个故事"它的幸福结局——奥斯丁可以质疑、延迟某些东西，然后以令人尴尬的仓促匆忙完成——从一开始就被电影的视觉编码（visual code）所期待"。② 奥斯丁小说被影视版重新转换成浪漫传奇，然而这正是奥斯丁试图嘲弄并潜在反对的大众

---

　　① See Jocelyn Harris, '" Such a transformation！"： translation, imitation, and intertextuality in Jane Austen on screen', in Gina Macdonald and Andrew F. Macdonald ed., *Jane Austen on Screen*, p. 61.

　　② Kathryn Sutherland, 'Jane Austen on screen', in Edward Copeland and Juliet McMaster ed., *The Cambridge Companion to Jane Austen*, p. 225.

文学模式,套用 D. W. 哈丁那句著名的评论语:那些喜欢看奥斯丁影视改编作品的观众,正是奥斯丁所嘲讽的对象。

视觉形象主导了屏幕上的乐趣,而读者从奥斯丁精湛的语言艺术中感受的那份乐趣在影视版中都被展现为各种容易理解的情感,就像评论家们有时抱怨的,影视改编对奥斯丁小说进行了"丑化"(harlequinization)①,将它们缩减到与流行爱情小说相同的元素。与文本注释一样,影视改编是一种诠释形式,是对文本的注解,但"电影的视觉特异性优先考虑了一些元素而不是其他元素,同样引导我们去了解我们在作品中所看到的整体意义"。② 影视技术媒介特性用它所优先选择的信息,对文本意义进行了特有的阐释,大概这就是视觉符号系统取代语言符号后的一种错位式对应。

影视改编艺术必然不同于奥斯丁的小说叙事艺术,它通过视觉符号刺激观众的感官,在视觉影像营造的"仿像"中,吸引观众迅即进入幻境中,产生梦幻般的沉浸感,以及心理上的愉悦与满足。在过去二十多年里,对于奥斯丁的大多数年轻读者来说,影视改编"要么是主要的文本邂逅,要么是它的阐释过滤器"③,影视改编已成为如今奥斯丁文本阐释与文本接受的不可或缺的方式,也是奥斯丁小说传播的重要媒介途径。由于接连不断的影像画面衔接,影视改编注定拉平奥斯丁小说微妙的层次关系,成为"一种巧妙的均质的(homogenized)呈现"。④ 印刷出版传播中被添加了诸多崇高意义的奥斯丁,在影视媒介的阐释里,借助于每个人的视觉可见和可理解,拉近了与大众的距离。

---

①　See Robert P. Irvine, *Jane Austen*, p. 158.

②　Kathryn Sutherland, 'Jane Austen on screen', in Edward Copeland and Juliet McMaster ed., *The Cambridge Companion to Jane Austen*, p. 222.

③　*Ibid.*

④　Kathryn Sutherland, *Jane Austen's Textual Lives: From Aeschylus to Bollywood*, p. 341.

令人愉悦的奥斯丁影视版本充分满足了当代大众消费文化,让奥斯丁再次成为流行文化符号,奥斯丁在印刷传播中被再生产出经典权威性后,影像传播让奥斯丁文本又回到了它的愉悦性——它最初带给读者的感受性的阅读体验,并且成为一个被广泛使用的文化娱乐物。印刷版本中被添加了诸多崇高意义的奥斯丁,在影视版本的阐释中,又一次变得平易近人。不过不同于读者在文字阅读中由想象唤起的情感愉悦,观众是在影像对身体感官的视觉刺激中,体验着"纵欲"的快感。

二、身体的欲望化展示

在二十世纪以影视为代表的视觉文化中,身体是一个非常重要的视觉形象,尤其现代消费社会里,身体作为性的欲望化符号,成为一个被消费的对象,这使二十世纪以来的视觉叙事中充满了对身体的关注。置身于这一语境中的奥斯丁影视改编,也格外强调人物的身体,突出对身体的欲望化展示,就如乔斯林·哈里斯(Jocelyn Harris)所说,为了商业销售,"导演们必须服从二十世纪视觉文化的暴政"。[①]

令许多喜欢奥斯丁小说并期待邂逅浪漫传奇的现代读者感到"失望"和困惑的是,她的作品中"根本没有性",这让他们觉得奥斯丁对浪漫爱情的描写不能令人信服。评论家沃尔特·罗利(Walter Raleigh)这样说道:"她是文字(letters)中的女性彼得·潘……在她

---

① Jocelyn Harris, ' "Such a transformation!": translation, imitation, and intertextuality in Jane Austen on screen', in Gina Macdonald and Andrew F. Macdonald ed., *Jane Austen on Screen*, p. 46.

的世界里既没有结婚,也没有婚姻,只有玩偶的假配对。"①罗利认为,奥斯丁只"知道她不知道的"关于性的事情,并且"隐藏在中产阶级道德的迷雾后面",绕过"她提出的性问题"。

读者们的遗憾在影视改编里得到了极大满足。影视版本中,男女主人公的外形都极具性吸引力,"令人欲火中烧":摄政时期的紧身马裤和露出腹沟的圆角外套展现出男性的肌肉与线条,女性的低胸领口服装则露出令人遐想无限的身体与肌肤。频繁的亲吻,以及随后男女主人公拥抱的场面,是每部奥斯丁影视作品的高潮。也可以这样说,二十世纪九十年代以来奥斯丁影视改编的巨大成功"在很大程度上依赖于它们对其小说潜在的性爱的视觉实现"。②

影像产品大行其道的二十世纪也是一个性解放、性观念自由民主的时代,已经大不同于奥斯丁的时代,对于奥斯丁小说的影像呈现来说,男女主人公的性感形象可以吸引观众的关注度,制造明星价值,获得商业利润。影视媒介有自己独特的商业资本文化生产场域,利润追求是其中重要的动力机制,能引发观众激情的性感男女主角是这个时代大众的需求,也是影像工业要提供的服务。

几乎每部奥斯丁改编作品都增加有与性相关的场景。例如,《劝导》(1995)结尾,破镜重圆的安妮·埃利奥特与温特沃斯上校在巴斯的大街上公开接吻,给了观众一个心满意足的结局,虽然这在当时是不可能的"奇妙景象"。罗泽玛的电影《曼斯菲尔德庄园》(1999)里,有更明确的性:克劳福德兄妹来到庄园时,镜头代表着这个家庭成员的凝视目光,慢慢从脚移向他们的脑袋,展现出他们性感的身体;小说里以次要情节提及的玛丽亚和亨利·克劳福德私通事件,在

---

① Claire Harman, *Jane's Fame: How Jane Austen Conquered the World*, p. 49.

② *Ibid.*, p. 251.

电影中被呈现为二人裸露拥抱的视觉画面,性爱场面被直白展示。BBC 的《傲慢与偏见》(1995),直接将性欲望作为剧情推动力,不仅强调了达西的身体——第一集就出现达西在浴室里沐浴的镜头,展示他的身体,随后的湖中游泳场景更极力渲染他的身体魅力,剧集还引人注目地反复出现达西注视着伊丽莎白的形象,以此建立了以达西为中心人物的"一种强有力的情欲冲动"。① 这些添加的"明目张胆的肉欲"场景、原作中所缺少的内容,却成了让奥斯丁影视改编深受大众欢迎的视觉要素。因为这是视觉媒介表达最便利、最刺激观众感官的方式,影像媒介的视觉呈现、感性表达生发了奥斯丁小说中的性感维度,而奥斯丁小说影像媒介的这种欲望化生产反过来又丰富了奥斯丁文本在二十世纪的文化表达,也给全球大众提供了欲望化消费的性感文化产品,成为后现代大众文化的重要资源。

　　奥斯丁影视化过程中对身体和肉欲的强调,最显著体现在男性主人公的视觉形象,"画面上,许多英俊的男人穿着十九世纪的漂亮衣服,在镜头前慷慨地徘徊"。② 这些影视作品中,男性主人公形象充满性魅力,他们带着男性荷尔蒙气质的身体被反复展现。身为女性作家,奥斯丁小说始终关注的是女主人公,她笔下的男主人公经常被评论家抱怨形象单薄且缺乏男子气概:达西和彬格莱太绅士,爱德华·费拉斯和埃德蒙·伯特伦太虔敬,温特沃斯上校和布兰登上校处于休假或退休状态,亨利·蒂尔尼则完全像个女性,他对衣服面料很了解,还喜欢谈论书籍;以至于"像安德鲁·戴维斯这样有责任心的编剧"认为有必要"在他的剧本中注入一些奥斯丁经常省略的睾

---

① Ellen Belton, 'Reimagining Jane Austen: the 1940 and 1995 film versions of *Pride and Prejudice*', in Gina Macdonald and Andrew F. Macdonald ed., *Jane Austen on Screen*, p. 188.

② Claire Harman, *Jane's Fame: How Jane Austen Conquered the World*, p. 251.

丸激素"。① 安德鲁·戴维斯担任了 BBC 制作的多部奥斯丁电视剧集的编剧,包括经典的 1995 年版《傲慢与偏见》,以及颇受欢迎的 1996 年版《爱玛》、2007 年版《诺桑觉寺》和 2008 版《理智与情感》。在戴维斯编剧的 2008 年版《理智与情感》中,布兰登上校会射击和训鹰,爱德华·费拉斯挥舞着斧头砍向柴火,他们都骑在冒着热气的骏马上狂奔。在他编剧的《傲慢与偏见》(1995)中,达西打桌球、击剑、游泳、拳击,充满男性活力。同样,艾玛·汤普森编剧的电影《理智与情感》(1995),用更为细腻的视觉形象让两位男主人公拥有了更加突出的个性魅力:威洛比向玛丽安献上的野花将他与自然狂野的个性联系在一起,与他的竞争对手布兰登上校的花束形成鲜明对比;布兰登上校忧郁、沉思的眼神暗示着他对玛丽安的深沉的爱的渴望,而当他骑着马,披风在身后飘动时,这比小说中更有力地保证了他"更加狂野和性感自信的身体",暗示着"他将不仅仅是威洛比的合适替代品"。② 显然这些强化的男性特征表现的是现代审美观,他们的文雅绅士身份再注入男性的强壮力量,满足了现代女性欲望和情感的双重想象。

最为著名的男主人公形象,莫过于 BBC 1995 年版《傲慢与偏见》剧集中的达西,贡献了令女性观众最难忘的一幕场景,即由编剧安德鲁·戴维斯创造的这一幕:在伊丽莎白与嘉丁纳夫妇一起参观游览彭伯里庄园时,庄园主人达西出乎意料地突然回到彭伯里,长途跋涉的他浑身燥热,他来到彭伯里的湖旁,沉思了一会,然后脱下外套,跳进湖里游泳,从湖里出来时,湿漉漉的衬衫紧紧粘在他肌肉发

---

① Claire Harman, *Jane's Fame: How Jane Austen Conquered the World*, p. 248.

② Jocelyn Harris, ' "Such a transformation!": translation, imitation, and intertextuality in Jane Austen on screen', in Gina Macdonald and Andrew F. Macdonald ed., *Jane Austen on Screen*, p. 56.

达的身躯上，这时遇到吓了一跳的伊丽莎白。

这一幕现在被认为是英国电视史上最令人难忘的时刻之一。"英国的主妇们都疯了，"戴维斯在 2007 年接受《星期日泰晤士报》(Sunday Times)采访时表示，"我从没想过一个湿衬衫的场景会这么刺激……有一个时期，持续了很长一段时间，当你去参加聚会时，每当你走进厨房，就会看到达西先生和他的湿衬衫的照片，钉在洗碗机上。"①在剧集放映期间，达西的扮演者科林·菲斯，成为全国头号万人迷，他作为角色的地位至今几乎没有受到挑战。剧集开播若干年后伦敦海德公园出现了"达西湿身"的雕塑，不少剧迷前往合影留念。

对于引发轰动但小说中原本不存在的这一幕，有研究者进行了深入解读。例如，切瑞·尼克森(Chery L. Nixon)将达西的游泳描述为对他情感能力的揭示，以及他与自然之间浪漫纽带的表达，"脱衣"是他摆脱情感和身体上的约束，从头脑中清除自我偏见，回到自我本质，湖中游泳是一次重新洗礼，让他对伊丽莎白的爱重获新生，尼克森认为这一幕是用影像"为文本刻画了一个新的侧面"。②

不管研究者做出何种深刻阐释，观众牢牢记住的是达西身着湿衬衫的性感的身体，尤其对于剧集的大部分女性观众。以这一经典场景为代表，BBC 在影视媒介的视觉呈现中再创造了一个性感迷人的达西形象。小说中达西的身体几乎没有被描述过，而在屏幕上，他被赋予了尼克森所说的"一种新的身体词汇"，增强了他的身体的吸引力，使他成为一个明显的视觉愉悦的对象。评论家进一步指出，这部 BBC 作品中的达西形象，更多为吸引女性观众而设计，"迎合女性的欲望和女性的注视"③，是女性凝视下对男性身体的欲望化消费，

① Claire Harman, *Jane's Fame: How Jane Austen Conquered the World*, p. 256.

② *Ibid.*, pp. 263–264.

③ Robert P. Irvine, *Jane Austen*, p. 152.

达西的"外表"符合女性观众的特殊幻想,满足了女性观众的窥视心理。所以,其本质是迎合观众和时代需求的商业主义选择。

安德鲁·戴维斯的这一"机智的篡改",虽然并不属于奥斯丁小说文本,但它却是达西先生"标志性的银幕时刻"[1],成为影视再创造奥斯丁的一个成功的经典案例,在观众心目当中留下了极为深刻的印象。对于大众来说,这一场景与达西与《傲慢与偏见》已经密不可分,以至于当观众再去阅读小说原作时,从没想过书中竟然没有湖的场景,这"说明了一个伟大的电影场景(或大量炒作)如何能在脑海中留下不可磨灭的印象,并改变现实(或虚构)的感知"。[2] 这也充分说明,影像的传播效力多么强大。

BBC《傲慢与偏见》的成功所证明的"对待简·奥斯丁的新方法",也迅即成为奥斯丁影视改编寻求成功的秘诀,它们反复关注年轻男性的身体,强调着性吸引力,致使奥斯丁的男主人公们形象大变,"也许在将奥斯丁小说搬上电影的过程中,最明显的问题就是对浪漫主义男性主角的形象化刻画"。[3]

奥斯丁小说叙事,始终以女主人公为中心,讲述她们的内心世界和情感经历,男主人公在她们的成长过程中充当着一个教育者的角色,或者是一个道德标尺,就如奈特利先生之于爱玛(《爱玛》)、蒂尔尼之于凯瑟琳(《诺桑觉寺》)、埃德蒙之于范妮(《曼斯菲尔德庄园》),对女主人公的成长以及她与社会的更广泛关系,有着终极重要性,男女主人公之间也存在着更为丰富复杂的矛盾心理。而当电影将奥斯丁层次丰富的寓意抹平,将小说叙事简化为屏幕上的浪漫

① Kathryn Sutherland, 'Jane Austen on screen', in Edward Copeland and Juliet McMaster ed., *The Cambridge Companion to Jane Austen*, p. 226.

② Claire Harman, *Jane's Fame: How Jane Austen Conquered the World*, p. 263.

③ Kathryn Sutherland, *Jane Austen's Textual Lives: From Aeschylus to Bollywood*, p. 348.

爱情故事时,男主人公也被剥夺所有的复杂性,只留下一个身份,即女主人公爱情与婚姻的对象,一个浪漫主义男主人公形象。而且这些影视作品还遵循好莱坞爱情故事的传统模式,将男主人公置于叙事中心,将他塑造成一个爱情征服者的英雄形象,并且进入他的内心世界,展现他的性格成长和情感变化。于是我们在屏幕上看到,男主角的魅力理所当然地被过分强调,他们的身体、情感和内心世界都有了充分表达,尤其是性感的身体带来的视觉愉悦。

这就完全颠倒了小说中男女主人公的形象,颠覆了奥斯丁的人物设置,对我们阅读简·奥斯丁的方式产生了重大影响。不得不说,小说和电影的不同生产条件及其使用的不同的符号系统——文字与影像的媒介特异性不可避免地造成文本重点和价值的倒置,将一种符号系统(言辞的)转换成另一种(视觉的)必然要面对这种差异,"这种差异的效果表明,婚姻情节(或者更确切地说性情节)是多么庞大,在与观众的电影契约里隐约可见,这反过来解释了为什么奥斯丁匆忙的甚至尴尬的叙事决议不能转化为有效的电影表现"。①

奥斯丁影视改编作品中添加的"肉欲"场景,以充满性诱惑的身体形象的凸显,压倒了文本的话语叙事,在屏幕上构筑了一幅由身体视觉图景组成的居伊·德波(Guy Debord)所言说的"景观"——供大众消费的形象符号,愉悦着观众的感官。这是影视作为一种大众化的视觉媒介做出这种阐释的特殊要求,是在媒介转换中对奥斯丁文本进行干预和改变的突出现象,是典型的文本再创造和意义再生产。这一现象也引发了研究者们的多种意义解读,有研究者认为这些原作中缺少的元素的引入,增强了奥斯丁小说的现实主义;有的认为这是一种营销手段,是对二十世纪晚期视觉叙事传统的屈服;也有研究

① Kathryn Sutherland, *Jane Austen's Textual Lives: From Aeschylus to Bollywood*, p. 348.

者认为这些改变揭示的"更多的是我们自己想象中赤裸裸的性感",而不是"简·奥斯丁想象中潜在的'性感'"①;有一些研究者则是抱怨影视改编过于直接和简单地吸引人的情感,而不是吸引人的智力,将奥斯丁文本庸俗化,"好的素材往往终结在剪辑室的地板上,被一位从湖中走出来的英俊演员所占据"②。

　　但换一种角度来看,影视改编强化的视觉意识,却让奥斯丁小说中原本被文字言辞遮蔽的一些内容和意义得到了彰显,"这也暗示了一种更复杂的浪漫的幻觉,或者是对被严重压抑的他人的过度解放"。③——如凯瑟琳·萨瑟兰所指出的,这特别体现于奥斯丁男性主人公的形象转变。

　　相对于奥斯丁笔下那些或活泼聪慧或沉静理智、光彩照人的女性主人公形象,奥斯丁的男性主人公,在奥斯丁的女性中心视角的书写下,始终处于从属于女性角色的压抑与遮蔽状态,他们不仅大多面貌模糊不清,形象不够丰满,且性格发展与情感转变往往缺少叙事铺垫。例如最著名的奥斯丁男主人公达西先生,在《傲慢与偏见》最初出版时,当时的期刊评论就指出达西的情感历程缺乏叙事过渡,他对伊丽莎白从傲慢不屑到一往情深的情感转变显得突兀。由于奥斯丁的文字描写都聚焦在女性主人公身上,男性形象一般只是衬托女性形象的功能性设置,女性主义研究者总能在奥斯丁小说中找到充分的文本依据。

　　与之相反,影视版本中的男性主人公,一改在奥斯丁的文字叙述中的被遮蔽状态,成为屏幕镜头关注的中心人物。当这些男性人物

---

① See Harriet Margolis, 'Janeite culture: what does the name "Jane Austen" authorize?', in Gina Macdonald and Andrew F. Macdonald ed., *Jane Austen on Screen*, p. 33.

② Claire Harman, *Jane's Fame: How Jane Austen Conquered the World*, p. 256.

③ Kathryn Sutherland, *Jane Austen's Textual Lives: From Aeschylus to Bollywood*, p. 356.

的性感形象和情感历程被尽情渲染展示时,奥斯丁的小说故事就顺利转换成了屏幕上的浪漫传奇,让奥斯丁文本具有了读者一直期盼的浪漫因素,虽然这是奥斯丁本人所嘲弄的。但不得不承认,奥斯丁真正走向大众化,要归功于影视改编对她的浪漫主义包装。难以想象,如果没有 BBC 1995 年版《傲慢与偏见》对达西先生的经典的视觉形象再创造,达西是否还能成为享有全球知名度、奥斯丁最富魅力的男性主人公。同样还有《理智与情感》中的布兰登上校,这个最初在玛丽安心目中被嫌弃太老的男主人公,小说叙述给予读者的印象也只是一个更可靠稳重的婚姻对象,而 1995 年版电影中,由艾伦·瑞克曼演绎的布兰登,其深情的目光随时散发出成熟男人无法阻挡的吸引力,成为观众心目中又一位魅力无穷的奥斯丁男性人物形象。

　　"在资本主义文化里,一件文化商品的成功取决于这件商品能否盈利。"①奥斯丁影视改编作品是典型的文化商品,谙熟市场商业法则的影视制作者们清楚看到,奥斯丁小说最大的拥趸者是女性群体,她们无疑都是这些改编作品潜在的消费者,是票房和收视率的最坚实保障,于是,取悦女性受众就成为影视制作者们责无旁贷的选择。而奥斯丁的男主人公们纷纷化身为屏幕上的浪漫情人,展示着他们性感的身体,去满足女性受众的心理欲望,成为奥斯丁影视商品的最大卖点。

　　奥斯丁小说视觉媒介传播的欲望化编码,其深层文化逻辑正是基于商业利润的大众需求迎合。与文字的欲望化描写不同,前者需要借助想象来调动欲望,影像则是最直接的感官刺激,这也就是影视

---

　　① 尼克·史蒂文森:《认识媒介文化——社会理论与大众传播》,王文斌译,北京:商务印书馆,2003 年,页 137。

作为视觉媒介天然就具有欲望化呈现的媒介特性。影视的视觉叙事特性,让奥斯丁的男性人物不再被女性角色的光彩所掩盖,而让男性的自我魅力一展无余。这不啻是在影视的新阐释视角下对奥斯丁文本的重新阅读和重新发现,使奥斯丁文本的意义得以添加和延伸。只是,这一切与奥斯丁的文字叙事已大为不同。

三、物的奇观化呈现

影视改编是对原作文字叙事的视觉转码,寻求影视媒介表达的视觉对应物,力求还原文本的原初性,尤其是像奥斯丁小说这样已有高等文化地位的经典文学作品,以保持其高等文化地位在影视改编作品中的延续。

奥斯丁影视改编对原作忠实性的追求,更多落实在基于原作时代背景的物质上,通过外景、服装和演员阵容表现出来,因为比起心理、情感、主题等主观性表达,客观实物更容易被视觉还原。二十世纪九十年代以来的奥斯丁影视改编作品呈现出的"视觉放纵"特征,就是"将这些小说转换为体现摄政时期证据确凿的丰富的物质主义"①:发型、服装、细布面料、食品、餐具、马车、家居装饰、乡村住宅、礼仪举止……一系列视觉"还原"的"时代细节"营造了摄政时期的历史景观,这些"时代细节"也因它们承载的历史意义而对观众产生强烈的视觉诱惑,更迅即地吸引观众进入一个鲍德里亚(Jean Baudrillard)所说的拟像(simulacrum)中,在超现实的感受里,带给观众一种历史沉浸似的心理体验。

---

① Kathryn Sutherland, *Jane Austen's Textual Lives: From Aeschylus to Bollywood*, p. 343.

人们从这些堆砌着时代细节的物质主义的历史奇观里，仿佛看到了他们期待的忠实于原著的"现实主义"精神。BBC 制作的招牌"古装剧"（costume drama）系列，其表现就是坚持从历史场景、服装、礼仪举止等方面的"现实主义"作为对文学作品原作的关联。以对奥斯丁小说"高还原度"著称的 BBC 1995 年版《傲慢与偏见》，制作者就宣称影片的目标是"重现奥斯丁的视角"，并标榜该作品"完全在英国外景拍摄"，外景地点（Location）就等同于现实主义，"好像在古老的原始建筑和风景中拍摄，就从事实上保证了真实性，做到了一种原初的视觉本质的回归"。[①] 这种物质主义和奇观化特征，在九十年代及新世纪的奥斯丁影视改编中愈加显著，场景变得更壮观，舞会越来越盛大，餐桌人声鼎沸，房屋更加气派庄严，例如《理智与情感》（1995）、《傲慢与偏见》（2005）、《爱玛》（2020）等几部大银幕制作。此类影片被研究者们置于英国著名的类型电影"遗产电影"（heritage film）中，阐述奥斯丁的银幕再创造与英国文化遗产的关联，考察奥斯丁通过"遗产电影"再生产出的文化价值。

英国当代著名电影学者安德鲁·希格森（Andrew Higson），将英国二十世纪八十年代以来兴起，改编自经典小说和戏剧作品，突出了过去时代的服装、建筑、乡村田园风光并呈现出精致唯美的视觉艺术效果的古装电影称为"遗产电影"，这类电影表露出对"没有被城市现代化和工业现代化所污染"[②]的英国往昔的迷恋，有着浓郁的怀旧情感，因其独特的英国历史文化意蕴和艺术质感而成为英国民族电影工业的代表，对抗于好莱坞电影工业模式，在国际电影节上屡屡斩

---

① See Harriet Margolis, 'Janeite culture: what does the name "Jane Austen" authorize?', in Gina Macdonald and Andrew F. Macdonald ed., *Jane Austen on Screen*, p. 31.

② 安德鲁·希格森：《再现英国国族过去：遗产电影中的怀旧和拼贴》，李二仕译，《北京电影学院学报》2018 年第 1 期。

获奖项,并取得了巨大的商业成功。希格森指出,遗产电影是撒切尔时代的文化产物。撒切尔时代正值英国经济衰退期,政治两极分化,社会动荡不安,奉行文化保守主义的撒切尔政府将民族遗产作为复兴英国经济、协调传统与现代之间关系的新手段。这里的"民族遗产"(heritage)主要指以乡村庄园住宅和房产为代表的英国古老建筑、一些自然景观和收藏的艺术品等,1895年成立的非盈利官方机构"国民信托"(National Trust),将这些"遗产"以整体的名义保护起来,它们被视为保留了过去和传统价值、具有"英国性"(Englishness)的历史文化,一代代延续下来,"因此,'民族遗产'构建了'英格兰'(或'不列颠')作为贯穿历史时期的连续体"。① 撒切尔政府在1980年和1983年颁布的两部"英国遗产法案"(English Heritage Acts),允许将这些"遗产"用于公共的商业化、展览和陈列,并鼓励市场化运作,"遗产产业"(heritage industry)由此而生,而遗产电影则是这场遗产产业运动的催生物,它代表了遗产产业的其中一个方面,且卓有成效地推动了遗产产业的兴旺。影像视觉媒介表现和当时的政治经济环境、官方的政策提倡和支持恰好吻合,成为媒介隐喻的社会内容,通过包括奥斯丁小说的电影创作成功地实践了文化遗产的影像呈现,从而在世界范围内传播英国文化的视觉信息。

简·奥斯丁与英国遗产文化以及稳固的"英国性"有着内质上的共通性,"奥斯丁的小说似乎传递了一个世界,她的读者认为这个世界没有被艺术扭曲,也没有被现实生活的残酷所背叛"。② 在奥斯丁小说的印刷传播时期,奥斯丁所描写的英国摄政时期英格兰南部乡村绅士阶层的家庭故事,就被印刷文化解读为用文字建构了一个充

① Robert P. Irvine, *Jane Austen*, p. 153.

② Kathryn Sutherland, 'Jane Austen on screen', in Edward Copeland and Juliet McMaster ed., *The Cambridge Companion to Jane Austen*, p. 220.

满英国传统价值观和旧伦理秩序、前工业时代的优雅诗意的老英格兰,寄托着人们的乡愁怀旧,成为备受推崇的代表着"国家认同"和"民族共同体"的民族传统文化象征。

　　就视觉化呈现来看,十九世纪九十年代盛行的奥斯丁小说插画版,插画家们凭借想象与再创造将奥斯丁笔下的场景描写转变为一幅幅形象化的世俗风情画,展现了人物着装、室内陈设等"物"的细节图景,为人们再造了一个具体可感的视觉化的"奥斯丁世界",一个已然逝去的时代,唤起人们的怀旧之情。之后的二十世纪二十年代,查普曼在他编辑的著名的牛津版《简·奥斯丁小说集》里,用学术研究般的严谨考据态度,为小说文本配置了一些类同于博物馆学或档案学、真正来自奥斯丁生活的摄政时期的街景、服装等图例,例如为《理智与情感》配置的首页插画——"从斯特拉福广场到牛津街。摘自克雷斯收藏的一幅版画(大英博物馆)",以及《爱玛》的卷首插画——"舞会礼服。摘自艾克曼(Ackermann)的《艺术宝库》(*Repository of Arts*),1816 年 10 月"。① 通过为奥斯丁小说提供更具历史真实性的"物",进一步将奥斯丁与历史传统联结起来,人们的怀旧情结也再次复兴。

　　进入影像传播后,奥斯丁小说一直是 BBC 经典改编古装剧的重要素材,几乎每隔数年就会重拍。BBC 精心打造且口碑甚佳的传统古装剧,其核心特征就是再造"英国的过去",在服装、场景、建筑、礼仪等方面,用丰富的摄政时期的物质主义,表达出一种历史怀旧感。"古装剧的定义就是将观众运送到历史背景中。"②BBC 自二十世纪

　　① See Kathryn Sutherland, *Jane Austen's Textual Lives: From Aeschylus to Bollywood*, p. 345.

　　② See Harriet Margolis, 'Janeite culture: what does the name "Jane Austen" authorize?', in Gina Macdonald and Andrew F. Macdonald ed., *Jane Austen on Screen*, p. 31.

九十年代以来用胶片拍摄、制作精良的古装剧,因为对时代细节和民族遗产的显著展现,也一起被归入遗产电影中,遗产电影实质上就是英国古装剧传统的再延续。

"BBC 1995 年版的《傲慢与偏见》经常被认为是'遗产产业'与'遗产电影'共谋的例子。"①不像早期的奥斯丁影视改编大多依赖室内场景很少有外景镜头,BBC 1995 年版《傲慢与偏见》花费巨额制作经费用于大量的外景拍摄,尤其是小说中那个象征达西财富和地位的彭伯里庄园,在 BBC 的屏幕上被以迷人的视觉形式呈现出来,"它捕捉到了英国乡村及其辉煌庄严的庄园的所有卓越之美"②,让观众陶醉于镜头下乡村庄园住宅的视觉效果。剧集中彭伯里庄园的外景是在柴郡(Cheshire)的莱姆庄园(Lyme Park)拍摄的,它正是"国民信托"所拥有的"遗产"。古老的"遗产"增添了这部 BBC 剧集的视觉魅力和历史真实感,剧集的热播也让莱姆庄园声名鹊起,从此游客络绎不绝,赚取了丰厚利润。这版《傲慢与偏见》艺术与商业的双重成功,缔造了奥斯丁与遗产电影美满联姻的开始。奥斯丁小说同样是遗产电影热衷的优质文学资源,它们所拥有的崇高的文学经典地位,保障了这些改编的遗产电影的高品位和高知名度,以及一定数量的观众。

随着英国遗产电影加入好莱坞电影工业体系,更雄厚的制作资金让之后的几部大银幕奥斯丁遗产电影展示了更为奢侈的物质主义:大量令人瞠目的壮阔场景,奢华和铺张的场面调度……这些被评论者称为"遗产膨胀"(Heritage-iflation)的电影,凭借其强化的视觉包装,让银幕上的"奥斯丁世界"愈加华美、壮观,拥有着高文化价

---

① Robert P. Irvine, *Jane Austen*, p. 154.

② Harriet Margolis, 'Janeite culture: what does the name "Jane Austen" authorize?', in Gina Macdonald and Andrew F. Macdonald ed., *Jane Austen on Screen*, p. 31.

值的格调。

哥伦比亚公司制作的 1995 年版电影《理智与情感》,毫不掩饰对遗产的迷恋。编剧艾玛·汤普森在剧本说明中就声称这部奥斯丁电影改编要遵循"高品质街道-国民信托乡村-帝国路线"(Quality Street-National Trust village-Empire line)的遗产电影的传统。拍摄现场使用的是有很高文化声望的遗产宅邸,"其中两个属于国民信托,而另一个,是'二战'计划诺曼底登陆的地方"。① 室内更是充斥着著名艺术家的艺术品,汤普森写道:"它们是原初的,无价的,壮观的,炫丽的,无与伦比的,华丽的,更是辉煌的。"②她明确表示这部奥斯丁遗产电影要追求更加炫目的遗产展示。英国沃克泰托影业公司 2005 年制作的电影《傲慢与偏见》,为达西先生的彭伯里庄园寻找了另一处著名的英国遗产——世袭德文郡(Devonshire)公爵的祖宅查兹沃斯庄园(Chatsworth House),查兹沃斯美丽的景观和室内收藏的大量珍贵艺术品,让电影中的达西庄园更加气派魅惑,为观众提供了更为迷人的视觉享受,查兹沃斯也因这部成功的遗产电影而拥有了另一个闻名遐迩的名称——"达西庄园",每年迎接着来自世界各地蜂拥而至的影迷和游客。

"几乎所有的这些电影都包含了一个反复出现的意象画面,就是用一个超级的远景镜头表现一幢壮观的乡村别墅,而且是配合影片中设置好的美丽如画、青翠蓊郁的自然风景。"③如同希格森在这里指出的,这个意象的画面代表了这类电影整体上的典型特征,并且"遗产"

① Kathryn Sutherland, *Jane Austen's Textual Lives: From Aeschylus to Bollywood*, p. 343.

② Jocelyn Harris, '"Such a transformation!": translation, imitation, and intertextuality in Jane Austen on screen', in Gina Macdonald and Andrew F. Macdonald ed., *Jane Austen on Screen*, p. 46.

③ 安德鲁·希格森:《再现英国国族过去:遗产电影中的怀旧和拼贴》,李二仕译,《北京电影学院学报》2018 年第 1 期。

的概念延伸覆盖到各种类型的古代建筑和山水地貌，以及影片中的服装、装饰、艺术品和贵族的人物分类，这些都是在《英国国民信托以及英国遗产》所确认保留的名录里，都是归在遗产名录之列，"这些各种各样的财产构成了这种类型电影的肖像学"①，同时也携带某种特别的道德范式和一系列的精神价值。

希格森所言说的遗产电影的肖像学特征在沃克泰托影业公司2020年制作的电影《爱玛》中被淋漓尽致地展现：一帧帧美如油画的英国乡村田园画面，一套套精心搭配的华美复古服装……电影以展览主义方式——陈列的各种遗产形象，堆砌成亨利·詹姆斯所说的"物质帝国"（empire of things），用"奢侈的物质主义"营造出一个极其吸睛的视觉奇观，令观众心醉神迷，在依靠真实物质的奇观展现的基础上，再造了一个"浮华与壮丽的"英国民族的过去。而电影对时代细节的完美呈现，处处流露出对那个逝去时代的迷恋和缅怀。电影里使用这些"遗产"的价值，就像查普曼对牛津克拉伦登版文本所做的编辑工作一样，用大量的时代细节为奥斯丁文本添加了一份生动详尽的档案学注释，让奥斯丁文本与特定的历史时代建立起紧密的意义关联，并且电影作为一种视觉媒介，用更舒适更诱人的视觉方式强化了这一意义关联。

奥斯丁讲述的故事，在读者对小说文本的阅读阐释中，再生产出一个凝固在过去的时光中、代表着前工业时代、传承着英国民族特性和传统价值观、让人们无限缅怀的"奥斯丁世界"，它代表着英格兰过去的荣光，在小说中以想象的方式消除了现代社会的紧张与对抗，给人们以心灵抚慰，"可以看出，奥斯丁是在用相似的术语想象这个国家

① 安德鲁·希格森：《再现英国国族过去：遗产电影中的怀旧和拼贴》，李二仕译，《北京电影学院学报》2018年第1期。

(nation)。通过把过去想象成统治阶级的拥有物,'民族遗产'想象成一个被清除了政治紧张的过去,从而可以消除当前政治紧张的任何历史重要感"。① 奥斯丁文本中这些与旧时代关联的意义,在遗产电影中被格外关注和强调。希格森认为,遗产电影代表了一种相对保守和怀旧的尝试,试图从当代现实转向"一种不变的、壮观的民族过去"的稳定性,"这些作品从现实的社会、政治和经济危机中撤退下来,而极力去捕捉并营造一个纯洁、未受污染、完整、稳定的国族身份组成的意象。就像众多怀旧式叙事,它们回归社会秩序稳定安宁的时刻"。②

以遗产电影为代表,奥斯丁影视版本在视觉上用丰富的时代细节对奥斯丁生活的那个历史时期,也是小说故事的历史背景,进行了细致的"真实性"还原,将奥斯丁小说中的"历史感"视觉化为一系列有着遗产价值的具体物质,也由此呈现出辉煌绚丽的视觉奇观的效果,营造出一个无比迷人的奥斯丁影像世界。然而,这种影像呈现带来的意义影响也是双向的。

一方面,这些被看作是"忠实于原著"的时代细节的现实主义呈现,一味追逐炫艺式的物质展览,尤其是体现在服道化方面的"纯粹的物质性"(sheer materiality),制造了一个服装和场景设置的恋物(fetish),就如希格森对遗产电影的批评,"其结果是将叙事空间转化为遗产空间:也就是说,一个展示遗产财产的空间,而不是剧情展开的空间"。③ 奥斯丁遗产电影用华丽景观对往昔时光的美好呈现,所带来的视觉快感在取悦于观众的看欲中,削弱了奥斯丁小说叙事及其叙事中存在的社会批判和尖锐的反讽立场,在本质上消解了奥斯丁的原意,从

---

① Robert P. Irvine, *Jane Austen*, p. 154.

② 安德鲁·希格森:《再现英国国族过去:遗产电影中的怀旧和拼贴》,李二仕译,《北京电影学院学报》2018 年第 1 期。

③ Kathryn Sutherland, 'Jane Austen on screen', in Edward Copeland and Juliet McMaster ed., *The Cambridge Companion to Jane Austen*, pp. 222–223.

一个严肃的时代文化反思与批判的角度来看,这些影视制作用物质主义的时代细节还原的历史,不过是对过去时代的物质的现实维度的平面化复制,即鲍德里亚说的影视再造的"仿真世界","在这个仿真世界中,实在与意象之间的差异被消解,变成了极为表层的审美幻觉"。[①]鲍德里亚指出,影视作品里,华丽的特效取代了对历史的敬畏,过去的真实变成了空洞的模仿,形成了一个超现实的仿真场域,历史因而变得无法回溯也无须回溯——如我们所见,遗产电影通过历史"旧物"的华美展览,将奥斯丁的历史叙事转变成一个引人注目的视觉奇观,一个由怀旧意象堆砌而成的历史幻境,在带给观众愉悦之时,成了供大众娱乐的文化消费品。某种程度上,也是将奥斯丁小说在阅读中再生产出的复古乡愁(retro-nostalgic)这一蕴含民族情感的意义,变成了被消费的商品。

但另一方面,影视版本用物质"遗产"来视觉"阐释"奥斯丁文本,使简·奥斯丁持续融入英国民族遗产,成为英国民族遗产的组成部分,就像遗产电影中展示的那些旧建筑和艺术珍品一样,"充满了在面对日益逼近的现代化时需要加以保留的原初特色(original features)"。[②]在现实意义上,奥斯丁文本也成功实践了英国文化遗产的影像呈现,从而在世界范围内传播着英国文化的视觉信息。而这些影视作品中物质呈现的"奇观化"特征,对场景面貌的刻意设计和极致追求,以及对英国田园景观的充分展现,不仅延伸了奥斯丁文本的表现空间,为奥斯丁小说创作增添了更多的英国传统文化意蕴和更丰富的文化表现力,还凭借其视觉表达的英国景观,吸引了全世界的观众,让简·奥斯丁成为"英国性"的视觉代言。可以说,影视版本让奥斯丁

---

① 迈克·费瑟斯特:《消费文化与后现代主义》,刘精明译,南京:译林出版社,2000年,页79。

② Robert P. Irvine, *Jane Austen*, p.154.

在印刷文化中得以形成的英国民族文化的符号象征意义，以最直观的视觉形式，再次强化和夯实，体现出奥斯丁文本在视觉媒介传播时代的文化意义的增长。

每个时代的文化情怀和社会追求都会在奥斯丁小说影视改编中找到可以抒发和寄托的象征物和表达维度，同时也会对奥斯丁小说文化增加更多的文化内涵，"遗产电影"在适合视觉表达的英国景观呈现上吸引了全世界的观众，这种视觉表现也增强了奥斯丁英国文化的象征意义。媒介对奥斯丁文本的意义增值就是这样在一个有机的政治经济环境和社会历史环境中实现的，不是抽象地用媒介形式改变已有的小说文本那么简单，而是表现为一个有机的社会传播过程，体现为具体社会背景下的独特的文学、文化活动，这完全不同于印刷媒介主导的奥斯丁小说生产和文学活动。

第三节　奥斯丁文化品牌与奥斯丁文化产业

在印刷出版传播时代，简·奥斯丁被出版工业这股"商业的劲风"打造成一个具有商业价值的品牌，成为诸多出版商竞相追逐的目标。影像媒介时代来临，奥斯丁小说传播的重心从印刷出版转向影像生产，奥斯丁文化在文化商品生产和经营过程中，形成布迪厄所说的文化资本，进入影像生产中新的商业运作体系，在经营中赚取了更丰厚的商业利润。伴随着奥斯丁文化品牌的影像化塑造，奥斯丁小说在影像传播中进一步扩展自己的影响场域，其文化意义也不断扩张增值，形成新一轮的文化资本积累，并延伸成庞大的奥斯丁文化产业。

一、奥斯丁的品牌化

奥斯丁小说自从印刷出版,就在十九世纪图书出版工业的商业运营中,被精心打造成一个品牌,让"简·奥斯丁"这一名字被赋予某些特定的符号价值,从而使读者预先产生某种期待,引导其消费。例如出版商班特利在其发行的"珍爱小说"(1870)丛书里,将 J. E. 奥斯丁-李的那部书写"亲爱的简姑妈"的传记《简·奥斯丁回忆录》与奥斯丁六部小说编辑成合集出版,用亲切可人的作者形象为读者的小说解读提供着相应价值观的暗示与期待。十九世纪末期盛行的奥斯丁小说插图版,则以插画家们一幅幅呈现奥斯丁时代生活场景的令人愉悦的插画,来唤起读者对那个逝去的旧时代的迷恋之情。

这也正是亨利·詹姆斯在二十世纪初期剖析当时席卷英国的"奥斯丁热"时所揭示的,作为文化偶像及英国民族文化象征、备受人们崇拜的"英格兰的简",是商业出版工程基于市场营销目的而特意制造出来的,其实质是奥斯丁小说由文学作品转化成为文化商品的过程。于此,简·奥斯丁的小说创作就不再仅仅是具有文学审美价值的文学作品,而是拥有了法国思想家皮埃尔·布迪厄所言说的"文化资本"的价值,可以凭借其文学场中的文学价值,在社会场域中获得社会权力和经济效益。相对于以实体财产形式存在的经济资本,文化资本是一种象征资本,即符号资本,在社会场域环境中,它可以转化成经济资本,获得经济利润。在这一意义上,文化资本就是文化以其符号价值能够获取的商业价值。

按照亨利·詹姆斯的分析,大众出版工程对奥斯丁的品牌化营销,成功使奥斯丁成为给予读者民族情感认同、抚慰大众乡愁情怀的"英格兰的简",这一符号价值,满足了大众读者的情感需求,并衍生出带着个人情感狂热崇拜奥斯丁的"简迷"文化,从而带动了奥斯丁作品的出版销售,为出版商赚取利润,体现出奥斯丁品牌的文化资本的价值。

奥斯丁的出版传播过程,也是文化资本发展、品牌价值扩张的过程。二十世纪由查普曼引领的学术出版,通过编辑的学术性注释以及出版社的品牌包装——例如将其包含在"牛津英语文库"(Oxford English Texts)和"企鹅经典名著"中出版发行,以此赋予奥斯丁小说高端文化地位,同时在贯穿整个世纪的学术研究的支持下,奥斯丁的文化声望得到极大提升,得以进入英国文学经典的殿堂,并且被列入大学课堂英语文学专业的教科书,成为教育体制的组成部分。这些高等文化价值的添加,既是她在文学场域获得的认可,也是在社会场域的影响力扩大,因为这种传播也是印刷商业的逻辑,要获得商业利润,出版商的出版既是确立奥斯丁小说文学场域中的地位,这种地位的获得也会推动出版商出版产品的销量,使奥斯丁作品作为印刷商品获得社会场域中商业利益的收获,形成奥斯丁文化资本的增值,增添"简·奥斯丁"品牌的符号象征资本,奥斯丁的名字由此更多与官方认可的体制化的特征联系在一起,与"一种重视文学、历史、阶级等级的高雅文化审美,一种以阶级分层为代价的对反讽与讽刺的欣赏,一种带有潜在或隐含的怀旧色彩的英国崇拜(anglophilia),或者至少是一种宽容主义;以分裂的语言表达的对话驱动的叙事;以及对粗俗语言和过度性欲的压制"①联系在一起。

换言之,奥斯丁在印刷出版传播中建构的既大众流行又崇高经典的双重文化地位,赋予奥斯丁品牌相应的符号意义,让消费者对这

---

① Harriet Margolis, 'Janeite culture: what does the name "Jane Austen" authorize?', in Gina Macdonald and Andrew F. Macdonald ed., *Jane Austen on Screen*, p. 27.

个名字产生了这样的意义期待："简·奥斯丁"是流行文化中保守的偶像，"象征着英国民族遗产和所有暗示着前工业社会田园式乡村生活的过去，传统的阶级和性别等级制度、性礼仪和基督教价值观的权威作家"。[1] 奥斯丁品牌的这些符号意义，随着奥斯丁文化声望在学术研究和教育体制中的循环巩固，拥有了权威性或合法性。当它进入印刷出版的商业运作时，作为文化资本就产生了巨大的商业价值——奥斯丁小说长达两百多年、延续至今的畅销书纪录以及庞大的书籍发行量，即是证明。

影视工业对奥斯丁小说的热衷与青睐，很大程度上是因为奥斯丁品牌所具有的文化资本地位，它保证了这些影视改编作品的商业传播价值，从而获得社会影响和商业利润。对于好莱坞和 BBC 的生产者们，他们更关心的是产品的经济受益和大众流行，而"奥斯丁的名字似乎承担了作为如此成功的担保者的功能职责"。[2] 在影视工业的商业需求下工作的编剧和导演，如果要收回巨大的制作成本并为投资者带来利润，就必须生产出一种商品，卖给广大的观众。与好莱坞明星制一样，通过奥斯丁的名字来确定一个影视生产项目，是为了确定受众，因为那些现有的奥斯丁迷会因此被吸引到电影院。吸引这种目标受众的是"简·奥斯丁"这一名字让观众产生期待的一种体验，就如出版工业对奥斯丁的市场营销。不过印刷出版业所开发的奥斯丁品牌，可以直接被影视生产者拿来用作文化资本，"通过巧妙的营销，奥斯丁的文化地位，她的文化资本，转化为商业成功和 BBC、哥伦比亚、米拉麦克斯、A&E 等制片商的经济资本"。[3]

---

① Robert P. Irvine, *Jane Austen*, p. 154.

② Harriet Margolis, 'Janeite culture: what does the name "Jane Austen" authorize?', in Gina Macdonald and Andrew F. Macdonald ed., *Jane Austen on Screen*, p. 26.

③ *Ibid.*, p. 28.

对 BBC 和 A&E 等制作的奥斯丁影视产品而言,在电影标题上对简·奥斯丁名字的使用,就暗示着奥斯丁自己确保了一个项目方案的有效性,制片人清楚地知道"简·奥斯丁"表明什么,所以他们希望人们能对这个标题做出一定反应。他们把"简·奥斯丁"当作一种文化商品,即使是那些从未读过奥斯丁作品的人,也一定会产生一种期待。例如,BBC 的《简·奥斯丁的〈劝导〉》(*Jane Austen's Persuadition*, 1995)①,和 A&E 的《简·奥斯丁的〈爱玛〉》(*Jane Austen's Emma*, 1996)②。这种标题的品牌式设置既宣告了对奥斯丁作品的忠实,更是利用奥斯丁品牌来担保自己的产品。对影视生产者(电视网和电影制片厂等)来说,奥斯丁品牌是他们"声称对原著'真实'(authenticity)或'忠诚'(faithfulness)……保持'高文化地位同时获得大众欢迎'的一种方式"③,而对奥斯丁影视产品的消费者(观众)来说,他们渴望一种满足预期的观看体验,这些打着奥斯丁品牌的影视产品所宣布的对奥斯丁的忠实,让他们的期望有了真实可靠的保证。总之,奥斯丁是"一个主流文化的文学女王(莎士比亚是国王)"④,奥斯丁品牌是一种代表着中产阶级格调的文化商品,奥斯丁影视产品则是"上流社会电影"(genteel cinema)的标志,仅她的名字就足以将观众与良好品位的文化联系起来,而这就是文化资本的功能,满足社会大众虚荣心的功能,进而促进他们的延伸消费,给文化资本的经营者带来收益。

在布迪厄看来,品牌消费是地位的标志,这是现代人能够最快获

---

① 编剧: Nick Dear,导演: Roger Michell,制片人: Rebecca Eaton, George Faber, Fiona Finlay。

② 编剧: Andrew Davies,导演: Diarmuid Lawrence,制片人: Sue Birtwistle。

③ Robert P. Irvine, *Jane Austen*, p. 158.

④ John Wiltshire, 'Introduction: "Jane Austen" and Jane Austen', in John Wiltshire, *Recreating Jane Austen*, p. 8.

得认同的符号方式,在现代城市的陌生化社会,人们之间的了解就是通过这些可快速辨识的符号来达到的。正如一些评论家所说,奥斯丁是影视工业为营销目的而打造的一个品牌,在影像工业中不断地再生产,被用来有效地展示成一种高品位的英国民族文化。如美国电视工业中,波士顿的 WGBH(波士顿美国公众电台)与英国 BBC 合作,引入并改编奥斯丁作品,在 PBS(美国公共服务广播公司)模仿英国模式创建的"杰作剧场"(Masterpiece Theatre)里播出,这使"杰作剧场"看起来"更像是一个从英国进口的'高质量'电视的场所"①,PBS 协会通过改编英国奥斯丁的作品,以此作为"一种维护他们在文化上优于大型商业网的手段"。②

"简·奥斯丁"成为一个成功的文化品牌,不只是因为它的这种高端文化(high-cultural)认证,还在于它在影像传播中一直持续的热度和对大众市场的吸引力,二者是结合在一起的。这归功于奥斯丁小说在印刷传播过程中所生成的独特的兼具高雅经典和通俗流行的双重文化地位——这在英国作家中极其少见。

奥斯丁影视生产确立了这样一种模式,一方面通过奥斯丁品牌来关联一种文化经典资源,作为影视产品口碑与市场的担保,另一方面通过高成本大制作的视觉化包装,重新创造了一个影像媒介中的迷人的"奥斯丁世界",再生产出许多与奥斯丁文本关联的视觉文化消费符号,它们被添加到奥斯丁品牌的符号意义中,让奥斯丁的文化资源价值进一步扩充,而影视工业全球化规模的营销机制,又为影视生产获取了利润巨大的商业回报。第一部奥斯丁影视作品、1940 年由米高梅制作的《傲慢与偏见》奠定了这一模式。米高梅公司本着

---

① Harriet Margolis, 'Janeite culture: what does the name "Jane Austen" authorize?', in Gina Macdonald and Andrew F. Macdonald ed., *Jane Austen on Screen*, p. 29.

② Robert P. Irvine, *Jane Austen*, p. 157.

"致力于打造与高知名度项目相关的工作室的声誉"①的原则,选择英国文学经典《傲慢与偏见》,制作拍摄了明星云集、非常养眼的大银幕电影,高生产价值也收获了高市场利润。1995年BBC遵循这一模式花费巨资制作的迷你电视剧集《傲慢与偏见》(主要用于拍摄地点和服装的费用),获得了空前的商业成功,其收获的海外收益与全球声誉令人惊叹。

影视制作生产出的是一种作为文化商品的消费符号,这使奥斯丁品牌在影像化的塑造中增添了新的视觉符号意义。人们观看谈论简·奥斯丁,成为一种时尚和良好文化品位的象征,奥斯丁在现代都市的影像传播中成为城市流行文化符号,从印刷出版的经典化厚重意义中又派生出新时代消费文化符号的意义。

如前所述,影像媒介的视觉特性让这些奥斯丁影视产品对原著小说进行了视觉再造,再生产出新的文本意义,最突出的就是对人物身体(特别是男性主人公)的欲望化塑造,以及摄政时期服装、家具、房屋的景观式再现,营造出极具诱惑力的视觉图景。性感的身体呈现是影视资本的一种营销手段,去有意迎合当下消费社会中大众群体的欲望化消费特点,满足他们的"看欲"。这可以看作奥斯丁小说在印刷文本中生成的情感满足功能在影视文本中的转换,而银幕上这些为大众带来视觉快感、充满魅力的性感人物形象(例如BBC 1995年版《傲慢与偏见》中科林·菲斯饰演的达西先生)为奥斯丁小说填补了她原本缺乏却被大众读者期待的"情欲"因素,增加了奥斯丁小说的浪漫性,激发起大众消费者极大的热情和兴趣,以及更加狂热的"简迷"文化,使奥斯丁成为一个极具吸引力的流行文化品牌。

① Harriet Margolis, 'Janeite culture: what does the name "Jane Austen" authorize?', in Gina Macdonald and Andrew F. Macdonald ed., *Jane Austen on Screen*, p. 27.

银幕再造的摄政时期历史景观是对英国民族文化的视觉展现，将印刷时代文本阅读赋予奥斯丁小说的民族文化象征进行了视觉化诠释，尤其是遗产电影，以其"奢侈物质主义"的视觉包装，通过奥斯丁文本与英国民族遗产的融合，让奥斯丁品牌的高等文化价值被进一步提升到"民族遗产"的高端地位，奥斯丁的文化资本价值也再次扩大增值。遗产电影的这种视觉包装，就等同于查普曼编辑的奥斯丁小说版本用大量的学术性注释和将其置于"牛津经典文库"中出版的方式，为奥斯丁小说贴上"高级文化对象"的标签，提升其品牌价值。如今，影视文本用更直观更迷人的视觉意象，"公然进入之前被文学文本的高端包装所占据的文化空间"[1]，并在影视工业的商业化运营中，使奥斯丁品牌作为商业营销的"文化资本"的价值被更大化。

同时，影像的全球化传播，让奥斯丁文化影像溢出英国本土，成为全球范围的大众流行文化，产生了极大的文化影响力，培育了全世界更多新的奥斯丁文化接受群体。奥斯丁影视生产的商业成功，也是奥斯丁文化资本再积累的过程，只会促成影视工业对奥斯丁更为热烈的追逐，"奥斯丁的名字的经济价值足以让人们看到更多的改编作品即将问世"。[2]

奥斯丁影像传播的过程，形成了双重的增值效应：一是影视工业更大规模的商业化运作，及全球化销售体系，让奥斯丁影视改编作品赚取了巨大商业利润，同时带动促成更多的小说印刷出版，以及相应更多的商业利润；二是让奥斯丁文化品牌及其品牌价值跨越国界，在英国以外更广阔的地方，借助英国的国家影响力得到全球化的传播，奥斯丁文化品牌的意义在影像生产和受众接收中得到进一步的

---

① Kathryn Sutherland, *Jane Austen's Textual Lives: From Aeschylus to Bollywood*, p. 343.

② Harriet Margolis, 'Janeite culture: what does the name "Jane Austen" authorize?', in Gina Macdonald and Andrew F. Macdonald ed., *Jane Austen on Screen*, p. 39.

意义生产和文化品牌内涵的丰富，使得其作为文化资本也得到更多的价值增长。这种价值增长还表现在它作为生产对象的产业链延伸，如延伸到仿写、改写、翻拍，延伸到旅游业、娱乐业，延伸到文化创意产品的销售等多个方面，最终形成庞大的文化产业集群。

二、奥斯丁品牌的衍生文本

奥斯丁的品牌化意味着市场化能以各种方式使用"简·奥斯丁"这一名字，以及关联该名字的任何可辨识的品质，这就促成了层出不穷的奥斯丁衍生品（spin-offs）。其中最突出的是对奥斯丁文本的改写仿写和影视翻拍，不仅产品数量众多，而且一些作品还获取了很大文化影响力和商业成功，甚至其获得的商业价值比奥斯丁原始资源材料更巨大。这些衍生产品看起来几乎与奥斯丁的影视改编一样流行，构成了当代奥斯丁接受中显著的文化现象。很显然，这是奥斯丁品牌强大的文化辐射力和商业价值的体现，奥斯丁被当作流行文化的经典素材，与人们的各种欲望编织在一起，去实现"欲望的资本化"。

第一部奥斯丁品牌的衍生作品是西比尔·G. 布林顿（Sybil G. Brinton）1913 年出版的小说《老朋友和新幻想》（*Old Friends and New Fancies*），在这部作品里，来自奥斯丁所有六部小说的许多人物漫无目标地乱转，互相交往、通婚——《曼斯菲尔德庄园》中的玛丽·克劳福德与《傲慢与偏见》中的菲兹威廉上校，《傲慢与偏见》中的乔治娜·达西与《曼斯菲尔德庄园》中的威廉·普莱斯，等等。① 小说家艾玛·坦南特（Emma Tennant）在二十世纪九十年代出版了几部较为

---

① See Claire Harman, *Jane's Fame: How Jane Austen Conquered the World*, p. 266.

成功的奥斯丁小说续作:《彭伯里》(*Pemberley*, 1992)、《不平等的婚姻》(*An Unequal Marriage*, 1994)、《埃莉诺和玛丽安》(*Elinor and Marianne*, 1996)和《恋爱中的爱玛》(*Emma in Love*, 1997),续作中的主题、人物形象与叙事风格都接近奥斯丁原作,赢得了读者的喜爱。

比起这些相对传统语境中的续写,对奥斯丁原著小说在现代语境(包括不同媒介)以及跨文化语境中的挪用和转换,则是奥斯丁传播在当代文化中更有趣的体现。

在二十世纪九十年代的一众奥斯丁小说影视翻拍中,艾米·海克林(Amy Heckerling)编剧并执导的电影《独领风骚》(*Clueless*,派拉蒙,1995)尤为值得一提。这是一部对奥斯丁小说《爱玛》极为独特的创造性模仿之作,也是一部获得不俗口碑和票房记录的成功的原著衍生作品。该电影保留原小说人设与秉性,将《爱玛》中的人物改头换面,重置于二十世纪九十年代的美国比弗利山庄高中部,在跨文化的现代环境里重新讲述了一遍与奥斯丁的《爱玛》有着同样情感内核的故事。

女主角切尔·霍洛维兹(Cher Horowitz)跟爱玛一样,是个被宠坏的、有些浅薄但心地善良的富家女,母亲早逝,她牵挂着辛勤工作的父亲的饮食情况,就像爱玛耐心关爱着父亲伍德豪斯先生和他的燕麦粥。她有一个"闺蜜"式的黑人朋友丹尼(Dionne)——《爱玛》中的韦斯顿太太和简·费尔法克斯小姐的结合体——是个说唱歌手,经常用街头俚语式的快速而精明的语调向切尔布道。奈特利先生变成了切尔的继兄乔西(Josh),喜欢阅读尼采,对切尔指点说教。聪明又美丽的切尔有着爱玛一样的特性,热衷于瞎干预,她设计让两位老师相爱,并自信地从事着对她的朋友泰(Tai)的改造工作,同时泰也缺乏头脑,像爱玛一样痛苦地思考着她的生活。克里斯蒂安

（Christian）是类似弗兰克·丘吉尔的人物，他是个同性恋，还是切尔很默契的购物伙伴。切尔一度故意接近克里斯蒂安，就像爱玛对丘吉尔，而当好友泰对有骑士风度的乔西产生爱慕时，切尔突然明白了她爱的人是继兄乔西，但不同于爱玛"像箭一样的速度"意识到奈特利先生必须和她而不能是任何人结婚，切尔热烈大胆地向乔西表白了她的爱情。结尾，两位老师而不是切尔和乔西举办了耀眼的婚礼，但切尔得到了祝福的婚礼花束。

　　《独领风骚》巧妙地将奥斯丁《爱玛》的情节和背景、十九世纪初期英国的乡村庄园置换到二十世纪晚期的美国洛杉矶富人区，将奥斯丁笔下乡绅淑女们的生活置换成一群富二代年轻人和他们时代的生活方式，"把年轻人不了解的小说世界'翻译'成一个年轻人完全了解的世界，好莱坞青少年肥皂剧和校园情景剧的世界"①，用适应年轻人的"词汇"去阐释奥斯丁小说所表达的意义，让年轻的新一代读者去理解奥斯丁，也让奥斯丁更好地跨文化融入美国的社会接受语境。可以说，它彻底将简·奥斯丁迁移到了美国新大陆和二十世纪末期。《独领风骚》放弃了奥斯丁的"词汇"和背景，同时也充分利用了她所有的角色和境况，"它从简·奥斯丁作品中汲取了本质元素，却又在新的背景中对其进行了完全、蓄意的更新"。② 奥斯丁和《爱玛》在电影中既缺席又在场，艾米·海克林这部基于现代语境的文本转换，是对奥斯丁品牌的一次"成功的和有趣的"运用。这种改编与化用，也从另一个角度证明了奥斯丁小说跨越时代的永恒性价值，经典就是在任何时代中都会焕发出生命力，其潜在的文化信息在

---

① Jocelyn Harris, '"Such a transformation！": translation, imitation, and intertextuality in Jane Austen on screen', in Gina Macdonald and Andrew F. Macdonald ed., *Jane Austen on Screen*, p. 51.

② *Ibid.*, p. 65.

新媒介表达和新技术传播中被张扬和唤醒,体现出新的文化吸引力和感召力。

　　虽然奥斯丁文本的续篇改写等现象早已有之,但真正激发起大众改写奥斯丁的热情并一路高涨的,是二十世纪九十年代的奥斯丁影视改编。BBC 1995 年版改编剧集《傲慢与偏见》的巨大成功,在引发全球奥斯丁热之时,也带来最多衍生产品。以这部作品为原型的各种改写模仿的小说创作,在奥斯丁小说影视改编热潮下,也大多被制作成影视作品,和奥斯丁影视改编作品一起,成为奥斯丁的当代流行物,并得到简迷的大力追捧。

　　英国记者海伦·菲尔丁(Helen Fielding)的小说《BJ 单身日记》(*Bridget Jone's Diary*, 1996)(最初是 1995 年开始连载的报纸专栏),就是一部戏仿《傲慢与偏见》的畅销佳作。女主人公、现代单身职业女性布里吉特·琼渴望一个既诙谐幽默又深情款款的伴侣,面对身边两个男性她不知如何选择,让她着迷的丹尼尔外表风流倜傥内心却虚伪卑劣,向她示爱的马克·达西傲慢却真实,当她拜访了马克·达西的豪宅后对达西的偏见融化了——完全是《傲慢与偏见》里的桥段,马克·达西就是达西先生的化身,丹尼尔则是韦翰似的人物。作者菲尔丁称自己正是受 BBC1995 年版热播剧《傲慢与偏见》的启发创作了这部戏仿之作,她尤其倾心于科林·菲斯饰演的达西先生,小说中马克·达西这一人物就是为科林·菲斯量身定做的角色,同样科林·菲斯也担任了同名改编电影(2001)里的男主角,影片成功而卖座,风靡一时。这部戏仿作品及其改编影片之后又出了第二部《布里吉特·琼斯:理性的边缘》(*Bridge Jones: The Edge of Reason*, 2004)和第三部《布里吉特·琼斯:好孕来袭》(*Bridge Jones' Baby*, 2016),形成了颇有影响的"布里吉特·琼斯系列"轻喜剧电影。

　　"《BJ 单身日记》这部小说象征着这个再生产手段大为多样化的

时代文化生产的一个典型想象。"①作者菲尔丁将老套的情节处理得别有新意——由奥斯丁小说情节衍生出符合现代社会语境中的情节模式：年轻的未婚女性延迟寻找永久伴侣,让它的情感表达与现代读者产生了共鸣,在另一个时代巧妙地沿用奥斯丁的情节大纲,在新的文化配置中,让奥斯丁焕发出新的时代意义——相比奥斯丁在《傲慢与偏见》中对社会批评和浪漫爱情的原初融合,菲尔丁的作品探索了现代单身职业女性所承受的社会与情感压力,它"意识到我们的时代和奥斯丁时代的差别,它变换着,改变着,找到不同的方法来达到相似的目的"。② 菲尔丁的戏仿系列从小说到电影的成功,代表了由简·奥斯丁激发的二十世纪九十年代的"职场女性文学"(chick-lit books)和浪漫喜剧影视作品的繁荣,也哺育了一个新的消费者阶层："单身人士"。

英国独立电视台(ITV)2008年播出的四集迷你剧《迷失奥斯丁》(*Lost in Austen*)③备受关注,这部被称为《傲慢与偏见》穿越版的再创作"巧妙地迎合了我们当代对奥斯丁的迷恋"④：二十来岁的现代伦敦姑娘阿曼达·普莱斯(Amdnda Price)对生活和爱情都很失意,却沉迷于奥斯丁小说尤其是《傲慢与偏见》,难以置信的是,她与小说女主人公伊丽莎白竟然穿越时空来到彼此的世界,当阿曼达进入奥斯丁笔下两百年前的小说世界里,遇见那些她早已谙熟的小说人物时,她烂熟于胸的小说情节让她与这些人物的交往妙趣横生,其中有个情景令人忍俊不禁,阿曼达让达西到池塘里弄湿全身然后走出

---

① John Wiltshire, 'Introduction："Jane Austen" and Jane Austen', in John Wiltshire, *Recreating Jane Austen*, p. 2.

② *Ibid.*

③ 原著作者盖伊·安德鲁(Guy Andrew),2005年出版。

④ Kathryn Sutherland, 'Jane Austen on screen', in Edward Copeland and Juliet McMaster ed., *The Cambridge Companion to Jane Austen*, p. 221.

来——BBC 1995 年版剧集里让全世界女性观众念念不忘的达西湿身出水的经典场景——以戏拟的方式狠狠满足了 1995 年版剧迷的花痴心。这部衍生作品用现代意味十足的穿越剧让奥斯丁的小说世界与我们的生活联系起来，满足了沉溺于奥斯丁世界的小说迷、影视剧迷们的幻想。

《傲慢与偏见》的情节还被做了跨文化的搬运。保拉·莫兰茨·科恩（Paula Marantz Cohen）的诙谐闹剧《简·奥斯丁在博卡》（*Jane Austen in Boca*，2003），将《傲慢与偏见》的故事重置于佛罗里达一个犹太人退休社区，在这个犹太母亲的反转笑话里，科恩灵活熟练地再现了班奈特姐妹作为一群上了年纪的寡妇，与一个爱管闲事的儿媳，从那些退休的符合条件的鳏夫们中间绝望地去寻找她们的丈夫的故事。另一部颇受欢迎的宝莱坞电影《新娘与偏见》（*Bride and Prejudice*，2004），把班奈特一家变成印度阿姆利则的巴克希斯一家，用大量宝莱坞式庸俗夸张的方式讲述了拉莉塔·巴克希（以伊丽莎白·班奈特为原型）和美国人威尔·达西的恋情。

美国作家塞思·格拉汉姆-史密斯（Seth Grahame-Smith）的小说《傲慢与偏见与僵尸》（*Pride and Prejudice and Zombies*，2009），是又一部戏仿《傲慢与偏见》的成功之作，在 2009 年《纽约时报书评》（*New York Times Book Review*）的畅销书单上停留了好几个月。小说沿用奥斯丁的故事设定和语言风格，讲述了伊丽莎白·班奈特姐妹在所居住的英格兰小镇与僵尸作战的故事，伊丽莎白立志要把因为瘟疫出现的很多僵尸全部消灭掉，然而傲慢无礼的达西先生的到来打乱了她的计划，经过一番斗嘴和好，两人开始携手对付僵尸，最终拯救了小镇。这部谐拟作品被网友称为是"简·奥斯丁浪漫爱情经典与时尚幻想元素的完美结合"，对当代年轻读者有着独特吸引力。小说开篇对《傲慢与偏见》经典篇首句的戏仿之语"这是一个举世公认的真理,一个拥有脑子的僵尸必须要有更多的脑子"①,赋予小说开卷即得的恶搞风格,在保留《傲慢与偏见》原著故事框架和人物关系下,小说巧思创意,大胆融入僵尸元素,翻新并再创了原著作品风趣幽默的叙事风格,堪称经典与时尚的完美混搭。这部作品据说创造了十亿美元的经济效益,它已经产生了前传、续集、图解小说版、视频和 iPhone 游戏,为读者期盼的电影改编版也于 2016 年上映。

《死亡降临彭伯里》(*Death Comes to Pemberley*, 2011)是英国当代著名推理小说女作家詹姆斯(P. D. James)、一位铁杆"简迷"的"向经典致敬"之作,作者重温《傲慢与偏见》的人物和场景,撰写了一个伊丽莎白与达西婚后第六年发生在彭伯里庄园的探案故事,在层层悬念设置中,讲述坚守责任的达西先生竭力摒除内心偏见,替杀人嫌凶韦翰辩护并努力找出真凶。作者用诡谲离奇的谋杀和推理情节为这部经典爱情小说续篇,令人耳目一新。尽管这部续作的情节设置和人物刻画都与奥斯丁原作大相径庭,但是在叙事语言中不时透露出的反讽,又隐约再现着奥斯丁的风范。这部续作已经由 BBC 改编为三集电视剧集在 2013 年 12 月播出,依旧吸引来一大批"简迷"的围观和评论。

《傲慢与偏见》中那些相对边缘的次要人物,他们的后续命运在现代视角的关照下,在各种衍生续作中大放异彩,让奥斯丁的人物故事不断生发出现代意义。

美国作家朱丽娅·巴雷特(Julia Barrett)在其续作《专横》(*Presumption*,1993)里,叙述了达西的妹妹、贵族小姐乔治安娜最终抛弃门第偏见,与一个人格高尚且有真才实学的年轻建筑师詹姆

---

① Seth Grahame-Smith, *Pride and Prejudice and Zombies*, Philadelphia: Quirk Books, 2009, p. 1.

斯·利库琼结为理想伴侣的爱情婚姻故事,作者抛弃了奥斯丁的金钱婚姻观,强调了感情在婚姻中具有决定性地位的现代婚姻观。澳大利亚当代最有影响力的女作家考琳·麦卡洛(Colleen McCullough)也撰写了一部续篇,名为《班奈特小姐的自立》(*The Independence of Miss Mary Bennet*, 2009),讲述班奈特五姐妹中最平淡无趣的玛丽·班奈特在母亲突然离世后开始独立生活的"小人物逆袭"故事。此外还有朱迪斯·布洛克赫斯特(Judith Brocklehurst)叙述安妮·德·包尔小姐寻找真爱和健康独立生活的两部续篇《凯瑟琳夫人的来信》(*A Letter from Lady Catherine*, 2007)与《达西和安妮》(*Darcy and Anne*, 2010)。

有趣的是,还有一部来自中国"简迷"的中文续写本《基蒂》(娇娥著,2013),讲述伊丽莎白结婚一年后,班奈特家四小姐基蒂·班奈特的一段现实与浪漫的恋爱故事,除达西夫妇外,简和彬格莱先生、夏洛蒂和柯林斯牧师等人物都再次登场,展现他们的后续故事,幸福圆满的故事结局也满足了所有粉丝的续读渴望。这部续写作品得到了国内《傲慢与偏见》忠实读者热情洋溢的好评,自称《傲慢与偏见》"骨灰级粉丝"的作者跨越语言和文化去续写奥斯丁这部两百年前的经典名著,可谓文学传播史上不可多见的奇观,也充分印证了奥斯丁这部经典之作超越时代与文化差异的魅力。

这些属于不同类型或媒介的奥斯丁衍生文本,实际上构成一种新时代语境下阅读奥斯丁小说的独特阐释方式,在当代阅读文化中对奥斯丁小说进行了富有时代特色的重塑。它们与其说是对奥斯丁的模仿或娱乐,不如说是围绕着"简·奥斯丁"这个名字产生的幻想,借助奥斯丁来满足自我的想象与欲望表达。

奥斯丁小说"清晰地展现出它作为一个梦幻的储藏库和梦幻的

刺激物的功效"①,有力地推动着它的读者从事富于想象的行动。特别是新世纪以来的衍生作品中,奥斯丁被"重新品牌化为二十一世纪浪漫故事的教母的一部分",这个"简·奥斯丁"已经不是曾经那个有着"尖刻的智慧和复杂的道德观念"的女作家,"现在她精明、性感和非常现代"。②

阿里尔·埃克斯塔特(Arielle Eckstut)的《傲慢与滥交:简·奥斯丁遗失的性爱场景》(*Pride and Promiscuity: The Lost Sex Scenes of Jane Austen*, 2003)诙谐地迎合了现代观众对奥斯丁几部小说中男女主人公之间激情的期待。琳达·波多尔(Linda Berdoll)接连推出的"达西与伊丽莎白"(Darcy & Elizabeth)系列续写本——《达西和伊丽莎白:彭伯里岁月》(*Darcy & Elizabeth: Nights and Days at Pemberley*, 2003)、《达西一家:绝对激情》(*The Darcys: The Ruling Passion*, 2011)——大写特写两位主人公的现代式激情,其美国浪漫小说的写法受到当代读者的追捧,三部续作都多次再版加印,读者不断飙升,目前已销售超出百万册。凯伦·乔伊·福勒(Karen Joy Fowler)的《简·奥斯丁读书会》(*The Jane Austen Book Club*, 2005)讲述了六个当代美国郊区居民通过全天候阅读所有奥斯丁作品来探索"他们自己的私人奥斯丁",将他们的情感生活与奥斯丁小说交织在一起,既虚构了公众对奥斯丁的兴趣,也助长了公众对奥斯丁的兴趣,同名改编电影在 2007 年上映。莎莉·史密斯·奥洛克(Sally Smith O'Rourke)的《爱上简·奥斯丁的男人》(*The Man Who Loved Jane Austen*, 2007),让一位维多利亚时代的绅士爱上了奥斯丁,并收获了

---

① Patricia Meyer Spacks, 'Introduction', in Patricia Meyer Spacks ed., *Pride and Prejudice, an Annotated Edition*, p. 5.

② Kathryn Sutherland, 'Jane Austen on screen', in Edward Copeland and Juliet McMaster ed., *The Cambridge Companion to Jane Austen*, pp. 219-220.

浪漫结局,书的封面上印有这样一句话:"带着愉悦的期待去阅读"——就如所有书名中有"简·奥斯丁"字样的衍生作品带给人们的感受。[①]

使用奥斯丁的材料,创造自己的作品,这些再创作的奥斯丁衍生文本,让我们看到,奥斯丁小说中的形象和思想如何巧妙地、自觉地被当代作者转变再生,成为时代精神的体现——"快乐在不同的地方",奥斯丁的这些当代流行物,为我们提供了素材,让我们思考奥斯丁在我们中的位置。

各种"奥斯丁类似物"(Austen-likeness)的广受欢迎,让"简·奥斯丁"这一名字仿佛具有了一种成功的魔力,导致奥斯丁小说被解读为一个"普遍真理"(universal truth)或"找到佳婿"(Finding Mr. Right)的向导,以至于又衍生出一类有趣的书籍,如《摄政时期规则》(*The Regency Rules*)以及《简·奥斯丁的约会指南》(*Jane Austen's Guide to Dating*),指导人们以有吸引力的方式行事[②],还有《简·奥斯丁烹饪书》(*The Jane Austen Cookbook*),帮助人们用现代食材去仿造出摄政时期的食品来,《简·奥斯丁的摄政世界》(*Jane Austen's Regency World*)则是一本致力于"所有与奥斯丁有关的东西"的物质建构的杂志。[③] 显然,这些社交规范、风俗礼仪、烹饪指南、旅游文化的衍生书籍都是在借用或者消费奥斯丁这一文化品牌,奥斯丁品牌也因这些借用而意义更加宽泛和深厚。

奥斯丁创作的成功,使关于奥斯丁生活经历的传记写作接踵出现,在二十世纪时已有多部奥斯丁传记出版,它们是奥斯丁衍生文本中不容忽视的组成。当奥斯丁进入影像传播时代后,奥斯丁的传记

---

① See Claire Harman, *Jane's Fame: How Jane Austen Conquered the World*, pp. 267–268.

② *Ibid.*, p. 253.

③ *Ibid.*, p. 278.

电影和电视剧集也时有出现。这些传记影视作品作为奥斯丁副产品,构成了奥斯丁的另类衍生文本,同时它们也与奥斯丁小说的影视改编一起,成为屏幕上的"奥斯丁世界"的组成部分。

2002 年,BBC 制作了一部名为《真实的简·奥斯丁》(*The Real Jane Austen*)的低成本奥斯丁传记电影,身着戏服的演员表演和纪录片叙事穿插着进行,试图戏剧化作者的生活。2007 年,米拉麦克斯影业公司将乔恩·斯宾塞(Jon Spence)的传记作品《成为简·奥斯丁》(*Becoming Jane Austen*, 2003)改编为同名传记电影,电影因汇集了安妮·海瑟薇、詹姆斯·麦卡沃伊(James McAvoy)、玛吉·史密斯(Maggie Smith)等明星阵容而备受关注。这部电影以奥斯丁的小说、书信、少年习作作为参照,把奥斯丁的真实生活与虚构生活混合在一起,将书信中记录的在 1796 年、1797 年她与汤姆·勒弗罗伊的调情描述为一个改变奥斯丁一生的事件,它不仅是奥斯丁创作几部小说(尤其是《傲慢与偏见》)情节的直接模式,而且是她"找到自己声音"的触发器,因而这部电影的片名也被译为《简·奥斯丁的少女日记》《傲慢与偏见之简·奥斯丁》等。这部拍摄于 2007 年的传记电影,和那些二十一世纪的奥斯丁小说改编电影一样,也采用了遗产电影的制作方式,成为华美壮观的奥斯丁银幕世界的一部分。与之相似的还有 BBC 于 2007 年拍摄的传记电视剧《奥斯丁小姐的遗憾》,也充分利用了奥斯丁书信、日记等现实材料,用 BBC"古装剧"的豪华阵容和高级制作,带领观众走进了奥斯丁的内心世界,重现奥斯丁对爱情的思考及其对小说创作的影响。

围绕"奥斯丁"的衍生文本种类繁多,奥斯丁的品牌化让"简·奥斯丁"这一名字成为一个可以被循环使用的、具有商业价值和文化统治力、文化支配力的文化资本,也意味着人们由"简·奥斯丁"激发出的所有幻想、欲望都有了商品化、资本化的可能,这也是奥斯丁品牌的衍生文本无穷无尽的内在动力。

三、奥斯丁的文化延伸与产业化

影视作品作为一种面向大众的艺术形式以及影视工业全球化的产销发行体系,让奥斯丁的小说故事和故事中主要人物的名字几乎家喻户晓,奥斯丁品牌也由此产生了强大的文化辐射力。从流行于社会生活之中的多种文化符号到一系列文化副产品的盛行,奥斯丁的名字早已超越小说和影视文本,几乎无处不在,公众对奥斯丁的兴趣持续增长。种种现象都在表明,"简·奥斯丁"在当今已成为一个畅行无阻的文化大 IP,由奥斯丁衍生而来的各种文化副产品超过有史以来的任何作家,而且膨胀成价值上亿英镑的"奥斯丁产业"(Austen industry)。

影视制作生产出的不是具体的物质,而是影像(视觉)文化符号,在影视媒介构筑的影像文化传播系统中,借助影视媒介的大众传播方式,形成社会文化传播现象,产生广泛的文化影响。奥斯丁的影视改编,生产出一系列奥斯丁影像文化符号,产生了新的文化意义,通过影像传播和影视工业全球化运营机制,让影像化的奥斯丁文化符号四处渗透蔓延,成为当下社会文化的内容构成。

在当代社会文化中,奥斯丁仿若一个取之不尽的宝藏库,被人们无所顾忌、随心所欲地取用,因为"任何能让人联想到简·奥斯丁的东西都会变得非常吸引人"。①"简·奥斯丁"随机地出现在各种媒体上甚至电视娱乐节目中,充当着各型各类的文化符号甚至文化娱乐

---

① Claire Harman, *Jane's Fame: How Jane Austen Conquered the World*, p. 267.

的功能。

《傲慢与偏见》作为最成功的奥斯丁影视改编版本,也产生了最广泛的文化影响。影视版本将男主人公达西先生浪漫化激情化后,达西就成了"万人迷","达西式的人物"俨然是一种非凡魅力的代称。在奥巴马竞选美国总统期间,专栏时评家莫琳·多德(Maureen Dowd)在《纽约时报》上滔滔不绝地述说奥巴马是一个达西似的人物,设想她的读者将会轻易地理解她希望去暗示的魅力和性感。① 《傲慢与偏见》的标题短语还长期被用于对公众事务的评论中,为写作者提供了最易被接受的标题:钢铁工人罢工中的僵局,一篇反伊斯兰报纸文章的后果,或者是批评布什政府的伊拉克政策。1990年《纽约时报》刊登了一封关于英国在布尔战争中的局面的信,标题直接使用了"傲慢与偏见"这个短语。② 这部小说著名的开场白是在语言中最经常被引用的句式之一,数学公式般的简洁句式使这个语句一再被挪用于各种文化语境:"这是一个举世公认的真理:一个拥有××的××,必定需要××"(It is a truth universally acknowledged that a [blank] must be in want of a [blank])。据统计,这一句式在语言中的引用率仅次于莎士比亚《哈姆莱特》中的名句"生存还是毁灭"(To be or not to be),在多种主题中频繁出现,以至于成了一个"文化的陈词滥调"。③ 2000年2月,福克斯电视网(Fox network)播出了一个两小时的真人秀,名为"谁想嫁给一个千万富翁?"。在节目中,一群女人竞争一个超级富豪单身汉(只以轮廓的形式呈现给她们),这个节

---

① See Patricia Meyer Spacks, 'Introduction', in Patricia Meyer Spacks ed., *Pride and Prejudice, an Annotated Edition*, p. 6.

② See Claire Harman, 'Preface', in Claire Harman, *Jane's Fame: How Jane Austen Conquered the World*, p. 3.

③ *Ibid.*

目的灵感显然来自《傲慢与偏见》。①

法兰克福学派的"文化工业理论"认为,文化在资本主义生产体系中可以变成商品由工业技术大批量生产出来,文化的生产可形成产业体系,这种产业体系,是为了获取利润而向大批消费公众销售的。这种文化工业的出现,在具有文化传播普及功能的同时,还具有文化的拉平和降低效应。奥斯丁文化工业的影视再生产让简·奥斯丁面向大众广泛传播,拉平了经典与大众的距离,将高居于文学经典圣殿的奥斯丁转变成一个大众文化的娱乐形象,人们抛开那些从奥斯丁印刷文本中解读的高深奥妙的意义,去重新发现"奥斯丁式的乐趣"(Austenian pleasures),"以不同的方式享受着'经典'的概念及其在现代文化中的地位"②。这是由大众影像媒介生产带来的大众文化的传播和普及,特定的媒介开拓、生发了作家特定文化维度和意义空间,以大众接受的方式编码传播,形成奥斯丁文化的又一波传播热潮。

奥斯丁小说查普曼版本的书后附属材料——英国摄政时期的马车、服装、舞厅之类的图片,为奥斯丁文本增添了那个古老时期的传统文化魅力,唤起了学术界对奥斯丁的相关物质材料和文学之外的文化的严肃考察,建立起奥斯丁小说与更广阔的历史世界之间丰富的和意想不到的联系。影视媒介的视觉化特征让奥斯丁影视改编版本强化了对这些物质意象的关注,特别是迷恋于"奢侈物质主义"的遗产电影。在这些影视制作中,被华美呈现的古老时代的物质图景为观众营造了一个逼真的幻境,观众在影像"真实性"的直观诱惑

---

① See Claire Harman, Preface, in Claire Harman, *Jane's Fame: How Jane Austen Conquered the World*, p. 267.

② Judy Simons, 'Jane Austen and Popular Culture', in Claudia L. Johnson and Clara Tuite ed., *A Companion to Jane Austen*, p. 476.

中,更深切地体验到了他们向往的那个世界。或者说,影视的诱惑就在于,以影像幻觉的替代的方式,把观众带到了另一个世界。用德国电影理论家克拉考尔(Siegfried Kracauer)的话说,人们有着再现现实的永恒冲动,电影开始满足人们观看现实的深层欲望。影像以最接近感官的方式刺激着人们对奥斯丁时代的社会场景的想象,当然影像制作者也是根据自己的想象复现或创造了一个奥斯丁小说中的社会场景和器物空间,这时候的奥斯丁文化已经是一种共建合谋的结果——观众的期待,影像编剧和导演的想象,奥斯丁的小说文本,它们一同凝结在动态的影像媒介中,成为大家观瞻的新时代的奥斯丁。

奥斯丁影视版本再生产的诱人的物质意象,再次唤起人们对"奥斯丁世界"更为疯狂的迷恋与热情,人们不再满足于银幕上的影像幻觉,而是在影视版本的刺激促动下,再造现实生活中的"奥斯丁世界"——这是典型的影像符号传播影响下的文化产业运作体制的体现,是"拟态环境"的现实化。

位于巴斯的"简·奥斯丁纪念中心"(The Jane Austen Centre),就打造了一个现实版的"简·奥斯丁的摄政世界"(Jane Austen's Regency World),一个由各种与奥斯丁关联的消费和娱乐构成的典型的"奥斯丁产业"。古城巴斯是奥斯丁生活过五年(1801-1806)的地方,也是她两部小说《诺桑觉寺》和《劝导》的故事发生地,对奥斯丁的生活和创作都有着重要影响。如今,简·奥斯丁作为"巴斯最著名的人物",成为古城巴斯着力经营的文化资本,为巴斯带来最广泛的文化影响力和商业盈利。

"简·奥斯丁纪念中心"创立于二十世纪九十年代中期奥斯丁作品影视改编热潮之际,一定程度上,它也是奥斯丁影视工业催生的副产品。"中心"位于巴斯市的盖伊街(Gay Street),街道还保持着两百年前的面貌,BBC也曾在这里拍摄过电视剧集《劝导》。"中心"入口处伫立着奥斯丁全身塑像，一位穿着摄政时期古装的老绅士站在门口彬彬有礼地迎客，让人瞬间穿越到奥斯丁的时空。"中心"的工作人员也都身着摄政古装，每人扮演一位奥斯丁小说人物。一楼为展厅，有令人愉快的奥斯丁主题展览，展示了奥斯丁小说的古老印刷版本、奥斯丁书信、奥斯丁生平的视频讲解、小说改编电影的剧照、影视剧中演员穿的戏服、英国皇家邮政署发行的奥斯丁小说纪念邮票、摄政时期的服装和家具、版画、巴斯地图等。展厅还专设了一个展区，游客可以在此使用摄政时期的各种服饰如裙衫、帽子、围巾、羽毛扇、手袋、太阳伞等，将自己装扮成奥斯丁时代的人物，体验一番换装的穿越感，并拍照留念，或者再用鹅毛笔写一段涂鸦。毫无意外，这里已成为整个展区最受欢迎的部分。

　　二楼典雅的乔治亚风格小屋是"摄政茶室"（Regency Tea Rooms），全天供应各种美味茶点，有"达西先生茶"（Tea with Mr. Darcy）、"淑女下午茶"（A Lady's Afternoon Tea）、"奥斯丁茶"（Austen Tea）、"巴斯之味"（Taste of Bath）等，"与达西先生共享下午茶"是摄政茶室的最大卖点，参观完一楼展厅来到二楼，在小憩中享用一份精致的摄政茶点，体验一种优雅悠闲的时光。"中心"的礼品店里售卖奥斯丁书籍、影碟，以及特别设计的"奥斯丁商标"（Austen™）的纪念礼品：刺绣套装，钢笔，印有奥斯丁小说人物的马克杯，印在画布上的最为奥斯丁迷认可的由科林·菲斯扮演的达西的油画像，奥斯丁品牌的化妆品，还有精选的男士领带和"简·奥斯丁"睡衣系列，"然而没有达西枕套，因为这将是特权的逻辑延伸"。① 这些可以在生活中消费的商品、使用的物件、装饰画和工艺品，其文化意义往往超越其实用意义，这些物品作为奥斯丁文化的泛媒介信息承载，渗透在人们的现实生活空间中，给人以沉浸式

---

① Claire Harman, *Jane's Fame: How Jane Austen Conquered the World*, p. 278.

体验,从而体会一种奥斯丁式的英国传统文化。

　　"中心"每年秋季都会举办为期九天的"简·奥斯丁艺术节",在巴斯各个不同的场所举办服装、音乐、戏剧、舞蹈、美食、时尚、交流、旅行等活动,其中最盛大的活动当属"摄政盛装漫步"(Grand Regency Costumed Promenade),有成百上千人参加,人们穿着奥斯丁笔下摄政王时期的服饰游行漫步和表演传统舞蹈,这已经成为巴斯标志性的活动。2013年的"奥斯丁艺术节"格外隆重,为纪念奥斯丁最著名作品《傲慢与偏见》出版两百周年,除更加盛大的"摄政盛装漫步"外,还有化妆舞会、摄政时装秀,"中心"还特意举办了一场别开生面的《傲慢与偏见》朗读活动,持续七天,每日两小时。[①]

　　"简·奥斯丁徒步之旅"是"中心"的又一特色项目,可以在"中心"导游的陪同下,悠闲步行于巴斯的主要街道,去观看与感受"简生活、散步和游览过的地方",体验与奥斯丁的亲密接触。一路上导游"会引用奥斯丁小说和信件中的合适语句及段落让一切都变得生动起来",会带游客到奥斯丁与家人朋友往来信件中以及两部小说中(《诺桑觉寺》和《劝导》)提到名字的地方游玩,游客还可以定制特定地点的徒步旅行。

　　对于"简迷"来说,这里"真棒,真是一个奇妙的地方",每一个光顾"中心"的游客都是时光旅行者,他们被带回到奥斯丁的摄政时代,体验着与简·奥斯丁和奥斯丁小说世界的亲密接触,这个过程,就像"中心"网站主页用作主题宣传语的那句来自《曼斯菲尔德庄园》里的话:"从始至终都充满愉悦!"在"简·奥斯丁纪念中心"的运作下,这里已成为一个涵盖博物馆展览、物品销售、旅游、餐饮、娱乐、表演、庆典等诸多领域的综合体,每年招徕的参观者近六万人,为古城巴斯带来了丰

---

① 参见简·奥斯丁艺术节英国简·奥斯丁纪念中心(lvyou168.cn)。

厚的经济回馈,成为巴斯以奥斯丁为主题的最成功的文化产业项目。或者说,"简·奥斯丁"品牌是巴斯如今最有价值的文化资本,带来了丰厚的商业回报。

如果说古城巴斯因为与奥斯丁的直接渊源而吸引众多游客慕名而来的话,英国其他一些地方的旅游业的兴盛则要归功于奥斯丁影视改编作品带来的强大影响力。那些隶属于"国家信托基金"的古老的庄园建筑,因为在奥斯丁遗产电影中被用作拍摄外景地点,被贴上"奥斯丁品牌"而声名大振,吸引了络绎不绝的游客探访,获取了成倍的收益,成为依托奥斯丁品牌打造的文化产业的又一显著实例。

BBC 1995 年版《傲慢与偏见》花费重金用于外景拍摄,呈现了迷人的乡村住宅的视觉效果,这一引以为豪之处,吸睛无数,也为外景拍摄地莱姆庄园做了最有效的广告。这部剧集里,达西先生的家彭伯里庄园,还有给太多观众留下深刻印象的达西游泳的湖,都在柴郡的莱姆庄园。如今莱姆庄园就以"彭伯里之路"(Pemberley Trail)吸引游客,它的旅游宣传语是:"静静地望着湖中倒影,穿越时空,与剧中女主角丽兹·班奈特分享'彭伯里庄园'的美景。"同样,2005 年版电影《傲慢与偏见》将德文郡公爵世袭的查茨沃斯庄园作为达西的彭伯里庄园的外景拍摄地,这个英国最美的庄园之一由此得名"达西庄园"而名声大噪,成为简迷们的打卡胜地。这些实地景物与奥斯丁小说发生关联,从而具有了作品的符号意义和象征含义,成为具有精神内涵的泛媒介实景存在,承载了奥斯丁文化,向游览消费的大众提供想象性的文化浸润,达到文化传播的效果。

奥斯丁影视改编作品的魅力,引发了新一代接受者对奥斯丁作品的兴趣,启发他们又回到奥斯丁小说的印刷文本中,去体验阅读文字的乐趣,从而促成了奥斯丁小说图书出版业的再次兴盛。自从影像媒介的视觉快感传播将"简·奥斯丁"转换成为一个令人愉悦的文化娱乐形象后,新一代出版商也着手于奥斯丁小说出版的重新定位——"是愉快阅读而不是努力研究"①,"雄心勃勃地抵制和修正"奥斯丁小说的文学经典形象,剥离其学术研究对象的定位,将奥斯丁重新包装成娱乐出版物,以迎合新的市场需求和当代读者对奥斯丁品牌的消费期待。例如英国的霍德·海德林出版公司(Hodder Headline)认为,以前的出版中,奥斯丁被包装得像一个干巴巴的严肃的学术作家,只会吸引她潜在的读者的一小部分,于是在 2006 年出版了"焕然一新"的重新设置的奥斯丁作品版本,通过采用带有旋涡的花哨字体和蝴蝶、鲜花以及鸟的符号的彩蜡封面,将奥斯丁包装成"女性小说的仙女教母",来"重新品牌化"(rebranding)奥斯丁小说。②

　　一直服务于学生市场、以出版密集注释版本为特色的"企鹅图书"(Penguin Books),在新近推出的"红色经典丛书"(Red Classics)里,取消了以往版本中对奥斯丁作品的所有脚注,声称"故事不言自明"。"企鹅"另一系列出版的奥斯丁小说,每一部封面上都醒目地印着作者简·奥斯丁的"肖像"——不是那幅为人熟知的唯一的手绘奥斯丁肖像画,而是 2007 年传记电影《成为简·奥斯丁》中的奥斯丁扮演者、好莱坞明星安妮·海瑟薇的剧照——"电影成了小说的前文本"。③ 用电影诠释的视觉形象重新包装奥斯丁出版小说,是当前的图书出版争取市场常见的销售策略,它反映出当下文化的这样一种现实:视觉文化已占据文化主导地位,影像符号已成为最流行的文化符号。

　　如鲍德里亚所言,后工业消费时代来临,最能吸引大众感官的视觉符号构造了消费社会的主体。社会由传统文化向视觉文化的结构性变

　　① Kathryn Sutherland, 'Jane Austen on screen', in Edward Copeland and Juliet McMaster ed., *The Cambridge Companion to Jane Austen*, p. 222.

　　② See Claire Harman, *Jane's Fame: How Jane Austen Conquered the World*, p. 253.

　　③ See Kathryn Sutherland, 'Jane Austen on screen', in Edward Copeland and Juliet McMaster ed., *The Cambridge Companion to Jane Austen*, p. 222.

迁中,建构起以视觉产业为中心的新经济体制,而其间,影视产业又占据主导地位,形成了以影像文化符号传播为主的文化产业运作机制。视觉文化有其特定的生产、流通机制,"视觉文化不但在生产体制上发生了上述的巨大变化,而且在流通体制上也发生了巨大的变革。由于视觉文化的传播借助了最现代化的媒介科技平台,全球化的流通方式将比任何文化传播形态都更为突出和强烈"。① 视觉影视产业的全球化运营,在促成奥斯丁影视改编的视觉文化符号的全球化蔓延外,更建立起了遍及全球、规模庞大的奥斯丁产业链群,获得惊人的商业利润。

令人愉悦的奥斯丁影像符号充分满足了大众文化消费需求,让奥斯丁再次成为当下的流行文化符号,奥斯丁在印刷传播中被再生产出经典权威的意义后,影像传播让奥斯丁文本又回到了它的愉悦性——只不过和它最初带给读者的情感阅读体验的愉悦性略有不同,是一种取悦于视觉感官的愉悦性,并且成为一个被广泛使用的文化娱乐物。这是"伟大小说家"简·奥斯丁产业化后的必然命运。

影像传播对奥斯丁文本的再次情感化"回归",也为奥斯丁研究接受带来一个显著的变化:追求愉悦感的简迷式情感阅读,曾经一向被视为缺乏理性思考的浅层阅读和一种情感文化,被研究界所忽视,也由此造成了奥斯丁专业化研究在大众读物与"正统的学术著作"之间有一个很大程度上不可逾越的界线。在二十世纪九十年代奥斯丁影视改编大爆发之前,那些被奥斯丁小说激发的续写仿写作品和电影、舞台剧、广播剧等改编作品很少为批评家所关注讨论。九十年代中期之后,奥斯丁影视改编引发大众对奥斯丁的狂热追捧,面对由简迷情感文化催生的几乎泛滥的奥斯丁文本衍生品副产品,以及各种各类激情四射

---

① 孟建:《视觉文化传播:对一种文化形态和传播理念的诠释》,《现代传播》2002 年第 3 期。

的大众再创造的简迷文化现象,批评家们再也无法"置之不理"和"置身事外",他们"不再否认情感上的忠诚",而是开始将其看作"一种生产性的文化形态",探讨在奥斯丁接受中的价值重构等话题,在某种程度上,"开启了奥斯丁接受在学术和大众流行模式之间的对话"①。这可以说是奥斯丁影像传播引发的简迷大众文化热潮,对印刷传播时代形成的奥斯丁传统研究状态的一个极有影响力的转变。

影视改编对奥斯丁小说浪漫动人的视觉诠释,赋予奥斯丁更为持久的魅力。除原著小说再次蓬勃兴起的出版阅读热潮为出版商持续带来经济效益外,影视改编的 DVD 等影像制品以及各种影像版权的热销也给予制片商丰厚的经济回报。受这些成功的影视生产的影响,由奥斯丁派生出的衍生品、副产品更是层出不穷、源源不断。从畅销图书到热播剧集、卖座电影,从文化怀旧到旅游观光,"简·奥斯丁"这一名字已成为工业时代生产商们钟爱不已的金字招牌。奥斯丁记录了英国前工业时代的"美好"生活,自己却成了一个蓬勃发展的工业。背后的深层原因,除了这部作品的自身魅力外,离不开影像传播的强大推动力。

奥斯丁一方面在文学场域里不断被经典化,另一方面在社会场域、文化产业中显示出强大的社会征服力和国际征服力,成为赚取利润获得社会权威和国际认可的超强文化资本,而这种文化资本正是通过对奥斯丁小说影像媒介编码的象征资本、符号资本,这些文化象征符码通过影视工业的全球化运营体系向世界范围内传播,帮助塑造英国的国家形象,感染受众,并成为英国的软文化实力。

---

① Claudia L. Johnson and Clara Tuite Introduction, in Claudia L. Johnson & Clara Tuite, ed. *A Companion to Jane Austen*, Introduction, p. 6.

小　结

　　二十世纪以来的影视媒介用它的技术特性对奥斯丁文本进行了新的意义阐释,尤其是九十年代开始的以景观视觉叙事为特征的影视改编作品,让奥斯丁文本的魅力在新媒介传播中依然强劲新奇。由于媒介表现的转换,奥斯丁小说在文字印刷媒介中建构起的经典地位和文学的崇高寓意,在影视媒介侧重"看欲"的视觉满足中,被转化为对观众具有感性冲击的浪漫传奇,影视媒介的奥斯丁再创作着力展现适应于影像视觉媒介捕捉的要素和形象,人物欲望化身体的呈现就是重点,还有对小说历史背景的时代细节进行物质主义"还原"。由此,在屏幕上叠映出一个极具观赏性的景观化的奥斯丁影像世界。然而,就像批评家们一再指责的,景观化的视觉图景,由于接连不断提供视觉信号,剥夺了流连思考的时间停顿,注定拉平奥斯丁小说寓于文字言辞的微妙的层次关系和奥斯丁机智的反讽艺术,观众在景观制造的"幻象天堂"中神魂颠倒,"浑然不觉地丧失了自己的一切否定性批判维度"[1],成为一种"后现代主义'无深度'的消费文化"[2]。

　　但我们也看到,影视媒介虽然部分消解了印刷媒介时代奥斯丁小说文字表达所具有的诉诸人的想象和认知才能捕捉到的丰富意义,另一方面又借助视觉符号,生发和突出了奥斯丁文本中文字言辞由于自身媒介局限所遮蔽的意义,并以感性直观的视觉形式强化了其与英国

---

　　[1]　张一兵:《代译序:德波和他的〈景观社会〉》,居伊·德波:《景观社会》,张新木译,南京:南京大学出版社,2017年,页35。
　　[2]　迈克·费瑟斯特:《消费文化与后现代主义》,页34。

民族文化的关联,这虽然某种程度上有损于奥斯丁小说文本的深层意义在影视上的表现,但未尝不是奥斯丁文本的影像文化在读者感性直观意义上的新生长。

在当下以大众消费文化为主流的时代,奥斯丁影视改编作品所建构的景观化的奥斯丁影像世界,迎合了新时代人们的接受需求,它将奥斯丁小说的文字叙事转换成充满视觉吸引力的影像符号,让印刷时代高居文学圣殿的经典奥斯丁文本转变成面向大众消费的影视产品,奥斯丁在经历了印刷传播中的神圣化经典化"赋魅"后,又在影视媒介的大众传播中进行了"祛魅",再一次成为亲近大众的情感寄托物,并迅速融入大众文化的洪流,膨胀生长出更加丰富的大众文化意义。

作为大众艺术的影视媒介,它的强大传播效力,对受众的接受影响力远超印刷媒介。影像传播掀起的奥斯丁热遍及世界范围,使奥斯丁文化也遍布全球。这些影视改编作品生产制作的奥斯丁影像符号在当代视觉消费文化的社会语境中,成为当代风靡的流行文化符号,畅行于世。同时,影视媒介文化空间是一个相对民主的话语空间,它打破了印刷文化中的知识分子学术精英的话语垄断和权威地位,使曾经边缘的大众文化逐步占据主流文化空间,让印刷文化空间中形成的奥斯丁研究与接受的状态,发生了重大转变。渐居主流的大众简迷文化葳蕤兴盛,不断促成奥斯丁文本的意义生发蔓延,产生了更宽泛的文化影响力。

可以说,影像传播推动了奥斯丁在当代的大众流行。奥斯丁所有传世作品均被改编成影视作品,并且出现了众多版本的影视生产。这些影视改编冲击了奥斯丁小说作为文学经典的深度感和严肃性,以削平深度的方式对原著进行了平易化解读,更加符合大众的趣味,毕竟在当下快节奏、碎片化阅读的影响下,人们对于文学作品的阅读耐性不断下降,而兼并视觉听觉和感官体验的影视作品提升了传播维度,赋予文字以画面冲击的同时,也满足了现代人群的精神享受需求,更利于提高观众探究奥斯丁原作的热情。

影像传播不仅为奥斯丁创作带来新的传播契机,同样也让奥斯丁创作借力于新媒介的生产和传播方式,实现对文本传播渠道的扩充,与此同时也增加了将影视作品观众转换为原著读者的可能性。优质的影视改编与原著作品更可以达到互相成就的效果,在奥斯丁作品的全球影响力下促成对其进行 IP 开发,完成奥斯丁文化的产业化。影视改编版本也大大丰富了奥斯丁文本的文化表现力,是奥斯丁文本的重要表现形式和内容构成,与奥斯丁小说原作一起,成为之后互联网传播时代粉丝再创作奥斯丁的文本资源,在此基础上再生产出无穷无尽的互联网上的大众简迷文化。

第四章　互联网传播中的奥斯丁
数字化及其文化重构

二十世纪九十年代中期以来,以计算机技术和信息科学为基础的互联网媒介在二三十年间迅猛发展,全面渗透到社会各领域,成为当代文化主导媒介,革命性地改变了传统印刷文化生产环境,对电影、电视为主要代表的影像媒介的传播方式也带来巨大冲击。互联网不再只是一种技术手段乃至传播平台,而是成为曼纽尔·卡斯特(Manuel Castells)所说的新的社会结构性因素(《网络社会的崛起》,2001),循着它的网络延伸、算法的升级,一切社会活动都发生了全新的变革。文化信息传播方面,互联网的数字化信息传播新技术,也形成了新的文化生产场域,给既有的印刷文化与影像文化生产带来颠覆性影响。

互联网媒介已不容置疑地成为当下文化中传播知识、交流信息的主要场域,文学也受到了网络传播模式的影响,随之进入互联网传播时代。网络这一信息时代最具革命性的技术媒介,建构起一个由其技术特征所决定的全新的媒介文化空间,形成新的网络文化生产和传播场域,直接影响着所传播的知识信息。这使互联网传播中的简·奥斯丁,从形式到内容都发生了极大变化,形成与以往迥异的传播现象。"在知识产品供大于求的信息时代,互联网的知识生产和消费将更加指向文化上的意义所指。"①人们在网络上浏览和生活的时间越来越长,原本被称为虚拟空间的网络,事实上成为人们大多数时间驻足的新宇宙——类似于文化元宇宙的精神家园,奥斯丁粉丝们在网络环境里建构了一个他们心目中的奥斯丁文化空间,呈现出不同于精英文化的另类景象。这个新场域下的新景象,为奥斯丁的文化意义生成增添了多元化的新内容。

本章通过对互联网上以"彭伯里共和国"(The Republic of Pemberley)为代表的一些奥斯丁主题网站的传播现象分析,来探寻在互联网场域中再生产的奥斯丁文化及其社会意涵,探讨互联网媒介如何生产内容,并以特定的方式组织和建构传播、如何影响知识的整合传递和消费、如何造成传播效果与内容的改变,从而带给奥斯丁文化的全新变化。

第一节　奥斯丁的网络超文本世界

网络上的资讯服务,以网页的形式提供给受众,即提供信息浏览的一个独立的单位,诸多网页又用超链接方式被汇集成某一个主题网站,以实现完整的传播目的。奥斯丁的互联网传播,即以主题网站的形式存在。万维网是互联网上的全球信息网,它是无数个网络站

---

① 刘影:《数字出版研究的社会文化转向——基于出版史的范式更新》,《现代出版》2020年第3期。

点和网页的集合,构成了互联网服务的主要部分。在万维网上,有成百上千个奥斯丁主题网站,只要点击鼠标,就可以在互联网上与奥斯丁建立起亲密的联系,在网络"奥斯丁世界"里尽情徜徉。

一、互联网上的奥斯丁主题网站

互联网上的奥斯丁博客网站名目繁多主题丰富,有些带着鲜明的简迷个人风格,表达着个人的兴趣喜好,如"简·奥斯丁的一切"(All Things Jane Austen)、"奥斯丁作家"(Austen Authors)、"历经时代的奥斯丁"(Austen Through the Ages)、"奥斯丁的变体"(Austen Variations)、"奥斯丁式评论"(Austenesque Reviews)、"简·奥斯丁迷"(Jane Austen Addict)、"我的简·奥斯丁读书会"(My Jane Austen Book Club)等;另一些则以个人热情去提供类似公共服务的内容,如"简·奥斯丁的世界"(Jane Austen's World),用一种物质主义的态度介绍奥斯丁时代的食物、衣着、社会习俗和其他历史细节;还有"今日奥斯丁"(Jane Austen Today)、"每日简·奥斯丁语录"(Jane Austen Quote of the Day)等网站,对近期跟奥斯丁相关联的媒体事件进行细致报道(如对小说中"最坏的父亲"的在线民意调查)。[①] 这些网站共同的特征都是网民自发设立,并按照他们自己喜好的方式来汇聚内容,策划架构,具有非常强的民间色彩,是一种自下而起的草根式内容生成,这也是网络文化场域内容生成的特征。

个别博客作者通过他们对奥斯丁小说的阅读和挪用来了解整个生活,并把这些感受和想象在博客空间里记录、分享和交流。博客

① See Claire Harman, *Jane's Fame: How Jane Austen Conquered the World*, pp. 276–277.

"追随奥斯丁"（Following Austen），以及相关联的博客书（blook）《与简·奥斯丁同行》（*A Walk with Jane Austen*），都源自作者莱里·史密斯（Lori Smith）"寻找与这位作家的联系，其作品（以及根据这些作品改编的电影）已成为我的文学慰藉食品"。① 这种自我表达和外化以及他人的关注交流，又会进一步刺激网友的写作和表达。"奥斯丁散文——一个简·奥斯丁博客"（Austenprose-A Jane Austen Blog）是众多奥斯丁博客网站中影响较大的一个，其定位是"您的奥斯丁及其遗产、历史小说和浪漫小说以及时代戏剧的在线资源"，博客经营者发出热情的召唤："和我们一起庆祝作家简·奥斯丁，通过她的小说、信件、生活以及现代阐释。"该博客主页列有"简·奥斯丁作品详情"（奥斯丁所有小说的电子文本）、"奥斯丁风格"（Austenque）等几个版块，每一版块下都有更多的子菜单内容链接。该网站显然致力于对奥斯丁小说的改写续写等各种现代变体的介绍与评论，在网站主页上有这样一个版块："在社交媒体上跟随奥斯丁"，列出了一些社交网站的链接，有推特（Twitter）、脸书（Facebook）、缤趣（Pinterest）、领英（Linkedin）、红迪网（Reddit）等，点击链接即可进入这些社交网站与其他"奥斯丁人"展开在线交流。主页上还推荐了另外一些奥斯丁主题网站，提供了网站链接，如"奥斯丁中心"（Jane Austen Centre），"奥斯丁博物馆"（Jane Austen's House Museum），"彭伯里共和国"（The Republic of Pemberley）等，体现出互联网共享文化的特点。

　　对于早已传播至全球的奥斯丁文化，并且作为当代流行文化，国内网站上也有一定数量的由中国奥斯丁粉丝经营的奥斯丁主题网页，虽然不及国外的规模，却也形成了互联网上别具特色的奥斯丁中

---

① Claire Harman, *Jane's Fame: How Jane Austen Conquered the World*, p. 277.

国传播现象,展现着奥斯丁文化在中国的演绎。网民参与活跃、互动程度高的一些国内社交网站和自媒体平台上,"简·奥斯丁"都占据着一席之地,有着较广泛的话题及关注度。如新浪微博、百度贴吧、晋江文学城、乐乎网(LOFTER)、豆瓣网、小红书等,这些网站聚集了更多年轻的中国网民,他们自信张扬地再生产着他们心目中的奥斯丁文化。此外,"哔哩哔哩"(bilibili,简称"B站")、抖音、快手等短视频平台上,奥斯丁小说及其改编的影视作品成为推书、影视欣赏和治愈系自媒体的内容素材。在这些网站和网站上的粉丝社区里,简迷自由地表达着对奥斯丁的诸种感受,尽情地演绎他们对奥斯丁的跨文化接受。

在新浪微博超话社区里简单搜索,就会出现奥斯丁相关主题的粉圈"超话"①:一个名为"简·奥斯汀超话"②的网页上,可以看到网友最新上传的"1799年简的亲笔信"的奥斯丁书信照片;另一个粉丝数达11.7万的"傲慢与偏见超话",粉丝们发布了许多备受他们钟爱的2005年版改编电影《傲慢与偏见》的剧照。百度贴吧上的"简·奥斯汀吧",网友发帖数目前已有近1.6万,这些帖子里汇聚了网友上传的内容丰富、种类多样的奥斯丁资源,例如置顶精华帖"JA相关文字类",楼主以网页链接的形式发布了奥斯丁所有作品的中英文目录(知乎网链接)、简·奥斯丁的"少年习作"(大英图书馆网页链接)介绍及其手稿和印刷本照片、奥斯丁作品中译版统计表、奥斯丁小说译本印刷版的豆瓣读书推荐和购买链接(豆瓣读书网页链接)、几种奥斯丁传记中译本(豆瓣读书网页链接)、国内外一些重要的奥斯丁

---

① 超话,网络流行词,即超级话题的简称,是新浪微博推出的一项功能,拥有共同兴趣的人集合在一起形成的网络社交圈。参见超话百度百科(baidu.com)。

② 该超话使用的是"简·奥斯汀"译名,这是国内另一个常用的"Jane Austen"中文译名。国内网站多使用"简·奥斯汀"译名,不再一一注明。

评论与研究(豆瓣读书网页链接)、奥斯丁同人文创作(豆瓣读书、晋江网链接)、奥斯丁小说英文有声书、"简·奥斯丁书友会"等奥斯丁粉丝部落的介绍,还有网友回帖分享的奥斯丁小说手稿(英文版网页链接)①,如此种种,建造起一个网络上的奥斯丁资料库,而且网友可以随时上传新的内容信息,形成奥斯丁资源的无限汇聚,并且共享给所有网友,为奥斯丁爱好者和研究者获取所需资源提供了极大便利,充分体现出互联网时代共享文化的优势,同时,这里也成为奥斯丁粉丝的聚集地,在跨越一切边界的互联网上相互交流着他们共同热爱的奥斯丁文化。

　　豆瓣网上,除了有大量奥斯丁作品的图书、影音资料外,该网站设置的给书籍、影视作品评价打分的"豆瓣评分"功能,以及由此产生的推荐榜单,可谓网络时代的"意见领袖",为广大网民选择作品提供着重要的参考依据。目前豆瓣评分上,对奥斯丁小说影视改编作品的评分大多分布在7.0分至9.0分之间,这是一个在豆瓣上公认的值得一看的评分分段,其中《傲慢与偏见》在77万人评分的基础上获得了8.7分的高分,同时还列入了高分经典爱情片榜,极大增加了小说原著对于大众的吸引力。不同于印刷时代的专业评论者的精英身份,"豆瓣评分"的参与打分者是身份及知识背景都多元化的网友,其中不乏一些专业人才,也有更多的草根大众,这使他们的评价行为较少受官方或体制影响,能做出相对客观的评价结果,所以在网民心目中具有颇高的参考性。而互联网用户的庞大体量是印刷时代的读者和影像时代的观众无法比拟的,这让"豆瓣评分"这类网络评分机制对大众接受者具有着前所未有的普泛性影响,体现出互联网传播的又一独特效力。

---

①　参见 Jane Austen Fiction Manuscripts：Home。

这显然也是传统媒介批评家作品评论难以做到的,印刷出版时代专业批评家在期刊和报纸上发表作品评论,大众读者阅读接受,而没有表达自我意见的机会。网络空间的开放性、包容性彻底改变了批评家对作品评论的垄断,大众的评论和表达在网络空间平等地呈现,形成一个意见观点的自由市场,当某个意见表达者受到关注,他的观点和意见就会被众人点击,形成流量聚集,或者被算法置顶,供更多的人接受阅读和评论,这就形成网络上的文化信息自下而上的生长态势,而不同于之前传统媒介中的自上而下的文化生成模式。

从网络上奥斯丁文化场域主宰感的角度来看,网络媒体的各种界面形式其实都是设计为容纳不同奥斯丁文化信息接受者个人理解和表达的形式,每个网络个体才是这个新领域的主人,他们用不那么成熟理性与典雅的文字(如学院派精英批评家那样),很个人化地表达自己的感受、观念和趣味。如英文博客"奥斯丁散文"(AustenProse),博主宣称:"我个人的奥斯丁倾向于欣赏她的聪明的讽刺和机智,因为我热爱在捍卫严肃的现实中嘲笑生活……就像简·班奈特,我将试图在所有人身上找到优点。"①又如国内网站"简·奥斯汀吧"上一位网友的发帖内容:"《理智与情感》布兰登上校对玛丽安是真爱吗?——个人感觉,布兰登上校只是把对初恋的感情,转移到了玛丽安身上。他自己承认,玛丽安的相貌和神态,像极了伊丽莎。伊丽莎与他青梅竹马,只是后来她不幸死了。"也许只能用综合情境与个人身份的文化还原方式才能比较准确地定位他们关于奥斯丁的表达,而这也是网络上奥斯丁文化呈现的特点,生动地体现了网民个体传播者通过自己的理解把奥斯丁文化元素和自身现实生活亲切地缝合在一起,形成一种网络虚拟镜像中的"文化行动"景观。

---

① Claire Harman, *Jane's Fame: How Jane Austen Conquered the World*, pp. 276–277.

　　奥斯丁英文主题网站中涉及领域最广、功能最多的一个，是"彭伯里共和国"。该网站专心致志于奥斯丁的作品及各种周边，包括了几乎所有网络上的奥斯丁传播现象，堪称网络"奥斯丁世界"的形象代言。"彭伯里"是奥斯丁最知名小说《傲慢与偏见》里达西先生的地产，这个让伊丽莎白·班奈特倾慕不已、对达西也由恨转爱的气派迷人的庄园，是奥斯丁小说世界里最令人向往的美好之境，以此命名的该网站显然是要在网络赛博空间搭造一个简迷心爱的"奥斯丁世界"。

　　"彭伯里共和国"主页列出了网站几个主要内容版块，"简·奥斯丁专栏"（Special Jane Austen Pages）是其中一个。该版块的下拉菜单里有更多内容条目：简·奥斯丁信息页（Jane Austen Information Page）、简·奥斯丁地名录（Jane Austen Gazetteer）、知识库（L&T Knowledge Base）、简·奥斯丁相关地点（Jane Austen Locations）、简·奥斯丁的人物（Jane Austen Characters）。再点击下拉菜单各条目，又会逐一展开新的子菜单，例如点击"知识库"条目，其内容是对奥斯丁创作时代社会历史背景的介绍研究，提供了阅读奥斯丁小说所需要的相关背景知识的链接，类同于查普曼牛津学术版印本（1923）的学术性注释和附录的语境资料，但涉及内容要丰富和详实得多。这一条目的子菜单里展示了如下内容：军队、土地与房产、农业、艺术与休闲、牧师／教堂、服装、教育、礼仪、住户、简·奥斯丁的生活、财产、地点、旅行、有关六部小说的作品研究、婚姻、法律、语言、食品／烹饪。点击每一条目，就会在超链接中打开相关的网页——一个关于奥斯的旅游路线图，或一篇介绍英国摄政时期窗户税的文章，或被剥夺继承权的爱德华·费拉斯（《理智与情感》）与土地房产继承关系的研究论文。另一条目"简·奥斯丁地名录"，它的主题是"奥斯丁小说中真实与想象的地方指南"，再选择点击列出的链接"探索《傲慢与偏见》中的真实地方", 打开的网页上有一幅"英格兰和威尔士"地图, 页面地图右边分别列出"真实的地方"和"想象的地方"的清单, 页面上的文字说明是"本文中提到的想象的地方的确切位置未在地图上注明: 只有简·奥斯丁知道它们在哪(她没有说……)"。①

就像学院派研究对奥斯丁小说印刷本所做的文本注解和附录文章一样, 所有这些网络链接内容提供了阅读奥斯丁小说的丰富的语境知识。链接内容的资料来源, 既有学院派学者的文化研究成果, 也有出自简迷个人兴趣的挖掘积累。但与严谨的学院派研究不同, 简迷网友们在网络虚拟空间中蚂蚁建构式地用数据堆集了一个数字化的"奥斯丁世界", 网络媒介的独特技术让奥斯丁文化在网络上有了新架构方式, 使人们可以更快速、便捷地获取各类相关信息, 而这在传统媒介环境里是做不到的。

网站主页上的另外一些版块, 以子菜单的方式链接了奥斯丁作品、奥斯丁书信、奥斯丁传记等的数字文本, 俨然是一个文本种类齐全的奥斯丁数字图书馆。在"简·奥斯丁作品数字文本"分版块里, 可以在线阅读奥斯丁六部传世小说, 还有未完成作品《苏珊夫人》。点击"简·奥斯丁书信"条目, 则可以看到布雷博恩版"简·奥斯丁书信"②的版本介绍和详尽目录以及数字文本链接。另一分版块为奥斯丁生平经历与家族成员的详细介绍, 包括电子版奥斯丁传记、年表、家谱, 肖像等。这种资料丰富的信息存储在传统纸媒时代根本无法想象, 点击鼠标, 就可以看到类似一个图书馆的馆藏资源, 完全改变了人们的阅读体验和阅读行为特点——比如细读让位于浏览, 信

---

① 参见 www.pemberley.com。

② 该版本是由范尼·奈特的儿子、第一代布雷博恩男爵(1829–1893)编辑, 初版于1884年, 最后一版1995年, 还有编者布雷博恩为该版写的长篇序言(1884年5月)以及"来自书信的著名引用"(Famous quotes from the letters)。

息接受的整体性改善而信息理解的质量下降,大众兴趣式的泛读增多而专家研究型的阅读接受变少,等等;这些都是网络媒介传播中的文学接受活动有待深入研究的课题。

"彭伯里共和国"网站的内容,囊括了阅读与研究奥斯丁的几乎所有资料。除此之外,还有对奥斯丁研究的跟踪式介绍。网站有一个作品评论的网页链接"官方前五名评论"(official Top 5 Review. com),该网页的制作者声称他们是一个产品考察团队,其考察对象和考察方式是对互联网上数目庞大、品种繁多到令人不知所措的各类奥斯丁评论研究做出提前的研究反馈,通过对这些评论产品的详尽"市场调研或亲自检测",来精心整理出可取的前五名评论产品,并为之撰写评论文,帮助用户了解这些产品,获取最佳选择,以此来简化用户在互联网上寻找有价值的奥斯丁评论的过程。

在"彭伯里"网站主页提供的版块内容链接中,还有供免费观看的奥斯丁小说改编的所有电影版本,如同在线播放的影院。访客们可以点击阅读奥斯丁小说电子文本,也可以随时点击观赏这些小说的影视改编作品。如果意犹未尽,还可以去网站商店游逛购买各种奥斯丁副产品。网站主页的公告栏里,列出了两个在线商店的链接,一个售卖包括书籍、DVD、音乐作品等奥斯丁相关附属产品,另一个是"彭伯里专柜"(The Pemberley Shoppe),专售奥斯丁最受欢迎的作品《傲慢与偏见》的衍生产品,"提供了大量且不断更新的与彭伯里和简相关的商品"。[1] 主页还链接有亚马逊购书网站,为网站用户提供购买奥斯丁作品印刷文本的路径。这种配套服务充分体现了网络的强大包容性,而网络虚拟现实世界和现实物品的镜像功能,更让各种奥斯丁文化产业创意在这个虚拟承载的网络空间施展发挥,在技

---

[1] 参见 www.pemberley.com。

术上实现并到达网民受众。

英文主题网站"彭伯里共和国"作为一个典型案例,代表着互联网上围绕奥斯丁主题进行文化生成的新场域,这个新场域通过对网络数字技术的使用,虚拟建构了全新的奥斯丁文化景象,并让奥斯丁的意义再生产呈现出前所未有的特征。

二、数字化超链接与奥斯丁超文本

经过在"彭伯里共和国"的一番徜徉,可以看到,这里几乎聚集了所有与奥斯丁创作相关的文本现象以及衍生的周边产品,包含了以文字、图片、影音、视频等多种媒体承载的内容讯息,兼具阅读、朗诵、播放、观看、视听等多项媒体功能,这些多媒体资源被以超链接方式联结起来,建构起一个信息丰富、内容多元的网络奥斯丁立体文本世界,一个奥斯丁文献资料的超级电子档案馆。这种以超链接方式汇聚了多种媒体内容的网络文本,正是互联网承载知识信息的独特形式——超文本(Hypertext)。

"电子搜索和研究过程的一个关键内容是超文本的使用。"[1]超文本是互联网媒介的核心形式,美国学者霍华德·莱茵戈德(Howard Rheingold)在其专著《虚拟社区》(*The Virtual Community*, 1993)里指出,"超文本"概念由泰德·纳尔逊(Ted Nelson)在二十世纪六十年代首次提出,莱茵戈德这样阐述道:超文本"作为一系列链接的文本,可以召唤其他文本进行查看。当你在超文本数据库的一个文档

---

[1]　尼古拉斯·盖恩、戴维·比尔:《新媒介:关键概念》,刘君、周竟男译,上海:复旦大学出版社,2015年,页78。

中遇到参考或脚注时,你可以指向它并立即看到引用的源文档,然后返回到第一个文档(如果你愿意),或者继续探索向前链接,指向其他文档。整个图书馆在这样的方案中相互连接。当你扩展可链接数据库以包括视频、图形和音频时,媒体成为超媒体,但从一个文档跳到另一个文档的理念仍然是核心"。① 这种"从一个文档跳到另一个文档"的技术就是超链接,它是形成超文本的核心技术,它按照一种非线性的方式存储、管理和浏览信息,使用者可以在特定点中断对一个文件的阅读,点击进入以内容相关性连接的另一重文本(包括图像等),使原先的单一文本变成了无限延伸、扩展的超级文本,通过文本间的交叉引用链接,在文本与文本之间建立起网状的组织关系。单小曦在《媒介与文学》中分析道,超文本让文本在一系列链接中形成相互交叉的文本块,这些链接又为读者提供了自由选择的不同的路径,超文本的这一特性使原本在印刷时代只属于实验性写作且很难普遍实现的技术,因为计算机网络媒介而变成了普遍性的写作实践。②

除了超链接技术让奥斯丁超文本拥有无限丰富、取之不尽的信息资源外,超文本所体现的文化场域意义在于,它使得各种不同性质的奥斯丁文化信息和元素组合杂糅在一起,呈现出万花筒般的后现代文化景象。这种新的文本景象,不仅打破了传统文字文本的线性排列,整合纳入了各种不同文本类型,超文本的"多媒体"呈现还把各种边界分明的媒体形式都整合成为网页内容,就像浏览"彭伯里共和国"网站时的体验:可以阅读奥斯丁小说,可以观看改编电影,或者欣赏电影音乐,或者查看奥斯丁故居旅游地图,再去"彭伯里专

---

① Howard Rheingold., *The Virtual Community: Homesteading on the Electronic Frontier* (revised edition) , Cambridge / Massachusetts / London: The MIT Press, 1995, p. 96.

② 单小曦:《媒介与文学:媒介文艺学引论》,北京:商务印书馆,2015 年,页 179。

柜"选购几样商品。这样,文学的阅读想象和文化工业影像及文化创意产品的消费聚合一体,文学文化精神的虚拟感受和想象与逼真的影像感受、现实的文创产品购买一步步过渡到现实世界,充分发挥了网络媒体虚拟真实世界的技术特征。

与超链接一样,超文本的多媒体特征与计算机数字化技术直接相关。网络媒介以计算机技术为基础,计算机技术的最根本特征就是通过数字化表征而运作,它将所有形态的文本内容都简化成标准的二进制数字符码,将此前的不同媒介形式,通过数字化技术再次媒介化为数据信息,都转变成网络新媒介的内容,形成以网络为基地、融合多种媒介的多媒体特征。这就是曼诺维奇(Lev Manovich)所说的"再媒介化"(remediation)——早先技术通过再媒介化成为新媒介的内容①,也应验了加拿大传播学者麦克卢汉(Marshall McLuhan)曾经的预言,之前存在的媒介形式都会转变为之后出现的"新"媒介的内容②。不断媒介化的过程会造成文化信息再生产、传播和接受方式的变化,进而影响文化性质和形态。奥斯丁小说的印刷媒介产品转换为影像表达(影视改编),再到网络超文本传播,都大大改变了奥斯丁文化的读者接受状况,进而影响到其历史生成和世界传播。

麦克卢汉的著名论断"媒介即讯息",直指传播的媒介技术决定了传输的内容。互联网超文本的数字化多媒体和超链接技术,让知识信息的承载、传递与消费等各个环节都发生了根本变化。奥斯丁的网络超文本世界也是一场技术革新下的符号编码重构,这种网络媒介的重新编码对奥斯丁文化来说是极为重要的改变,可以说是比其原初文本更为重要的文化信息,这就是"媒介即讯息"的一个个案

① 尼古拉斯·盖恩、戴维·比尔:《新媒介:关键概念》,页102。
② 同上书,页9。

验证。

如网络传播学者曼纽尔·卡斯特所说,多媒体让"所有类型的信息在同一个系统里传播……导致了所有信息整合在一种共同认知的模式里……"①,整合的知识信息以横向并列的方式共时地提供给受众,对受众认知带来的直接影响就是区别各种知识信息的边界消失,同时也消除了知识生产的历史感,"它们的降临终结了视听媒介与印刷媒介、通俗文化与精英文化、娱乐与信息、教育与宣传之间的分隔甚至是区别,从最好到最坏,从最精英到最流行的事物,在这个将沟通心灵的过去、现在与未来展现全都连接在巨大的非历史性超文本中的数码式宇宙里,所有的文化表现都汇聚在一起"。② 超链接的无穷延展性又让知识的生产"没有开端,也没有终结,没有序列",超越了传统文本的线型的、连续的、受限制的并且固定的特征,最终,网络超文本呈现的是混合了各种时态、各种类型,集结了"人类经验全部范围里可以获取之文化产品组成的某种非序列式"的知识档案馆。③

而这也正是"彭伯里共和国"等主题网站所建造的一个互联网上的奥斯丁立体超文本世界,一个在超文本链接下整合了所有奥斯丁媒介文化资源的超级档案馆,"该网站的建设使其超越了高雅文本和大众流行文本,学术版本和低俗爱情故事的等级边界,所以它就像一个十八世纪的图书馆,在它的标题和品种的分类上,除了表达个人品位再别无其他需求"。④ 人们在这里无差别地接触他们感兴趣的与奥斯丁相关的一切内容,所有奥斯丁创作以及围绕奥斯丁创作衍生

---

① 　曼纽尔·卡斯特:《网络社会的崛起》,夏铸九、王志弘等译,北京:社会科学文献出版社,2001 年,页 461。

② 　同上书,页 461–462。

③ 　同上书,页 542。

④ 　Judy Simons, 'Jane Austen and Popular Culture', in Claudia L. Johnson and Clara Tuite ed., *A Companion to Jane Austen*, p. 473.

的各种周边,都因"简·奥斯丁"这一名字"无时间性"、"无偏见性"、平面化地集结在此,当"彭伯里共和国"的访客在点击中任意浏览着这里没有边界区隔的奥斯丁资源时,无论是小说原著还是改编电影,无论是专业评论还是粉丝再创作,无论是奥斯丁故居图片或是印着奥斯丁头像的 T 恤衫,都是"简·奥斯丁"这回事,"对他们来说,被误解的达西先生的黑暗和艰难本性似乎与科林·菲斯的扑朔迷离的吸引力分不开……"①,BBC 1995 年版电视改编剧集《傲慢与偏见》中的科林·菲斯就是奥斯丁笔下的达西先生的同义词——对他们来说,简·奥斯丁与奥斯丁小说以及奥斯丁小说的影视改编,都是一回事。

　　网络媒介的超文本技术改变了知识呈现与传播方式,随之而来的就是受众阅读习惯与接受行为的全面改变,"在赛博空间,超文本链接以多重性的路径提供了一个非线性的语义网络,从而必将为新一代读者培养出非线性、非等级、无疆界的阅读与思维方式"。② 超文本的数字多媒体化对先前知识传播体系划定的界限进行了全面否定,使因边界分隔而存在于先前体系中的知识的等级制区分,如精英与大众、高雅与通俗、专职与业余等不复存在。超链接技术还让人们摆脱了传统阅读的线性的束缚,获得了可多方向无限延展的阅读体验,构建起一个由连结而非边界构成的知识存在模式,而决定连结内容的,完全是个人兴趣——在全凭受众"率性而为"的超链接点击中,逻辑与理性变得无关紧要。受众由此方式接受到的知识信息,必然是不具有系统性、完整性和严谨的逻辑性的离散化、碎片化状态。这

---

① Kate Bowles, 'Commodifying Austen', in Gina Macdonald and Andrew F. Macdonald ed., *Jane Austen on Screen*, p. 16.

② 单小曦:《当代数字媒介场中的文学生产方式变革》,《社会科学辑刊》2011 年第 5 期。

一状态就与后现代文化精神产生了呼应,形成了线上文化传播的后现代景观,后现代文化场域的一个主要特征就是文化中心力的离散,这种离散瓦解了传统的一元化主导的文化场域状态。利奥塔(Jean-Francois Lyotard)在《后现代状况》(*Postmodern Condition*,1979)中指出,被新传播技术信息化后的知识"无法不发生改变",不再是反思式或冥想式的,而是表现性和实用性。在互联网漫无边际的信息的随意捕捉中,受众的注意力不免"随风飘荡",难以停驻,失去了对意义的关注和探寻。超文本这些特性可以说"突如其来地"实现了罗兰·巴特(Roland Barthes)反抗文本单向意义结构的愿望,由此也带来一个后续的问题:当单一结构被打破、一切都碎片化时,我们还怎样获取完整的意义?或者,当意义可以被无穷追逐时,意义是否还存在?这既是一味消解意义的后现代解构文化常被诟病的地方,也许也是我们至今还需要印刷文本来维持意义存在的原因——只要我们还有探求文本意义的欲望。

　　麦克卢汉曾用"内爆"(implosion)一词描述电子传播技术对社会结构的重新组合,称瞬息万里的电子传播形式把机械工业时代的"外爆"(explosion)的扩张型社会结构"逆转"(reverse)为"内爆"的紧缩型社会结构①,"在电子的压缩作用下,地球就像一个村庄,把所有社会和政治功能在瞬间的内爆中汇总起来……"②麦克卢汉的"地球村"言论,准确预言了数字信息时代网络社会的结构模式,"内爆"一词也是对网络媒介中的知识储存与传播方式的精准概括。网络的数字技术将所有形态的知识信息都转换成以"比特"(bit)为单位的二进制数据,而数据的实时传输与可被密集压缩的技术特性,使网络空

---

① 麦克卢汉:《理解媒介》,何道宽译,北京:商务印书馆,2000年,页67。

② 斯泰西·吉利斯:《网络批评》,朱利安·沃尔夫雷斯编:《21世纪批评述介》,张琼、张冲译,南京:南京大学出版社,2009年,页275。

间"内爆"为即刻传送信息的超级数据库,拥有着前所未有的强大的信息存储功能,建构起一座几乎容纳所有人类所创造出的文化的便捷的超级数字化档案馆,"一座数据之城……它有着大量数据库,而这些数据库包含了所有文化的财富。从理论上而言……其间的每一份档案均可供访问"。[①]

　　就奥斯丁传播而言,奥斯丁小说初稿完成之际,是以口头诵读的形式,在家庭亲友圈内传播,待印刷出版后,就进入出版工业的"外爆"式传播流程,依靠交通运输工具的改进和销售范围的扩张拓展,不断扩大传播领域以及传播效果,影视媒介也是在这种外延式的传播中扩大了奥斯丁文化传播的空间。而互联网上的奥斯丁传播,通过超文本链接让所有奥斯丁资源都"内爆"式汇聚在网络这一压缩时空内,形成一个以指数方式扩展的、包罗万象的奥斯丁网络超级资源库,同时也是一个巨大的可自由访问的开放式图书馆,将世界各地对奥斯丁感兴趣的网民集聚在这样一个内向延伸的空间中。分处各地的奥斯丁文化资源和受众也在这种内爆式的压缩中被紧紧地集聚在网络的电子部落中,形成网络上的奥斯丁社区。

　　麦克卢汉的媒介理论宣称,每一种技术都创造一种环境。互联网媒介的数字化表征不仅仅是一个再媒介化的技术问题,"数字化不只是一个平台,它改变了置身其中的语境"。[②] 在互联网这一媒介环境中发生的奥斯丁传播的诸多实践,新现象、新事物,都基于这个数字化的世界。网络数字技术的开源模式,让互联网上的资源能够低成本、便捷地访问与取用,用户可以通过点击链接随时随地上传和提取信息,形成互联网特有的"共享"型文化。它冲击了印刷时代形成

---

① 尼古拉斯·盖恩、戴维·比尔:《新媒介:关键概念》,页77。

② Linda Hutcheon, *A Theory of Adaptation* (Second edition), p. xxi.

的知识版权的概念,也随之动摇了作者权威、文本固定性等这些在印刷文化中形成的观念。web2.0的世界里,产权和所有权问题更加难以界定,"自由的文化"或知识共享的观点受到欢迎,自由获取、免费阅读成为网络传播环境下的新价值观。web2.0通过共享技术资源和专业知识,向公众开放了访问、使用和设计档案的可能性。这无形中形成了新的奥斯丁文化场域,这个场域中也随之产生了新的主导力量。

"彭伯里共和国"等奥斯丁主题网站在互联网上建构起奥斯丁的网络超文本世界,这个文化世界具有超长的纵深感,可以源源不断地生成不同个体新的文化表达,形成非常质感立体的文化累积。这种效应的形成,很大程度上得益于网络的超文本链接。超链接连结了海量的数据,使得用户一个终端在手,就具有了进入无尽数据的便利和自由。超链接带来的超文本景象,打破了传统的图书文字或者电影电视的单一特征,将不同空间的文字信息和视像信息组织在一起,这种不同文本类型的汇集混合形式,以及文化主体向网民大众转移的内容主导,均体现出后现代的特征,而这种文本景象正潜在地由文化信息的新的网络生产场域所决定,用户化的内容生成形成新场域的主要动力。超文本的语法允许从当前阅读位置直接切换到超文本链接所指向的位置,给网民用户提供了极度自由的文本介入方式,文本退居其次,读者(接受者)的主动性极度彰显,文本面临解构的危机,而个体的无节制自由恰恰又是后现代的特征,由于这种自由,文本本质会受到网民个体自由接受和解读的冲击,其本质意义很可能会被消解。然而同时,这种破坏也并不全是消极意义,也会有新的文学文化意义和价值的建构,也就是解构中的建构。

就如互联网上的奥斯丁传播现象呈现给我们的:奥斯丁网络超文本通过电子速度聚合汇集传统的单一文本,让人们可以快速地在不同文本之间进行选择性信息捕捉和信息接受，打破了传统奥斯丁文本的线性接受，形成多元立体的接受方式，为读者的碎片化阅读开启了技术性的可能与便利。这种文本跳转的接受方式既是对奥斯丁传统文本的完整性和经典性的拆解和破坏，形成被批判的后现代文化堕落，也会有重新组合的理解生成新的意义文本，成为解构后的重构。互联网上由一众网民主导的新的奥斯丁"简迷"文化，正具有这一意义。

超文本链接的文化生态释放了网络普通用户的文化生产力与传播力，使既有的奥斯丁文化场域瓦解嬗变，渐渐形成新的文化权力主导场域，也就是一个由网民主导的奥斯丁网络文化传播生态。网络场域瓦解了传统的"精英–大众"文化传播的结构，使得多元化的个人传播力介入到奥斯丁文化的生产、建构和传播中来，重新整合奥斯丁文化的各种资源，在网络空间中呈现。在这样的文本场域中，网友的自主性和自由性突显出来，他们在线上的奥斯丁虚拟元宇宙环境里自由徜徉，游戏性地生产和发展着网络上的奥斯丁文化。

第二节　赛博空间里的"简迷"拼贴游戏

"超文本"让文本具有了流动性。在超文本环境中，"作品是主动的而非被动的，经典不再固定于完美之中，而是在人的动机之下具有了不稳定性"。[1] 这种转变主要是由超文本不断扩展的潜能促成的，而这

---

[1]　斯泰西·吉利斯：《网络批评》，朱利安·沃尔夫雷斯编：《21世纪批评述介》，页282。

里面一个重大的文化变迁是文化场域的主体由"作者–文本"为主转向以超文本的点击运作者为主,也就是网络用户为主。

网络超文本改变了文化信息的传播和接受模式,浏览、点击、算法推荐的信息电子速度传播和获取,取代了长时间凝神静读和想象思考,作为阅读主体的"读者"在互联网环境中相应有了新的身份称谓——"用户"(user),恰如接受美学对文学阅读、进而对读者的重视,这一称谓的转变也体现了在新的网络传播环境下对"文学活动者"的重视。"从'读者阅读'到'用户功能'的转换,其间是消费主体除了阅读文本之外其他各种参与文本建构功能的增加。"①

互联网媒介中的文化生产与传播模式都因新媒介技术而发生了深刻改变。网络媒介的数字化表征将其承载传播的所有内容都数据化编码,这些数据信息能被轻易地复制修改(除非加密),具有很强的再编辑的可操作性,"媒体在传递过程中具有可操作性的意义非同寻常,这意味着媒介使用者可以形塑他们自身对于媒介的经验"。② 网络媒介数字技术的可操作性,让每个普通用户——网民,都能便捷地参与媒介内容的再创造,从而形成了"用户生成内容"(UGC, user-generated content)的文化生产机制。网络用户的身份不仅仅作为消费者存在,而是转变成乔治·瑞泽尔(George Ritzer)所说的生产者与消费者合一的"产消者"(prosumer),生产与消费的边界不再泾渭分明。Web2.0 的端对端交互技术,让用户能够实时互动共享,推动了"用户生成内容"的大量生产和消费,因此当下 Web2.0 的网络世界也被称为是 UGC 的世界。生产与消费的统一是网络媒介技术带给文化生产机制的最重大变化,同时,网络用户以"产消者"身份成为网络再生产机制中的主体。

---

① 单小曦:《媒介与文学:媒介文艺学引论》,页 186。

② Tony Feldman, *Introduction to Digital Media*, London and New York: Routledge, 1996, p. 4.

对于奥斯丁文化的网络信息生成来说,网友通过超链接的电子导航方式可以方便快捷获取奥斯丁文化的原始材料,并可以利用软件工具对其进行高效率地编辑加工,生产出自己的相关文化信息,并快速在网络发送传播,整个过程都有电子计算的助力,正如人们走进信息爆炸的时代,网上奥斯丁文化信息也迎来了爆发性增长。

数字网络媒介传播在两个维度做到了充分包容,一是以往文化信息的网上呈现,二是所有人的网络信息获取,这种极具包容性的数字媒介文化生产场域极大降低了普通民众文化信息接受和生产的门槛,为奥斯丁粉丝的文化信息生产、呈现和传播交流创造了便捷条件。活跃在"彭伯里共和国"网站的庞大的奥斯丁粉丝群"简迷",即是这样一群奥斯丁文化的"产消者",简迷对奥斯丁文本的翻新再造也是奥斯丁互联网传播中最有特色的生产消费现象。

一、产消者"简迷":新的场域主导力量

人们总是对喜爱的故事念念不忘,流连在故事情境里不愿离去,或者对故事中人物接下来的命运牵挂不已,所以续写原作等文本再创造行为也较为常见。像诸多经典作品一样,奥斯丁小说在备受人们喜爱的同时,也引发了经久不息的续写改写,各种续篇仿写不断问世,去满足读者重述奥斯丁小说故事的渴望。最早的再写是续写,始于奥斯丁离世仅几年后,她的侄女安娜·勒弗罗伊和凯瑟琳·安妮·哈巴克(Cathorire Anne Hubback)就尝试为奥斯丁未完成的两部小说《桑迪顿》和《沃森一家》写续篇。1995 年版 BBC 剧集《傲慢与偏见》的热映引发全球范围的奥斯丁热潮之时,也带来又一波奥斯丁作品续写热,许多职业作家纷纷加入延续奥斯丁故事的行动中,如

续作《埃莉诺和玛丽安》(1996)、《恋爱中的爱玛》(1997)等,专栏作家海伦·菲尔丁戏仿《傲慢与偏见》的《BJ 单身日记》(1996)更是成为畅销书。奥斯丁小说所激发的读者再创造的热情能量惊人,其续写作品的规模远超任何一位英国作家,其中除了一些职业作家的续作外,奥斯丁粉丝的再创造占据了庞大的体量。

"简迷"是奥斯丁粉丝的专属称谓,这一称谓由爱丁堡大学英语文学教授、批评家乔治·圣兹伯里在 1894 年创造,用来指称带着个人情感狂热崇拜奥斯丁的粉丝,这个术语的创造表明,"到那时,奥斯丁迷已经变得多么广泛和主流,远远超过了任何其他作家的情感崇拜"。① 奥斯丁的粉丝群规模庞大,也由来已久,最早可追溯到 1870 年 J. E. 奥斯丁-李撰写的第一部奥斯丁传记《简·奥斯丁回忆录》的出版。在之后的奥斯丁作品传播过程中,形成了各种类型的粉丝,如奥斯丁原著小说粉丝,奥斯丁小说改编的影视作品粉丝等。简迷在早期还只是奥斯丁文化的一个从属成分,他们对奥斯丁文本的再写(rewriting)行为也被认为是一种个人情感宣泄物,长期处于边缘化状态。但随着互联网媒介的兴起,简迷的奥斯丁"二创"现象,无论数量还是地位、影响力都愈益提升、日渐壮大,成为当代奥斯丁文化中最显著的文化现象。

奥斯丁家庭成员和专业作家对奥斯丁的续写大多是讲述"接下来发生了什么",去延续原作故事,大众粉丝的改写则呈现另一番面貌,"对于家庭成员和学术历史学家们来说,找回一位作者的少年习作和未完成作品,甚至对于已成名的作家来说,尝试完成它们,这可能是一回事;而对于新一代发烧友(enthusiasts)来说,简·奥斯丁对他们而言等同于电影和电视,让她陷入离世后的无休止的创作产出

---

① Claire Harman, *Jane's Fame: How Jane Austen Conquered the World*, p. 161.

中,保证出版(如果不考虑质量的话),则完全是另一回事"。① 这和粉丝这一独特的网络群体的性质有关。约翰·费斯克(John Fiske)的大众文化理论指出,"粉丝"是大众受众中的"过度读者"(excessive reader),不同于传统阅读中读者对待文本是保持距离的欣赏性和批判性态度,粉丝"对文本的投入是主动的、热烈的、狂热的、参与式的……他们的着迷行为激励他们去生产自己的文本"。② 粉丝的主动参与行为使他们具有创造力和生产力,他们以"为我所用"的实用主义方式对待文本,再生产出他们想要的意义,创造自身的大众文化,由此产生一种特殊类型的大众文化,即按自己的喜好对文本再生翻造。他们并不尊崇文本,不遵循原作设定的文本逻辑,也不关注文本的美学本质,而是将传统阅读中文本理论家们对文本叙事结构的审美关注和意识形态的权力分析,转移至一种解读实践,一种大众文化的生产过程,随心所欲地重新搭配安排故事情节与人物命运,去创造给他们带来快感的新意义。德赛都(Michel de Certeau)将粉丝的这种行为称为"作为消费的生产",它是一种与工业化的集中制生产"截然不同的生产形式",它是生产与消费的统一。粉丝摆脱作为奥斯丁文学消费者只能被动接受文本意义的处境,去积极展示富于主体创造力的 DIY 文化,体现了粉丝文化"自我主体性"和"参与性"的典型行为特征。也就是说,粉丝对奥斯丁的再书写是以自我为主,这一特征在网络传播环境下进一步生长出来。网络是一个匿名和陌生的世界,可以抛却顾忌,自由发布信息,也有人欣赏互动,这就使网络环境下的简迷能够更加任情张扬,成为奥斯丁文化的网络新场域的

① Kate Bowles, 'Commodifying Austen', in Gina Macdonald and Andrew F. Macdonald ed., *Jane Austen on Screen*, p. 16.

② 约翰·费斯克:《理解大众文化》,王晓珏、宋伟杰译,北京:中央编译出版社,2001年,页154。

主动参与者乃至主导者。

　　网络媒介革新引起的文学活动场域的变动,不仅体现在活动主体的变迁,也会进而影响到文学的内在性质变化。在文化性质的判断上,互联网出现之前的传统媒介时代,简迷作为大众受众的"业余"身份,他们的文本再生产想当然被视为不入流的无聊之作,往往被斥为"恶搞",是一种次等的"亚文化"(Subculture)存在,常常被主流文化所忽略,粉丝再创作鲜有像专业作家的续作那样进入印刷出版等公众传播渠道,受媒介技术、传播途径等限制,他们的作品基本限于自娱自乐,很难有机会产生社会影响力。用亨利·詹金斯(Henry Jenkins)的话说,粉丝文化处于文化上的劣势地位,缺乏直接影响商业文化生产的资源。这种境况就像奥斯丁小说的早期传播,在没有印刷出版之前,只能以诵读方式在亲友圈里提供一种家庭娱乐,其传播面和影响都十分有限。

　　随着网络时代的到来,粉丝文化生产的生态发生了深刻变化,互联网空间慢慢成为社会关注地,许多网民的意见表达和写作都会引起意外反响,成为热点。精英垄断文化话题的状况在消退,网络媒介新技术充分的包容性和广泛参与性,激活了个体的文化生产力,网络"不仅改变了媒介生产和消费的方式,还帮助打破了进入媒介市场的壁垒"。① 数字技术让大众用户的信息生产和传播得到极大"赋能"和"赋权",前者表现为传播的效率,后者表现为对传统文化媒介的替代,这种替代首先表现为流量转移,人们从传统大众媒介的接受者,转移到网络空间,成为信息和文化以及交流互动的生产者,再进而形成新的文化评价和文化价值场。"这一过程可被看作是一种解放的力量,因为任何人只要有一台电脑,不需要很复杂的技能,就能

---

①　陶东风编:《粉丝文化读本》,北京:北京大学出版社,2009 年,页 107—108。

实现之前需要专业知识才能完成的内容。"①对于数字时代的粉丝来说,网络不但为他们提供了更加便捷的"自己动手"的 DIY 平台,联结全球的互联网还使他们的草根生产"获得了更高的能见度(visibility)",并且远远超越"局部公众"(localized publics),进入广大得多的公共传播空间,产生广泛影响力,吸引更多公众关注,互联网为各种另类媒体产品的广泛传播提供了最佳途径。从传统印刷媒介向数字化网络媒介的转化,带来了奥斯丁文化场域的转换,更多的普通受众狂热地在网络空间进行着奥斯丁文化的感受、想象和评论,并传播这些意义信息,生成新的奥斯丁文化,又互相成为这种新文化的消费者,普通网民主导的这个奥斯丁文化网络空间从过去的边缘性质,逐步转变为具有社会影响力的文化场域。互联网对粉丝生产的赋能和赋权,刺激了粉丝的表达和创造,消费者粉丝成为网络媒介生产场域的主体,占据这一媒介平台的主体中心地位,根本改变了在之前的媒介生产机制中的被动状态,宣告一个文化"产消者"为主体的时代的到来,这个时代的核心特征,就是正在全面进入"我时代",进入所谓的"自媒体"(IMedia)的时代。曼纽尔·卡斯特将新媒介定义为当代社交网络的驱动力,这种社交网络的最显著特征就是一切"以自我为中心"(me-centered)。互联网络的发展提供了帮助网络个人主义进行扩散的合理的物质支持,而这种网络化个人主义已然成为占据统治地位的社会性形态。转向"以自我为中心"的网络是个体化、分众化的社会形态,个体和分众的文化趣味得到充分关切,并获得较为自由的生长空间。

在先前媒介的文化生产机制中,消费者(受众)无一例外都处于被动接受的地位,如印刷媒介中的读者,影像媒介中的观众,他们是

---

① 陶东风编:《粉丝文化读本》,页 107。

相对于"精英"的"大众",而进入网络数字新媒体时代,这一状况彻底改变。每一个平凡如草根的受众成为主体,取代印刷时代的作家、出版商、编辑、期刊评论家、学院派专业学者,取代影像时代的导演、编剧、制片商,成为新的文化场域的主导力量。自媒体内容生产者成为网络文化场域内容产出的主导者,虽然并不一定体现在文本编码信息的质量上,但自媒体内容生产非常适应多种文化兴趣的分众人群,网络上众多的数字劳动者总会以他们各自的某种内容传播击中一部分分众群体的兴奋点,形成网上热点,众多的分众关注分流了传统的大众阅读,形成一种四处丛生的文化聚落生态。区别于传统精英与大众的分层和秩序,这个场域的特征首先是无差别的扁平化,其次是非稳定性,很难预计哪一种文化观念一下会成为关注热点,相比秩序分明的传统文化场域以及其稳定的文学活动和文化生产,网络自媒体的文化活动场域呈现出非常不稳定的特征,这当然也可以看作是这个场域的活力所在。

这种场域转换的结果,是网络粉丝文化成为社会文化的流量主导,互联网成为粉丝展示自我的平台。在奥斯丁文化生成和传播上,遍及全球的互联网媒介,"激发了一种新的充满活力的粉丝形式","来自大众的续篇或改写作为一种离散的艺术形式,已成为过去二十五年里奥斯丁式接受的特征"。① 在互联网媒介新技术的"鼓励"下,简迷"再造奥斯丁"的热情在赛博空间里得到了"自由迸发",去从事粉丝小说、续篇、戏仿以及原作的业余扩展作品的自我出版。奥斯丁小说本身就有固定的原著粉丝群,影视改编作品的大获成功,又极大扩张了其影响力,收获了遍及全球的影迷剧迷。这些简迷成为互联

---

① Judy Simons, 'Jane Austen and Popular Cultures', in Claudia L. Johnson and Clara Tuite ed., *A Companion to Jane Austen*, p. 471.

网上奥斯丁再创作(同人文写作、影视改编作品二次剪辑)的稳定产出者,他们的"非专业性身份"使之与大众受众之间有着更强的连接性和互动性,会吸引来巨大的流量关注,并在此过程中又会培养一批新的粉丝群体和产出用户。

"彭伯里共和国"网站的很大一部分都是用来出版、讨论粉丝自己的奥斯丁再创作,其中一个分版块"象牙档案"(Bits of Ivory Archive),汇聚了粉丝数量庞大的续写改写作品,并通过超文本链接不断循环,以供其他人接着再制作。YouTube 和 B 站两个大型视频分享网站上,有大量的国内外简迷对奥斯丁影视改编作品的视频混剪等短视频制作,观看量颇为可观。还有不断增加的对这些粉丝作品的讨论,粉丝们通过讨论互动交流着彼此的再创作。这种网络上群体的交流互动也成为奥斯丁文学活动的新方式,其强烈的参与感更容易激发出简迷的创作热情。简迷们按照自己的意愿尽情形塑心目中的奥斯丁世界,随意编织想要的奥斯丁故事,再生产出无数新文本。那些在奥斯丁原作中意犹未尽的情节、念念不忘的人物、不令粉丝满意的故事结局,都得到了简迷随心所欲的重塑再造。因为,网络新媒介的互动式技术、互动生成方式,让这一切都轻而易举。简迷已主宰了他们喜爱的奥斯丁故事的命运。

如果从传统的精英文化与大众文化的质地评价上来看,网络上这些粉丝的内容生产可能难登大雅之堂,但它们有效地引发了文化的交流和互动;从文学活动的角度来看,这种交流互动很好地起到了慰藉个体受众心灵的功效。这与传统的小说读者潜心进入的文本阅读一样,是一种充分的心灵交流,只不过这种深入有效的交流可能只在有限的读者身上发生,而且引发的是他们与作者文本的碰撞交流。而在网络场域空间中,则是网民和网民之间的因强烈参与存在感而引发的交流,作者文本当然也是重要的元素,但和传统阅读活动相比,已经没有那么重要,众多网友的主动参与可能是更重要的网络文学活动的特征。

二、奥斯丁元素化拼贴：互联网上的简迷再创作

互联网上被称作"同人小说"(fanfic)或"粉丝小说"(fan fiction)的奥斯丁粉丝再创作,以及基于奥斯丁影视版本的各种短视频制作,其再创造奥斯丁的主导形式已基本一致——戏仿、拼贴(bricolage),或称混搭(mashing-up)。这就是亨利·詹金斯概括的粉丝翻新再造文本的方式,是"某种类型的文化拼贴,在拼贴的时候,读者先将文本打成碎片,然后再根据自己的蓝图将其重新组合,从已有的材料中抢救出能用来理解个人生活经验的只言片语"。①

约翰·费斯克的大众文化理论指出,粉丝对原作文本"抱有一种深切的不尊重",他们并不将原作看作是由一个高高在上的生产者——艺术家所创造的高高在上的艺术品,去尊崇它,而是将其视为一种可以被任意取用的文化资源,对粉丝们来说,"文本的价值在于它可以被使用,在于它可以提供的相关性,而非它的本质或美学价值"。② 粉丝所关注的,并非文本的质量之批判,而是相关性之感知,这种"相关性"就是文本所能提供的与他们的日常生活经验和个人情感体验产生关联的内容,能让他们由此产生共鸣的快感,他们"所关注的与其说是文本,不如说是文本可以被如何加以使用的方式"。③ 在持续的粉丝再生产过程中,文本和大众文化被富有意义地连接起

---

① 陶东风编:《粉丝文化读本》,页 42。
② 约翰·费斯克:《理解大众文化》,页 151。
③ 同上书,页 158。

来。这其中本质的变化在于,在网络文化生产场域中,网民个体成为文化生产的主体,他们用"文本皆为我用"的操作方式来对电子文本进行剪贴、组合和连缀。

阅读并阐释文本的传统接受方式被粉丝转化为一种"以我为主"的丰富的参与性经历。简迷并不特别在意奥斯丁在其文本中要表达的意义,更不想去深入探寻曾经为学院派研究者们极力关注的文本深层意蕴,他们以"为我所用"的实用主义方式对奥斯丁文本翻新再造,要表达、交流和传播的是自己的感受、观点、想法和意义,他们重塑文本的出发点是自我,重估自我与虚构文本的关系,并根据更切近的自我相关性重新编码、建构文本的意义。

那些在奥斯丁工业——印刷出版以及影视制作中生产出的各种奥斯丁产品,成为简迷再创作的最初文化资源和原材料,成为网络空间中个体表达的营养丰富的土壤,网络数字劳动者们从中再生产出无数新文本以及交流信息,他们的文化信息生产和传播形成网络空间中的大众文化景观。德赛都称粉丝是文本盗猎者,随意侵入传统版权文本所有者(作者等)的领地,他们打破原有文本的内在规律和规则,甚至打散文本的整体结构,断续式地从文本中挑选出某些特定内容,再合成供他们消费的意义,具有后现代文化游戏的特征。简迷正是这样做的,他们把奥斯丁文本看作一种库存的文化资源,将奥斯丁原作中的人物、场景、事件等拆解成各种碎片化的"奥斯丁元素",再按照个人喜好,对之加以选择取用,拼装为新的"奥斯丁式"(Austensquetic)文本:或者是奥斯丁几部小说中的人物及情节的串联嫁接,如早期就有的同人文《老朋友和新幻想》(西比尔·布林顿,1913);或者是与其他作家的文本混搭在一起,编织成另类的新文本,形成了一个全新的故事世界,例如出自中国简迷的《简爱的傲慢与偏见》（2020）①，将中国读者熟知的这两部英国名著的情节人物混合，让现代女性简爱因时空错乱穿越到了夏洛蒂·勃朗特笔下的简·爱身上，她不想与罗切斯特先生产生可歌可泣的故事，转身却发现单膝下跪向她表白的达西先生；又或者与流行元素混搭，如美国的塞斯·格雷恩-史密斯创作的混搭版文本《傲慢与偏见与僵尸》（2009），将奥斯丁的故事人物与流行的僵尸元素混搭，恶搞风十足，造成现代感极强又趣意盎然的效果，因为极受欢迎，又出版了续篇《傲慢与偏见与僵尸：恐怖永生》（*Pride and Prejudice and Zombies: Dreadfully Ever After*, 2011）。又如美国的本·温特斯（Ben Winters）的混搭版《理智与情感与海妖》（*Sense and Sensibility and Sea Monsters*, 2010），在原小说的故事框架和人物关系中融入海妖背景，让奥斯丁的人物边谈情说爱边打妖除怪，再加入二十一世纪高科技征服自然的科幻情节，在脑洞大开的奇思妙想中翻新再创了奥斯丁惯有的反讽叙事风格。无论这些文本的文化价值如何，它们都在客观上传播了奥斯丁文化，并适应了相当一部分分众群体的趣味，体现出现代视角阅读奥斯丁的有趣方式。时尚与经典的混搭，看似毫不搭界，却再造出符合现代审美口味的全新类型。

简迷这种翻新再造奥斯丁文本的方式，是粉丝大众文化生产的一种富有创造力的特有方式，"是被统治者从'他者'的资源中创造出自己的文化的一种手段"②，也是大众粉丝对资本主义工业的文化产物的创造性再使用。费斯克认为粉丝的"拼贴"方式，反映了大众对既有体制中文本权力的一种抵抗，或者是对文本结构中的意识形态与社会意义的一种逃避行为，它选择性的或部分的阅读方式躲开

---

① 作者：幼迪，发布时间：2020-07-04，更新状态：完结，晋江文学城。
② 约翰·费斯克：《理解大众文化》，页157。

了文本结构的取向,避免了被文本既定意识形态所限制,而使文本可能面对不同的和多元的相关点。[①] 费斯克所言,点出了粉丝这种文本再生产方式的实质。我们看到,粉丝的"拼贴",经常是一种有意为之的"恶搞"游戏,这种"恶搞"游戏是普罗大众,或者说传统体制社会固化阶层中处于底层的民众,长期被权力管控,没有话语权,他们用一种巴赫金(Mikhail Bakhtin)所阐述的底层民众特有的狂欢精神,去颠覆管控他们的体制和权威,以此表现破坏性的反叛精神,这与后现代语境中的解构精神不谋而合。粉丝的这种解构同时又是一种建构,因为他们的"拼贴"同时也是生产性的,生产出他们需要的意义和快感。巴赫金阐述民众的狂欢精神狂欢行为是在节庆广场上尽情释放,而当代网民们解构文本的狂欢广场,就是网络媒介空间。

网络媒介的数字技术为粉丝这种再生产方式提供了最适宜的场域环境和最便捷的技术手段,"网络是这一逻辑完美的物理实现客体"。[②] 由于数字化技术的巨大存储功能和多媒体特性,网络成为汇聚了文字、图片、影像、音频和软件 App 的超级数据库,一个大型的开放式电子图书馆,只要点击和复制、粘贴,便可轻易获取所需元素,再将这些选择的元素通过某一编辑软件重新编码,拼接组合成熟悉又陌生的新作品——熟悉的元素,陌生的新组合模式及面貌。互联网文化再生产机制中,一个至关重要的发展是,这些已然存在、部分组合或拼接的形式优先于全新的原创作品,"新媒介的主要用途并不是让我们从零开始创造文化产物,而是将已完成的文化产品整合到一起……从数据库和图书馆获取这些元素成为常态;而从零开始的创造则变成了特例"。[③] 互联网新媒介技术充分参与了对奥斯丁的文

①　参见约翰・费斯克:《理解大众文化》,页 151。
②　尼古拉斯・盖恩、戴维・比尔:《新媒介:关键概念》,页 55。
③　同上。

本重构和意义再生产,拼贴组合成为新媒介环境下的粉丝再创造文本的方式,而这种拼贴组合有时会有意想不到的新的意义生成的效果。

简迷从互联网上的奥斯丁数据库轻易获取各种"奥斯丁元素",用他们喜爱的方式去再造自己的"奥斯丁式"文本。除了对奥斯丁原作文本的拼贴重组外,对奥斯丁小说影视改编版本的短视频拼贴混剪,成为当下年轻一代简迷在新媒介技术下偏爱的选择。詹金斯称粉丝总是"不断向其他文本挺进,挪用新的材料,制造新的意义"①,简迷常常将奥斯丁文本元素与其他文本材料进行混搭,拼接出一个面貌新异的文本。全球最大的视频共享平台 YouTube 网站上,通过搜索简·奥斯丁的名字和她的某部小说标题,便会看到简迷制作的各种混搭风的短视频。最常见的是剪辑一个喜欢的奥斯丁影视改编版片段,并为其配置一个当代流行歌曲,还有其他一些更离奇的视频文本,例如用来自《哈利·波特》系列电影中的角色重新制作最新版《傲慢与偏见》的预告片,或者重新编辑《劝导》结局,让安妮和埃利奥特先生匹配。YouTube 上这些数量可观、种类多样的短视频制作,有着巨大的观看量,例如由 filmy channel 发布的对 2005 年版电影《傲慢与偏见》的视频剪辑"《傲慢与偏见》:达西先生求婚伊丽莎白"(*pride and prejudice*:Mr Darcy Proposing Elizabeth)以 85 万次的播放量居于网站首页。

国内知名短视频网站 B 站上,同样可以看到许多中国简迷对他们喜爱的奥斯丁影视改编作品的视频混剪制作,而备受欢迎的《傲慢与偏见》影视版也同样成为中国简迷最偏爱取用的素材,激发起他们无穷的再创作欲望,出现了最多数量的粉丝作品,也吸引了最多的流

---

① 陶东风编:《粉丝文化读本》,页 46。

量关注。如一个剪辑视频"傲慢使我无法接受你,偏见让我无法爱上别人"(作者:梦夫人啊,累计播放量 230.6 万),对影版《傲慢与偏见》(2005)中的男女主人公的感情线进行了主题拼接;另一个"达西与伊丽莎白 CUT 合集"(作者:独株蔷薇,累计播放量 43.5 万),则单独剪辑搬运了 BBC 剧集《傲慢与偏见》(1995)中的男女主人公相关镜头。显而易见,这些视频制作者完全凭借自我兴趣选择剪辑素材,重新拼接成他们喜欢的奥斯丁式文本,表达他们想要表达的意义,即使这种意义只是一种自我娱乐的游戏。由博主 Eelevenyi 制作的视频作品"简·奥斯丁系列作品女主群像混剪",制作者依据其设定的女性主义主题,剪辑汇编了来自电影版《傲慢与偏见》《爱玛》《理智与情感》《劝导》《曼斯菲尔德庄园》的女主人公的场景片段,并剪辑电影中的人物交谈话语来试图呈现奥斯丁文本中的女性主义表达,再配以轻缓的背景音乐,整体风格轻松欢快生动,让观看者能直接感受到奥斯丁式女性主义的魅力,从而吸引网络用户去观看和阅读奥斯丁作品。

据不完全统计,B 站上粉丝制作的奥斯丁影视作品剪辑视频总播放量超过 500 万,另一短视频平台"抖音"上,以"简·奥斯丁"为标题的话题播放量达到了 1650 万次,而奥斯丁最受欢迎的作品"傲慢与偏见"的话题量更是高达 3.5 亿次播放量,许多针对奥斯丁小说和影视改编作品进行讲解的账号点赞量也极其可观。由此可见,互联网上短视频、自媒体的快节奏发散形式和丰富的内容呈现方式极大程度上引发了网民大众的兴趣,推动奥斯丁作品实现快速传播。

年轻一代简迷深受奥斯丁影视改编版本的影响,也更沉迷于那个视觉化的奥斯丁影像世界,那些影视剧中的场景、人物、浪漫爱情,成为他们的素材库和灵感源泉,进行源源不断的自我意愿表达发挥的再创造。除短视频混剪外,简迷又开发出多种文本类型的衍生自奥斯丁影视版的"二创"作品,在网络上传播分享。例如"小红书"网站上发布的一系列简迷依据奥斯丁影视剧中的经典场景绘制的插画作品及其他一些演绎之作,反响热烈,极受欢迎。网友用软件Procreate为电影《成为简·奥斯丁》《艾玛》《傲慢与偏见》所绘插画(作者芝芝织锦、王小翘),点赞、收藏量累计2 000+;电影《成为简·奥斯丁》中由安妮·海瑟薇饰演的女主角简伏案写作的场景被多位网友进行插画绘制(作者Unix、Polly波栗、格瑞普等),累计点赞、收藏量超5 000+;此外大热电影《傲慢与偏见》(2005)中的经典镜头也被网友以插画和手绘海报的形式进行二次创作,发布量过百,点赞、收藏率3 000+。插画作品之外,网友发布的《傲慢与偏见》电影拼贴笔记本(作者祁南)和手绘《傲慢与偏见》手账作品(作者Jennifer Yu)也引来大批网友的关注和咨询,点赞、收藏评论量快速攀升。同时也有大批用户将电影中的经典镜头或者绝美风景截图拼贴做成壁纸发布,点赞、收藏量累计3 000+。除小红书外,"配音秀"App中也有大量对电影《成为简·奥斯丁》《诺桑觉寺》《傲慢与偏见》《艾玛》的网友二次配音作品,其中《傲慢与偏见与僵尸》的演绎次数近6 000次。

互联网平台为奥斯丁的当代粉丝、年轻一代简迷提供了尽情尽性、任意发挥的便捷自由的场域空间,他们以奥斯丁文本为文化资源,用无穷无尽的元素化拼贴,重塑出一个又一个新文本,赋予奥斯丁作品变化不拘的生命,而不只是它们最初被奥斯丁创作出来的单一生命。他们将自我兴趣爱好与喜爱的奥斯丁作品拼贴重组,生成他们自己的奥斯丁式文本,通过这些二次创作,粉丝大众的自我价值观念得以满足,情感得到宣泄,也再生产出别样的奥斯丁文化景象,让简·奥斯丁在新媒介环境下再次体现出新的生命力,展现出新魅力,继续延续着"奥斯丁神话"在新时代的神奇演绎。

　　从"经典-通俗"相对的传统视角来看,这种网络文本的操作可能更多是一种游戏行为,其质量参差不齐,大部分很难与传统经典文本相提并论,但这也正是网络文学活动场域的特征,这个场域的主体已经让位于网民个体受众,如果不过于纠结网络场域中文本的质量,而是从一个社会学考察的角度去仔细分析和研究这些文本,就像文化研究学者的研究那样去观察,这些文本背后也隐含着这个社会深层的脉动,可以让我们观察到网民大众的文化心理和社会价值取向,所以这些良莠并存的粉丝文本也具有研究分析的价值。

　　奥斯丁粉丝的文本再生产呈现出的是碎片化和多元化的接受,也吸引了多样化的受众,实现了另类意义的扩散,从另一层面累积和传播了奥斯丁原作的文化价值,并刺激和鼓励了新的创造性信息输入。更多的业余作品通过互联网进入传播领域,拓宽了大众对奥斯丁原作的潜在兴趣,这些作品指涉、代表了一系列更加广泛的社会和政治内涵,具有着现实意义。

　　在传统的纸媒印刷时代,作者是文学生产场域的中心,是文本意义的权威生产者,出版机构在其中也起着重要作用,受过专业学术训练的学院派学者的文本阐释则被认为是最接近作者意图的文本意义还原,因此与作者一样被置于意义生产者地位,受到尊崇。大众读者只是文本意义的被动接受者,而粉丝们带着强烈个人情感的"简迷式阅读"是较为浅表的感性接受。但是进入互联网传播之后,随着读者作为"产消合一者"在新生产机制中的主体地位形成,读者积极参与文本意义再生产,粉丝宣泄情感的各种文本再创造被认为代表着"极具时代特征的生命体验"(邵燕君),与那些专业阐释并存于赛博空间。互联网文化同样让印刷文化中存在于"专业"与"业余"之间的界限日益消弭,网络极为强大的整合功能把有极高壁垒的文学活动拉近到普通网民身边,他们不用进入出版界,在电脑上写可长可短的文字,做相关的视频,一键上传,可能就会引起众多人的关注和反馈,传统文学阅读的流量渐渐转移到网络空间来,写作者的身份大大泛化和普及化,"在一定程度上,新媒介技术的运作缩小了工作和休闲,作者和读者,生产者和使用者,以及一定程度上专业人士和业余人士的壁垒"。[1]

　　奥斯丁主题网站不断扩张其领域的粉丝小说,简迷的各种文本拼贴游戏,"奥斯丁式"地满足了简迷想要的他们喜爱的一切,无障碍地投身于那些甚至奥斯丁自己假定要去完成的延伸其作品的任务。有研究者批评简迷的这些网络文化生产只是一片能指的漂浮,缺乏意义建构,认为"彭伯里共和国"等网站的文化传播是"隐喻混乱"的粉丝生产,是"对学术简迷主义(scholarly Janeitism)的更严谨传统的真正挑衅"。[2] 这也从反面说明了奥斯丁文化生产和传播场域的划时代转变。互联网的发展提供了帮助网络个人主义进行扩散的合理的物质支持,在奥斯丁文化场域的转换中,这种网络化个人主义不仅是一种文化生成方式,也是新的文化场域的价值源泉,这种场域的嬗变表现为对旧有的奥斯丁文化场域的挑战,它标志着"结束了只有伟大的、神圣的作家才能创作伟大作品的历史,也结束了只有被赋予一定的、经典化的文学素养的读者才能欣赏伟大作品的历史",并推测一个"简迷主义有史以来的最伟大的自由时代"的到来。[3] 但是,这一问题也的确值得我们思考——当人人都是内容生产者时,网络上的内容生成就势必呈现出野蛮生长的无序状态,在一片混乱的"野生"状态中,陷入意义的泥沼。

　　此外,互联网上的简迷文化并不以追逐商业利益为首要目标,"粉

---

① 尼古拉斯·盖恩、戴维·比尔:《新媒介:关键概念》,页56。

② Kate Bowles, 'Commodifying Austen', in Gina Macdonald and Andrew F. Macdonald ed., *Jane Austen on Screen*, p. 18.

③ *Ibid.*, p. 20.

丝们的驱动力是朝着联网、共享和合作,而不是市场化、销售和现金"。① 粉丝们借由喜爱的作品去追逐他们想要的,在"彭伯里"的简迷文化生产游戏里,是所有由他们喜爱的奥斯丁故事所引发、激励的东西,已远远超越了原故事,如吉卜林所言,"这场简迷游戏一定还有很多东西"。② 所以,奥斯丁文化的网络生产仍然具有社会群体精神分析的价值,而且是在这种新媒介场域环境下的全新活动,需要我们更多地关注和挖掘。

第三节　虚拟"奥斯丁社区"里的跨界交往

网络时代的数字媒介技术让人们能够巨量生产信息并迅即传播,经由网络平台的交互界面便捷地完成彼此间信息的共享与交流。随着移动网络技术的革新,自媒体端对端沟通技术的成熟,网络的媒介交互性功能大为提升,网络从单纯的网页浏览发展到多对多人际直接沟通,"网络的互动方式,点对点、一点对多点、多点对多点的互动,更极大地促进了欲望的交流"。③ 网络从主要作为信息载体的 web1.0 的门户网站时代,升级跨越到 web2.0 的互动社交媒体时代,Web2.0 的交互性本质,促成了交互文化的兴起。网络自媒体赋予用户前所未有的控制数据的可能性,用户可以经由网络媒介顺畅交流,这就慢慢孕育了人际

---

① Kate Bowles, 'Commodifying Austen', in Gina Macdonald and Andrew F. Macdonald ed., *Jane Austen on Screen*, p. 19.

② Harriet Margolis, 'Janeite culture: what does the name "Jane Austen" authorize?', in Gina Macdonald and Andrew F. Macdonald ed., *Jane Austen on Screen*, p. 40.

③ 邵燕君:《传统文学生产机制的危机和新型机制的生成》,《文艺争鸣》2009 年第 12 期。

交往的新形式,Web2.0便是以人际交往为中心的社交网络全面到来的时代,"社交"也成为当今互联网媒介文化的关键词。

伴随新场域的文化生成逻辑,也对应了新的社群交往。从有线互联网到无线互联网的发展,诞生了诸多的网络媒体形式,建构着网络上人们的新社群。从网页、网站、聊天群、Blog、BBS,到移动互联网时代的Facebook、Twitter、Instagram,和国内的微博、微信、公众号、百度贴吧,再到B站、抖音等视频自媒体,个人客户端社交软件通过信息传播和连接逐步构建起各种类型的网络社群。迅速成为当下文化主流平台的社交网站,"永远改变了传播的景观"。[1]

围绕着"社交"这一互联网时代的文化核心,"简·奥斯丁"又有了新的功能唤起和意义生成。奥斯丁粉丝群在无边的网络时空里,建构起一个超越现实的在线虚拟社区,将经由奥斯丁文本产生的社交兴趣、社交活动迁移到互联网上,形成了网络世界中的奥斯丁社区文化,实现了全球简迷跨越一切现实边界的交互流动,让聚集的各路"简迷"在这个虚拟社区中进行"奥斯丁式"的自由交往,并在这种社区交往中让"简·奥斯丁文化"再次成为互联网时代个人寻找身份认同和情感皈依的精神家园。

一、从线下社群到虚拟社区

当下各种社交平台称霸于网络世界,聚集了大量网民,去兴奋地体验着赛博空间里虚拟社交的乐趣,让"社交"成为Web2.0时代的热词。有趣的是,"社交"也是奥斯丁小说情节的核心。特色鲜明的

---

[1] Linda Hutcheon, *A Theory of Adaptation* (Second edition), p. xix.

奥斯丁小说,由一系列社交场合中的活动构成:奥斯丁笔下的人物在浪博恩的舞厅跳舞交谈,在巴斯的剧院看戏听音乐会,去海伯利郊外远足野餐,结伴到莱姆镇旅行,或者在曼斯菲尔德庄园里骑马散步,在唐威庄园的棋牌室玩游戏猜字谜,去流通图书馆借书,到布莱顿的商店买细纹布料和花边……这就是奥斯丁对社交活动的颇有影响力的理解——看似日常生活中的交往,却在行动中展示了社会交往性的一切,而体现在日常往来中的社交性,亦是我们赖以存在的条件和与生俱来的天赋。

"奥斯丁的场合看起来就像一系列的结合、打破、重组的过程,精确地采用它们短暂的形式和稳定性。"①奥斯丁小说中,一个社交场合结束,紧接着另一个社交场合就被打造,当一场众人聚集、让男女主人公得以相遇的舞会结束,另一个相对私密、让主人公进一步交往的两三人聚会就立即开始,奥斯丁的故事情节就在这些社交场合的转换重组中变化进展,让绅士淑女们相识相恋,发生爱情故事中必然的波折,再完成人物(主要是女主人公)的自我认知和成长,直至以婚礼告终的 happy ending。

我们在小说中看到,奥斯丁的故事情节基本都是在社交场合和社交行动中展开:伊丽莎白与达西先生在浪博恩的舞会上相遇,随后两人又在舞会一隅分别向朋友表达各自对对方的偏见(《傲慢与偏见》);久别重逢的安妮与温特沃斯上校与朋友结伴去莱姆镇远足,又在巴斯的音乐会上情愫暗涌(《劝导》);唐威庄园的聚会上爱玛察觉了邱吉尔与费尔法克斯小姐的私情,也让埃尔顿太太的庸俗本性展露无遗(《爱玛》);范妮跟着曼斯菲尔德庄园的伯伦特兄妹以及伦

---

① Mary Ann O'Farrell, 'Austenian Subcultures', in Claudia L. Johnson and Clara Tuite ed., *A Companion to Jane Austen*, p. 480.

敦来的克劳福德兄妹去拉什沃斯先生的索瑟顿庄园游玩,从庄园小教堂到散步林荫道的几个场合中的交往,几位人物的性格甚至命运都得到揭示。奥斯丁同样有力地向读者展示了小说中人物怎样利用社交场合来达到个人目的,如《诺桑觉寺》中工于心计的伊莎贝拉·索普小姐频频出现在巴斯浴场大厅的舞会上意图谋得佳婿,在巴斯公共饮水泵房人群来往的通道处寻觅猎物,也如愿邂逅了凯瑟琳的兄长和更合心意的蒂尔尼上尉;以及人物如何在社交中重新认识自我,如爱玛在野餐会上对贝茨小姐的唐突言语后的自我反省,拜访海伯利村民后的内心感悟。

"简·奥斯丁的小说在行动中表现出社会性……在社交中形成了自己的模式,同时也记录了社交作为时间、生命和世界的管理的一种实践。"①奥斯丁小说中鲜活的人物形象,以及异常生动的摄政时期英格兰村郡"三四户人家"的生活,都在日常往来的社交行动中被塑造与展现出来,还有她对伦敦、对巴斯的城市公共社交场所和社会活动的细致描写,这些社交场景呈现了一个十八世纪晚期至十九世纪初期的英国乔治亚时代的文化生活图景和人们的社会性体验。奥斯丁作品中的那些舞会、集会、家庭聚会,不仅仅是情节和人物发展的背景,还是她作品的重要主题,也是构成她小说成就的重要因素。她的小说情节,也多次出现围绕人物所读的书从而展开话题交谈和一系列交往行动,以及在对书的阅读品评中去展示人物品行性格,"奥斯丁小说曾经并一再提醒着我们:一部书不仅仅是一个客观物体,而且是一个实践行动和一个社交活动以及一个聚会,有点儿像一

---

① Mary Ann O'Farrell, 'Austenian Subcultures', in Claudia L. Johnson and Clara Tuite ed., *A Companion to Jane Austen*, p. 480.

个派对"。①《诺桑觉寺》里,凯瑟琳与蒂尔尼兄妹在散步时谈论读书并展开辩论,由此加深了彼此的了解和情感交流,就是一个典型的围绕读书引发的社交场景。

奥斯丁小说展现出的社交性,在给予读者一种日常交往中的亲切熟悉感之外,又构建了一种紧密联结的社区文化,唤起读者内心中家园般的情感归属,这也是奥斯丁小说所具有的极为鲜明的特质之一。可以说,奥斯丁小说写作呈现了一个个社群空间景观,这些社群景观也从文本延伸至现实世界,延伸至热爱奥斯丁的粉丝们的社会生活。亨利·詹金斯指出,粉丝文化是一个参与性文化,它已远远超越原文本,是被原文本激发的、融合了粉丝欲望与需求的所有东西,因此,粉丝不仅将对文本的消费经验转化成新的文本生产,还生产出用于社交活动的新的社区。② 奥斯丁的原著小说迷、影视剧迷,包括热衷于严肃的学术研究的学院派研究迷,即以他们喜爱的文本为关注焦点,建立起交流互动的粉丝群体,在现实中成立各种奥斯丁主题社区,举办奥斯丁主题聚会,进行"奥斯丁式"人际交往,如"奥斯丁书友会""奥斯丁学会"等,展开小规模受众群体的文化交际往来,培育了持续的奥斯丁文化认同,形成强烈的归属感。

在之前的印刷传播和影像传播中,奥斯丁小说都取得了惊人的成就,体现出对变化中的传播媒介不同性能的强大适应力。进入互联网传播时代,人们惊讶地发现,奥斯丁小说中固有的社交特性又神奇地与网络时代的社交属性产生了契合。由于小说的虚拟性和网络的虚拟性具有相通性,两者可以互文式构建,网络的虚拟再建功能使奥斯丁小说中的社群景观在网络传播环境下有了线上的重新聚合方

---

① Claudia L. Johnson and Clara Tuite, 'Introduction', in Claudia L. Johnson and Clara Tuite ed., *A Companion to Jane Austen*, p. 9.

② 参见陶东风编:《粉丝文化读本》,页51。

式,这就是线上的粉丝社群互动。奥斯丁小说中的社交空间、社群交往也在网络媒体空间被奥斯丁粉丝重新聚合、活动和演化。

"社区"是社会学和文化研究中一个影响深远的概念,具有复杂含义。德国社会学家斐迪南·滕尼斯(Ferdinad Tonnies)于十九世纪后期首次提出"社区"的概念(《社区与社会》,1887),认为社区是由具有共同习俗和价值观念的人组成的社会团体或共同体。"社区"在英文中对应的词是community,英国文化学者雷蒙·威廉斯(Raymond Willians)在对"community"进行词义溯源时(《关键词:文化与社会的词汇》,1976),指出这个"充满感情"的词在历史过程中所发展出的主要含义为:"一方面,它具有'直接、共同关怀'的意涵,另一方面,它意指各种不同形式的共同组织,而这些组织也许可能、也许不可能充分表现出上述的关怀。"①鉴于这些多重含义,"community"的中译,除"社区"外,在不同语境中还被译成"社群"和"共同体"。中国当代学者对"社区"这样定义:"社区是某一地域里个体和群体的集合,其成员在生活上、心理上、文化上有一定的相互关联和共同认识"②,即指有共同文化的居住于同一区域的人群,由于生活所需彼此产生互动,互相在心理上存在依附,并遵循着一套生活规范,以此来建立、累积、维护自身的社会关系。可见,认同与归属于社区情感,维持一定程度的互动交往,是社区得以存在的根基。

随着互联网的发展,人们在网上的交往与联系日益频繁,新的社会群体线上聚合的现象日益凸显,霍华德·莱茵戈德最先提出了网络"虚拟社区"概念,他认为"虚拟社区"是一种网络上的社会聚集,"当有众多的人在网络空间中进行长时间的公共讨论,具有充分的人

① 雷蒙·威廉斯:《关键词:文化与社会的词汇》,刘建基译,北京:生活·读书·新知三联书店,2005年,页81。
② 刘视湘:《社区心理学》,北京:开明出版社,2013年,页60。

类情感,形成个人关系网络时,就会出现的网络社会群体"。① 从这种描述看,虚拟社区就是基于"电脑中介通信"(CMC / computer-mediated communications)的网络社群,网络跨界式地把不同现实场域中的人重新聚合在一起,帮助他们找到了共同的话题与兴趣,形成新的文化社群,借助互联网,现实中因时空隔离的人们在网络中重新聚合。这些社群用户彼此共享交流,进行频繁的社会互动,形成文化认同与情感共鸣,在网络上形成类似真实世界的社群聚落——虚拟社区。在线虚拟社区就成为互联网时代社交活动的重要场所,粉丝的传统线下社群纷纷迁移到网络虚拟空间,构筑了超越时空局限的线上社区。这同时也是一个传统社群界限不断打破,跨界重新组合的过程。

　　网络媒介的社交属性极大地激发起简迷的社交热情,在互联网没有边界的虚拟世界里建构起自由交往的虚拟社区。互联网有海量的存储空间,简迷以原作品为起点,把各种与奥斯丁小说相关的书籍、插画、影视制作、音频视频、学术资源以及其他各种通俗材料,连结成了一个互文性的立体超文本,以对奥斯丁的共同兴趣作为基础,在粉丝之间组成联盟,建造起更广阔的线上粉丝社区,从事着各种"奥斯丁式"的文化社交活动。

　　互联网上规模最大的奥斯丁英文主题网站"彭伯里共和国",就是一个聚集了各路简迷的超级在线社交场所,一个网络上的虚拟"奥斯丁社区",它诱惑并召唤每一位对奥斯丁感兴趣的网站访客,去投入令人愉快的奥斯丁社交行动。这个大型虚拟社区,里面又分成更小的不同类型的兴趣社群,简迷在这里总能找到属于自己的奥斯丁文化精神家园,现实中远隔的网友们在网络上建造了一个奥斯丁文

---

① Howard Rheingold, *The Virtual Community: Homesteading on the Electronic Frontier* (revised edition), p. xx.

化世界的"元宇宙"。

二、"欢迎来到彭伯里!"

"欢迎来到彭伯里!"网站主页上这句醒目的欢迎辞,向"彭伯里共和国"的访客们表达着热情洋溢的社交问候。网站主页列出的几个版块里,位列第一的就是"社区页面"(Community Pages)。"社区页面"下又分出几个栏目:脸书讨论组(Facebook Discussion Group),公告(Announcement),"彭伯里"关联公司和订阅页面(RoP Affiliates and Subscriptions),常见问题与链接(FAQ & Links),简·奥斯丁事件(Jane Austen Events),彭伯里集会(Pemberley Meetings),爱情与友谊(Love &Freindship),使用条款(Terms of Use)。[①] 访客可以按照自己的喜好进入大类社区,并在大类社区中选择更加细分的小类社群分区。社群群体互动还可以以个体间的人际交流进行,网站主页右上方的位置,在"跟随我们!"(Follow Us!)的醒目标语下,是两个社交网站 Facebook 和 Twitter 的链接,提供端对端的对谈交流。"彭伯里"还开放式地提供了一些"有趣和有用的网站"链接:"英国简·奥斯丁协会","北美简·奥斯丁协会",澳大利亚、巴西、荷兰、意大利的"简·奥斯丁协会","简·奥斯丁故居博物馆",巴斯"简·奥斯丁中心","汉普郡的简·奥斯丁","奥斯丁-李档案馆","简迷讨论列表",等等。这使得"彭伯里"网站社区文化信息跨越国家、跨越城市,包容无限,全世界的奥斯丁文化爱好者都可以在网上聚合交流。网站也有商业运营,在线商店"彭伯里专柜"提供特殊商品定制服

---

① 参见 www.pemberley.com。

务,如将自己的图像或网站上任何喜欢的内容印制于特定的项目上,还有捐赠项目,用于维持网站的运转。

如同奥斯丁笔下那些在布莱顿或者巴斯的街道闲逛的人物一样,网站访客们通过点击各种超链接,在网站虚拟社区里的各个版块随意浏览驻足:阅读区、讨论区、购物区、意见中心等,并随时加入其中——奥斯丁文本的文化建构在互联网时代转化为网络社群文化建构。人们可以在线上商店"彭伯里专柜"选购各种与奥斯丁相关的衍生商品:印着"我♡达西先生"的马克杯、口罩,印着"简迷"一词的T恤衫、帽子,印着深受大众欢迎的BBC 1995年版剧集《傲慢与偏见》中两位男女主角头像剪影的纪念册和钥匙扣,印着简·奥斯丁肖像画的窗帘、被套、枕套、瓷器、餐具等,印着由一百多年前的插画家休·汤姆森为《傲慢与偏见》绘制的那些著名的小说插画,或者是来自《傲慢与偏见》小说中达西先生的爱情告白:"我的真正目的是看望你,并判断,如果可以的话,我是否能希望让你爱我",印着"未来的蒂尔尼先生"(《诺桑觉寺》男主人公)的帽子,印着《劝导》中的话语"除了爱我一无所有"的野餐裙等。商店网页上还特意注明,有任何特别的购物要求,都可以给网站管理者留言,还可以特别定制个性化物品,就像及时完善更新的社区功能服务。

对于在网站商店购物的购物者来说,阐释奥斯丁作品意义并不是他们关心的事,他们在"彭伯里专柜"里选购马克杯和T恤衫,是为自己对这个网站的光顾做个标记,不是为了纪念奥斯丁,而是为了纪念对奥斯丁的特殊解读,一种趣味性的情感痴迷,也是间接地以社交行为的方式体现他们对奥斯丁文化的感受和接受。他们更喜欢与其他网友谈论品评这些奥斯丁物品,就像日常生活中一同逛街购物的密友一般,这是一种网络中的"虚拟的社交性"(virtual sociability)的情感满足,他们因这种社群共享交流而感到愉快。

　　因为奥斯丁而聚集到"彭伯里共和国"网站的网友,不管是停留在哪一版块——讨论区、阅读区还是购物区,都可以便利地借助某一版块的主题建立起交往关系,他们会讨论、会相约、会向其他网友推荐喜欢的内容,也会因某部粉丝续作的出版发出祝贺或邀请,他们发表内容广泛的帖子,"这导致了一些物品的生产,这些物品与传统的奥斯丁餐具和 T 恤一样,体现了奥斯丁和她的作品被网络关系构成的社交性"。①

　　奥斯丁小说中,阅读是人物经常进行的社交活动之一,人们借助阅读展开对话交流;奥斯丁主题网站上,也形成了以阅读交流带动跨界交往的阅读社群。在"彭伯里共和国"的阅读版块,阅读小组邀请成员们严格地按照每周时间表阅读,然后针对每周的项目计划指定的页面发布个人观点,这些表达个人之见的内容远远超出了奥斯丁原作。而在讨论版块,参与者通过"分享"或"表达"个人观点的帖子,从而引发多方参与的密集讨论。②"讨论"是粉丝在网络上最普遍的互动活动和交际实践,这种互动不只是粉丝与文本之间的,更多是粉丝与粉丝之间的。从"彭伯里"网站里"呈螺旋式上升"的讨论小组的数量,就可看出粉丝对讨论的钟爱。

　　"自我表达和社群交流是各种类型的粉丝在网络上结集、安家的首要原因"③,跨界的线上社群交往是线上精神文化交流和生产的动力,粉丝可以在讨论中尽情展现自我,通过得到赞誉而获得一种群体认同感,进而创造出新的社会快感。这大大增加了粉丝在阅读作品时的愉悦和意义,甚至许多粉丝常常为参与社群的作品讨论而去阅读作品,粉丝也在作品讨论中找到了个人情感与人际关系的交往途

　　① Mary Ann O'Farrell, 'Austenian Subcultures', in Claudia L. Johnson and Clara Tuite ed., *A Companion to Jane Austen*, p. 482.

　　② See Judy Simons, 'Jane Austen and Popular Culture', in Claudia L. Johnson and Clara Tuite ed., *A Companion to Jane Austen*, p. 472.

　　③ 陶东风编:《粉丝文化读本》,页 386。

径。"讨论"还兼具批评和娱乐的功效,社群交流讨论给粉丝相互提供了个人可能无法得到的阐释性资源,拓展了个人可用来阐述作品含义的知识储备①,使粉丝的文本批评能力得以提升,能够参与到之前由专业研究者和批评家所把控的批评研究领域,赢得批评的话语权,粉丝的互联网文化生产力在这种网络媒体连通的跨界交往中,被充分激活,为线上奥斯丁社区的文化生产和增值提供了一个积极活跃的虚拟社群的文化生态。网络自媒体解放了个体的文化表达和信息生产,取代了传统专业批评家、学者、作家的文化互动,充斥网络的是网络参与者特有的富于娱乐性和趣味性的游戏精神和个人化、个性化信息。如果说传统文化生态里主要是文化链的"顶层物种"——精英的彰显,那么网络社群互动下的则是偏向全文化链的文化个体,显得更具社会代表性。这种跨界交往生态为讨论参与者提供了额外的快乐,让"讨论"本身也充满了娱乐性(如视频弹幕)。可以说,粉丝以作品讨论为入口,完成了远远超出作品本身的很多事情,如自我展演、情感交流和人际交往等,彼此建立起一种因讨论并交流奥斯丁文化信息而产生的新的线上社群联系。

　　虚拟社区同现实中的社区一样,其成员也要遵循一定社区规范,"社区成员要有较亲密的关系,在互动时具有一套共享的规范,并建立出彼此可理解的象征符号系统,由于使用特定语言的风格,成员能够分享共同价值,并逐渐形成彼此间的关系、认同及角色扮演"。②从奥斯丁文本生发的各种带有鲜明奥斯丁风格的行为,成为"彭伯里共和国"标榜并遵循的社区规范,并采纳奥斯丁文本所崇尚的理想、信仰和价值观,形成一个共享交流奥斯丁的社区,让所有奥斯丁粉丝

①　参见陶东风编:《粉丝文化读本》,页403。
②　崔本瑞:《从社区、虚拟社区到社会网络网站:社会理论的变迁》,《资讯社会研究》2011年第21期。

易于辨认,可以找到归属并认同它。"彭伯里"网站处处标识,这里
是一个由简迷聚集自嗨的社交场所,一个简迷俱乐部,一个在线的虚
拟奥斯丁社区。这个虚拟社区的成员自称"彭伯里人"(Pemberleans),
他们非常个性化地将文学分成两种类别:简·奥斯丁作品与非简·
奥斯丁作品,以此作为能不能欣赏奥斯丁作品的标志。① 奥斯丁惯有
的反讽语气成为社区标榜和炫耀的话语风格,他们称其为顽皮自嘲
的"彭伯里式讽刺"(Pemberlean irony)。例如"彭伯里人"在网站的
"常见问题与链接"(FAQ)上对访客的一番告知:"入口是开放的,但
不符合要求的访客要么选择不加入,要么会失去兴趣……如果你与
这种基调产生共鸣,那么访问这个网站对你来说将更有兴趣,如果你
没有共鸣,就不要来,这不是你喜欢的地方,你可能想试试 AUSTEN-L
(另一奥斯丁主题网站)。"②

　　奥斯丁小说中的一些情节或话语则成为社区成员不言而喻的人
人熟知的隐喻,正如该网站主页上对所有简迷的宣告:"彭伯里共和
国:你的天堂在这个世界,这个世界被规划来误解沉迷于奥斯丁事
物。"③"彭伯里"纵容成员对奥斯丁的各种痴迷行为,即使已认定这
些行为让奥斯丁的意义阐释陷入"一团混乱"(fine obsessive mess),
这个在线社区依然鼓励成员们分享他们的自恋沉迷,由此"产生了一
种服务于(彭伯里)共和国的社交性"。④ 网站上有一些文章,在表达
自我对奥斯丁的沉迷后,在感叹语"我责备简"(I blame Jane)后跟随

---

　　① 这是对早在一百年前的切尼(Cheney)测试的一个有趣的重铸。See Claire
Harman, *Jane's Fame: How Jane Austen Conquered the World*, p. 277.

　　② Mary Ann O'Farrell, 'Austenian Subcultures', in Claudia L. Johnson and Clara Tuite
ed., *A Companion to Jane Austen*, p. 483.

　　③ Kate Bowles, 'Commodifying Austen', in Gina Macdonald and Andrew F. Macdonald
ed., *Jane Austen on Screen*, p. 17.

　　④ Mary Ann O'Farrell, 'Austenian Subcultures', in Claudia L. Johnson and Clara Tuite
ed., *A Companion to Jane Austen*, p. 483.

着一串第一眼看去让人困惑的字母:"A. I. S. S. B. H.",这是"彭伯里人"都知道的社区语言,即"我相信她也很自责"(and I'm sure she blame herself)的缩写,这句话来自《傲慢与偏见》里伊丽莎白对姐姐简的无私行为的一个友好的嘲笑,"彭伯里人"的使用则引申为责怪奥斯丁把所有人都带进了这个一团混乱的沉迷中,但实质表露的是这些沉迷自恋者在社区共享中的一种私密庆祝,使之成为"彭伯里社区"一个在线社交行为。① 除此之外,还有类似的诸多彭伯里式语言,为彭伯里人娴熟地使用,如 ROP,P&P2,Emma3②,等等。对于尚不熟悉这些术语的访客来说,可以去"社区页面"的"常见问题与链接"寻求帮助,在这个网站遇到的此类困惑,都可以在这里得到解答或指引,俨然一个社区必备的为业主或客户提供服务的物业中心,充分表明这是一个在线社区,行使着社区功能。在"彭伯里"网站的每个链接网页闲逛时,都可以在网页最下端看到一则用方框框起的醒目提示语:"不,你没有迷路,你仍然安全地在彭伯里共和国的境内",来提醒访客所处的位置,似乎生怕访客在网站超链接的无穷伸展中迷失方向,随时提供周到的社区服务。社区里这些话语的理解和使用都显现出这样一个网络社群的鲜明个性,既有理性的部分,也有默契的感性会意,在社群互动交往中,形成奥斯丁文化的动态发展与创造。

"彭伯里"网站也在不断革新重建,维护更新,持续完善其社区功能,增加一些栏目或者删除和减少一些社区区域,以便更好地服务、适应跨界加入和交往的简迷网民。如在近期的网站主页声明里看到的:"我们增加了'爱情与友谊,一个档案或对 2001 年 9 月 11 日的事件的我们的社区回应。'""我们已经关闭了讨论区,并建立了一个

---

① See Mary Ann O'Farrell, ' Austenian Subcultures ', in Claudia L. Johnson and Clara Tuite ed., *A Companion to Jane Austen*, p. 483.

② 分别指代彭伯里庄园,《傲慢与偏见》第二版,《爱玛》第三版。

'脸书讨论组',加入我们,我们仍然会讨论同样的事情。""尽管它有些小,但我们一直努力使这个新网站变得比旧网站更好,同时保留尽可能多的彭伯里外观。我们希望您继续享受它。"①

"彭伯里共和国"为分散在世界各地的简迷提供了共享交流奥斯丁的在线社交场所,相较于现实中的粉丝社区,更加广泛、开放和便捷,网络虚拟社区消除了真实世界中的诸多障碍,不仅是地域障碍、时间限制,也打破了阶层差异、族群宗教等界限,让复杂多元的简迷们实现了跨界的自由交往。奥斯丁粉丝"简迷"身份多元复杂,不仅包括普罗大众,还有不少作家名流、社会精英等,甚至一些学者在用智性严谨的学术方法批评研究奥斯丁的同时,依然保持着对奥斯丁的个人化的"情感崇拜"。在传统印刷文化形成的文化圈层中,这些不同身份的奥斯丁爱好者互不往来,在各自文化圈层中生成差异鲜明的奥斯丁文化,也就有了奥斯丁主流文化与奥斯丁亚文化等诸种等级化的划分。而在开放自由的网络世界,一切壁垒边界都坍塌消弭,网络社交的虚拟性、去身性(disembodiment)使参与者(网民)可以匿名的方式抛开现实世界交往中的身份标记,使人际交往变得更加平等和民主、自由和宽容。各种身份的简迷聚集在网络空间的虚拟社区,悠游其间,去除现实世界里的身份差异或者等级边界,展开信息交流,各言其事各取所需,享受着"众声喧哗"的复调互动。原著小说迷、影迷剧迷、学术迷,跨界式地在社区中聚合交流,客观上也打破了不同媒介文化间的界限。

网络社区空间的虚拟性还使参与者可以通过设置多种虚拟身份,任意扮演不同角色,让现实中无法实现的多重隐秘情感和受到压抑的种种欲望,在网络虚拟社区的自由交往中得到释放,使真实世界中承受的心理压力在虚拟世界里得到缓解,所以,很多人把网络世界

---

① 参见 www.pemberley.com。

视作现实世界的避风港,"逃避到网络空间中,已经成为人们日常生活很重要的部分"。① 这也可以说是内心深处潜意识网络表达向显意识交流场域的传导,是潜意识向显意识的跨界表达和交流。在这双重的跨界交流中(不同人群的跨界交流和潜意识表达的跨界交流),人们更积极地在网络社区中经历着流动多变的自我认同,游荡其间的个体会有心灵深处对社区式情感的归属需求。现实社区的共同情感具有整合个人与社会的作用,网络虚拟社区的精神交流也具有同样的功能,"每个人在虚拟空间中进行角色扮演而得到自我认同……借着网络来相互支持和凝聚力量,成员可以自信地在归属的团体中建立自我认同"。② 通过社区情感连接,网友们在虚拟社区中找到心灵归属感,产生情感认同,只不过网络社群的认同更具社会整合性,因为它具有更强的跨界交流的特征。

奥斯丁小说用"乡村三四户人家"的交往,呈现了一个"紧密联结的社区"(close-knit community)生活,在小说中她为读者创造了一个轻松愉悦的社交世界,让他们的注意力"感激地从现实世界的关注中转向奥斯丁的平行宇宙","减轻了最痛苦的因素和更无限的娱乐性……并使生活看起来更少乏味和沉重……在这个微妙改变的现实中,人们可以找到最奢侈的逃避方式"。③ 虽然奥斯丁笔下的这些人群和交往已经距离现代读者有两百多年的时间间隔,对世界范围的简迷来说还有跨越空间的间隔,但网络虚拟社区的建设也跨界式地连接了奥斯丁笔下的社交和网友的社交,因为网络媒介最具有想象性,并且具有把这些网民想象,运用网络技术进行元宇宙式建构的技

---

① 崔本瑞:《从社区、虚拟社区到社会网络网站:社会理论的变迁》,《资讯社会研究》2011 年第 21 期。
② 同上。
③ Claire Harman, *Jane's Fame: How Jane Austen Conquered the World*, p. 169.

术可能,亲密的社区虚拟再建和情感连接为他们提供心灵抚慰和精神依附。奥斯丁笔下的社交世界在网络虚拟宇宙中沉浸式再现,并因网络媒介的虚拟性和开放性、便捷性,展开更为多元化的社交生活,以及更丰富的交往行为,承载和满足网民更多的心理需求。

　　网络虚拟社区不同于现实社区的地方还在于它较少现实社会规制,相对比较自由,行政指令干预和精英文化的压制性传播也少,使网民可以更多更宽松地释放自我,就逃避规制而言,网络社区也成为他们的心灵避难所,一如他们在奥斯丁小说中寻求的情感寄托,他们在线上社区这一虚构宇宙场域来更感性地贴近文本中的"奥斯丁世界",作为心灵归属的精神家园。"彭伯里共和国"为简迷们提供了"一个慷慨而又令人安心的天堂"①,每一位到达"彭伯里"的简迷,都"表达了释放的吁气,寻找困境中的缓解和逃避"②。对于社区成员来说,这是一群志同道合的人的无障碍相聚,共享交流他们喜爱的所有奥斯丁话题,同时在这种社交活动中,获得自己的身份认同和情感皈依,"我们所有人都清楚地记得,当我们发现这里是简·奥斯丁粉丝们的天堂时,我们感到多么宽慰"。③

小　结

　　互联网传播主导下的文化文学生产场域一个最基本的不同在于主体的开放性,任何个人都可以在网络上进行内容生产,印刷时代的

---

　　① Kate Bowles, 'Commodifying Austen', in Gina Macdonald and Andrew F. Macdonald ed., *Jane Austen on Screen*, p. 17.

　　② Mary Ann O'Farrell, 'Austenian Subcultures', in Claudia L. Johnson and Clara Tuite ed., *A Companion to Jane Austen*, p. 484.

　　③ *Ibid.*, p. 483.

准入门槛、影像时代的制作成本和传播门槛在这里基本为零，这意味着这个文化信息生成的新场域的权力主体的变化，以及由此引发的文化生产和传播模式和机制的变化，即普通人都可以在这样一个自由表达的空间找到精神慰藉，这进而会激发他们数字劳动的灵感和激情，传统文化文学传播的等级和秩序被他们以置之不理的方式摒弃，一个扁平的文化活动场域在传播中凸显，原先为精英与资本垄断的文学场域和社会场域慢慢变成以网民个体为权力主体的网络文化生产场域，虽然这个过程中也有流量利用和操纵，但底层和基础的逻辑则是网民自主和日渐成型的自治。

可以说在网络空间场域中，由于网民个体的非常有存在感的参与，奥斯丁文化以最接近普罗大众的方式在网络空间中活跃地生成和传播，这些文化信息的生产不一定都是精华、都会产生重大的社会关注，但这种积极生产的场域生态提供了一种大家自由交流的气氛，而且总会有一些精华产生，成为以后的经典文化观念或者文字留存，这是网络文化场域的价值和意义所在，媒介革新带来文学文化活动空间场域的嬗变，文学活动场域生态的嬗变又会影响和制约文学活动的参与主体，激活不同于以往场域中活跃的主体，从而影响文学文化活动的文本生产的变化，最终影响文本的生产，这也是网络媒介变革过程中文化文学生产经历的变化。

在印刷机时代，奥斯丁文化是一种阐释文化，精英学者运用富于逻辑性的印刷文字引领着读者的阅读和接受，他们是这个文化场域的主导者，印刷传播成就了奥斯丁小说文学经典的崇高地位。而进入互联网时代，网络新媒介重新建构了奥斯丁文化传播和再生产场域，去中心化地瓦解了传统精英学者的场域主导地位，激活了一个网民活跃的奥斯丁文化传播场域。奥斯丁的传统学院式研究资料在印刷媒介时代，因其与受众的时空距离感以及权威性地位等，具有着特有的学术厚重感和稳固性。这些研究资料被线上化后，变得可轻易获取接近，获得了可塑性，以一种让大家尽收眼底的形式为粉丝网民们自由编辑使用，变成一个以网民自我为中心的虚拟信息镜像世界，传统精英文化的呈现格局让位于个体中心化的文化信息组织新秩序，呈现出分离化的后现代特征。"用户生成内容"的网络文化内容生产的新场域，解放了网民个体的文化生产活力，粉丝网民自主的资料编辑选择和上传以及感想评论的跟进，为奥斯丁文化资源的丰富和生产创造了网络呈现的新形式和新内容。

由于广泛的文化参与，"彭伯里共和国"这一英文主题网站成为奥斯丁当代传播和再生产的一个重要的文化景观。网民既成为奥斯丁文化元素的收集、整理和编辑者，也是社交自媒体传播中的微传感器，通过各种自媒体与网友进行奥斯丁文化信息的跨时空共享与交流，在这种信息往来中形成了虚拟社区的社交互动关系。这种网民文化行动的景观造成传统文化场域的偏离与游移，使得"精英-大众"的文化中心主义演化成多元化、部落化、网络社群化的多元文化生成状态，这些线上的文化部落有存在之权力的特征，对外形成文化传播和辐射，形成新的虚拟的文化场域。

"彭伯里共和国"就是这样一个围绕着奥斯丁主题进行文化生成的新场域，新的场域也建构了新的文化景象，这在"彭伯里"虚拟社区里也一一呈现。奥斯丁文化的网络建构和传播，体现出对现实社会的强烈替代、干扰和影响，使现代人沉迷于网络景象中，一定程度上麻木了人们的现实感受和社会实践参与。像"彭伯里共和国"这样的网络虚拟空间是围绕着奥斯丁文化 IP 的文化再生产，这种文化再生产景象与网络新文化场域互为表里，相互印证，新的景象符号标志着文化权力的转移和让渡，网络文化场域结构则是这种景象浮现的基础和内在原因。与精英评论家对奥斯丁的文化解剖和分析不同，网民在网络虚拟空间建造的"彭伯里共和国"，是以一种居住的本体方式生活栖息于其中。如果评论家对奥斯丁文化是一个他者的认知，那么网友对"彭伯里"的网络空间再造则是一种生命同一的景象再现，这已大大不同于出版时代的文化景象呈现。

作为一个数字虚拟社区，"彭伯里"有对信息和文化的无限包容性，以及最高的传播和分享效率，这直接推动了一场文化遗产和文化信息的线上迁移，众多网民的自发自愿自主的数字劳动进一步创造和生产着几何级数增长的相关信息，成为这个场域的主导力量，一个个被激活的文化个体又总体上形成一个跨界交往的线上虚拟社群。

互联网主导的这种场域变迁深深地影响和重塑了奥斯丁文化，"简·奥斯丁"在这个网民积极活跃的场域中每时每刻都在试验着各种可能性，有些试验失败消失不见，有些流量聚集成为热点，形成新的传播和生产的要素，奥斯丁文化从来没有以这种效率在历史上活跃和生长，这是一个全新的文化生产景象。正如克劳迪娅·约翰逊所说，"奥斯丁的地位，不是给定的，而是作为一个历史过程，在许多变迁中展开，随着时间的推移承载着不同的文化意义"[1]，而这种意义承载在网络媒介时代给予我们前所未有的文化体验和文化呈现。

---

① Claudia L. Johnson, *Jane Austen's Cults and Cultures*, p. 13.

结　语

社会生产方式会影响社会生产，几次产业革命引领的现代社会生产受到生产技术的巨大影响，科学技术革命深刻地改变和推动了人类社会生产方式，也深深地影响了文学文化生产。技术方式介入文化生产比较明显地表现在媒介方面，媒介连接和建构人与人的关系，不同的媒介会连接不同的人，突显不同的人，激活不同的活动人群。由媒介连接的不同人群会形成不同的文学活动方式，形成特定的内在联系与决定关系，构成当时社会历史条件下的文学生产场域。这是我们观察奥斯丁文化生成和传播的一个独特路径和视角。

一、媒介、文学活动方式和奥斯丁文学场域的变化

印刷媒介之于奥斯丁文学生产的意义在于，它使奥斯丁小说写作从家庭沙龙式的文学活动转向一个更广阔的社会，成为现代社会文学活动的开放类型，而向公众展开有效的文化商品生产和文学传播。印刷出版在两个维度上高效植入了现代社会大生产的效率：一

是作为物质商品的大规模的社会化印制,二是通过大规模的书籍销售,更广泛地向大众进行文学传播,产生更广泛的文化影响。印刷媒介引领建构的这种社会开放式的文学活动场域,还生成了丰富的各类活动主体,有转到出版生态中的作家主体,运营出版活动的出版商、编辑,对小说图书起到广告推广作用的期刊评论家,还有被广泛开发的大众读者群。前三者成为这个文学生产场域的主要活动者,引领着小说创作的方向和文化潮流。

印刷媒介之后影像媒介的崛起,也建构起一个新的奥斯丁文化文学活动的新场域,带动一些新的文化活动者在其中进行奥斯丁文化的新创造和生成。这个新场域中的活动主体有编剧、导演、演员、观众,他们的文化活动规律性地遵循视觉传播取向,贡献了奥斯丁小说中社会景观和文化遗产的视觉呈现,将英国传统文化的深厚内蕴通过视觉影像的方式向世界传播。这个新活动场域中的受众由于光电传播的效率,不可避免地变成了世界性的;其次,视觉图像是通用语言——不同于小说文字写作的语言障碍——所以具有更宽泛的可理解和可接受性,也促成了影像奥斯丁的更有效的普及传播;影像的造型化特征,也逐步地形成人们对奥斯丁——英国文化象征对应关系的认知和符号象征认知。

互联网媒介的出现,连通了全世界的奥斯丁爱好者,他们不仅仅是奥斯丁文化信息的接受者,还是活跃的网络互动参与者、网络上奥斯丁相关信息的生产者,他们也成为奥斯丁文学文化信息的贡献者。他们和此前的奥斯丁小说、奥斯丁影视改编剧这些历史累积文本信息集中地共存在互联网上,形成奥斯丁文化的次级“元宇宙”。由于互联网聚集了全球用户,使得文学活动的范围空前扩展,网民围绕既有的奥斯丁文化数字信息编辑创作更多的相关信息,在网络媒介环境下,奥斯丁文化信息也迎来爆炸性增长。这里面有相当的网友兴趣娱乐之作,但恰恰是由于放松的兴趣,也可能会产生日后的经典之作,这正是互联网文化的特征,有一个宽大的民间基础,在其上生长着勃勃生机的文化信息,有些会随着时间流逝而荡涤消失,有些则在信息大浪中显出可贵的价值而存续发展,被更广泛地改编和传播。

　　文学场域的这三种媒介变迁,对应的是社会发展中的技术变迁,当我们用宏观的社会视野来观察文化活动方式的时候,这三种媒介连接的人群所进行的文学活动和文化活动都是"文学生产"活动。和整个社会的生产活动有类似特征,现代大社会生产环境下的文学作为市场经济外部场域影响下的一种艺术生产,它必然与文学的传播、交流与消费联系在一起,形成一个"生产-消费-再生产"的流程,这其中,"媒介是文学生产、传播、交流、消费的纽带,它是整个文学生产流程中不可或缺的工具或载体,媒介在一定程度上决定着文学生产的思维方式、传播方式和接受方式"。[1] 而以媒介为纽带连接的文学生产场域又处于社会生产场域中,这是文学生产的外部场域,资本、利润、文化产业形成文学文化生产的外部要素,但它又会假以审美、艺术价值和作者声誉名望等为中介,保持与文学自身场域的内在联系,这种外部社会生产场域和不同媒介塑形下的文学自身场域的有机一体,形成奥斯丁文学文化生产的现代过程。

二、媒介效率和文化性质挤压

　　奥斯丁文学生产媒介场域的嬗变也体现了资本主义现代生产的效率原则。媒介曾经只被视为知识与信息的载体,但其实质是一种

---

[1]　李衍柱:《媒介革命与文学生产链的建构》,《山东师范大学学报》2007 年第 4 期。

技术工具。作为媒介技术革新,十五世纪中期古登堡印刷术的出现,大大提升了知识生产的效率,机器印刷使得低价的书籍流传成为可能,结束了贵族的知识垄断,直接影响了民众文化普及和启蒙运动,打破了宗教的文化垄断,促成一个新的理性世界(noetic world)出现,同时也形成了以印刷文字媒介为主流的文化生产与传播模式。

十九世纪末诞生、二十世纪初期开始逐步兴盛的电影技术以及之后的电视技术,是相比较于机器印刷更为高效的文化传播媒介,而且进一步降低了文化接受的门槛,和印刷书籍相比,它对民众的识字水平要求降低,通过视觉影像的直感方式传播奥斯丁文化,开启了影视媒介视觉影像的文化生产与传播时代,视觉影像在带给人们全新的文化体验之时,也完成了印刷文字媒介向影像媒介文学场域的嬗变,影像媒介降低了内容接受的文化程度,因此包容了更多的流量受众,这也符合现代社会生产的效益原则。视觉文化取代印刷文化的主导地位,也在文化内质上极大冲击了印刷术建构的理性世界,而感性视觉冲击也是影像奥斯丁文化生产的特点。

二十世纪九十年代之后,基于计算机技术和信息科学的互联网媒介,是迄今为止最高效的媒介,这表现在它的两个基本技术特征,一是其海量的数字包容性,二是其电子比特的传播速率。这使得此前积累的所有人类文化成果都可以数字化、线上化,供人们快速检索和阅读收看,包括之前印刷媒介和影像媒介的所有媒介形式生成的内容都可以融合于互联网平台。而且互联网可以为每个个体用户配给多种自媒体资源,还包括不同分众人群的聚合交流媒体,为个人和群体提供无限的传播空间和传播动能,打破了文化参与的门槛,颠覆性地改变了文化生产与传播状态,并使网络媒介形式全面渗透为社会结构性因素,成为我们当下文化与社会生活必不可少的依托。

麦克卢汉在二十世纪六十年代前瞻性地提出"媒介即讯息"

(《理解媒介》)的观点,内含其中的意义就有媒介动能带来文化本身性质的挤压,其理论思路和逻辑在于,新动能的媒介解放了文化信息生产的人群限制,无限数量的网民参与到奥斯丁文化交流活动中来,主体的变化必然带来新媒介环境下奥斯丁文化的"挤压"式变化——就如同影像媒介解放了文化程度不高的受众人群参与奥斯丁文化的活动过程,用自己的流量关注为奥斯丁影像生产增添广告效益,完成奥斯丁文化外部场域的社会生产。每次媒介的转换,都会通过文化活动主体的解放,来挤压式地引起奥斯丁文化性质的变化,这可能就是麦克卢汉天才式地断言"媒介即信息"的内含逻辑和完整涵义。将媒介由信息传播工具转变为信息内容本身来理解,人们越来越意识到媒介之于社会文化生产的重要作用。二十一世纪随着互联网媒介尤其是 web2.0 时代的到来,当下社会的文化生产现象已与媒介直接相关,这不仅使麦克卢汉的观点得以验证,也成为我们分析文学意义再生产的必然路径。

三、媒介场域变迁中的奥斯丁文化意义生成

奥斯丁小说和奥斯丁文化在社会媒介嬗变中经历了外部活动方式的重塑和内在性质的挤压式变化,在不同媒介场域中其意义会有不同的生成。奥斯丁小说在两百多年的传播史中,经历了印刷媒介、影像媒介、互联网媒介等多种形式的传播,每次媒介变迁带来的文学文化生产场域的转变,都会因为传播形式的变化而带来显著的新意义生成,产生更深远的文化影响。奥斯丁小说的印刷传播建构了她最初的崇高的文学经典地位以及英国民族文化的符号象征的价值,影像传播让她变身为成功的更为商业化的品牌并衍生出庞大的文化

产业,当下的互联网传播又承续影像传播创造出令人目眩的具有后现代特征的各种"奥斯丁式亚文化"(Austenian Subcultures)景象,为奥斯丁的意义生成增添了更加多元化的新内容。

　　奥斯丁文化意义随媒介变迁的意义增值,既与奥斯丁文本自身的丰富性相关,更离不开不同媒介所建构的新的传播活动过程中的内容生产、接受与消费方式——印刷时代人们**阅读**奥斯丁小说印本,在文字的线性叙事序列中进行故事想象理解,和逻辑理性的深思冥想;影像时代人们**观看**奥斯丁小说的影视改编,在视觉图像的仿真幻觉里沉浸于感官愉悦和身体消费;而在当今互联网时代,网络媒介的技术特质让人们对待奥斯丁的方式再次发生改变,原本单纯的受众变身为主体,直接参与到对奥斯丁文本"为我所用"的"**使用**"中,演绎出每个人心目中的奥斯丁文化想象。进入传播的奥斯丁小说在传播媒介所构建的特定文化空间中被再阐释再创造,实现文化意义增值,而不同的传播媒介因其各自殊异的媒介特性,构建出特定的媒介文化活动空间,重新建构了文学活动的场域,拥有着各自不同的主体、独特的活动方式,以及阐释体系和再生产场域,也由此生成各具特色的文化信息和文化新义。

　　传播学者哈罗德·伊尼斯(Harold Innis)认为不同媒介主导的文化生产和传播会形成社会和文化的不同的"偏向",他称为"传播的偏向"。麦克卢汉则更明确指出"媒介即信息",认为每一种技术都创造一种新的文明。在奥斯丁文化传播中,这种由媒介变迁而导致的意义生成和文化增值就非常明显。不同的传播媒介开辟了不同的场域和环境,连接起不同的文化主体,引发不同类型的文学活动。媒介作为文化交流工具和信息中介,如同语言一样,拥有独特的话语符号特征和"会话"体系建构功能,它具有让不同主体容纳和连接的场域决定作用,每一种媒介,因其技术特征的差异,都以特定的方式组织和建构传播,也为人们的思考表达方式提供了新的可能,因此,每一种媒介引导的传播都会形成文化生产环境与场域的独特建构,进而影响文化内容的生产和传播。

尼尔·波兹曼(Neil Postman)将印刷机时代称为"阐释时代",指出印刷文字有序排列、带有逻辑性的特点,促进读者在阅读过程中的理性思维,唤起读者的分析、评判能力,从而带来对文本意义的阐释,"阐释是一种思想的模式,一种学习的方法,一种表达的途径。所有成熟话语所拥有的特征,都被偏爱阐释的印刷术发扬光大:富有逻辑的复杂思维,高度的理性和秩序,对于自相矛盾的憎恶,超常的冷静和客观以及等待受众反应的耐心"。[①] 印刷文字有自己独有的时空节奏,它在文本与读者之间留下大段的时空伴随,读者在默读与冥想中的意义思考及阐释中,建构起一个存在于印刷文本里的想象中的"奥斯丁世界"——隐藏在枝叶茂盛的绿篱后面的宁静的英格兰乡村,那片保留着淳朴的伦理秩序、尚未被工业时代破坏的"地方"(place),带给人们情感抚慰的亲切熟悉的家园;而专业批评家的意义解读则让奥斯丁小说拥有了更多崇高精深的意义,让奥斯丁成为一个技艺卓越、思想深刻的伟大小说家。印刷传播中的奥斯丁,既是崇高的文学经典,又被视为英国民族身份认同的认证符号,初步成就了她作为文化资本的价值,从而具有无限增值的潜力。

影像媒介构建的视觉文化场域,生产与流通体制都发生了很大变化。影视技术生产出的视觉影像,以唤起观众的感官愉悦性为目的,视觉符号的瞬时性和紧密连贯的影像播映,让观众无暇深思,较为被动地接受影视生产者(编剧、导演等)加之于影视作品的意义展示,这种意义展示不同于阐释印刷文本时充分运用逻辑理性思维的

---

① 尼尔·波兹曼:《娱乐至死　童年的消逝》,页 58。

深度意义模式，而是有意削平深度、降低难度的平面化解读，或者说，一种浅层的情感性阐释，去更多满足绝大多数观众的情感需求，从而获得高票房高上座率来赚取最多市场盈利。影像媒介形成的文化场域，处于后工业时代的消费环境中，影视工业制作出的产品是用于消费的商品，因此需要纳入尽可能多的文化商品消费者，而影像媒介无论是其感性化、生动化、欲望化、被动化接收的特征，都尽可能多地吸纳了受众，尤其是很多不怎么阅读书籍的受众，这是影像媒介所建构的文化活动主体的一个较大变化。奥斯丁在印刷文化中积累的文化资源和文化资本被影视工业进一步开发为具有巨大市场价值的商业品牌，被影视生产者最大化地转化为商业价值，在影视媒介现代化的技术平台上得到全球化的运营，衍生出体量庞大的奥斯丁副产品，创造了一个奇迹般的奥斯丁商业帝国。影像传播中的奥斯丁，让印刷传播中被学术化神圣化的奥斯丁，又重新走向大众化、感性化，在追求感官愉悦的视觉影像的再阐释中，让曾经变得高雅深奥的学院派的奥斯丁，再一次变身为大众消费的文化娱乐物，从崇高的文学经典转变为流行的文化符号，并且收获了可观的商业利润。

互联网时代的到来，网络媒介再次重塑了奥斯丁。网络新媒介的种种技术特性，数字化、交互性、虚拟性，它的无限包容性，造就了互联网新颖的文化生产场域，网络传播的超链接阅读方式、产消合一的生产消费行为、跨边界的自由交往等，都带来了奥斯丁文化传播的新样态。互联网媒介建构的文化空间，颠覆了传统印刷媒介长久以来形成的文化机制与秩序，呈现出去除中心权威和终极意义、消除精英与大众的等级、共享交流等诸种文化特性，在技术上进一步推进了后现代文化的发展，这种新建构从形式到内容都推动了互联网媒介中奥斯丁文化的新发展。在互联网再生产机制中，数字超链接技术将包括奥斯丁小说及所有周边（作者传记、书信、研究资料、史籍等）

的文本内容，以及多种媒介承载形式（视频、音频、插画、图像、影视剧等）都融合汇聚在一起，建立起一个网状结构且无限延伸的奥斯丁立体超文本，人们可以点击鼠标自由获取，文化资源的等级秩序以及由此带来的获取难度在网上瞬间消失。超链接技术也根本改变了对奥斯丁文本的线性阅读和被动接受方式，成为人们任意浏览和随时评论的对象，在新一代接受者——网络用户的随性点击中，使奥斯丁文本接受成为一个主动参与的行动，一个生产与消费合而为一的新的再生产机制。互联网场域促成了更广大的普通民众的奥斯丁文化生成，形成一个扁平的奥斯丁文化生成空间，奥斯丁文化资源的开发利用有了完全不同的场域环境。互联网场域的转变激活了网民的文化活动参与，形成新的文化景象，以"简迷"为代表的普罗大众成为奥斯丁文化生产的主导者，他们将奥斯丁文本的阅读阐释变成欲望表达与自我展现的狂欢化的文本拼贴游戏，又通过建构网络虚拟社区，借由对奥斯丁主题的共享交流，实现全球范围的跨越身份、等级、阶层等一切边界障碍的人际自由交往，在无边际的网络世界中，让奥斯丁再次成为他们寻求情感归属和身份认同的精神家园。

一切文学作品的文本意义都不是固定的，而是随着时代和社会变迁不断变化，创作者也只是文学活动场域中一个要素，参与了其作品的意义生成，文学内外场域的其他诸多要素可能是一些更需要注意的，尤其是在现代社会大生产环境下，人类媒介工业的独立化、专业化，以及它所连接和涉及的生产主体和要素的多元化，这种隐在的文学和文化生产的社会决定就更需要仔细观察分析。奥斯丁小说被作者赋予了创作之时的原初意义，映射了原初生产场域的历史性内容，进入到流通传播后，被不同的媒介承载的奥斯丁小说，又在不同媒介构建的各自殊异的文化生产场域中被再阐释再创造，映射表达着各自媒介文化空间里的历史性内容，再生产出新的意义，让奥斯丁文本的价值持续地扩大增值。奥斯丁小说在先后经历的媒介传播中,其文本在不同社会历史环境中得到持续性意义生成,成为一个延伸到各种领域、彻底"出圈"的"奥斯丁神话",这是当初在斯蒂文顿和乔顿乡舍的起居室里偷偷写作,渴慕自己能获得同时代女作家玛丽亚·埃奇沃斯、范妮·伯尼般的地位的简·奥斯丁绝不会想到的成就,恰如克莱尔·哈曼的总结,"历史中的奥斯丁将不会在其中任何一件事上认出她自己"。①

---

① Claire Harman, *Jane's Fame: How Jane Austen Conquered the World*, p. 278.

附　录

一、奥斯丁小说创作与出版年表

《少年习作》(*Juvenilia*)

创作：1786-1793 年间写作，共三卷。

出版："卷二" 1922 年出版，"卷一" 1933 年出版，"卷三" 1951 年出版。1954 年，三卷本《少年习作》收录在查普曼编辑的《简·奥斯丁次要作品》合集里，由牛津大学出版社出版。

《苏珊夫人》(*Lady Susan*)

创作：1794 年至 1795 年完成初稿。1805 年抄写为正式手稿，可能增加了结尾部分。

出版：1871 年，收录于 J. E. 奥斯丁-李的第二版《简·奥斯丁回忆录》里，由理查德·班特利首次出版。《苏珊夫人》和《桑迪顿》由查普曼整理编辑为《简·奥斯丁小说片段》，1925 年在牛津克拉伦登出版社出版。1954 年，收录在查普曼编辑的《简·奥斯丁次要作品》合集里，由牛津大学出版社出版。

《理智与情感》(*Sense and Sensibility*)

创作：1795 年写作初稿《埃莉诺与玛丽安》。1797 年 11 月，将《埃莉诺与玛丽安》修改为《理智与情感》。1809 年至 1811 年再次修改《理智与情感》并准备出版。

出版：1811 年 10 月由伦敦出版商托马斯·埃杰顿出版。1813 年 10 月出第二版。

《傲慢与偏见》(*Pride and Prejudice*)

创作：1796 年 10 月开始写作，至 1797 年 8 月完成初稿《初次印象》。1797 年 11 月送呈出版商托马斯·坎德尔自荐出版，被拒。1811 年至 1812 年，将《初次印象》修改为《傲慢与偏见》，准备出版。

出版：1813 年 1 月由托马斯·埃杰顿出版，埃杰顿于 1813 年 10 月出版第二版，1817 年出版第三版。

《诺桑觉寺》(*Northanger Abbey*)

创作：1798–1799 年，完成初稿《苏珊》。1803 年，修改《苏珊》准备出版。《苏珊》手稿 1803 年被卖给出版商克罗斯比，但一直没有出版。1809 年写信给出版商敦促出版，没有成功。1816 年春，买回《苏珊》手稿并修改，标题改为《凯瑟琳》。

出版：1817 年 12 月，标题重新修改为《诺桑觉寺》，由伦敦出版商约翰·默里出版(与《劝导》合在一起出版)，标题页标注出版时间为 1818 年。

《沃森一家》(*The Wastons*)

创作：1804 年开始写作，写了前两章后，终止写作，没有完成。

出版：手稿片段首次出版于 1871 年 J. E. 奥斯丁-李的第二版《简·奥斯丁回忆录》中，奥斯丁-李取了《沃森一家》这个标题来命名，由理查德·班特利出版。1923 年，由伦纳德·帕森斯正式出版。1954 年，收录在查普曼编辑的《简·奥斯丁次要作品》合集里，由牛津大学出版社出版。

《曼斯菲尔德庄园》(*Mansfield Park*)

创作：1811–1812 年开始创作，1813 年 7 月完成。

出版：1814 年 5 月，由托马斯·埃杰顿出版。1815 年再次修改，准备出第二版。1816 年 2 月，由约翰·默里出版第二版。

《爱玛》(*Emma*)

创作：1814 年 1 月开始写作，1815 年 3 月完成。

出版：1815 年 12 月由伦敦出版商约翰·默里出版。扉页标注出版时间为 1816 年。

《劝导》(*Persuasion*)

创作：1815 年 8 月开始写作初稿，1816 年 7 月完成第一稿，1816 年 8 月修改完成终稿。

出版：1817 年 12 月，由约翰·默里出版（与《诺桑觉寺》合在一起出版），扉页标注出版时间为 1818 年。

《桑迪顿》(*Sandition*)

创作：1817 年 1 月开始写作，当年 3 月停止写作。未完成。

出版：1871 年，在 J. E. 奥斯丁–李的第二版《简·奥斯丁回忆录》
里，收录了故事梗概，由理查德·班特利出版。1925 年，未完成手稿由
查普曼整理编辑为《简·奥斯丁小说片段》，在牛津克拉伦登出版社出
版。1954 年，收录在查普曼编辑的《简·奥斯丁次要作品》合集里，由
牛津大学出版社出版。

二、奥斯丁传记与书信集

Henry Austen, ' Biographical Notice of the Author', in *Northanger Abbey+Emma*, London: Bentley, 1818.

Henry Austen, ' Memoir of Miss Austen', in *Sense and Sensibility*, London: Bentley, 1833.

James Edward Austen-Leigh, *A Memoir of Jane Austen*, London: Richard Bentley, 1870.

James Edward Austen-Leigh, *A Memoir of Jane Austen* (enlarged version), London: Richard Bentley, 1871.

LordEdward Brabourne ed., *Letters of Jane Austen*, London: Rchard Bentley & Son, 1884.

Constance Hill, *Jane Austen: Her Homes and Her Friends*, London and New York: Lane, 1902.

J. H. Hubback and Edith Hubback, *Jane Austen's Sailor Brothers*, London and New York: Lane, 1906.

Mary Augusta Austen-Leigh, *Personal Aspects of Jane Austen*, London: J. Murray, 1920.

Sir Frank Douglas MacKinnon, *Grand Larceny, being the Trial of Jane Leigh Perrot, Aunt of Jane Austen*, London: Oxford UP, 1937.

Elizabeth Jenkins, *Jane Austen, a Biography*, London: Gollancz, 1938.

Caroline Austen, *My Aunt Jane Austen: A Memoir*, London: Spottis-woode, Ballantyne, 1952.

R. W. Chapman coll. and ed., *Jane Austen's Letters to her Sister Cassandra and Others*, Oxford: Clarendon Press, 1932, 1952.

R. W. Chapman ed., *Jane Austen: Letters (1776-1817)*, London: Oxford UP, 1955.

Henry Austen, ' Biographical Notice of the Author' , in R. W. Chapman ed., *Northanger Abbey and Persuasion*, Oxford: Oxford UP, 1969.

Jane Aiken Hodge, *The Double Life of Jane Austen*, London: Hodder and Stoughton, 1972.

David Cecil, *A Portrait of Jane Austen*, London: Constable, 1978.

Patrick Piggott, *The Innocent Diversion: a Study of Music in the Life and Writings of Jane Austen*, London: Douglas Cleverdon, 1979.

George Holbert Tucker, *A Goodly Heritage: A History of Jane Austen's Family*, Manchester: Carcanet, 1983.

John Halperin, *The Life of Jane Austen*, Baltimore, MD: Johns Hopkins UP, 1984.

Maggie Lane, *Jane Austen's Family through Five Generations*, London: Hale, 1984.

Caroline Mary Craven Austen, *Reminiscences*, ed. Deirdre Le Faye, Chawton: Jane Austen Society, 1986, 2004.

Park Honan, *Jane Austen: Her Life*, London: Weidenfeld & Nicolson, 1987.

Deirdre Le Faye, *Jane Austen, A Family Record by William Austen-Leigh and Richard Arthur Austen-Leigh*, London: The British Library, 1989.

Park Honan, *Jane Austen: Her Life*, London: Weidenfeld and Nicolson, 1987.

JanFergus, *Jane Austen: A Literary Life*, Basingstoke and London: Macmillan, 1991.

George Holbert Tucker, *Jane Austen the Woman: Some Biographical Insights*, New York: St Martin's Press, 1994.

Deirdre Le Faye, *Letters of Jane Austen*, 3rd edn., Oxford and New York: Oxford UP, 1995.

Margaret Wilson, *Almost Another Sister — the Story of Fanny Knight, Jane Austen's Favourite Niece*, Maidstone: George Mann Books, 1997.

David Nokes, *Jane Austen, A Life*, London: Fourth Estate, 1997.

Claire Tomalin, *Jane Austen: A Life*, London: Viking, 1997.

Irene Collins, *Jane Austen, the Parsons's Daughter*, London: Hambledon Press, 1998.

Deirdre Le Faye, *Jane Austen*, London: British Library Publishing Division, 1998.

James Edward Austen-Leigh, *A Memoir of Jane Austen and Other Family Recollections*, ed. Kathryn Sutherland, Oxford: Oxford UP, 2002.

Deirdre Le Faye ed., *Fanny Knight's Diaries: Jane Austen through her Niece's Eyes*, Chawton: Jane Austen Society, 2000.

Carol Shields, *Jane Austen*, New York: Viking Penguin, 2001.

Deirdre Le Faye, *Jane Austen's 'Outlandish Cousin', the Life & Letters of Eliza de Feuillide*, London: British Library, 2002.

Jon Spence, *Becoming Jane Austen*, London and New York: Hambledon and London, 2003.

Deirdre Le Faye, *Jane Austen, A Family Record*, Cambridge: Cambridge UP, 2004.

Deirdre Le Faye, *A Chronology of Jane Austen and Her Family*, Cambridge: Cambridge UP, 2006.

Deirdre Le Faye, *Jane Austen's Country Life: Uncovering the rural backdrop to her life, her letters and her novels*, Frances Lincoln, 2014.

三、奥斯丁小说影视改编目录

《傲慢与偏见》

1940 年,制作:MGM(好莱坞米高梅公司),编剧:Aldous Huxley 和 Jane Murfin,导演:Robert Z. Leonard, 制片人:Hunt Stromberg,主演:Greer Garson(饰伊丽莎白·班奈特)、Lawrence Olivier(饰达西先生)。类型:故事片。

1949 年,制作:NBC(美国全国广播公司),编剧:Samuel Taylor,导演:Fred Coe,主演:Madge Evans(饰伊丽莎白·班奈特)、John Baragrey(饰达西先生)。类型:舞台版电视剧。

1952 年,制作:BBC(英国广播公司),编剧:Cedric Wallis,导演／制片人:Campbell Logan,主演:Daphne Slater(饰伊丽莎白·班奈特)、Peter Cushing(饰达西先生)。类型:迷你剧(Miniseries)。

1958 年,制作:BBC,编剧:Cedric Wallis,导演／制片人:Barbara Burnham,主演:Jane Downs(饰伊丽莎白·班奈特)、Alan Badel(饰达西先生)。类型:迷你剧。

1967 年,制作:BBC,编剧:Nemone Lethbridge,导演:Joan Craft,制片人:Campbell Logan,主演:Celia Bannerman(饰伊丽莎白·班奈特)、Lewis Fiander(饰达西先生)。类型:迷你剧。

1979 年,制作:BBC 和 A & E(美国线业公司),编剧:Fay Weldon,导演:Cyril Coke,制片人:Jonathan Powell,主演:Elizabeth Garvie(饰伊丽莎白·班奈特)、David Rintoul(饰达西先生)。类型:迷你剧;短视频。

1995 年,制作:BBC 和 A & E(1996 年 1 月),编剧:Andrew

Davies,导演：Simon Langton,制片人：Sue Birtwistle,主演：Jennifer Ehle(饰伊丽莎白·班奈特)、Colin Firth(饰达西先生)。类型：迷你剧。

2005 年,制作：Working Title Films(英国沃克泰托影片公司),编剧：Deborah Mogates,导演：Joe Wright,制片人：Tim Bevan,主演：Keira Knightley(饰伊丽莎白·班奈特)、Matthew McFadden(饰达西先生)。类型：故事片。

《爱玛》

1948 年,制作：BBC,编剧：Judy Campbell,导演／制片人：Michael Barry,主演：Judy Campbell(饰爱玛·伍德豪斯),Ralph Michael(饰奈特利先生)。

1954 年,制作：NBC,编剧：Martine Bartlett 和 Peter Donat,主演：Felicia Montealegre(饰爱玛·伍德豪斯),Peter Cookson(饰奈特利先生)。

1960 年,制作：BBC,编剧：Vincent Tilsley,导演／制片人：Campbell Logan,主演：Diana Fairfax(饰爱玛·伍德豪斯)、Paul Daneman(饰奈特利先生)。类型：迷你剧。

1960 年,制作：CBS(哥伦比亚广播公司),编剧：Clair Roskam,导演：John Desmond,制片人：John McGiffert,主演：Nancy Wickwire(饰爱玛·伍德豪斯)。

1972 年,制作：BBC,编剧：Denis Constanduros,导演：John Glenister,制片人：Martin Lisemore,主演：Doran Godwin(饰爱玛·伍德豪斯)、John Carson(饰奈特利先生)。类型：迷你剧。

1995 年,制作：Paramount(派拉蒙影业公司),Clueless(《独领风骚》),编剧／导演：Amy Heckerling,制片人：Scott Rudin 和 Robert

Lawrence，主演：Alicia Silverstone（饰切尔），Paul Rudd（饰乔西）。类型：故事片。

1996 年 7 月，制作：Miramax（美国米拉麦克斯电影公司），编剧／导演：Douglas McGrath，制片人：Patrick Cassavetti，主演：Gwyneth Paltrow（饰爱玛·伍德豪斯）、Jeremy Northam（饰奈特利先生）、Toni Collette（饰哈丽特·史密斯）、Ewan McGregor（饰弗兰克·丘吉尔）。类型：故事片。

1996 年 11 月，制作：Meridian（ITV）和 A & E（1997 年 2 月），编剧：Andrew Davies，导演：Diarmuid Lawrence，制片人：Sue Birtwistle，主演：Kate Beckinsale（饰爱玛·伍德豪斯）、Mark Strong（饰奈特利先生）。类型：电视电影。

2009 年 10 月，制作：BBC，编剧：Sandy Welch，导演：Jim O'Hanlon，主演：Romola Garai（饰爱玛·伍德豪斯）、Jonny Lee Miller（饰奈特利先生）。类型：迷你剧。

2020 年 2 月，制作：Working Title Films，编剧：Eleanor Catton，导演：Autumn de Wilde，制片人：Graham Broadbent，主演：Anya Taylor-Joy（饰爱玛·伍德豪斯）、John Flynn（饰奈特利先生）。类型：故事片。

《理智与情感》

1950 年，制作：NBC，编剧：H. R. Hays，导演：Delbert Mann，制片人：Fred Coe，主演：Madge Evans（饰埃莉诺·达什伍德）、Cloris Leachman（饰玛丽安·达什伍德）、Chester Stratton（饰爱德华·费拉斯）、John Baragrey（饰布兰登上校 Colonel Brandon）、Larry Hugo（饰约翰·魏乐比）。

1971 年，制作：BBC，编剧：Denis Constanduros，导演：David

Giles,制片人：Martin Lisemore,主演：Joanna David(饰埃莉诺·达什伍德)、Madden(饰玛丽安·达什伍德)、Robin Ellis(饰爱德华·费拉斯)、Ciaran Richard Owens(饰布兰登上校)、Clive Francis(饰约翰·魏乐比)。类型：迷你剧。

1981年(1985年播映),制作：BBC,编剧：Alexander Baron和Denis Constanduros,导演：Rodney Bennett,制片人：Barry Letts,主演：Irene Richards(饰埃莉诺·达什伍德)、Tracey Childs(饰玛丽安·达什伍德)、Bosco Hogan(饰爱德华·费拉斯)、Robert Swann(饰布兰登上校)、Peter Woodward(饰约翰·魏乐比)。类型：迷你剧。

1995年,制作：Mirage / Columbia,编剧：Emma Thompson,导演：Ang Lee,执行制片人：Sidney Pollack,制片人：Lindsay Doran,主演：Emma Thompson(饰埃莉诺·达什伍德)、Kate Winslet(饰玛丽安·达什伍德)、Hugh Grant(饰爱德华·费拉斯)、Alan Rickman(饰布兰登上校)、Gerg Wise(饰约翰·魏乐比)。类型：故事片。

2000年,制作：Bollywood(印度宝莱坞), *I Have Found It* (*Kandukondain Kandukondain*),编剧/导演：Rajin Menon。类型：故事片。

2008年,制作：BBC,编剧：Andrew Davies,导演：John Alexander,主演：Hattie Morahan(饰埃莉诺·达什伍德)、Charity Wakefield(饰玛丽安·达什伍德)、Dan Stevens(饰爱德华·费拉斯)、David Morrissey(饰布兰登上校)、Dominic Cooper(饰约翰·魏乐比)。类型：迷你剧。

《劝导》

1960-1961年,制作：BBC,编剧：Michael Voysey和Barbara Burnham,导演/制片人：Campbell Logan,主演：Daphne Slater(饰安妮·埃利奥特)、Paul Daneman(饰温特沃斯上校)、Fabia Drake(饰罗

塞尔夫人）、George Curzon（饰瓦特·埃利奥特爵士）、Derek Blomfield（饰威廉·埃利奥特）。类型：迷你剧。

1971 年,制作：Granada（ITV）,编剧：Julian Mitchell,导演／制片人：Howard Baker,主演：Ann Firbank（饰安妮·埃利奥特）,Bryan Marshall（饰温特沃斯上校）。类型：迷你剧。

1995 年 4 月,制作：BBC 和 WGBH,编剧：Nick Dear,导演：Roger Michell,制片人：Rebecca Eaton、George Faber、Fiona Finlay,主演：Amanda Root（饰安妮·埃利奥特）、Ciaran Hinds（饰温特沃斯上校）。类型：电视电影。

2007 年,制作：ITV（英国独立电视台）,编剧：Simon Burke,导演：Adrian Shergold,主演：Sally Hawkins（饰安妮·埃利奥特）、Rupert Penry-Jones（饰温特沃斯上校）、Alice Krige（饰罗塞尔夫人）、Anthony Head（饰瓦特·埃利奥特爵士）。类型：电视电影。

2022 年 7 月,制作：Media Rights Capital,编剧：Ron Bass、Alice Victoria Winslow,导演：Kelly Cracknell,主演：Dakota Johnson（饰安妮·埃利奥特）、Cosmo Jarvis（饰温特沃斯上校）、Henry Golding（饰威廉·埃利奥特）、Richard E. Grant（饰瓦特·埃利奥特爵士）。类型：故事片。

《曼斯菲尔德庄园》

1983 年,制作：BBC,编剧：Ken Taylor,导演：David Giles,制片人：Betty Willingale,主演：Sylvestra Le Touzel（饰范妮·普莱斯）、Nicholas Farrell（饰埃德蒙·伯特伦）、Anna Massey（饰诺里斯姨妈）、Robert Burbage（饰亨利·克劳福德）。类型：迷你剧。

1999 年,制作：Miramax,编剧／导演：Patricia Park,制片人：David Aukin、Bob、Harvey Weinstein 等. 主演：Frances O'Connor（饰范妮·普莱

斯)、Jonny Lee Miller(饰埃德蒙·伯特伦)、Alessandro Nivola(饰亨利·
克劳福德)。类型:故事片。

2007 年,制作:ITV,编剧:Andrew Davies,导演:Iain B. MacDonald,主
演:Billie Piper(饰范妮·普莱斯)、Blake Ritson(饰埃德蒙·伯特伦)、Joe
Beattie(饰亨利·克劳福德)、Hayley Atwell(饰玛丽·克劳福德)。类型:
电视电影。

《诺桑觉寺》

1986 年,制作:BBC 与 A & E, NA, 编剧:Maggie Wadey,导演:
Giles Foster,制片人:Louis Marks,主演:Katharine Schlessinger(饰凯瑟
琳·莫兰)、Peter Firth(饰亨利·蒂尔尼)。类型:电视电影。

2004 年,制作:Granada TV,编剧:Andrew Davies,制片人:London
Weekend Television,主演:Anna Paquin (饰凯瑟琳·莫兰)、Ioan
Gruffudd(饰亨利·蒂尔尼)。

2007 年,制作:Granada TV 和 ITV,编剧:Andrew Davies,导演:Jon
Jones,主演:Felicity Jones(饰凯瑟琳·莫兰)、John Joseph Feild(饰
亨利·蒂尔尼)、Carey Mulligan(饰伊莎贝拉·索普)。类型:电视
电影。

四、奥斯丁主题网站

All Things Jane Austen
Austen Authors
Austen Through the Ages
Austen Variations

AustenBlog

Austenesque Reviews

Austenprose — A Jane Austen Blog

Jane Austen Addict

Jane Austen in Vermont

Jane Austen's World

My Jane Austen Book Club

Pride & Prejudice 2005 Blog

A Covent Garden Gilfurt's Guide to Life

All Things Georgian

Chawton House Library

Edwardian Promenade

English Historical Fiction Authors

Georgian Index

Historical Novel Society

Jane Austen Books

Jane Austen Centre

Jane Austen Fiction Manuscripts

Jane Austen Society of North America

Jane Austen's House Museum

Jane Austen's Regency World Magazine

The Jane Austen Centre

The Regency Encyclopedia

The Regency Reader

The Republic of Pemberley

The Secret Victorianist

Willow and Thatch

Write Like Jane Austen

Avid Reader's Musings

Babblings of a Bookworm

Bookfoolery

Books on the Brain

Calico Critic

Confessions of a Book Addict

Diary of an Eccentric

From Pemberley to Milton

Impressions in Ink

Laura's Reviews

Let Them Read Books

Lit and Life

Living Read Girl

Margie's Must Reads

More Agreeably Engaged

My Vices and Weaknesses

Reading the Past

Regency Reads

Savvy Verse & Wit

She Reads Novels

So Little Time

The Book Fetish

The Book Rat

The Fiction Addiction

The Lit Bitch

The Silver Petticoat Reveiw

参考文献

英文著作

James Edward Austen-Leigh, *A Memoir of Jane Austen*, London: Richard Bentley, 1870.

Edward, Lord Brabourne ed., *Letters of Jane Austen*, London: Rchard Bentley & Son, 1884.

R. W. Chapman ed., *The Novels of Jane Austen*, 5 vols, Oxford: The Clarendon Press, 1923.

R. W. Chapman ed., *The Oxford Illustrated Jane Austen: PRIDE AND PREJUDICE* (Third Edition), Oxford and New York: Oxford University Press, 1932.

R. W. Chapman, *Jane Austen: Facts and Problems*, The Clarendon Press, 1948.

R. W. Chapman, *Jane Austen: A Critical Bibliography*, London: Oxford UP, 1953.

R. W. Chapman ed., *The Works of Jane Austen: Minor Works*, London: Oxford UP, 1954.

R. W. Chapman ed., *Jane Austen: Letters (1776-1817)*, London:

Oxford UP, 1955.

David Cecil, *A Portrait of Jane Austen*, London: Constable, 1978.

Deirdre Le Faye, *Jane Austen, A Family Record by William Austen-Leigh and Richard Arthur Austen-Leigh*, London: The British Library, 1989.

Deirdre Le Faye, *A Chronology of Jane Austen and Her Family*, Cambridge: Cambridge UP, 2006.

June Sturrock, *Jane Austen's Families*, London: Anthem Press, 2013.

Deirdre Le Faye, *Jane Austen's Country Life: Uncovering the rural backdrop to her life, her letters and her novels*, Frances Lincoln, 2014.

Mary Lascelles, *Jane Austen and Her Art*, London: Oxford UP, 1939.

Marvin Mudrick, *Jane Austen: Irony as Defence and Discovery*, Princeton : Princeton UP, 1952.

Marilyn Butler, *Jane Austen and the War of Ideas*, Oxford: Clarendon Press, 1975.

Frank W. Bradbrook, *Jane Austen and Her Predecessors*, London: Cambridge UP, 1967.

John Cross, *The Rise and Fall of the Man of Letters: Aspects of English Literary Life since 1800*, London: Morrison, 1969.

W. A. Craik, *Jane Austen in Her Time*, London: Thomas Nelson and Sons Ltd., 1969.

Marghanita Laski, *Jane Austen and her World*, London: Thames and Hudson, 1969.

Maggie Lane, *Jane Austen's England*, London: Robert Hale Limited, 1986.

Oliver MacDonagh, *Jane Austen: Real and Imagined Worlds*, New Haven and London: Yale UP, 1991.

Peter Knox-Shaw, *Jane Austen and the Enlightenment*, Cambridge: Cambridge UP, 2004.

Maggie Lane, *Jane Austen's World: The Life and Times of England's Most Popular Novelist*, London: Carlton Books, 2013(new edition).

Roy Adkins, *Jane Austen's English: Daily Life in the Georgian and Regency Periods*, London: Penguin Books, 2014.

Rudyard Kipling, "The Janeites", in Sandra Kemp ed., *Debits and Credits*. Harmondsworth: Penguin, 1987.

Deidre Lynch ed., *Janeites: Austen's Disciples and Devotees*, Princeton: Princeton UP, 2000.

John Wiltshire, *Recreating Jane Austen*, Cambridge: Cambridge UP, 2001.

Gina Macdonaldand Andrew Macdonald ed., *Jane Austen on Screen*, Cambridge: Cambridge UP, 2003.

Kathryn Sutherland, *Jane Austen's Textual Lives: From Aeschylus to Bollywood*, Oxford: Oxford UP, 2005.

Claire Harman, *Jane's Fame: How Jane Austen Conquered the World*, Edinburgh: Canongate Books, 2009.

Laurence W. Mazzeno, *Jane Austen, Two Centuries of Criticism*, Rochester, New York: Camden House, 2011.

Katie Halsey, *Jane Austen and Her Readers, 1786-1945*, London: Anthem Press, 2012.

Claudia L. Johnson, *Jane Austen's Cults and Cultures*, Chicago & London: Chicago UP, 2012.

Ian Watt ed., *Jane Austen: A Collection of Critical Essays*, New Jersey, London: Prentice Hall, 1963.

B. C. Southam ed., *Jane Austen: The Critical Heritage, Vol. 1: 1811-1870*, London: Routledge & Kegan Paul, 1968.

John Halperin ed., *Jane Austen: Bicentenary Essays*, London: Cambridge UP, 1975.

David Gilson ed., *A Bibliography of Jane Austen*, New York: Oxford

UP, 1982.

B. C. Southam ed., *Jane Austen: The Critical Heritage, Vol. 2: 1870-1940*, London and New York: Routledge & Kegan Paul, 1987.

James T. Boulton. *Johnson: The Critical Heritage*, New York: Routledge, 1996.

Frank Donoghue, *The Fame Machine: Book Reviewing and Eighteenth-Century Literary Careers*, Stanford: Stanford UP, 1996.

Janet Todd ed., *Jane Austen in Context*, Cambridge: Cambridge UP, 2005.

Harold Bloom ed., *Bloom's Classic Critical Views: Jane Austen*, New York: Infobase Publishing, 2008.

Stuart Curran ed., *The Cambridge Companion to British Romanticism*, 上海：上海外语教育出版社,2001.

Janet Todd, *The Cambridge Introduction to Jane Austen*, 上海：上海外语教育出版社,2008.

Claudia L. Johnson and Clara Tuite ed., *A Companion to Jane Austen*, Chichester: Blackwell Publishing Ltd, 2009.

Edward Copeland and Juliet McMaster ed., *The Cambridge Companion to Jane Austen*, Cambridge: Cambridge UP, 2011.

Janet Todd ed., *The Cambridge Companion to PRIDE AND PREJUDICE*, Cambridge: Cambridge UP, 2013.

Virginia Woolf, *The Common Reader*, London: the Hogarth Press, 1929.

Raymond Williams, *The English Novel from Dickers to Lawrence*, London: Chatto and Windus, 1970.

Christopher Gillie, *A Preface to Jane Austen*, London: Longman Group Ltd., 1974.

Barbara Hardy, *A Reading of Jane Austen*, London: Peter Owen, 1975.

Christopher Brooke, *Jane Austen: Illusion and Reality*, Cambridge: D. S. Brewer, 1999.

Robert P. Irvine, *Jane Austen*, London and New York: Routledge, 2005.

Jane Austen, *Northanger Abbey + The Watsons*, the Chawton editon, London: Allan Wingate, 1948.

Janet Todd ed., *The Cambridge Edition of the Works of JANE AUSTEN*, Cambridge: Cambridge UP, 2005-2008.

Pat Rogers ed., *The Cambridge Edition of the Works of Jane Austen: Pride and Prejudice*, Cambridge: Cambridge UP, 2006.

Peter Sabor ed., *Jane Austen: Juvenilia*, Cambridge: Cambridge UP, 2006.

Jane Todd and Linda Bree ed., *Jane Austen: Later Manuscripts*, Cambridge: Cambridge UP, 2008.

Patricia Meyer Spacks ed., *Pride and Prejudice, an Annotated Edition*, London: The Belknap Press of Harvard University Press, 2010.

Seth Grahame-Smith, *Pride and Prejudice and Zombies*, Philadelphia: Quirk Books, 2009.

Albert N. Greco, Jim Milliot, Robert M. Wharton, *The Book Publishing Industry* (Third Edition), New York and London: Routledge, 2014.

George Bluestone, *Novels into Film*, Baltimore: The Johns Hopkins Press, 1957.

Tony Feldman, *Introduction to Digital Media*, London and New York: Routledge, 1996.

Linda Hutcheon, *A Theory of Adaptation* (Second edition), London and New York: Routledge, 2013.

Howard Rheingold, *The Virtual Community: Homesteading on the Electronic Frontier* (revised edition), Cambridge / Massachusetts / London: The MIT Press, 1995.

Nicholas M. Mirzoeff ed., *The visual culture reader*, London; New York: Routledge, 1998.

中译著作

简·奥斯丁:《傲慢与偏见》,孙致礼译,南京:译林出版社,1990 年。

简·奥斯丁:《奥斯丁集》(四部),朱虹编,孙致礼等译,上海:上海三联书店,2014 年。

简·奥斯丁:《经典插图本:奥斯丁小说全集》(全六卷),王科一等译,上海:上海译文出版社,2015 年。

朱虹编:《奥斯丁研究》,北京:中国文联出版公司,1985 年。

苏珊娜·卡森编:《为什么要读简·奥斯丁》,王丽亚译,南京:译林出版社,2011 年。

卡罗尔·希尔兹:《简·奥斯丁》,袁蔚译,北京:生活·读书·新知三联书店,2014 年。

安妮特·T.鲁宾斯坦:《〈英国文学的伟大传统〉之一:从莎士比亚到奥斯丁》,陈安全等译,上海:上海译文出版社,1987 年。

玛里琳·巴特勒:《浪漫派叛逆者及反动派:1760-1830 年间的英国文学及其背景》,黄梅、陆建德译,沈阳:辽宁教育出版社,1998 年。

伊恩·P.瓦特:《小说的兴起:笛福、理查逊、菲尔丁研究》,高原、董红钧译,北京:生活·读书·新知三联书店,1992 年。

弗吉尼亚·伍尔夫:《普通读者》,马爱新译,北京:人民文学出版社,2003 年。

哈罗德·布鲁姆:《西方正典》,江宁康译,南京:译林出版社,2005 年。

哈罗德·布鲁姆:《影响的焦虑》,徐文博译,南京:江苏教育出版社,2005 年。

F. R. 利维斯:《伟大的传统》,袁伟译,北京:生活·读书·新知三联书店,2009 年。

史蒂文·罗杰·费希尔:《阅读的历史》,李瑞林等译,北京:商务印书馆,2009 年。

戴维·芬克尔斯坦、阿利斯泰尔·麦克利里:《书史导论》,何朝晖译,北京:商务印书馆,2012 年。

本尼迪克特·安德森:《想象的共同体:民族主义的起源与散布》,吴叡人译,上海:上海人民出版社,2016 年。

吕西安·费弗尔、亨利-让·马丁:《书籍的历史》,和灿欣译,北京:中国友谊出版公司,2019 年。

达德利·安德鲁:《电影理论概念》,郝大铮、陈梅等译,上海:上海文艺出版社,1990 年。

瓦尔特·本雅明:《本雅明文选》,陈永国、马海良编,北京:中国社会科学出版社,1999 年。

贝拉·巴拉兹:《电影美学》,何力译,北京:中国电影出版社,2003 年。

柏拉图:《蒂迈欧篇》,谢文郁译,上海:上海人民出版社,2005 年。

达德利·安德鲁:《经典电影理论导论》,李伟峰译,北京:世界图书出版公司,2012 年。

尼葛洛庞帝:《数字化生存》,胡泳、范海燕译,海口:海南出版社,1997 年。

罗杰·菲德勒:《媒介形态变化:认识新媒介》,明安香译,北京:华夏出版社,2000 年。

马克·波斯特:《第二媒介时代》,范静哗译,南京:南京大学出版社,2000 年。

曼纽尔·卡斯特:《网络社会的崛起》,夏铸九、王志弘等译,北京:

社会科学文献出版社,2001 年。

约翰·费斯克:《理解大众文化》,王晓珏、宋伟杰译,北京:中央编译出版社,2001 年。

约翰·费斯克等编撰:《关键概念:传播与文化研究辞典》,李彬译注,北京:新华出版社,2003 年。

安德鲁·基恩:《网民的狂欢:关于互联网弊端的反思》,丁德良译,海口:南海出版公司,2010 年。

简·梵·迪克:《网络社会:新媒体的社会层面》,蔡静译,北京:清华大学出版社,2014 年。

尼古拉斯·盖恩、戴维·比尔:《新媒介:关键概念》,刘君、周竞男译,上海:复旦大学出版社,2015 年。

居伊·德波:《景观社会》,张新木译,南京:南京大学出版社,2017 年。

亨利·詹金斯、伊藤瑞子、丹娜·博伊德:《参与的胜利:网络时代的参与文化》,高芳芳译,杭州:浙江大学出版社,2017 年。

布尔迪厄:《文化资本与社会炼金术——布尔迪厄访谈录》,包亚明主编,包亚明译,上海:上海人民出版社,1997 年。

詹明信:《晚期资本主义的文化逻辑》,张旭东编,陈清侨等译,北京:生活·读书·新知三联书店,1997 年。

哈贝马斯:《公共领域的结构转型》,曹卫东、王晓珏等译,上海:学林出版社,1999 年。

让·波德里亚:《消费社会》,刘成富、全志钢译,南京:南京大学出版社,2001 年。

迈克·费瑟斯通:《消费文化与后现代主义》,刘精明译,南京:译林出版社,2000 年。

埃里克·麦克卢汉、弗兰克·秦格龙编:《麦克卢汉精粹》,何道宽译,南京:南京大学出版社,2000年。

马歇尔·麦克卢汉:《理解媒介:论人的延伸》,何道宽译,北京:商务印书馆,2000年。

哈罗德·伊尼斯:《帝国与传播》,何道宽译,北京:中国人民大学出版社,2003年。

哈罗德·伊尼斯:《传播的偏向》,何道宽译,北京:中国人民大学出版社,2003年。

道格拉斯·凯尔纳:《媒体奇观》,史安斌译,北京:清华大学出版社,2003年。

尼克·史蒂文森:《认识媒介文化——社会理论与大众传播》,王文斌译,北京:商务印书馆,2003年。

詹姆斯·W.凯瑞:《作为文化的传播》,丁未译,北京:华夏出版社,2005年。

丹尼斯·麦奎尔:《受众分析》,刘燕南等译,北京:中国人民大学出版社,2006年。

戴维·斯沃茨:《文化与权力:布尔迪厄的社会学》,陶东风译,上海:上海译文出版社,2006年。

尼尔·波兹曼:《娱乐至死　童年的消逝》,章艳、吴燕莛译,桂林:广西师范大学出版社,2009年。

利奥塔尔:《后现代状态:关于知识的报告》,车槿山译,南京:南京大学出版社,2011年。

罗伯特·洛根:《理解新媒介——延伸麦克卢汉》,何道宽译,上海:复旦大学出版社,2012年。

朱利安·沃尔夫雷斯编:《21世纪批评述介》,张琼、张冲译,南京:南京大学出版社,2009年。

皮埃尔·布尔迪厄:《艺术的法则:文学场的生成与结构》,刘晖译,北京：中央编译出版社,2011 年。

雷蒙·威廉斯：《关键词：文化与社会的词汇》,刘建基译,北京：生活·读书·新知三联书店,2005 年。

中文著作

陈凤兰：《美国期刊理论研究》,北京：中国传媒大学出版社,2009 年。

于文：《出版商的诞生：不确定性与十八世纪英国图书生产》,上海：上海人民出版社,2014 年。

杨远婴编：《电影理论读本》,北京：世界图书出版公司,2011 年。

周宪：《视觉文化的转向》,北京：北京大学出版社,2013 年。

段炼编著：《艺术学经典文献导读书系·视觉文化卷》,北京：北京师范大学出版社,2012 年。

彭兰：《网络传播概论》,北京：中国人民大学出版社,2001 年。

陶东风编：《粉丝文化读本》,北京：北京大学出版社,2009 年。

刘视湘：《社区心理学》,北京：开明出版社,2013 年。

单小曦：《媒介与文学：媒介文艺学引论》,北京：商务印书馆,2015 年。

朱国华：《权力的文化逻辑：布迪厄的社会学诗学》,上海：上海人民出版社,2016 年。

蒋承勇：《英国小说发展史》,杭州：浙江大学出版社,2006 年。

殷企平、朱安博：《什么是现实主义文学》,上海：上海外语教育出版社,2011 年。

吴笛主编,彭少健等著：《外国文学经典生成与传播研究（第四卷）：近代卷（上）》,北京：北京大学出版社,2019 年。

龚龑、黄梅：《奥斯丁学术史研究》，南京：译林出版社，2019年。

龚龑、黄梅编选：《奥斯丁研究文集》，南京：译林出版社，2020年。

叶新：《简·奥斯汀在中国》，北京：清华大学出版社，2020年。

论文

朱虹：《对奥斯丁的傲慢与偏见》，《读书》1982年第1期。

杨绛：《有什么好——读小说漫论之三》，《文学评论》1982年第3期。

张立柱：《评〈傲慢与偏见〉的两个中文译本》，《内蒙古农业大学学报》2008年第6期。

叶新：《吴宓和〈傲慢与偏见〉的教学传播》，《中华读书报》，2013年7月3日。

黄梅：《新中国六十年奥斯丁小说研究之考察与分析》，《浙江大学学报》2012年第1期。

黄梅：《〈傲慢与偏见〉：书名的提示》，《文学评论》2014年第6期。

张鑫：《奥斯丁小说的图书馆空间话语与女性阅读主题》，《外国文学评论》2016年第2期。

李衍柱：《媒介革命与文学生产链的建构》，《山东师范大学学报》2007年第4期。

邵燕君：《传统文学生产机制的危机和新型机制的生成》，《文艺争鸣》2009年第12期。

马大康、周启来：《文学理论关键词："文学创造"和"文学生产"》，《江海学刊》2010年第3期。

马大康：《再释文学理论关键词："文学创造"和"文学生产"》，《社会科学战线》2010 年第 8 期。

霍盛亚：《西方文论关键词：文学公共领域》，《外国文学》2016 年第 3 期。

周宪：《视觉文化语境中的电影》，《电影艺术》2001 年第 2 期。

孟建：《视觉文化传播：对一种文化形态和传播理念的诠释》，《现代传播》2002 年第 3 期。

吴琼：《视觉性与视觉文化——视觉文化研究的谱系》，《文艺研究》2006 年第 1 期。

范欣：《媒体奇观研究理论溯源——从"视觉中心主义"到"景观社会"》，《浙江学刊》2009 年第 2 期。

安德鲁·希格森：《再现英国国族过去：遗产电影中的怀旧和拼贴》，李二仕译，《北京电影学院学报》2018 年第 1 期。

崔本瑞：《从社区、虚拟社区到社会网络网站：社会理论的变迁》，《资讯社会研究》2011 年第 21 期。

单小曦：《当代数字媒介场中的文学生产方式变革》，《社会科学辑刊》2011 年第 5 期。

刘影：《数字出版研究的社会文化转向——基于出版史的范式更新》，《现代出版》2020 年第 3 期。

后　记

　　这部书稿是我的国家社会基金项目"媒介传播中的简·奥斯丁意义再生产研究"的结项成果，从立项到结项再到修改出版，历经六年，过程并不顺利。既有收集与啃读诸多英文文献的艰辛，也有跨媒介研究中踏进其他学科领域的磕绊，还有再次修改书稿的彷徨焦灼，以及来自生活里的种种掣肘。当然，完成过程中，也得到了有益的助力，在此真挚致谢：

　　感谢项目组成员俞超教授对本研究在传播学理论方面的建议指导和重要帮助，感谢时为澳门科技大学传播学硕士研究生的李美琪同学对本书稿影像传播研究部分的一些文字贡献，感谢浙江传媒学院20级本科生王潇冉等同学对本书稿互联网传播研究部分的一些材料收集工作。

　　感谢广西师范大学出版社汤文辉先生、肖爱景女士对本书稿出版的大力支持，感谢责任编辑魏东先生的耐心审校。

　　感谢我的博士导师、华东师范大学陈建华教授给予我的一如既往的鼓励。

　　书稿写作完成的六年时间，似乎很短又很长。短到这一研究项目初立项时的那份欣喜还犹在心胸,长到期间发生了那么多影响至深的事,最痛心的就是母亲的患病离世。多少次在电脑前忙碌于这部书稿时,母亲拖着孱弱的病体为我端来水果,叫我歇息。每念及此,禁不住潸然。也以此书敬献我长眠的母亲。

张素玫

2024 年 11 月,于杭州

图书在版编目(CIP)数据

媒介传播中的简·奥斯丁意义再生产 / 张素玫著. -- 桂林：广西师范大学出版社，2024.12. -- ISBN 978-7-5598-7826-7

Ⅰ. I561.074

中国国家版本馆 CIP 数据核字第 2024UH7249 号

媒介传播中的简·奥斯丁意义再生产

MEIJIE CHUANBO ZHONG DE JIAN · AOSIDING YIYI ZAI SHENGCHAN

出 品 人：刘广汉

策　　划：魏　东

责任编辑：魏　东

装帧设计：侯舒玉晗

广西师范大学出版社出版发行

（ 广西桂林市五里店路 9 号　　邮政编码：541004 ）
（ 网址：http://www.bbtpress.com ）

出版人：黄轩庄

全国新华书店经销

销售热线：021-65200318　021-31260822-898

山东临沂新华印刷物流集团有限责任公司印刷

（临沂高新技术产业开发区新华路 1 号　邮政编码：276017）

开本：690 mm×960 mm　　1/16

印张：22.5　　　　　字数：260 千

2024 年 12 月第 1 版　　2024 年 12 月第 1 次印刷

定价：88.00 元

如发现印装质量问题，影响阅读，请与出版社发行部门联系调换。